Heike Ulrich

Jenseits des Nordlichts

Annuntiatio Domini

Für diesen Roman habe ich wahre Ereignisse und reale Orte mit fiktionalen Elementen verwoben. Ähnlichkeiten mit lebenden Personen sind rein zufällig und keinesfalls beabsichtigt.
H.U.

Bibliografische Information der Deutschen Nationalbibliothek
Die Deutsche Nationalbibliothek verzeichnet diese Publikation in der Deutschen Nationalbibliografie; detaillierte bibliografische Daten sind im Internet abrufbar über http://dnb.ddb.de

www.niemeyer-buch.de

Umschlaggestaltung: C. Riethmüller
Druck und Bindung: Nørhaven, Viborg
Printed in Denmark
ISBN 978-3-8271-9493-0

Heike Ulrich

Jenseits des Nordlichts

Annuntiatio Domini

CW Niemeyer

Für meine Tochter

Prolog

Es war der 12. Tag des 11. Monats im Jahr des Herrn 1614.

Ein matter Vollmond tauchte die winterliche und einsame Ebene in diffuses Licht. Kleine, dunkle Erhebungen am Horizont spielten mit der Fantasie des Beobachters und schufen Trugbilder etwa von Wegelagerern oder Raubtieren wie Luchsen, Bären und Wölfen auf der Suche nach Beute. Tatsächlich hatte hier ein Wolfsrudel sein Revier, doch das typische Geheul während und nach der Jagd war bisher ausgeblieben. Entweder hatten die Tiere noch nichts erlegt oder zogen gerade woanders ihre Kreise.

Doch das Wiehern eines Pferdes und gedämpftes Hufgetrappel unterbrachen plötzlich die Stille. Schon preschte der Reiter auf seinem Rappen heran. Immer wieder gab er ihm kräftig die Sporen, während unter den Hufen des Pferdes der viel zu früh gefallene Schnee wie weißer Staub aufwirbelte. Die kleinen Atemwölkchen und das heftige Keuchen sowohl von Ross als auch Reiter erzählten von Kälte und Anstrengung.

Vor dem Mann im Sattel saß zusammengesunken und bis zur Unkenntlichkeit vermummt eine zierliche Gestalt. Das Ziel des Mannes schien klar und fast erreicht. Schon zeichnete sich in der Ferne das Zisterzienserinnen-Klosters zu Welver deutlich ab. Eine Glocke begann hell zu läuten, und ein aufgeschreckter Hahn stimmte mit ein – doch kaum begonnen, verstummte er abrupt, denn bis zum Morgengrauen würde es noch dauern.

Vor dem Kloster zügelte der massige Reiter grob sein erschöpftes Pferd und sprang ab, noch bevor es zum Stehen kam. Dann hämmerte er mit dem schweren Türklopfer gegen das Eichentor und forderte laut Zutritt.

Als sich von innen eine krächzende Stimme meldete und nach dem Grund seines Begehrs fragte, rief er gereizt: „Öffnet sofort das Tor! Der Kurfürst Johann Sigismund von Brandenburg verlangt, auf der Stelle die Äbtissin Mechtildis zu sprechen!"

Hinter dem Tor erklang verärgertes Gemurmel.

Als kurz darauf der schwere Riegel zurückgezogen wurde und das Tor knarrend aufschwang, zerrte der Kurfürst die kleine Gestalt aus dem Sattel und zog sie rücksichtslos hinter sich her in den Klosterhof.

Die dort versammelten Nonnen verfolgten stumm, aber zutiefst beunruhigt das Geschehen. Fackeln, die von einigen der Frauen gehalten wurden, gaben deren müde Gesichter auf verzerrte Weise wieder.

Die Aufmerksamkeit des Kurfürsten jedoch wurde sofort auf die Gestalt der Äbtissin Mechtildis gelenkt – eine alterslose, hagere Erscheinung, die majestätisch aus der Gruppe der Nonnen hervorstach und selbst ihn um fast einen Kopf überragte. Wenn sie diese Tatsache genoss, ließ sie es sich nicht anmerken. Ihr Gesicht strahlte allein Gelassenheit aus. Doch die Strenge in ihrer Stimme war kaum zu überhören: „Euer Durchlaucht, was ist so eilig, dass Ihr meine Nonnen verschreckt und mich zwingt, die heilige Laudes zu unterbrechen?" Dabei fiel ihr Blick auf die am Boden kauernde Gestalt, die sich unter ihrem Umhang versteckte.

„Ehrwürdige Mutter, verzeiht die frühe Stund." Sigismund riss das Häufchen Elend vom Boden empor und zerrte den Stoff beiseite.

Ein etwa dreizehnjähriges Mädchen wurde sichtbar, und sein Dilemma offenbarte sich sofort. Unter dem Kleid wölbte sich deutlich der Bauch hervor. Anklagend rief der Kurfürst: „Diese, meine Viertgeborene, hat Schande über sich und die Familie gebracht! Schon wurde ihr Name aus den Familienchroniken für immer getilgt!"

Im selben Moment fiel das Kind vor dem Kurfürsten auf die Knie und umschlang seine Beine: „Vater, bitte! Niemals habe ich etwas getan, das Euch entehren könnte!"

Doch Johann Sigismund schubste seine Tochter fort. Voller Scham bedeckte das Mädchen sein Gesicht und begann leise zu wimmern.

Es war offenkundig, dass es der Äbtissin angesichts einer solchen Szene immer weniger gelang, ihre Gelassenheit aufrechtzuerhalten. „Gertrud?!"

Eine alte, bucklige Frau trat humpelnd aus der Gruppe der Nonnen hervor und half dem Mädchen auf, während sie es leise tröstete.

Johann Sigismund betrachtete die Situation mit bitterer Miene. „Nehmt sie, Mutter."

Mechtildis warf ihm einen konsternierten Blick zu, schwieg aber und schien darauf zu warten, dass er weitersprach. Doch Johann Sigismund ignorierte ihren Blick und machte Anstalten, sein Pferd zu besteigen. Das war unverschämt! Doch bevor die Äbtissin ihre scharfe Zunge zum Einsatz bringen konnte, hielt er inne und zog aus der Satteltasche einen beachtlichen Lederbeutel hervor, dessen Inhalt verheißungsvoll klimperte. Er legte ihn in die von schwerer Gicht gezeichneten Hände Gertruds.

Mit fragendem Blick hielt diese den Beutel der Äbtissin entgegen. Mechtildis schluckte sofort ihre Galle runter. Sie musste nachdenken! Der Auftritt des Kurfürsten war nicht nur herrisch, sondern anmaßend und beleidigend. Sie mochte es ihm nicht durchgehen lassen. Andererseits waren die finanziellen Mittel des Klosters dermaßen begrenzt, dass ein unerwarteter Geldsegen mehr als gelegen kam.

Von den wirtschaftlichen Einbußen – verursacht durch den Spanisch-Niederländischen Krieg – hatten sich viele Klöster immer noch nicht erholt, und zu ihnen gehörte auch Welver. Der Krieg galt keinesfalls als beendet. Ein Waffenstillstand – zu fragwürdigen Konditionen geschlossen – ließ kriegerische Auseinandersetzungen momentan zwar ruhen, doch konnten diese jederzeit wieder aufflammen.

Die Äbtissin fröstelte und zupfte ihr wollenes Skapulier zurecht, so als wollte sie sich wappnen. Keinesfalls würde sie sich für die Zuwendungen des Kurfürsten bedanken – denn welche Gegenleistung würde er ihr wohl dafür abverlangen –, eine genauere Darlegung der Umstände seines Kommens war bisher ausgeblieben.

Mit derart zwiespältigen Gedanken nahm sie den Geldbeutel entgegen und blickte wie ein großer Rabe, der kurz davor war, mit seinem scharfen Schnabel auf seine Beute einzuhacken, auf den Kurfürsten hinab und ihm direkt in die Augen – es verfehlte nicht seine Wirkung! Äußerlich zwar unbeeindruckt, doch mit einer Nuance zu viel Verbindlichkeit in der Stimme, begann Johann Sigismund, sich zu erklären: „Allein die Not treibt mich, Mutter! Glaubt nicht, es ließe mich kalt!“

Mechtildis verschränkte ihre Arme. „Und doch sprecht Ihr nur von Eurer Not, Durchlaucht! Warum sprecht Ihr aber nicht von der Not Eures Kindes?!“

Schlagartig war der bekümmerte Ausdruck aus Sigismunds Gesicht verschwunden. Ungläubig musterte er die Äbtissin. Hatte sie sich tatsächlich erlaubt, ihn zu kritisieren? Derartiges stand ihr nicht zu! Er wandte sich abrupt ab, bestieg sein Ross und trieb es mit kaltem Blick dicht an die Äbtissin heran – eine Drohung!

Doch Mechtildis ließ sich weder einschüchtern noch provozieren. Stattdessen wartete sie seelenruhig einen günstigen Moment ab – dann griff sie mit erstaunlicher Kraft in die Zügel des hin und her tänzelnden Pferdes und brachte es zur Ruhe. „Euer Durchlaucht, gelernt ist gelernt! Auch ich besaß einst eine feurige Stute.“

Sigismund verschlug es die Sprache. Gereizt sah er, dass einige der Nonnen sich abdrehten und hinter vorgehaltenen Händen zu feixen begannen. Doch damit nicht genug: Die Priorin blickte frech zu ihm auf, während sie seinen Rappen weiter fest am Halfter hielt, die Faust wie eine Magd in die Hüfte gestemmt.

Doch er war Johann Sigismund von Brandenburg, ein vielbeschäftigter Kurfürst, und rechtfertigte sich nicht vor der Äbtissin eines heruntergekommenen Ordens! Laut rief er: „Der Pflicht gehorchend, eile ich gleich weiter. Der

Herzog von Pfalz-Neuburg erwartet mich bereits in überaus dringenden Geschäften!"

Er hob seine Hand zum Gruß und wollte gerade seinem Pferd die Sporen geben, als das Mädchen plötzlich voller Verzweiflung aufschrie. Für einen Moment hielt er inne und schien unentschlossen. Kam er denn nie von diesem verfluchten Ort fort? Er stieg ab und kniete sich vor seine Tochter.

Hoffnungsvoll erwiderte sie den Blick des Vaters. Hatte er es sich anders überlegt, und alles würde noch gut? Den ganzen Ritt über hatte sie inständig gebetet, dass Gott sie vor der Verbannung in ein Kloster bewahren möge.

Unter den Nonnen kam Gemurmel auf, einige spekulierten halblaut darüber, wie die ganze Sache wohl ausgehen mochte. Mechtildis warf ihnen einen strengen Blick zu. „Schweigt!" Konzentriert verfolgte sie die Szene zwischen Vater und Tochter. Ihr Blick war hart und wurde auch keinen Deut milder, als der Kurfürst nun leise auf das Mädchen einzusprechen begann:

„Nie mehr soll mich jemand nach meinem geliebten Kind fragen! Das Herz wird mir auf der Stelle brechen!"

Panisch klammerte sich das Mädchen an den Fürsten. „Vater, verstoßt mich nicht. Schon jetzt kann ich die Trennung von der Mutter und meinen lieben Geschwistern kaum ertragen!"

Sigismund löste sich von seiner Tochter und hielt sie fest bei den Schultern. „Mein Liebstes auf ewig verloren! Ein letztes Mal werde ich deinen Namen aussprechen, mein Kind – Relindis!" Er wandte sich ab und bestieg seinen Gaul.

Ohne sich noch einmal umzudrehen, galoppierte er grußlos durch das Tor in die Dunkelheit davon.

Relindis sprang auf, lief ihrem Vater hinterher, rief nach ihm. Doch Sigismund reagierte nicht. Während sich das Klostertor schloss, sackte sie in Gertruds Arme und gleichzeitig starb der Gedanke an Flucht. Ihr altes Zuhause existierte nicht mehr. Ihr Schicksal war besiegelt!

Gertrud drehte sich Hilfe suchend nach Mechtildis um. Doch diese schien vollkommen bewegungslos. Ihr Blick war starr auf das bereits verschlossene Klostertor gerichtet. Aus der Ferne ertönte plötzlich das Heulen eines Wolfes. Doch angesichts der verstörenden Vorkommnisse schien dies niemand wahrzunehmen. Die Gesichter der Nonnen wirkten reglos – ihre Körper wie zu dunklen Schatten erstarrt. Das änderte sich auch nicht, als die anderen Wölfe des Rudels, die plötzlich sehr nah zu sein schienen, ihrem Alphatier antworteten. Nur ein aufgeschreckter Hahn stimmte plötzlich in den Chor der Wölfe mit ein.

Gertrud öffnete die Tür zum Schreibraum der Äbtissin. Sie humpelte hinein und musste ein Stöhnen unterdrücken. Die feuchte Kälte machte ihr zu schaffen, der Rücken schmerzte höllisch. Das verlockend knisternde Feuer im Kamin sorgte nicht nur für Wärme, sondern gab dem nüchternen Raum auch etwas Gemütliches. Einen Moment beobachtete Gertrud Mechtildis, die aufrecht am Stehpult stand und mit Schreibarbeiten beschäftigt war – offensichtlich dermaßen konzentriert, dass sie die alte Frau eine ganze Weile nicht bemerkte.

Erstaunt blickte sie plötzlich auf. „Gertrud?“

„Relindis ist endlich eingeschlafen, ehrwürdige Mutter.
„So, ist sie das", erwiderte Mechtildis und schrieb weiter.

Gertrud nickte. Sie hatte Relindis untersucht und versucht, dem Mädchen während des Prozederes ein wenig die Angst zu nehmen – ohne Erfolg. Zögernd fuhr sie fort: „Sie hat auf das heilige Buch geschworen!"

„So, hat sie das!"

Das Verhalten der Äbtissin ärgerte Gertrud. Sarkasmus war nicht angebracht. Doch was wusste Mechtildis schon von der Not anderer. Als gebildete Tochter einer vermögenden Adelsfamilie, die bis in die höchsten Kirchenkreise Verbindungen unterhielt, galt sie für die Leitung eines Klosters als bestens geeignet, doch den Dienst am Menschen überließ sie gern anderen. Das war Aufgabe der ihr unterstellten Nonnen. Und Gertrud war ihrer Aufgabe gerecht geworden. Sie hatte so lange am Bett des Mädchens gesessen und tröstend dessen Hand gehalten, bis es endlich eingeschlafen war. Mehrfach hatte Relindis schluchzend nach der Mutter verlangt.

Gertrud versuchte tief durchzuatmen. Doch die Luft im Raum war verbraucht.

Mechtildis legte ihre Schreibfeder beiseite und ging zum Fenster. Nur schwer ließ es sich öffnen. „Und doch hat sie der Kurfürst bezichtigt, gezüchtigt und verstoßen."

Gertrud nickte und musste sich ein paarmal schwer räuspern, bevor sie etwas erwiderte: „Nicht jeder findet zu den Wundern Gottes, ehrwürdige Mutter."

„Nicht jeder Vater sieht in seiner heranwachsenden Tochter das ihm anvertraute Kind, Gertrud!" In Mechtildis stieg der Zorn über den Kurfürsten erneut auf.

Gertrud blickte sie fragend an – dann verstand sie. „Wollt Ihr damit sagen, dass Johann Sigismund ... dass der Kurfürst ... dass er ...?"

„Ich will gar nichts sagen, Gertrud! Ich kann es schließlich nicht wissen!" Sie schloss die Augen und nahm ein paar tiefe Atemzüge, bevor sie sich der alten Frau wieder zuwandte und weitersprach: „Aber er hat ihren Namen aus den Familienchroniken getilgt – so als hätte das arme Kind nie existiert!" Sie schloss das Fenster, ging zu ihrem Stehpult zurück und spitzte mit heftigen Bewegungen ihre Schreibfeder an, dann hielt sie plötzlich inne. „Du hast sie schwören lassen, sagst du!?"

Gertrud nickte.

Das Gesicht der Äbtissin nahm einen verärgerten Zug an. „Was sagt unser Herr Jesus in der Bergpredigt!?"

Gertrud stutzte und wollte gerade antworten, als Mechtildis ihr zuvorkam und sie schroff unterbrach: „Keine Schwüre, Gertrud! Und schon gar nicht auf das heilige Buch! Ich dulde es nicht, hörst du? Es ist Blasphemie!"

Gertrud senkte den Kopf. „Ihr habt recht."

Eine ganze Weile herrschte Stille, und man hörte nur das Kratzen der Schreibfeder auf dem Pergament.

Schließlich meldete sich Gertruds Stimme wieder: „Was sollen wir tun? Das Mädchen ist von hoher Geburt und ... wir leben in gefährlichen Zeiten, ehrwürdige Mutter!"

„Wir leben in bösen Zeiten, Gertrud!" Mechtildis seufzte, während sie innehielt und nachdachte. Was sollte sie bloß mit dem Mädchen anfangen? Sie hatte ja nicht nur eine Entscheidung hinsichtlich Relindis zu treffen, sondern trug gleichzeitig Verantwortung für den gesamten

Konvent. Aberglaube konnte sie alle in Gefahr bringen! „Das Mädchen muss verschwinden. Hast du mich verstanden?"

Gertrud zuckte zusammen. „Verschwinden? Was meint Ihr damit?"

Doch Mechtildis antwortete nicht, für sie schien das Thema erledigt zu sein.

Die Alte fühlte sich gekränkt – verdiente sie keine Antwort? Und warum verhielt sich die Äbtissin in diesem Fall so abwehrend – im Gegensatz zu sonst? Sie musste sich etwas einfallen lassen. Mechtildis besaß zwar nach außen eine harte Schale, doch tief darunter verbarg sich ein, wenn auch winziger, weicher Kern. Es musste für Relindis eine bessere Lösung geben.

Die Äbtissin blickte kurz auf. „Noch was?" Es war offensichtlich, wie sehr sie sich gestört fühlte.

Doch Gertrud mochte sich nicht einschüchtern lassen. Diesmal nicht! „Vielleicht spricht unser Heiliger Vater durch sie – damit wir erkennen."

„Erkennen? Was denn?" Wieder tauchte Mechtildis ihre Schreibfeder ins Tintenfass und fuhr mit ihrer Arbeit fort. Sie hatte zu tun! Gertruds Ungehorsam und ihr frömmlerischer Ton ärgerten sie. Als sie kurz aufblickte, hätte sie allerdings beinahe über deren listigen Gesichtsausdruck gelacht. Doch sie nahm sich zusammen. „Ein Wunder meinst du?"

„Ein – Gottesgeschenk", stotterte Gertrud und nickte.

Mechtildis dachte nach. Relindis war, nachdem der Kurfürst sie im Kloster abgegeben – nein, entsorgt – hatte, auf ihre Gnade angewiesen. Das Mädchen tat ihr leid.

Aber durfte sie die Sicherheit aller im Kloster lebenden Frauen seinetwegen aufs Spiel setzen? Johann Sigismund hatte für seine Tochter bezahlt und erwartete, dass man sich „kümmerte". Wie das geschah, war ihm offensichtlich egal! Sie seufzte: „Ein Gottesgeschenk, sagst du? Nun gut – in drei Teufels Namen – so gilt ihr neuer Name!"

Gertrud bekreuzigte sich, während sie Mechtildis weiterhin anstarrte.

„Doro-thea!"

Das Gesicht Gertruds hellte sich langsam auf. „Ah, jetzt verstehe ich – Gottesgeschenk – verzeiht meine Begriffsstutzigkeit."

Die Äbtissin nickte und wollte sich gerade abwenden, doch einem Impuls folgend, hielt sie plötzlich inne und musterte die alte Frau eine ganze Weile. Gertrud schien in letzter Zeit ihre Sinne nicht mehr ganz beisammenzuhaben, auch war offensichtlich, wie sehr die Gicht sie plagte. In naher Zukunft würde sie sich wohl Gedanken darüber machen müssen, welche der jüngeren Nonnen sie mit Gertruds Aufgaben betrauen konnte.

Die Alte, Mechtildis Blick vielleicht missverstehend, humpelte auf sie zu und berührte mit einer vertraulichen Geste, die fast etwas Übergriffiges hatte, kurz deren Schulter. „Ehrwürdige Mutter, lasset uns niederknien und den Allmächtigen anflehen, dass Relindis, Verzeihung, dass D o r o t h e a nicht von denen, die Böses anrichten können, gefunden werde."

Mechtildis nickte müde. „So sei es." Doch dann fiel ihr etwas ein. „Wir sind Zisterzienserinnen, Gertrud, und wir folgen immer noch der heiligen katholischen Kirche!" Sie nickte beiläufig in Richtung einer Madonnenstatue. „Lass uns auf die Hilfe unserer Heiligen Jungfrau vertrauen. Sie soll Dorothea vor den ...“, ihr Gesicht nahm einen angewiderten Gesichtsausdruck an, „... Gerichten schützen!“

Gertrud nickte zustimmend. Sie war mehr als zufrieden. Schnell fort, bevor die ehrwürdige Mutter es sich noch anders überlegte. Doch Mechtildis hielt sie zurück: „Noch was! Für die Geldspende aus den Händen eines Calvinisten – für diese Sünde müssen wir Buße tun, hörst du!“

Gertrud nickte. „Natürlich!“, dann fuhr sie konspirativ fort: „Nachher, zur Komplet, zusammen mit all unseren Schwestern, ehrwürdige Mutter.“

Mechtildis nickte. „Gut!“

Obwohl außer ihnen niemand im Raum war, begann Gertrud plötzlich zu flüstern: „Das Mädchen darf zu niemandem sprechen. Es muss ... ‚unsichtbar‘ sein. Das Geheimnis von Rel…, Verzeihung Dorothea, muss auf immer bewahret bleiben.“

„Bei Gott, das muss es“, pflichtete ihr Mechtildis schroff bei. „Andernfalls ...“ Sie brach ab.

„Andernfalls?“, insistierte Gertrud und kannte bereits die Antwort.

„Nun“, erwiderte die Äbtissin, „andernfalls wird sie brennen. Und mit ihr all jene, die sie schützen!“

Gertrud sog erschrocken die Luft ein. Eine Erinnerung, über Jahrzehnte bewusst verdrängt, bemächtigte sich ihrer und warf sie unmittelbar ins Geschehen von damals zurück. Hilflos durchlebte sie den Schrecken erneut: Sie war Zeugin eines Prozesses geworden, initiiert durch ein fragliches Tribunal der ebenso fraglichen „Heiligen Inquisition“. Eine junge Frau, von wem auch immer denunziert, war angeklagt, gefoltert und als schuldig verurteilt worden. Noch auf dem Scheiterhaufen hatte sie ihre Unschuld beteuert und um Gnade wegen ihrer kleinen Tochter gefleht, die sie nun unversorgt zurücklassen musste.

Der Scharfrichter war ganz dicht an sie herangetreten, hatte ihr grob in den Schritt gegriffen und widerlich übers Gesicht geleckt. Dann, unter dem johlenden Applaus des Pöbels, hatte er mit seiner Fackel den Scheiterhaufen entzündet. Unter Qualen hatte sich die Frau gewunden und Laute von sich gegeben, die nichts Menschliches mehr gehabt hatten. Plötzlich war die kleine Tochter, die alles hatte mit ansehen müssen, mit ausgestreckten Ärmchen auf die brennende Mutter zugelaufen und hatte in ihrer Hilflosigkeit angefangen zu weinen.

Einer der Anwesenden war aus der Menge hinausgetreten, hatte das Kind auf den Arm genommen und leise getröstet. Dann hatte er plötzlich Schwung geholt und das Mädchen wie ein großes Stück Holz in die bereits meterhoch lodernden Flammen geworfen. Das Kind hatte nicht einmal mehr geschrien, sondern nur kurz gezappelt, bevor es in den Flammen gestorben war.

Dafür hatte der qualvoll gellende Schrei der Mutter der umstehenden Menschenmeute einen Moment das Blut in den Adern gefrieren lassen. Bis ihr die Lippen weggebrannt waren, hatte die Frau immer wieder die Menge und ihre weltlichen und kirchlichen Richter verflucht. Doch das hatte der Belustigung des Pöbels keinen Abbruch getan – die Sensation einer brennenden Hexe, samt ihrer

Satansbrut, wurde einem nicht alle Tage geboten. Und die Schreie der Frau hatten die Lust am Grauen sogar noch gesteigert – bis endlich ein Windstoß den Qualm verdichtet und das Bild menschlicher Grausamkeit verhüllt hatte. Der Geruch verbrannten Fleisches hatte den ganzen Tag über dem Ort gehangen.

Gertrud schockierten die inneren Bilder dermaßen, dass sie kaum atmen konnte. Mein Gott, wie hasste sie die Prozedere der „Heiligen Inquisition". Von wegen heilig! Eine Dreieinigkeit von Kirche, weltlicher Obrigkeit und Folterknechten! Gottlose, die ihre Macht missbrauchten und vermeintliche Feinde einem „Verhör" unterzogen, das niemand bestehen konnte, auch wenn er noch so frei von Schuld war! Ganz sicher waren jene Ankläger nicht mit dem Allmächtigen im Bunde, wohl eher mit seinem Gegenspieler. Und die reformierten Kirchen waren keinen Deut besser! Hatte Martin Luther in seinen Predigten etwa nicht dazu aufgerufen, Hexen zu verfolgen, sie hart zu bestrafen und zu verbrennen? Nur ein zutiefst abergläubischer Mensch, der Frauen vermutlich gefürchtet, sie vielleicht sogar gehasst hatte, hatte so predigen können.

Auch ein wesentlicher Grund, dass der Konvent in Welver weiter gegen die zunehmenden Reformationsbestrebungen opponierte. Doch wie viele ihrer Zisterzienser-Schwestern und -Brüder hatten sich in den letzten Jahren der Lutherischen Reformation beugen müssen! Und wie viele Dinge besprachen sie und Mechtildis inzwischen nur noch unter vier Augen – Dinge, die unbedingt geheim bleiben mussten – die Gefahren lauerten inzwischen überall. Spontan kniete Gertrud nieder und bekreuzigte sich. Dann begann sie leise zu beten.

Mechtildis beobachtete sie einen Moment befremdet. „Gertrud, für deine Fürbitten sind dies weder die angemessene Zeit noch der passende Ort."

Doch als sie die Tränen auf dem runzligen Gesicht der alten Frau sah, schwieg sie und kniete sich, nach einem Moment des Zögerns, zu ihr.

Während beide Nonnen für den Schutz Dorotheas und all jener beteten, die deren Geheimnis bewahren würden, ging draußen ein kräftiges Gewitter nieder. Ein kalter Windzug ließ die Kerzen und das Feuer im Kamin aufflammen, sodass die Schatten der zwei Frauen an den Wänden skurril zu tanzen schienen.

Ave Maria, gratia plena.
Dominus tecum.
Benedicta tu in mulieribus,
et benedictus fructus ventris tui, Jesus.
Sancta Maria, Mater Dei,
ora pro nobis peccatoribus
nunc et in hora mortis nostrae.
Amen.

1

Die prasselnden Flammen im Kamin spiegelten sich im Glas der Eingangstür des Hotels, die plötzlich zur Seite schwang. Ein kräftiger Luftzug grüßte aus der winterlichen Dunkelheit, und das Ehepaar Theresa und Hagen Zimmermann-Einarsson betrat die leere Empfangshalle. Die Rezeptionistin begrüßte sie und gratulierte zur Vermählung. Dann erledigte sie die Formalitäten für das Checkin. „Ich wünsche Ihnen einen schönen Aufenthalt auf Island und hoffe, dass Sie sich bei uns wohlfühlen werden."

Beide dankten, und Hagen schnappte sich das Gepäck, während Theresa vorauslief und den Knopf des Aufzugs drückte.

Vor zwanzig Jahren war die Familie Einarsson von Island nach Deutschland gezogen – da war Hagen zehn Jahre alt gewesen. Doch wie schon früher mit seinen Eltern besuchte er noch immer, sooft es sich einrichten ließ, seinen Geburtsort Reykjavik.

Die Fahrstuhltür schloss sich. Theresa stellte sich auf die Zehenspitzen und gab Hagen einen Kuss, als der Lift schon im ersten Stock wieder stoppte und ein altes Ehepaar zustieg – offensichtlich Einheimische. Theresa versuchte sich in isländischer Konversation, doch ihre Aussprache war nach wie vor eine Katastrophe, und es war offensichtlich, dass das Ehepaar überhaupt nichts verstand. Um Höflichkeit bemüht, begann der Mann Fragen zu stellen, die Theresa wiederum nur schlecht beantworten konnte.

Hagen beobachtete, wie sie herumeierte. Anstatt ihr zu helfen, grinste er bloß und schien sich bestens zu amüsieren, während er ihren Hilfe suchenden Blick weiter ignorierte.

Theresa entschuldigte sich mehrfach für ihre schlechte Sprachdarbietung und raufte sich peinlich berührt und zunehmend gestresst ihre dunkelbraune Zottelmähne, die etwas von einem Wischmopp hatte. Erst als das Ehepaar den Aufzug verlassen hatte, entspannte sie sich.

Mit der Faust boxte sie Hagen gegen den Oberarm, weil er ihr nicht geholfen hatte. Der schüttete sich vor Lachen aus und machte sich über sie lustig, indem er ihre schlechte Aussprache nachahmte – was ihm erneute Prügel einbrachte.

Theresa war keine Schönheit, doch sie besaß ein attraktives Gesicht mit großen, intelligenten Augen, die jetzt herausfordernd auf ihn gerichtet waren und eine merkwürdig sinnliche Ausstrahlung auf ihn ausübten.

Nicht zum ersten Mal fragte er sich, wie er, der ruhige, fast phlegmatische Typ, dieses Mädchen mit der Power eines Atomreaktors immer kurz vor dem Super-Gau für sich hatte interessieren können. Doch genau das war ihm gelungen.

Fast zwei Jahre war es her, dass er Theresa – ausgerechnet in der Warteschlange einer Toilette – getroffen hatte. Er hatte relativ schnell gemerkt, dass er mit einer witzigen, aber ziemlich anstrengenden Person ins Gespräch gekommen war.

Dieser Eindruck hatte sich nach dem ersten Treffen noch verstärkt, und tatsächlich war es bis heute anstrengend geblieben! Dafür war Langeweile in ihrer Beziehung ein Fremdwort.

Über alle möglichen Themen konnten sie wie Kesselflicker streiten, doch in wichtigen Dingen herrschte Übereinstimmung. Zum Beispiel darüber, dass sie beide hinsichtlich der so genannten „letzten Frage" an nichts glaubten. Nach dem Tod war man eben tot, Punkt! Danach gab es nichts, und das war gut so. Das einzige Leben, das man hatte, fand jetzt statt, und beide waren fest entschlossen, dieses Geschenk zu feiern – es keinesfalls zu vergeuden. Small Talks, bei denen viel geredet und wenig gesagt wurde – was für eine Zeitverschwendung!

„Ich kippe gleich tot vom Stuhl", hatte Theresa letztes Jahr bei der 70. Geburtstagsfeier ihres Vaters, die ziemlich öde gewesen war, Hagen zugeflüstert. „Lass dir bitte was einfallen – schnell!"

Augenblicklich hatte er sein Gesicht verzogen und vorgegeben, dass ihm nicht wohl sei. Nach überstürztem Aufbruch und Abschied von Theresas besorgten Eltern Elisabeth und Ferdinand waren sie gerade rechtzeitig zum Spätspielfilm wieder zu Hause gewesen.

Hagen unterrichtete Biologie und Physik an einem Gymnasium. Theresa hatte Philosophie studiert und arbeitete an ihrer Doktorarbeit.

„Weiblicher Mystizismus im Katholizismus?!" Der Gesichtsausdruck von Theresas Vater hatte Bände gesprochen.

„Noch dazu, wo du mit Glauben gar nichts am Hut hast", hatte ihre Mutter ergänzt.

„Gerade deshalb!“ Theresa war genervt gewesen. Immer wieder endeten solche Gespräche im Streit. Ganz schlimm war es gewesen, als sie und Hagen nach ihrer standesamtlichen Trauung bekräftigt hatten, dass sie keinesfalls auch noch kirchlich heiraten wollten. Für Theresas Eltern, die strenggläubige Katholiken waren, hatte eine solche Eheschließung keine Gültigkeit.

„Wir sind nun mal Atheisten. Warum könnt ihr das nicht akzeptieren?!“

„Ich frage mich bloß, wie du eine Existenz Gottes so sicher ausschließen kannst“, hatte Elisabeth zum gefühlt tausendsten Mal von ihr wissen wollen.

„Und wie kannst du dir so sicher sein, dass es ihn gibt?“, hatte sich Hagen eingemischt, einen tiefen Zug von seiner Zigarette genommen und genüsslich ausgeatmet.

Eine Weile war es still gewesen.

„Glaube!“ Ferdinand hatte ein paarmal an seiner Zigarre gepafft, bevor er fortgefahren war: „Unser Glaube gibt uns die schöne Gewissheit, dass wir nach dem Tod auferstehen werden!“

„Und das ist ja auch schön für euch“, hatte Theresa geduldig geantwortet, doch dann hatte sie es nicht lassen können: „Obwohl Gewissheit in diesem Kontext eigentlich einen Widerspruch darstellt.“

Hagen hatte vermitteln wollen. „Theresa und ich üben ja nicht nur Kritik an der katholischen Kirche, wir stehen sämtlichen religiösen Institutionen skeptisch gegenüber!“

„Genau!“, hatte Theresa zugestimmt. „Ihr habt eure Sicht, wir haben unsere – kann man es nicht ein für alle

Mal dabei belassen? Wie oft sollen wir diese Themen denn noch durchkauen?“

Doch ihre Eltern waren hartnäckig gewesen, und Hagen war in eine heftige Grundsatzdiskussion mit Ferdinand geraten, die er schließlich mit einem Statement beendete, das keinen Zweifel daran ließ, dass das Thema ab jetzt für ihn ein für alle Mal durch war: „Ich verstehe mich als wissenschaftlich orientierten Menschen, und ich fühle mich als Mitglied einer zivilen Wertegemeinschaft! Ich mag weder anderen etwas vorschreiben, noch möchte ich reglementiert werden! Das Grundgesetz ist völlig ausreichend. Und ich bin absolut dagegen, dass die Kirchen immer noch, trotz Säkularisation, erheblichen Einfluss auf Politik und Staat nehmen oder nehmen wollen und sich dabei sogar über Gesetze hinwegsetzen! Aus meiner Sicht ist die katholische Kirche ein gewinnorientierter Konzern, der sich vor Steuerzahlungen drückt. Ein Konzern, der die Antibabypille verteufelt und gleichzeitig in pharmazeutische Aktien investiert, die genau diese Verhütungsmittel herstellen!“

„Nie und nimmer! Wer behauptet das?!“ Ferdinand war seine Zigarre aus der Hand und zu Boden gefallen. Hektisch hatte er sie aufgehoben und neu angezündet, während er Hagen weiter herausfordernd fixiert hatte.

„Liest du denn keine Zeitung? Die Medien haben schon vor Jahren immer wieder darüber berichtet – auch dass die katholische Kirche angeblich Aktienpapiere von Rüstungskonzernen kauft! Wie versteht sich das deiner Meinung nach mit dem Aufruf zum Weltfrieden?“

„Also, ich glaube das nicht“, hatte sich Elisabeth eingemischt. „Nur weil es in den Zeitungen steht, müssen solche Anschuldigungen noch lange nicht wahr sein!“

„Und was ist mit den vielen Opfern, die unter den pädophilen Ausschreitungen katholischer Repräsentanten unendliches Leid haben erdulden müssen oder immer noch erdulden, hältst du das dann auch für die Unwahrheit?!“ Hagen hatte den Kopf geschüttelt und Theresa einen genervten Blick zugeworfen.

Sie hatte ihm beigepflichtet. „Und nicht nur das! In diesem Zusammenhang schreckt die katholische Kirche nicht selten davor zurück, gegen das achte Gebot zu verstoßen, und redet ohne mit der Wimper zu zucken falsch Zeugnis, nur, um sich vor Entschädigungszahlungen zu drücken. Das ist nicht nur ein Skandal, sondern ein weiteres Indiz für deren Widersprüchlichkeit!“

Dass sie sich diskriminiert fühlte, wenn Politiker, die doch die Interessen einer aufgeklärten Zivilgemeinschaft vertreten sollten, vom Kitt der Kirchen in der Gesellschaft sprachen, hatte sie sich lieber verkniffen – auch, dass sämtliche Alarmglocken bei ihr bimmelten, wenn anlässlich islamistischer Terroranschläge Vertreter der christlichen Kirchen gemeinsam mit Vertretern des Judentums und des Islams Einigkeit vor der Presse demonstrierten.

Hagen hatte sich einen entsprechenden Fernsehbericht angeschaut und nach ihr gerufen. Es war nicht zu übersehen gewesen, wie wütend ihn das gemacht hatte! „Hier inszenieren sich gerade wieder Böcke als Gärtner!“

„Oder Wölfe im Schafspelz.“ Theresa gab Hagen absolut recht. Dienten nicht sämtliche Weltkirchen mit ihren teilweise fundamentalistischen Lehren als Plattformen für Radikale? Und hatten nicht alle schon im Namen Gottes gemordet, Glaubenskriege angestiftet und sich gleichzeitig als Retter aufgespielt? Wie passte das zusammen?

„Aber es gibt doch inzwischen zunehmend Strömungen, die für eine Erneuerung der Kirchen stehen!", hatte Ferdinand argumentiert und Theresa hatte zugestimmt.

„Du weißt aber auch, dass so mancher Reformer in der Vergangenheit sein Leben dafür hat aufs Spiel setzen müssen! Und zeigen nicht gerade die jüngsten Ereignisse, dass man für Erneuerungsbestrebungen auch heute wieder in Lebensgefahr geraten kann? Ich frage mich, ob sich die Weltkirchen tatsächlich ihrer immer wieder zitierten Verantwortung wirklich bewusst sind. Mir wäre wohler, wenn es derartige Institutionen in dieser Form gar nicht mehr gäbe!"

Danach hatte eine ganze lange Weile niemand etwas gesagt. Bis Ferdinand plötzlich eine TV-Sendung eingefallen war, die gerade lief und die er unbedingt sehen wollte, während Elisabeth abrupt die Wäsche im Keller eingefallen war, die noch aufgehängt werden musste.

Theresa und Hagen hatten verstanden und sich verabschiedet. Am nächsten Tag waren sie nach Island geflogen – und nun waren sie hier!

Der Fahrstuhl stoppte auf ihrer Etage, sie betraten den Flur, und Theresa entriegelte die Tür zu ihrem „Reich". Das Zimmer war ein Traum. Alles war in matten Grau- und Brauntönen gehalten, was gleichermaßen elegant und gemütlich wirkte. Eine Liegelandschaft vor dem Kamin lud zu romantischer Zweisamkeit ein.

Und für den absoluten Wow-Effekt sorgte ein riesiges Panoramafenster.

„Wahnsinn! Der Blick auf den Atlantik ist ja fantastisch!“ Erstaunlich glatt, wie glänzender schwarzer Seidenstoff, lag das Meer unter einem kitschigen Sichelmond und bildete einen unerwarteten Kontrast zur zerklüfteten und winterlichen Küstenlandschaft Reykjaviks. Von ihrem ersten Besuch an war Theresa dem Zauber dieses Landes mit seinen vielen Vulkanen und heißen Quellen erlegen.

Eigentlich kein Wunder, dass in vielen Teilen der Bevölkerung der Glaube an die Mythen alter Götter, an Elfen und Trolle noch lebendig war. „Wie habt ihr Isländer es bloß angestellt, trotz Christianisierung, eure mythischen Vorstellungen von der Welt derart intensiv am Leben zu erhalten?“

Hagen hatte mit den Schultern gezuckt. „Schon im Schulunterricht wurden uns die Sagen aus der ‚Edda‘ nahegebracht. Ein Teil dieser Aufzeichnungen stammt aus dem 11. Jahrhundert – von meinem Landsmann Sæmundur Sigfússon. Hast du von ihm schon mal gehört?“

„Nein.“

„Er war Gelehrter und Priester.“ Hagen gab seiner Stimme plötzlich eine unheilschwangere Farbe. „Er konnte angeblich durch die Luft fliegen und soll mit dem Teufel einen Pakt geschlossen haben. Viel mehr weiß ich allerdings nicht mehr.“

Plötzlich knallte der Korken einer Champagnerflasche. Theresa drehte sich um und beobachtete ihren fast zwei Meter großen Ehemann, um den so manche ihrer Freundinnen sie heimlich beneideten. Geschickt goss er die goldfarbene, leicht sprudelnde Flüssigkeit in zwei Gläser. „Ein Geschenk des Hauses." In seinen großen Händen wirkten die Gläser besonders filigran. Sie nahm eins entgegen und stieß mit ihm an.

Hagen beugte ich zu ihr runter, küsste sie und säuselte: „Auf den Schönen und das Biest."

Theresa lachte auf, diesen Spruch hörte sie nicht zum ersten Mal. Die Flitterwochen begannen vielversprechend!

2

Was hatte sie so plötzlich geweckt? Theresa lauschte einen Moment ins Halbdunkel des Zimmers. Jetzt war alles still. Die Bettdecke war verrutscht, und Theresa spürte, dass sie fröstelte. Sie und Hagen waren immer noch nackt. Das Feuer im Kamin war heruntergebrannt und glühte nur noch. Sie deckte sich zu und kuschelte sich an ihn. Hagens Geruch und die Wärme seines Körpers gaben ihr ein Gefühl von Geborgenheit. Sie strich ihm eine Haarsträhne aus dem Gesicht und betrachtete ihn verknallt. Kein Zweifel – sie war mit einem schönen Mann verheiratet! Er besaß ebenmäßige markante Gesichtszüge, und Theresa fragte sich nicht zum ersten Mal, wie die Natur eine solche Symmetrie erschaffen konnte. Natürlich wusste er um seine Attraktivität – tat aber so, als sei ihm dieser Umstand völlig egal.

Als sie ihn küsste, erwiderte er ihre Zärtlichkeit, legte seine Hand auf ihren Bauch – und versank wieder in Tiefschlaf. Theresa schmunzelte. Hagen verausgabte sich dermaßen, dass er „hinterher" nicht etwa nach seinen Zigaretten verlangte, sondern nur ein einziges großes Bedürfnis verspürte – Schlaf! Er bemühte sich zwar trotz Müdigkeit, Theresa, die im Gegensatz zu ihm nach dem Sex erstaunlich unternehmungslustig und sehr gesprächig war, noch etwas Aufmerksamkeit zu gönnen, doch spätestens, wenn er Antworten auf nicht gestellte Fragen gab, war klar, dass er bereits in die ausgestreckten Arme von Morpheus unterwegs war.

Heute war es allerdings anders gewesen. „Wirklich schade, dass wir nie gemeinsame Kinder haben werden", hatte er gemurmelt, „zu dumm, dass ich dir diesen Wunsch nicht erfüllen kann. Ich stelle es mir manchmal vor, weißt du?"

Eine ganze Weile hatten sie geschwiegen und einander festgehalten. Und Theresa hatte darüber nachgedacht, wie unverhofft selbst schönste Augenblicke ihre Schattenseiten offenbarten und wie sich – umgekehrt – in schrecklichen Augenblicken plötzlich Zuversicht einstellen konnte. Es war eine Binsenweisheit, dass es das eine ohne das andere nicht geben konnte.

Sein Problem hatte Hagen nicht zum ersten Mal thematisiert. Doch es war diesmal besonders deutlich geworden, dass sein Selbstbewusstsein nur Fassade war und seine oft provokant zur Schau getragene Coolness letztendlich nur dazu diente, das Unabänderliche zu kompensieren – das durch ein niederschmetterndes medizinisches Gutachten vor ein paar Wochen endgültig bestätigt worden war. Es stellte eine bittere Schmach für ihn dar und aus seiner Sicht seine männliche Identität empfindlich in Frage.

„Es ist doch ein Unterschied, ob man sich gegen ein Kind entscheidet oder ob sich diese Frage von Anfang an erst gar nicht stellt, Thessa", hatte er niedergeschlagen resümiert.

Theresa hatte all die wunderbaren Attribute, die Hagen in ihren Augen besaß, beschworen und ihm versichert, dass sie ihn liebte, doch er hatte nachdenklich geschwiegen.

„Ich habe in jeder Hinsicht meine Ergänzung in dir gefunden, ich bin glücklich mit dir, das weißt du doch, oder?!"

Hagen hatte abwägend genickt. „Das sagst du jetzt, aber in ein paar Jahren siehst du das vielleicht anders und denkst, dass ..."

„... dass du der Mann bist, mit dem ich den Rest meines Lebens verbringen will!"

Es stimmte, sie hegte durchaus den Wunsch nach einem Kind. Die Vorstellung, sich und Hagen in gemeinsamen Kindern wiederzuerkennen, hätte sie sehr glücklich gemacht. Dass ihr gemeinsamer Lebensentwurf in diesem Punkt scheiterte, war bitter. Doch sie mussten damit fertigwerden. Sie und Hagen würden in naher Zukunft das Richtige tun und sich mit einer Adoptionsagentur in Verbindung setzen. Einem elternlosen Kind die Chance eines liebevollen Zuhauses zu bieten bot ihnen gleichzeitig die Chance auf Familie – ein Lebensentwurf, den sie mit Hagen auf jeden Fall leben wollte.

„Wer denn sonst, wenn nicht wir", flüsterte sie ihm leise ins Ohr und küsste sein Ohrläppchen. Dann machte sie sich vorsichtig von ihm frei, stand auf und zog sich den Morgenmantel über.

Sie goss den Rest Champagner in eins der Gläser und langte in ihre Handtasche. Einem Kästchen entnahm sie einen Joint und zündete ihn an. Dann öffnete sie die Terrassentür und ging nach draußen. Sie inhalierte tief, spürte den angenehmen Schwindel und nippte vom Champagner. Es würde wohl eine ihrer letzten Haschischzigaretten sein – ein Vergnügen, dem sie ohnehin nur noch selten nachging, ein nostalgisches Überbleibsel aus einer wilden Zeit.

Doch Hagen mochte es nicht, wenn sie kiffte, und als zukünftige Mutter würde sich ein derartiger Konsum endgültig verbieten.

Als sie nach einer Weile zu frösteln begann und reingehen wollte, sah sie, fast außerhalb ihres Gesichtsfeldes, plötzlich etwas aufblitzen. Als sie sich umdrehte und nach oben blickte, entdeckte sie grünlich flackernde Schleier am tiefschwarzen Himmel. Tatsächlich schien sich gerade über ihr das Spektakel eines Nordlichts auszubreiten! Ein derartiges Erlebnis war ihr bisher verwehrt geblieben. Sie schlich nach drinnen und zog sich leise an. Dann schnappte sie sich Hagens Kamera, warf noch einen Blick auf ihren tief schlafenden Ehemann und hastete aus dem Zimmer.

Auf dem Flur begegnete ihr ein ebenfalls flitterndes Paar. Der sichtlich angetrunkene Bräutigam mühte sich erfolglos ab, seine Braut über die Türschwelle zu heben. Er ging unter der Last langsam in die Knie, schob seine Angetraute schließlich über die Schwelle und kämpfte dann mit der Tür, die auch nach mehreren Tritten partout nicht ins Schloss fallen mochte. Theresa erbarmte sich, kehrte um und zog die Tür zu. Sie drehte noch den Türhänger auf „Do not disturb“, nahm den Aufzug nach unten und sprintete aus dem Hotel.

Über dem gesamten Meereshorizont, besonders in Richtung der Halbinsel Grotta, auf der ein Leuchtturm stand, flackerten Polarlichter. Allerdings hatte sich die Farbe von dem anfänglichen Grün zu einem hellen Rot verändert. Theresa erinnerte sich, etwas darüber gelesen zu haben: Für die Färbung der „Aurora Borealis“ war die Höhe, in der die geladenen Teilchen eines Sonnensturms auf das Erdmagnetfeld trafen, entscheidend. Während sie die Belichtung der Kamera einstellte, beschloss sie, Hagen nichts von ihrem nächtlichen Ausflug zu erzählen. Spitzbübisch malte sie sich aus, wie er am nächsten Morgen über die Bilder auf seinem Display überrascht sein würde, während sie ein harmloses Gesicht dazu machte.

Sie schoss ein paar erste Fotos und prüfte die Qualität. Dann stiefelte sie drauflos, ohne zu bemerken, wie schnell sie sich vom Hotel entfernte. Es war klirrend kalt, und der Schnee unter ihren Stiefeln knirschte laut in der Stille – die plötzlich etwas Bedrückendes hatte. Theresa hatte von Hagen gehört, dass während der Nordlichter viele Touristen unterwegs waren. Doch erstaunlicherweise war hier kein Mensch zu sehen. Vielleicht hatte sich niemand wegen der niedrigen Temperaturen hinausgewagt. Wie spät mochte es sein? Sie schätzte es auf etwa ein Uhr in der Früh. Ein tiefviolettes Polarlicht waberte am Himmel. Das ganze Schauspiel erinnerte sie an eine sorgfältig durchchoreografierte Lasershow. Und das ganz ohne Eintritt, dachte sie und grinste, während sie den Auslöser der Kamera erneut betätigte. Dabei fühlte sie sich zunehmend körperlos und wie in Trance – vielleicht eine Wirkung des Marihuanas. Ihr Blick fiel auf die entfernte Wasseroberfläche des Atlantiks, wo sich die Lichterscheinungen widerspiegelten, dann auf ihre Umgebung. Die Lavafelsen bildeten einen bizarren Kontrast zur Schneelandschaft, manche von ihnen schienen zu atmen und sich, plötzlich lebendig geworden, grotesk zu bewegen. Es hatte etwas Unheimliches, wenn nicht gar Bedrohliches. Theresa wurde bewusst, dass sie, im Fall einer Gefahr, ziemlich hilflos war. In welcher Richtung lag das Hotel? Es war nicht mehr zu sehen. Sie spürte Panik in sich aufsteigen und rief sich zur Ordnung. Ihre Fantasie ging mit ihr durch – welche Gefahr sollte hier schon lauern?

Als sie auf eine kleine Anhöhe schritt, um die Wasseroberfläche zu fotografieren, hörte sie ein merkwürdiges Knistern. Sie versuchte, das Geräusch zu orten, und blickte nach oben. Über ihr waberte immer noch, jetzt spiralförmig, das tiefviolette Nordlicht – gleichzeitig spürte sie ein Kribbeln am ganzen Körper und fühlte, wie sich ihre feinen Nacken- und Armhärchen aufstellten. Etwas schien sich außerhalb ihres Blickfelds zu bewegen. War da jemand? Was war das?!

3

Theresa blinzelte. Wo waren die Nordlichter hin? Sie versuchte sich zu orientieren. Das da über ihr waren jedenfalls keine. Sie blinzelte noch einmal. War es die Sonne? Nein, es sah eher aus wie – ja wie denn? Es fiel ihr nicht ein. Irgendwelche grellen Dinger ... Lampen, genau! Lampen rasten über sie hinweg – doch warum diese Eile?

Sie versuchte den Kopf anzuheben, doch es gelang ihr nicht. Warum war ihr so entsetzlich heiß? Als sie Anstalten machte, sich von ihrer Decke – wieso eine Decke? – zu befreien, wurde sie plötzlich festgehalten.

„Ganz ruhig, Liebling, ich bin bei dir!“ Die Stimme kam ihr bekannt vor. Hagens Gesicht schob sich in ihr Gesichtsfeld, und Theresa erschrak. Er griff nach ihrer Hand. „Alles wird gut, das verspreche ich dir.“

Wieso wurde alles gut? War denn irgendwas schlecht? Ihr war heiß, das war alles! Irgendjemand sagte plötzlich etwas von einem Wärmebett. Wärmebett? Nun spürte sie allerdings Panik! Ihr war doch bereits unerträglich heiß – merkte das denn niemand?? Als sie protestieren wollte, versagte ihr die Stimme. Sie hörte, wie sich eine Tür öffnete, und fühlte, wie sie in einen Raum geschoben wurde. Sie schloss die Augen und versuchte sich zu konzentrieren.

Die leise Erinnerung eines zirkulierenden Lichtes glitt plötzlich durch ihre Gedanken, doch sie war zu müde, dieser Erinnerung zu folgen. Sie spürte eine zunehmend bleierne Schwere und etwas, das sich aufzubäumen schien und gleichzeitig nachgab. Zufrieden ließ sie sich treiben und versank in einem Strudel bunter Nebel und immer leiser werdender Stimmen, die nur noch vereinzelt von irgendwoher zu ihr durchdrangen. Dann war Stille – Frieden.

Was war das für ein piepsendes Geräusch? Alarmiert schlug sie die Augen auf. Ihrer Gewohnheit folgend, wollte sie sich sogleich aus dem Bett schwingen, doch eine Hand drückte sie sanft nach unten.

„Schön langsam. Willkommen zurück."

Verwirrt starrte sie in das Gesicht eines rotbärtigen Hünen mittleren Alters in einem weißen Kittel. Ein Arzt? Theresa dachte scharf nach. Schlagartig fiel es ihr ein – der nächtliche Ausflug!

Sie beobachtete, wie der Hüne ihr eine neue Infusion anlegte. „Ich bin Doktor Gunarsson."

Theresa nickte. Jemand nahm ihre Hand und sie wandte ihren Kopf zur Seite. Hagen saß an ihrem Bett.

„Schatz, wie geht es dir? Du hast mir einen Mordsschrecken eingejagt, weißt du das?! Mein Gott, Thessa, was hast du dir bloß dabei gedacht! Warum gehst du mitten in der Nacht allein –"

„Da waren –"

„Nordlichter, ja, ich weiß!"

Theresa sah, dass Hagen nicht beeindruckt war, und ärgerte sich über seinen vorwurfsvollen Ton. Sie hatte keine Lust, sich zu rechtfertigen! Doch eine innere Stimme sagte ihr, dass Hagen recht hatte – was hatte sie sich dabei gedacht?

„Du hast so tief geschlafen und kennst das alles." Sie bekam einen Schreck. „Die Kamera?"

Hagen deutete auf den Nachttisch.

Theresa drückte seine Hand. „Sei bitte nicht sauer, Schatz. Ich verspreche dir, dass ich so was nie wieder mache!" Doch das nächtliche Ereignis war präsent. „Du kannst dir gar nicht vorstellen, wie es war – es war –"

„Gigantisch", meldete sich plötzlich Doktor Gunarssons nüchterne Stimme. Er war gerade damit beschäftigt, Theresa vom EKG zu entstöpseln. „Der Norden hat für viele Menschen etwas Magisches." Er zwinkerte Theresa zu und machte Anstalten, sie mit dem Stethoskop abzuhören. „Ich habe auch ein paar Fotos gemacht. Die Lichter waren diesmal erstaunlich ...", er suchte nach dem richtigen Wort, „... vielfältig!"

Theresa nickte. „Ja! Haben Sie dieses elliptische Polarlicht gesehen und das rötliche, das sich fast über den gesamten Horizont ausgebreitet hat?"

Doktor Gunarsson antwortete nicht, sondern bedeutete ihr stattdessen, einen Moment zu schweigen, was Theresa jedoch ignorierte.

„Ich habe so ein merkwürdiges Geräusch gehört", fuhr sie fort. „Erst war es so ein Knistern, dann klang es wie ein dumpfer Knall!"

Gunarsson gab auf, legte sein Stethoskop weg und begann, sie abzuklopfen. „Wussten Sie, dass wir Isländer, und auch die Inuit auf Grönland, das Polarlicht für das Tor zu einer anderen Welt halten? Schon die alten Kelten haben an diese ‚Anderswelt' geglaubt." Mit gespieltem Erstaunen fuhr er fort: „Hat Ihnen Ihr Mann das etwa nicht erzählt?" Er wandte sich Hagen zu: „Und wie kann ausgerechnet mein Landsmann ein solches Wunder verschlafen?!"

Beide Männer lachten, und Theresa beobachtete, dass Hagen sich entspannte und auf Gunarssons scherzenden Ton einging. „Ich bin Naturwissenschaftler und muss so gesehen an Beweise und nicht an Wunder glauben! Allerdings gibt es in der Biologie durchaus Wunderliches. Zum Beispiel Tiere, die sich selbst reproduzieren können, oder Pflanzen, die für ihre Fressfeinde giftig werden."

Gunarsson nickte. „Gewarnt durch biochemische Botenstoffe ihrer Artgenossen, ich weiß."

Hagen nickte. Er strich Theresa eine Haarlocke, die ihr ins Gesicht gefallen war, zurück und küsste ihre Handinnenfläche.

Er sah blass aus, und Theresa wurde plötzlich bewusst, wie viele Sorgen er sich ihretwegen gemacht hatte.

Gunarsson begann seine medizinischen Utensilien zusammenzusammeln. „Ich bin zwar Schulmediziner, aber ich habe mehr als einmal mit Patienten gesprochen, die Nahtoderlebnisse hatten. Auch wenn die Medizin dafür natürliche Erklärungen findet, so besteht für Menschen, die solche Erlebnisse hatten, überhaupt kein Zweifel, dass sie Zeuge eines Wunders geworden sind. Vor ein paar Jahren habe ich einen todkranken Patienten behandelt. Er starb. Er war tatsächlich wenige Minuten tot. Als er sein Bewusstsein wiedererlangte, hatte er nicht nur eine zutiefst spirituelle Erfahrung gemacht, sondern sein

Bauchspeicheldrüsenkarzinom war ein paar Tage später spontan verschwunden. Ich kann mir das nicht erklären, aber glauben Sie mir, wenn dieser Mann über sein Erlebnis spricht, kann man sich nur schlecht der Magie, die seine Schilderungen erzeugen, entziehen. Meine Sicht auf die Dinge hat sich im Laufe der Jahre entscheidend verändert."

Er ging zur Tür. Dann hielt er inne und drehte sich um. „Und was ist mit dem Fakt, dass Sie heute Morgen ausgerechnet von einem genau rechtzeitig vorbeikommenden Ballonfahrer entdeckt und so vor dem sicheren Erfrieren bewahrt wurden – obwohl Sie trotz intensiver Bemühungen der Suchmannschaften die ganze Zeit vorher unauffindbar waren?"

Theresa drehte sich zu Hagen. „Ein Ballonfahrer?"

Er nickte.

„Könnte man dahinter nicht höhere Fügung vermuten?", fragte Gunarsson.

„Zufall", konstatierte Theresa.

Doktor Gunarsson stutzte. „Zufall? Woher wissen Sie das so sicher?" Er dachte einen Moment nach. „Ist es nicht eher so, dass man weder Zufall noch Wunder belegen beziehungsweise widerlegen kann?"

Theresa wusste, worauf er hinauswollte. Sie kannte solche Diskussionen zur Genüge und hatte im Moment keine Lust darauf. Von ihr aus konnte jeder denken, was er wollte!

„Für mich zählt Wissenschaft", entgegnete sie. „Wunder und Glaube sind nicht verifizierbar und gehören ins Reich der Fantasie."

Gunarsson lächelte höflich. „Fantasie ist wichtiger als Wissen, denn Wissen ist begrenzt – Albert Einstein." Er nickte Theresa und Hagen freundlich zu und schloss leise die Tür.

4

Sie schlug die Broschüre einer Adoptionsagentur auf. Seit fast einer Woche waren sie und Hagen wieder zu Hause, und Theresa stellte zum wiederholten Mal fest, wie schnell die Flitterwochen vergangen waren. Von den Folgen ihres nächtlichen Ausflugs hatte sie sich zügig erholt und gemeinsam mit Hagen die restliche Zeit genutzt, um die Sehenswürdigkeiten Islands zu erkunden. Besonders interessierte sie sich für die Architektur gotischer und romanischer Sakralbauten. Seit sie denken konnte, liebte sie Türme. Auf der britischen Kanalinsel Jersey war sie im vorigen Sommer dieser Leidenschaft ausgiebig nachgegangen – zum Leidwesen Hagens. Er hatte einfach nur faulenzen und auf den Atlantik schauen wollen. So war sie eben allein losgezogen, hinauf zum Mont Orgueil Castle in Gorey, das man hoch über dem Atlantik erbaut hatte. Hagen war von oben nur noch als dicker Fleck am Strand erkennbar gewesen. Im Garten der Festung war Theresa, vom Duft der Rosen und dem Rufen der Möwen eingelullt, einen Moment eingeschlafen. Stundenlang war sie anschließend in der Anlage unterwegs gewesen und hatte die verschiedenen Aussichten erkundet. Auf dem Festungsturm war sie dann hängengeblieben.

Während sich ihre Augen in den Weiten des Atlantiks verloren hatten, war ihr plötzlich bewusst geworden, dass sie diesen Fernblick mit all jenen Menschen teilte, die über die Jahrhunderte im Castle gelebt hatten und schon längst vergangen waren. Doch die Aussicht auf den Atlantik war geblieben und schuf eine Verbindung durch Raum und Zeit.

Hagen zog sie gern wegen ihrer Vorliebe für alte Schlösser und Kirchen auf. Aber gab es eine bessere Möglichkeit, sich eine unbekannte Umgebung zu erschließen, als auf Türme zu steigen? Abgesehen von der Möglichkeit, diese von hohen Bäumen aus zu betrachten, was sie ebenfalls liebte.

Auf Island hatte ihr erster Besuch der Hallgrimskirkja gegolten, von deren Turm man einen Rundblick über ganz Reykjavik hatte. Die klare Architektur dieser Kirche, deren Planung bereits im ersten Drittel des zwanzigsten Jahrhunderts begonnen und deren Bau erst in den neunziger Jahren fertiggestellt worden war, erinnerte Theresa an den Nachbau einer überdimensional großen Orgel. Das Mittelschiff bestach durch hohe, elegant geschwungene weiße Bögen und konnte ohne weiteres mit der Architektur weltbekannter Kirchenbauwerke konkurrieren.

Bei einem ihrer letzten Ausflüge an einem ziemlich diesigen Tag waren sie zu einem Lavafeld hinter dem kleinen Dorf Kirkjubaersklaustur gewandert. Einen Moment hatte sich Theresa das Brodeln, Dampfen und Zischen der Lava vorgestellt und sich dabei merkwürdig vertraut mit den geothermalen Geschehnissen weit unter ihr verbunden gefühlt. Doch das Wetter war immer schlechter geworden und hatte zum Schluss nicht mehr zugelassen, dass sie die beiden Wasserfälle Seljalandsfoss und Gljúfrafoss besuchen konnten.

Auf den weniger bekannten Gljúfrafoss waren sie eher zufällig bei einer Wanderung im Sommer gestoßen. Da die wenigsten Touristen, die Island besuchten, von diesem Wasserfall wussten, hatten sie die Unberührtheit dieses geheimnisvollen Ortes in aller Stille genießen können.

„Siehst du ihn?", hatte Theresa geflüstert.

„Wen?"

„Na wen wohl – Otur natürlich!"

„Ne!" Desinteressiert hatte Hagen sich auf einen der Steine gesetzt und seine Kamera überprüft.

„Du siehst also nicht den fischenden Otter da unten?"

Statt einer Antwort hörte sie das Klicken seiner Kamera. Theresa ging auf die Palme, wenn Hagen Schnappschüsse von ihr machte. Und so war es bei dem Versuch, ihm die Kamera zu entwenden, zu einer Rauferei gekommen.

Doch plötzlich hatte Hagen seine Augen zusammengekniffen und nach unten gedeutet. „Tatsächlich, jetzt sehe ich ihn auch, ganz deutlich sogar." Und in der Art eines Sportreporters war er fortgefahren: „Und ich sehe noch etwas anderes: Ich sehe Loki, wie er gerade kraftstrotzend das Spielfeld betritt – er schaut sich um – er entdeckt Otur – und da, er schleicht sich an ihn heran, geschmeidig wie eine riesige Katze – ich muss sagen: ganz große Klasse für so einen doch eher grobschlächtigen Kerl – Odin und Hönir bleiben weit hinter ihm zurück – jetzt greift sich Loki einen riesigen Stein – doch er schüttelt den Kopf – er legt den Stein wieder zurück – er greift sich einen etwas kleineren – er wiegt ihn abschätzend – ist er zufrieden? – Ja, er nickt – es scheint der richtige zu sein – er peilt die Entfernung – er zielt – merkt Otur denn nicht, welche Gefahr ihm droht? – Jetzt holt Loki aus und wirft mit voller Wucht, und tatsächlich – der Stein fliegt und fliegt und– jaaaa, er trifft – tot, tot, tot – es ist nicht zu glauben, Otur fällt zur Seite und ... ins Wasser!" Hagen hatte dazu einen Veitstanz angedeutet, und sie waren sich lachend in die Arme gefallen.

Dann war er stundenlang seinem Hobby des Kunstfotografierens nachgegangen, während sie das Licht-und-Schatten-Spiel auf den Dunstschleiern des Wasserfalls beobachtet hatte, der sich in der felsigen, halboffenen Höhle in die Tiefe stürzte. Ihr war es vorgekommen, als sei sein einsames Rauschen zu einem Flüstern geworden, das sie in eine Welt voller Mythen, Magie und Geheimnisse hatte locken wollen – eine leise Verheißung auf eine Welt, in der jahrtausendealte Legenden nordischer Helden- und Göttersagen lebendig wurden.

Plötzlich wurde draußen laut gehupt, und Theresa schreckte hoch. Ein kurzer Blick aus dem Küchenfenster offenbarte, dass es ein nasser und trostloser Januartag werden würde. In der Nacht hatte es geschneit, doch der Schnee war nicht liegen geblieben. Sollte sie nach dem Telefonat vielleicht die letzten Umzugskartons auspacken? Sie waren erst vor Kurzem nach Soest gezogen. Hagen hatte witzigerweise an derselben Schule, wo sie seinerzeit Abitur gemacht hatte, eine Anstellung als Lehrer gefunden.

Die westfälische Kleinstadt lag nicht weit entfernt von ihrem Heimatort Welver, in dem ihre Eltern immer noch lebten. Theresa würde neben ihrer Dissertation ihr Glück als freie Journalistin bei den regionalen Blättern versuchen. Sie schrieb bereits, allerdings ehrenamtlich, für das Kirchenblättchen „Amen", für das sie schon als Teenager kritische Texte verfasst hatte. Pater Fidelio, der Initiator der Zeitung und Pfarrer an der Kirche, die sie mit ihren Eltern besuchte, hatte sie gewähren lassen – selbst als sie angefangen hatte, alles infrage zu stellen. Doch auch er hatte sich schließlich von ihr erklären lassen müssen, dass sie genug von Religion hatte und ihren Eintritt in die Volljährigkeit mit dem Austritt aus der Kirche feiern würde. „In der Schule beschäftigen wir uns mit Charles Darwins Evolutionslehren, gleichzeitig erwartet die Kirche, dass man an Schöpfungsgeschichte und Sündenfall, eben an ein göttliches Wesen glauben soll. Ein Wesen, das zulässt, dass sein eigener Sohn gefoltert und ans Kreuz genagelt wird! Ein ziemlich grausames Wesen, wenn Sie mich fragen."

„Habe ich je von dir verlangt, dass du die Bibel wortwörtlich nehmen sollst?", hatte der Pater wissen wollen.

Theresa hatte den Kopf geschüttelt. „Nein, aber Pater Augustinus! Sehen Sie, nicht mal die Kirchenleute sind sich einig! Außerdem, warum lässt Gott zu, dass Gläubige andere Gläubige töten oder dass seine Schöpfung zerstört wird? Es gibt keinen Gott, da bin ich mir sicher!"

Der Pater hatte nichts weiter dazu gesagt, Theresa aber gebeten, genau darüber, über ihre Zweifel, im Kirchenblatt zu schreiben. Das hatte sie getan und einen Mitschüler gebeten, eine Karikatur nach ihren Anweisungen zu zeichnen. Dabei war ein Gott herausgekommen, der in einer Pfütze stand, sich ratlos seinen ergrauten Kopf kratzte, während ihm Gläubige verschiedenster Konfessionen gerade kräftig ans Bein pinkelten. In einer Denkblase grübelte der Schöpfer darüber nach, welcher Fehler ihm schon wieder unterlaufen war und ob eine zweite Sintflut vielleicht Sinn machte.

Pater Fidelio war ihr über all die Jahre trotz – oder vielleicht gerade wegen – ihrer unterschiedlichen Sichtweisen als Freund und Mentor geblieben, ein Gesprächspartner, der nie versucht hatte, sie zu bekehren. Dann war sie zum Studieren nach Marburg gezogen, und der Pater war an einen anderen Wirkungsort berufen worden, sodass ein Zusammentreffen eine kostbare Seltenheit geworden war. Doch nun, so hatte sie von ihren Eltern erfahren, würde Fidelio in den nächsten Wochen ebenfalls nach Soest zurückkehren.

Ihr Handy klingelte – ihre Mutter. Theresa ignorierte es, sie wusste, dass sie den Eltern einen Besuch schuldete. Doch einen allzu engen Kontakt versuchte sie zu vermeiden.

Ihre Mutter, eine geborene Freifrau von Welvenstein, war trotz ihrer 68 Jahre nach wie vor eine schöne Frau. Noch minderjährig, war sie seinerzeit mit dem attraktiven, aber mittellosen Steinmetz Ferdinand Zimmermann Hals über Kopf nach Gretna Green in Schottland durchgebrannt. Als einzige Tochter hatte sie ihn gegen den ausdrücklichen Willen der Eltern geheiratet. Ein Skandal – und eine wirklich tolle Geschichte, wie Theresa fand! Wahrscheinlich das einzige Abenteuer, auf das sich ihre Eltern je eingelassen hatten, die Ouvertüre zu einem großen Liebesroman – und doch nur eine längst verpasste

Chance – vergeben, kaum dass sie da gewesen war. Von dem einst so leidenschaftlichen und rebellischen Liebespaar waren eine zutiefst traurige Ehefrau und ein Ehemann übrig geblieben, dem das anscheinend egal war. In der Privatheit des Zuhauses gaben sich schon lange Tristesse, Sprachlosigkeit und Selbstaufgabe ihr Stelldichein, was Theresas Meinung nach auch den depressiven Dauerzustand ihrer Mutter erklärte. Sie ahnte, dass Elisabeth heimlich trank, und hatte sie darauf angesprochen.

Ihre Mutter war hysterisch geworden. „Wie bitte?! Es ist unverschämt von dir, mir so was zu unterstellen, kümmere dich gefälligst um deinen eigenen Kram!" Doch Theresa roch die Wermut-Fahne, die ihre Mutter umwehte, wenn sie von den häufigen Besuchen der Toilette zurückkam und sich Stimmung und Sprache zunehmend veränderten. Dann war es für sie höchste Zeit, zu gehen.

Wieder klingelte das Handy, und Theresa ging dran.

„Na endlich", hörte sie die knarzige Stimme des Vaters, „warum meldest du dich nicht? Deine Mutter sagt, sie kann dich nicht erreichen!"

Auch wenn sie ihren Vater liebte, so war ihr Verhältnis angespannt. Ferdinand hatte etwas von einem frömmlerischen Chauvinisten. Er verlieh sich gern einen intellektuellen Touch, indem er auswendig gelernte Sprüche und Verse – es waren immer dieselben – bei jeder Gelegenheit in Gespräche einstreute. Theresa schämte sich dann „fremd", wenn ihn jemand durchschaute, was meistens dann geschah, wenn Ferdinand in Feierlaune über den Durst getrunken hatte und nicht mehr genau wusste, was er eigentlich sagen wollte.

Dass ihm dies Verhalten den heimlichen Spitznamen „Schwaller" eingebracht hatte, war Theresa peinlich. Doch es gab vielleicht Schlimmeres, und keinesfalls war ihr Vater dumm – in seinem Beruf war er sogar ein Ass.

„Ich bin nicht zu Hause", log sie, „wahrscheinlich ein Funkloch."

„Ach so. Ich hatte gerade auf Schloss Corvey bei Höxter einen Termin und dachte, ich komme auf der Rückfahrt auf einen Sprung vorbei – nicht lange, habe ziemlich viel zu tun."

Theresa überlegte angestrengt. „Ich bin erst in ein paar Stunden zu Hause. Ich dachte, ich schaue nächste Woche bei euch vorbei – wenn es passt."

„Passt", hörte sie ihren Vater kurz angebunden, dann war die Leitung tot.

Obwohl ihr Vater schon 71 Jahre alt war, arbeitete er noch – das Geschäft lief gut, gestorben wurde immer, und sich zur Ruhe zu setzen kam für ihn nicht in Frage. Seine Ausbildung hatte er im niedersächsischen Holzminden absolviert und in den 1960er-Jahren wertvolle Erfahrungen bei den Rekonstruktionsarbeiten des Klosters Amelungsborn gesammelt. Später hatte das Kloster Walkenried, das Teil des Unesco-Weltkulturerbes war und an der Grenze zu Sachsen liegt, häufig Ferdinands Wissen und handwerkliches Geschick in Anspruch genommen. Heute genoss er als Steinmetz und Steinbildhauer einen ausgezeichneten Ruf.

Wieder klingelte das Handy, und wieder war es Ferdinand. „Wollte dir nur noch was sagen. Ich hatte in Corvey mit Lennart Neubert zu tun – wegen der Kunstausstellung."

„Was? Mit Lennart?“

„Ja doch! Er arbeitet als Kurator dort, wusstest du das?“

„Nein, woher denn?“ Sie hielt die Luft an. „Und?“

„Nichts“, brummte Ferdinand. „Ich“… Die Leitung war plötzlich wieder tot, und egal, was Ferdinand noch hatte sagen wollen – Theresas Herz begann plötzlich heftig zu klopfen.

Lennart Neubert – ihre Jugendliebe! Seine Entscheidung, in Hamburg Kunstgeschichte zu studieren, hatte damals das Ende ihrer Beziehung eingeläutet. Nur einmal hatte sie ihn seitdem in der Soester Innenstadt aus der Ferne gesehen und verwirrt festgestellt, dass auch da ihr Herz zu hämmern angefangen hatte.

Sie verdrängte ihre Erinnerungen, tippte die Telefonnummer der Adoptionsagentur in ihr Handy, und der Ruf ging raus. Als sich eine Frauenstimme meldete, nannte sie ihren Namen und ihr Anliegen. Die Sachbearbeiterin stellte einige Fragen zu ihrem und Hagens Hintergrund. Nachdem Theresa sich vergewissert hatte, dass das Gespräch vertraulich behandelt wurde, beantwortete sie alles geduldig, bis auf die Frage nach dem Wunsch eigener Kinder.

„Reicht etwa der Wunsch, einem elternlosen Kind ein Zuhause bieten zu wollen, für eine Adoption nicht aus?!“

Die Stimme am anderen Ende beschwichtigte und erklärte, dass dieser Wunsch natürlich eins der wichtigsten Argumente sei. Schließlich notierte Theresa enttäuscht den Termin eines persönlichen Gesprächs in erst zehn Wochen. Dann bedankte sie sich und legte auf.

Sie grübelte. Hagen konnte sich ein Leben ohne Kinder vorstellen – auch sie konnte das. Andererseits sehnte sie sich nach einer Familie. Die tiefe Verbundenheit zu Hagen hatte überhaupt erst den Wunsch nach Kindern in ihr geweckt – nach gemeinsamen Kindern, in denen sie sich wiedererkennen konnten. Aus diesem Grund machte eine Schwangerschaft durch einen Fremdspender keinen Sinn, und das Erlebnis einer eigenen Geburt war nicht zwingend für sie – auch wenn sie sich manchmal zwiespältiger Gefühle bewusst war, meistens dann, wenn sie Schwangere sah. Außerdem war Hagens Ego nach dem ärztlichen Gutachten dermaßen angekratzt, dass sie sich sicher war, dass ein derart gezeugtes Kind eine permanente Verletzung für ihn darstellen würde – mochte er dies auch noch so vehement abstreiten. Theresa hatte ein absolutes Gehör dafür entwickelt, wie Hagen etwas sagte, und auch der bittere Zug um seinen Mund war ihr nicht verborgen geblieben.

Plötzlich hörte sie ein Geräusch. Sie lauschte. Nein, sie hatte es sich wohl eingebildet. Doch, da war es wieder. Es schien aus dem Schlafzimmer zu kommen und hatte sich wie ein Knarren angehört – so als sei jemand dort über die Holzdielen gelaufen und abrupt stehen geblieben. Alarmiert schlich sie in den Flur und langsam weiter ins Schlafzimmer. Die Tür des begehbaren Kleiderschrankes stand offen. Sie durchsuchte ihn und probierte die Schließe. Alles in Ordnung. Dann bemerkte sie die Kälte. Eines der Fenster stand offen. Hatte sie es vorhin nach dem Lüften nicht geschlossen? Offensichtlich nicht – wie nachlässig von ihr. Hagen und sie lebten in der Hochparterrewohnung eines sehr schönen Historiendenkmals aus der Gründerzeit. In letzter Zeit wurde in der Gegend häufig eingebrochen, und Theresa achtete deshalb besonders darauf, Fenster und Terrassentür geschlossen zu halten. Wie schnell konnte jemand einsteigen. Als sie zum Fenster ging, um es zuzumachen, sah sie, dass sich der Vorhang leicht bewegte – und das, obwohl kein Lüftchen wehte! Ihre feinen Nackenhärchen stellten sich auf, und das hatte definitiv nichts mit der Kälte im Zimmer zu tun. Sie blieb stehen. In dem Moment kam die Sonne hervor und schickte ihr Licht durch die beigefarbenen Vorhänge. Was war das? Hinter den zugezogenen Gardinen zeichnete sich ganz deutlich die Silhouette einer Gestalt ab!

Sollte sie aus der Wohnung fliehen und per Handy die Polizei alarmieren? Dann war aber der Einbrecher bis zur Ankunft der Beamten vermutlich über alle Berge. Sie überlegte fieberhaft, bis ihr Blick auf die Schläger fiel, die aus Hagens Golfbag hervorlugten. Leise griff sie sich einen davon und wog ihn abschätzend in der Hand, während sie das Fenster weiter im Auge behielt – ohne den Sicherheitsabstand zu verringern. Ihr Handeln war dumm und unnötig riskant! Sie wusste es, und trotzdem ... „Ich kann Sie sehen!"

Die Gestalt rührte sich nicht.

Vorsichtig näherte sich Theresa dem Fenster und hörte ihren eigenen Puls, der rhythmisch durch ihre Ohren jagte. Nur kurz wurde er durch das pfeifende Geräusch des scharfen Windzugs unterbrochen, als sie kräftig mit dem Schläger ausholte. Mit aller Wucht schlug sie mehrmals zu und hörte ein lautes „Klonk", als der Schläger auf harten Widerstand traf. Dann hastete sie in den Flur, um gegebenenfalls fliehen zu können. Doch nichts passierte. Sie gab sich einen Ruck und ging langsam ins Zimmer zurück. Mit ausgestrecktem Arm hob sie den Vorhang an – nichts. Doch sie war sich sicher, dass da etwas gewesen war! Der Fensterrahmen war an der Stelle, wo sie ihn mit dem Golfschläger erwischt hatte, ziemlich ramponiert – was für ein Glück, dass sie nicht die Scheibe getroffen hatte. Sie ließ den Vorhang fallen – und der Schatten war immer noch da! Wie war das möglich? Als sie den Vorhang erneut anhob, sah sie es: Die kleine Korkenzieherhaselnuss, die schräg vor dem Fenster stand, hatte kurioserweise etwas von der Statur eines Menschen, eines Tänzers, der seine Arme wie bei einer Ballettübung weit nach oben streckte – so ganz und gar nichts Bedrohliches. Erleichtert ließ sie den Vorhang wieder fallen und sofort zeichnete sich der „Haselnussschatten" darauf ab. Warum war ihr das bisher noch nie aufgefallen?

Theresa zog die Gardine zur Seite und schloss das Fenster. Die Sonne machte Anstalten, wieder in den Wolken zu verschwinden, und die jahreszeitliche Tristesse kroch in den Raum zurück. Im selben Moment erschrak sie zutiefst. In der Fensterscheibe spiegelte sich etwas – und das war keine Einbildung! Das Etwas schien direkt hinter ihr zu stehen. Alarmiert wirbelte sie herum, immer noch mit dem Golfschläger bestückt. Doch da war niemand. Sie versuchte, das Gefühl von Panik zu ignorieren, und ging näher ans Fenster. Definitiv war in der Scheibe etwas zu sehen. Doch es war schwer zu analysieren und verlor immer wieder an Deutlichkeit. Das Ganze erinnerte sie an die Aura einer Migräne, von der sie hin und wieder heimgesucht wurde. Die anfänglich leichten Sehstörungen endeten immer in pulsierendem Geflacker, das Gesichtsfeld war eingeschränkt wie nach einer Blendung durch die Sonne.

Plötzlich wurde das Bild deutlich, nur für einen kurzen Moment, dann war es wieder verschwunden – eine Fratze!

Im selben Augenblick wummerte jemand an die Eingangstür. Panisch rannte Theresa los und riss die Tür auf, während sie kräftig mit dem Golfschläger ausholte.

„Pizzaservice!“ Hagen hielt ihr zwei Pizzaschachteln entgegen und ging gleichzeitig in Deckung. „Was ist los?“ Dann quetschte er sich, ohne eine Antwort abzuwarten, an ihr vorbei und rauschte, offensichtlich nur noch in der Lage, seinem Fresstrieb zu folgen, in Richtung Küche davon. Theresa blickte ihm konsterniert hinterher und ließ die Haustür zufallen. Egal, wer oder was da eben im Schlafzimmer gewesen sein mochte – Hagen war da und sie in Sicherheit, Punkt! Dennoch ließ sich das Gefühl, jeden Moment durchzuknallen, nicht ganz unterdrücken. Das Beste wäre jetzt, etwas ganz Normales zu tun – Pizza war da perfekt! Dazu jede Menge Alkohol und – Sex!

Dann kam ihr der rettende Gedanke: Überarbeitung! Sie war gestresst und ihr Hirn hatte überreagiert. Aber war sie nicht gerade erst gut erholt aus den Flitterwochen zurückgekehrt? Gereizt erstickte sie das kleine Zweifel anmeldende Stimmchen. Sie war ganz bestimmt überarbeitet – wo war der Whisky, einen ganzen Eimer voll bitte schön!

Während sie den Golfschläger abstellte, spürte sie, wie ihre Beine schlackerten. „Ich habe ein bisschen Trockenübungen gemacht.“ Wie unnatürlich klang das denn?!

Hagen lachte frech, während er mit den Pizzaschachteln hantierte. „Bei deinem Handicap, mein lieber Schatz, ist das auch mehr als vonnöten!“

Theresa lachte böse mit und beobachtete, wie er gierig ein Stück Pizza verschlang. Leider hatte er recht. Sie war immer noch bei Handicap 48. Doch warum ärgerten sie solche Lappalien angesichts der Vorkommnisse im Schlafzimmer? Als Hagen sie fragend anblickte, zwang sie sich zu einem Lächeln und fühlte, dass es zu einer Grimasse mutierte. In wildem Aktionismus half sie ihm beim Zerteilen der restlichen Pizza und biss demonstrativ in ein großes Stück - wohl wissend, dass Hagen sie weiterhin misstrauisch beobachtete. Keinesfalls würde sie die Fratze in der Fensterscheibe thematisieren. Denn das wusste sie: Sprach man erst darüber, war das Thema auf dem Tisch. Und schließlich - war sie ein vernunftbegabter Mensch! Zur Bestätigung nickte sie ihrem Spiegelbild im Küchenfenster zu. Sie war Wissenschaftlerin und schrieb gerade an ihrer Dissertation! Das, was sie im Schlafzimmer gesehen hatte, war ganz eindeutig nicht real gewesen! Es gab eine ganz logische Erklärung dafür: Überarbeitung, Punkt! Und was war jetzt eigentlich mit Sex?!

Hagen blickte erstaunt auf und Theresa musste lachen. Hatte sie es etwa laut ausgesprochen? Offensichtlich! Denn es sah so aus, als ob Hagen ihr auf der Stelle diesen Wunsch erfüllen wollte.

5

Es war ein angenehm sonniger Nachmittag. Der Wind streichelte ihre Haut, trieb weiter durch die Felder und ließ die Bäume des nahen Waldes rauschen. Überall war der Geruch üppiger Vegetation. Hinter ihr grasten zwei schwarze Pferde. Sie hörte überdeutlich, wie sie das Gras aus dem Boden rissen und rhythmisch zerkauten, während sich das beruhigende Gebrumm von Milliarden von Insekten unter die Rupf- und Kaugeräusche mischte.

Von all dem eingelullt, lag sie entspannt auf einer Sommerwiese und beobachtete, wie die aufgelockerten Wolken ständig ihre Formen veränderten und Geschichten von Fabelwesen wie Riesen, Zwergen oder Rittern hoch zu Ross zu erzählen schienen. Sie durchstreiften die Himmelslandschaften, zerflossen langsam ineinander, wenn sie aufeinandertrafen, und wurden nach inniger Umarmung im scheinbar ewig figuralen Kreislauf wiedergeboren, um weitere Abenteuer zu bestehen.

Doch zunehmend verdunkelte sich der Himmel. Die Pferde hatten das Grasen eingestellt und standen wie erstarrt dicht beieinander. Die eben noch harmlosen hellen Wolkenköpfe, deren Ränder jetzt von der durchschimmernden Sonne schwarz konturiert wurden, trieben schnell aufeinander zu und verdichteten sich zu bedrohlich schwarzen Wolkentürmen. Das Szenario erinnerte Theresa an die Bilder William Turners, die ihr immer großen Respekt vor den Elementen der Natur einflößten. Kurze Zeit war es totenstill.

Ein Grummeln aus der Ferne und ein anschwellendes Brausen kündigten das Unwetter an. Sämtliche Kreaturen schienen sich bereits vor der herannahenden Gewalt verkrochen zu haben. Auch die Pferde hatten ihren stabilen Unterstand aufgesucht.

Theresa wollte ebenfalls ihre Sachen zusammenpacken, um den Schutz ihres in der Nähe geparkten Autos aufzusuchen, doch sie konnte sich plötzlich nicht mehr rühren. Sosehr sie es auch versuchte – sie war wie gelähmt. Gleichzeitig wurde ihre Aufmerksamkeit auf einen schwarzen, wabernden Fleck gelenkt, der sich deutlich vom dunklen Horizont abhob und immer größer zu werden schien. Als er tatsächlich immer näher kam, erkannte Theresa, dass es sich um eine menschenähnliche Erscheinung handelte. Unter einem schwarzen Schleier, der wie eine Flagge im Wind flatterte, trug die Gestalt ein weißes Gewand. Eine alte Frau. Sie verharrte dicht über Theresa. Das Ganze hatte etwas Bedrohliches. Doch sosehr sie sich anstrengte – sie konnte sich weder bewegen noch fortlaufen. Nicht einmal ihren Kopf konnte sie abwenden, und selbst wenn sie die Augen schloss, sah sie die Gestalt über sich. Alles wirkte surreal und merkwürdig verlangsamt. Gleichzeitig war ihre Wahrnehmung geschärft. Das ganze Szenario erinnerte sie an eine in Zeitlupe gedrehte Film-Szene, in der sie Darstellerin und Zuschauerin zugleich war, mit ständig wechselnden Perspektiven. Mal sah sie sich selbst auf der Wiese liegen, über sich die lauernde Gestalt. Mal spürte sie die Wiese unter ihrem Rücken und blickte direkt in die Fratze der Alten. Dann wieder sah sie sich selbst von hinten, wie sie vor einem überdimensionalen Gemälde stand, das dieselbe Szene zeigte und in dem lediglich die langsamen Wellen, die ein geräuschloser Wind durch die Wiese trieb, dem Betrachter verrieten, dass auf diesem Kunstwerk etwas ganz und gar nicht stimmte.

Plötzlich deutete die Alte mit der Hand in eine Richtung, und Theresa folgte ihr – wieso konnte sie sich jetzt wieder bewegen? Gleichzeitig hörte sie Hufgetrappel. Am Horizont sah sie die Silhouette eines hoch zu Ross dahinpreschenden Reiters. Sein schwerer, vom Sturm aufgeblähter Umhang schien ihn fast vom Pferd zu ziehen, mit aller Kraft lehnte sich der Mann dagegen. Er hielt etwas vor seinem Körper, doch sie konnte nicht erkennen, was es war. Als der Reiter an ihr vorbeiflog, erkannte sie die kostbare Stickerei, die seinen flatternden Umhang schmückte: geometrisch anmutende Formen, die über und über mit Raubvögeln und katzenähnlichen Wesen – vielleicht Löwen – geschmückt waren. Als plötzlich Wölfe zu heulen begannen, löste sich die Szene auf, und die Fratze der Alten schob sich diesmal dermaßen nah in Theresas Gesichtsfeld, dass sie erschrocken aufschrie. Sofort legte sich eine spindeldürre Hand so fest auf ihr Gesicht, dass Theresa befürchtete zu ersticken, während es erneut donnerte. Panisch schlug sie um sich und riss ihre Augen auf ...

Es war stockdunkel. Wo war sie? Sie lauschte in die Dunkelheit. Jemand atmete ruhig neben ihr – Hagen. Sie lehnte sich in ihr Kissen zurück und spürte, dass sie klatschnass geschwitzt war – die Schwüle im Zimmer war erdrückend. Ein Blitz ließ es vor dem Fenster hell werden, und nach einigen Sekunden hallte der Donner. Das Gewitter war auf jeden Fall real, auch wenn es noch einige Kilometer entfernt zu sein schien. Während Theresa auf den nächsten Blitz wartete, bemerkte sie das Flackern vor ihren Augen. Die Symptome kannte sie – der Beginn einer Migräne! Schon gestern, während des Treffens mit der Sachbearbeiterin der Adoptionsagentur, hatten sie sich angekündigt. Doch sie hatte den Termin nicht absagen, nicht noch mal zehn Wochen Wartezeit in Kauf nehmen wollen. Das Gespräch hatte deutlich gemacht, dass sie sich würde gedulden müssen – ein Kind zu adoptieren war alles andere als einfach.

Wieder donnerte es. Hagen wachte auf.

„Kannst du nicht schlafen? Wieso hast du so kalte Hände?“ Als Theresa aufstehen wollte, knipste er das Licht an. „Schatz, bleib liegen! Wo hast du die Tabletten?“

Er holte sie ihr. Doch nachdem sie das Medikament eingenommen hatte, wurde ihr übel. Sie schaffte es gerade noch zur Toilette – dort erbrach sie sich.

Wieder im Bett, bekam sie Schüttelfrost. „Vielleicht habe ich mir ein Virus eingefangen.“

Hagen löschte das Licht und nahm ihre Hand. Die Berührung und die Dunkelheit entspannten sie. Allmählich ließ das Flackern vor ihren Augen nach, und auch der Albtraum, so real er gewesen sein mochte, verlor langsam seinen Schrecken. Während Hagen wieder einschlief, tobten die Schmerzen in ihrem Kopf und das Unwetter direkt über ihnen. Andauernd zuckten Blitze über den Himmel, und sofort folgte der Donner. Ein plötzlich ohrenbetäubender Knall offenbarte, dass ein Blitz irgendwo in der Nähe eingeschlagen hatte, und der etwas später einsetzende Regen, dass das Unwetter vorbeigezogen war.

Theresa wehrte sich gegen ihre Müdigkeit. Auf einen erneuten Albtraum konnte sie gut verzichten. Sie stand auf und kippte das Fenster – die frische Luft nahm dem Raum endlich seine Spannung, die die ganze Zeit fühlbar gewesen war.

6

Frau Doktor Behrens blätterte die Befunde durch. Theresa war seit ihrer Jugend bei der aus Bayern stammenden Ärztin in Behandlung. „Alles so weit in Ordnung, Frau Zimmermann-Einarsson. Sie ‚san pumperlgssund', wie wir in Bayern sagen. Kein Wunder, dass Sie Migräneanfälle bekommen, wenn Sie so schlecht schlafen. Extremer Schlafmangel kann sogar Halluzinationen auslösen, haben Sie das gewusst? Ich schreibe Ihnen eine Überweisung zum Neurologen – vielleicht brauchen Sie ein anderes Medikament." Theresa bedankte sich und stand auf. Als sie Doktor Behrens zum Abschied die Hand entgegenstreckte, fiel deren Blick auf einen Zettel. Sie las, stutzte – und lächelte. „Allerdings sind Sie schwanger. Wir haben wegen Ihrer Symptome einen Test gemacht. Herzlichen Glückwunsch!"

Theresa setzte sich wieder. „Aber – das kann nicht sein!"

Doktor Behrens blickte sie fragend an und hielt ihr den Zettel entgegen. Theresa las und schüttelte den Kopf. „Es ist unmöglich! Das kann nur eine Verwechslung sein."

„Sie sind die erste Patientin heute Morgen", erwiderte Doktor Behrens. „Wenn Sie wollen, testen wir aber noch mal."

„Nein danke – nicht nötig!" Geistesabwesend verabschiedete Theresa sich und verließ die Praxis. Es stimmte, sie hatte seit mehreren Wochen nicht mehr ihre Mensis bekommen. Doch das war nichts Ungewöhnliches. Vielleicht war ja auch das Verfallsdatum des Tests abgelaufen? Sie würde sich in der Apotheke einen neuen besorgen. Aber warum eigentlich? Hagen war zeugungsunfähig!

Seit mindestens fünf Minuten blickte sie auf die Anzeige des Schwangerschaftstests: positiv! Einer plötzlichen Eingebung folgend, tippte Theresa eine Telefonnummer in ihr Handy und hatte Glück – Doktor Precht selbst nahm den Anruf entgegen.

Doch das Gespräch war ernüchternd. Akribisch, so als würde ein Pathologe eine Leiche sezieren, ging er das medizinische Gutachten, das er für Hagen angefertigt hatte, mit ihr durch, beantwortete all ihre Fragen und erklärte abschließend: „Stellen Sie sich vor, Sie wollten ohne Eierstöcke schwanger werden – genauso unmöglich ist es für Ihren Mann, ein Kind zu zeugen. Ohne männliche Keimzellen keine Kinder! Und ich kann Ihnen versichern, die Ergebnisse wurden nicht vertauscht. Die meisten Untersuchungen habe ich selbst durchgeführt. Es tut mir leid, Frau Zimmermann-Einarsson, aber Ihr Mann ist definitiv zeugungsunfähig!“ Theresa verabschiedete sich floskelhaft. Sie war enttäuscht. Gleichzeitig wurde ihr wieder mal klar, dass das Thema eines eigenen Kindes vielleicht doch noch nicht durch war.

Doch warum waren die Tests positiv? Sie fuhr ihren Rechner hoch – vielleicht würde sie im Internet fündig. Und tatsächlich: Es gab viele Gründe, die das Schwangerschaftshormon HCG ansteigen lassen konnten. Neben weit verbreiteten Hormonstörungen war das Beunruhigendste, dass auch bei einem Tumor der Test positiv ausfallen konnte. War sie ernsthaft krank? In letzter Zeit hatte sie ein vermehrtes Stechen und Krampfen im Unterbauch verspürt und es für die Vorboten ihrer überfälligen Mensis gehalten. Dann fiel ihr ein, dass ihre Mutter vor einigen Jahren an Gebärmutterhalskrebs erkrankt war und nur überlebt hatte, weil die befallenen Stellen rechtzeitig entfernt worden waren.

Sie schaute auf ihre Armbanduhr. Sie würde versuchen, noch einen Termin bei ihrer Gynäkologin zu bekommen. Nein, sie würde gleich in die Praxis gehen. Was auch immer mit ihr los war, sie wollte es gleich wissen.

Doktor Schrader betrachtete die vor ihr sitzende junge Frau wie ein merkwürdiges Insekt unter einem Vergrößerungsglas. Es befremdete sie, dass Patientinnen mit gegoogelten Eigendiagnosen bei ihr erschienen – wozu konsultierte man sie überhaupt noch? Theresa blieb der Ärger Doktor Schraders nicht verborgen, doch er war ihr egal.

Nach der Blutabnahme lachte Doktor Schrader gleich beim ersten Blick auf den Bildschirm des Ultraschallgerätes auf. „Von wegen Tumor! Sie leiden definitiv an Schwangerschaft!" Die Ärztin drehte Theresa das Ultraschallgerät hin. „Der Fötus ist bereits gut entwickelt! Ich würde sagen, Sie sind etwa in der dreizehnten oder vierzehnten Schwangerschaftswoche."

„Was!?" Entgeistert starrte Theresa auf das Wesen, das sie auf dem Bildschirm sah und das in ihrem Bauch sein sollte. Die Qualität der bildlichen Wiedergabe veränderte sich ständig, wenn Doktor Schrader mit dem Schallkopf über ihren Bauch fuhr und dabei alles ganz genau erklärte. Theresa sah deutlich das kleine Herz und den im Verhältnis zu Rumpf und Extremitäten übergroßen Kopf.

Die Fragen der Ärztin holten sie ins Jetzt zurück. „Leiden Sie an Übelkeit? Wann war ungefähr ihre letzte Mensis?“

Theresa überlegte und spürte plötzlich – Freude, unter die sich auch eine Art Triumph mischte. Sie war schwanger, alles war in bester Ordnung! Der ganze Tag war kräftezehrend gewesen und nahm endlich ein gutes Ende. Es war wie ein Wunder, das sie mit Hagen teilen würde.

Doch während sie das Wunder auf dem Ultraschallbild noch bestaunte, kamen die Zweifel zurück. Hatte Doktor Precht einen Fehler bezüglich seines Gutachtens nicht kategorisch ausgeschlossen?

„Erinnern Sie sich vielleicht an ein Datum, an dem Ihre Schwangerschaft begonnen haben könnte?“, hörte sie Doktor Schrader gerade fragen.

Es war wie ein plötzlicher Fausthieb! Ein elliptisches, tiefviolettes Nordlicht rotierte plötzlich durch Theresas Bewusstsein. Ihr nächtlicher Ausflug auf Island! Das Gefühl, dass damals etwas in ihrer Nähe gelauert hatte, war wieder präsent und übermächtig. Noch konnte sie das aufkeimende Gefühl von Panik unterdrücken. Doch wie lange? Es gab keinen Zweifel – sie kannte die Antwort.

Draußen vor der Praxis versuchte sie, Hagen anzurufen. Als er sich nicht meldete, hinterließ sie eine Nachricht, dass er sich umgehend mit ihr in Verbindung setzen sollte. Auch Emma, ihre beste Freundin, war nicht erreichbar.

Wo steckten denn bloß alle, wenn man sie brauchte? Wie aus der Welt gefallen, stand sie den Leuten in der Rathausstraße im Weg. Ein Fahrradfahrer fuhr sie beinahe um und beschimpfte sie lauthals. Noch während sie ihm hinterherblickte, wurde sie von einem eiligen Fußgänger angerempelt. Er entschuldigte sich und hetzte weiter. Theresa setzte sich langsam in Richtung St.-Patrokli-Dom und St.-Petri-Kirche in Bewegung. Letztere war im 8. Jahrhundert von Kaiser Karl gestiftet worden. Etwa zweihundert Jahre später war der Dom entstanden – benannt nach dem Märtyrer St. Patroculus von Troyes, der um das Jahr 259 während der Christenverfolgung vom römischen Kaiser Valerian geköpft worden war. Er galt als Schutzpatron von Soest.

Aus der St.-Petri-Kirche klang Orgelmusik nach draußen. Theresa verlangsamte ihren Schritt und betrat die Kirche. Vielleicht kam sie hier zur Ruhe. Sie blickte sich um und wunderte sich, dass kaum Besucher da waren. Denn nicht nur architektonisch war St. Petri, ebenso wie St. Patrokli, von großer Bedeutung, auch die Gestaltung der farbenfrohen und modernen Kirchenfenster war unbedingt sehenswert. Sie schufen einen faszinierenden Gegensatz zu den alten Sakralbauten und sorgten zudem für angenehme Lichtverhältnisse.

Theresa nahm auf einer der Kirchenbänke Platz. Offensichtlich wurde hier für das nächste Orgelkonzert geprobt. Die tiefsten Basstöne ließen die Holzdielen, auf denen die Kirchenbänke standen, vibrieren. Als eine kleine Seniorengruppe die Kirche betrat, wehte ihr ein intensiver Duft von Kaffee in die Nase. Wahrscheinlich kam er aus der Rösterei, deren Inhaber direkt gegenüber den Kirchen ein Café mit dem verlockenden Namen „Röstaroma" betrieb.

Sie stand auf und konnte dort gerade noch den letzten Platz auf der Terrasse ergattern. Vor einem Riesenglas Latte Macchiato und in eine kuschelige Decke gehüllt, fand Theresa allmählich wieder zu sich.

Sie beobachtete eine Gruppe von Menschen, die gerade den Dom verlassen hatte, und entdeckte in deren Mitte Pater Fidelio. Sie hatte ihn seit mindestens zwei Jahren nicht mehr gesehen. Er war abgemagert und sah alt aus – was er mit seinen 75 Jahren auch war.

Gideon Krause, der neue Messner, schloss die Seitentür zum Dom ab, während der Pater einen Witz zu machen schien – alle lachten. Theresa lächelte mit und beobachtete, wie Fidelio Gideon auf die Schulter klopfte.

„Theresa?" Sie schreckte hoch. Mit zwei Kleinkindern, die sich an den Händen hielten, und einer Einkaufstüte bestückt, stand völlig unvermittelt Lennart Neubert vor ihr. Er sah gut aus, und Theresa wurde schlagartig bewusst, dass man dasselbe von ihr gerade wohl eher nicht behaupten konnte.

„Wie geht es dir?", wollte Lennart überflüssigerweise wissen.

„Danke, gut!", log sie und versuchte sich ihre Aufregung nicht anmerken zu lassen. „Und wie geht es dir?"

Lennart lächelte. „Ich habe Urlaub. Bin gerade zum dritten Mal Vater geworden. Ein Mädchen. Meine Frau liegt noch in der Klinik, deshalb kümmere ich mich um die Kleinen." Irgendetwas versetzte ihr einen Stich. Zwei blonde Jungen im Alter von vielleicht zwei und vier Jahren musterten sie neugierig. Große Ähnlichkeiten mit dem Vater ließen sich allerdings nicht feststellen. Vielleicht kamen sie mehr nach der Mutter. Lennart war ein dunkelhaariger, etwas untersetzter Mann, der sich zu einem eher unsportlichen Typ entwickelt hatte, wie Theresa fand – und damit das genaue Gegenteil von Hagen war, wie ihr auffiel. Erstaunlich, wie zwölf Jahre einen Menschen verändern können. Zu ihrer gemeinsamen Zeit hatte Lennart intensiv Tennis gespielt und sogar an Turnieren teilgenommen, doch das war offensichtlich vorbei.

„Du siehst gut aus!", hörte sie ihn jetzt sagen und wusste, dass auch er log. Zu dumm, dass er sie ausgerechnet in einem solch schwachen Moment erwischte.

„Dein Vater hat mir erzählt, dass du hier in Soest lebst – und promovierst? Wenn du Unterstützung brauchst – ich helfe dir gern."

Das war nett.

„Schloss Corvey hat eine sehr gut sortierte Bibliothek, vielleicht sogar einer der besten in Westfalen, aber das weißt du sicher."

Theresa nickte. „Danke für das Angebot."

„Ich bin eigentlich dort für die Veranstaltungen zuständig – Ausstellungen und so –, doch im Moment muss ich für ein halbes Jahr auch unseren Bibliothekar vertreten."

„Dann hast du sicher sehr viel zu tun!"

„Na ja, ehrlich gesagt, es geht. Dieses Jahr muss ich mich eigentlich nur um eine Kunstausstellung kümmern, die Ende November beginnen soll. Aber das weißt du ja sicher – dein Vater wird mit einem Triptychon vertreten sein."

Theresa nickte. Schloss Corvey war ein ehemaliges Benediktiner-Kloster und lag an der Weser bei Höxter – etwa eine Autostunde von Soest entfernt. Es war schon einige Jahre her, dass sie die Anlage besichtigt hatte. Doch die Bibliotheksräume mit den kostbaren alten Holzschränken, in denen Abertausende Bücher aufbewahrt wurden, waren ihr in Erinnerung geblieben, und die Möglichkeit, diese Bibliothek nutzen zu dürfen, war mehr als verlockend.

Sie tauschte mit Lennart noch ein paar Floskeln und die Handynummern aus, dann zog er mit seinen Jungs von dannen, und Theresa blickte ihm nach, bis er hinter dem Gebäude der Sparkasse verschwunden war.

Elisabeth hatte ihrer Tochter zugehört, ohne sie zu unterbrechen, doch der zunehmend skeptische Blick war Theresa nicht entgangen. Sie nippte an ihrem Glas Wasser.

Das nächtliche Erlebnis auf Island, vor allem die Zeit ihrer Bewusstlosigkeit, erhielt angesichts ihres Zustands nicht nur eine besondere Bedeutung, zudem entstanden vor ihrem inneren Auge verstörende Bilder eines gesichtslosen Sexualstraftäters.

Gleichzeitig ahnte Theresa, dass es vielleicht doch keine so gute Idee gewesen war, ihre Mutter ins Vertrauen zu ziehen, zumindest nicht heute – es war offensichtlich, dass Elisabeth ihren kritischen Alkoholpegel erreicht hatte. Doch erstaunlicherweise riss sie sich zusammen.

„Wenn du während deiner Bewusstlosigkeit auf Island tatsächlich Opfer einer Vergewaltigung geworden bist – also, wenn! –, dann musst du dir genau überlegen, wie dein nächster Schritt aussehen wird. Verstehst du?“ Sie machte eine Pause, bevor sie fortfuhr: „Ist es zum Beispiel ratsam, deinen Ehemann ins Vertrauen zu ziehen?"

Theresa blickte abrupt auf.

Elisabeth hob abwehrend die Hände. „Ich meine ja nur – solche Probleme können sich möglicherweise negativ auf die männliche Libido auswirken – weißt du das nicht?!"

Theresa schüttelte den Kopf. Dass ihre Mutter über derartige Themen sprach, war erstaunlich. Dass sie in diesem Kontext keinen einzigen Gedanken an die weibliche, in diesem Fall Theresas Libido verschwendete, war allerdings wieder typisch – auch, dass sie kaum die schlechte psychische Verfassung ihrer Tochter wahrzunehmen schien.

„Du meinst, dass Hagen immer daran denken wird, wenn wir Sex haben?"

Elisabeth nickte. Theresa dachte nach. Sosehr es ihr widerstrebte, der Einwand war vielleicht nicht ganz von der Hand zu weisen. Sie erinnerte sich, etwas über Co-Traumatisierungen gelesen zu haben. Plötzlich ärgerte sie sich über die Sachlichkeit, mit der ihre Mutter über das Thema sprach. Doch was hatte sie sich erhofft? Trost? Andererseits, vielleicht war es tatsächlich vernünftig, Hagen vorerst nichts zu erzählen – wenigstens so lange, bis sie sich wieder gefasst hatte.

„Und wenn du deine Ehe retten willst", meldete sich die Stimme ihrer Mutter gnadenlos wieder, „musst du dich mit dem Gedanken eines Schwangerschaftsabbruchs anfreunden. Allerdings bist du schon im vierten Monat!"

Theresa nickte. Sie kannte das Datum ihrer Schwangerschaft ganz genau – nach ihrer Rechnung befand sie sich in der 13. Schwangerschaftswoche. Allmählich wurde ihr das ganze Ausmaß ihres Dilemmas bewusst. Doch wie konnte ihre Mutter über das Kind in ihrem Bauch wie über einen lästigen Parasiten sprechen, den es galt, so schnell wie möglich loszuwerden? Wie passte das überhaupt zu ihrer sonst so religiösen Einstellung?

Elisabeth reichte ihrer Tochter ein Taschentuch. Theresa hatte gar nicht bemerkt, dass ihr Tränen übers Gesicht liefen. „Bist du mit Hagen glücklich?"

Theresa stutzte. „Was ist denn das für eine Frage?" Der distanzierte Blick ihrer Mutter tat weh.

„Offen gesagt, kann ich mir gar nicht vorstellen, wie dir das passiert sein soll."

„Wie mir was passiert sein soll?"

„Na ja, einerseits sagst du, da war weit und breit niemand, dann behauptest du, dass jemand in der Nähe war ... Das klingt irgendwie widersprüchlich, findest du nicht?"

„Ich habe gesagt, dass ich allein war, als ich das Hotel verlassen habe. Später, bei den Felsen, da war ich mir nicht mehr so sicher – ich habe mich beobachtet gefühlt."

Elisabeth blickte sie skeptisch an. „Und wer soll das gewesen sein?"

„Ich weiß es doch nicht, Mama!"

Elisabeth schwieg, während ihr Gesichtsausdruck skeptisch blieb. Es war offensichtlich, dass es ihr schwerfiel, sich einen Reim auf die ganze Sache zu machen. „Warum bist du überhaupt nach draußen gegangen? Du hättest doch auch von der Terrasse aus fotografieren können. Versteh mich nicht falsch, ich will deine Schilderungen nicht infrage stellen, aber –"

„Dann tu es bitte auch nicht! Es reicht, Mama!" Das Gefühl von Verzweiflung war plötzlich verflogen – Theresa war jetzt richtig sauer! „Was willst du denn damit sagen? Willst du mir unterstellen, dass ich lüge? Und dass ich Hagen betrüge? Glaubst du das? Warum sollte ich mir dann eine solch absurde Geschichte einfallen lassen? Schließt du da vielleicht gerade von dir auf andere?"

Elisabeth zuckte zusammen. Die Ohrfeige hatte gesessen und Theresa tat es fast leid.

Tatsächlich hatte sie vor ein paar Jahren ihre Mutter, ausgerechnet in einem Café in Soest, mit einem anderen Mann erwischt. Sie hatten nie darüber gesprochen, und so war es zu einem Geheimnis zwischen ihr und ihrer Mutter geworden, das sie – ungewollt – zur Komplizin gemacht hatte.

Theresa griff nach ihrer Jacke. Ihr Blick fiel aus dem Fenster direkt in das Atelier ihres Vaters. Die Tür stand offen. Ferdinand arbeitete an seiner Dreierkomposition weiblicher Figuren in Menschengröße für die Ausstellung in Corvey. Sie beobachtete ihn eine Weile, während sie sich ihre Jacke überzog. Eine der unfertigen Skulpturen hielt etwas im Arm. Doch aus der Entfernung konnte sie nichts Genaueres erkennen.

„Kind, ich bin nur um dein Wohl besorgt! Mein Gott, Theresa, ich will dich doch nur vor Schaden bewahren", hörte sie wieder die Stimme ihrer Mutter. „Du bist ungerecht, weißt du das?"

„Und du bist kalt, weißt du das?! So warst du schon immer, Mama!" Theresa drehte sich um, griff nach ihrer Tasche und ließ Elisabeth stehen.

Draußen vor der Tür drehte sie sich noch mal um und sah, dass Elisabeth am Fenster stand und ihr hinterherblickte. Ihr Gesichtsausdruck versetzte Theresa einen Stich.

Unentschlossen verharrte sie einen Moment – dann kehrte sie um. Als sie die Tür öffnete, sah sie die Bewegung, mit der Elisabeth den Flachmann zwischen den Blumentöpfen verschwinden ließ. Theresa ignorierte es. Als sie ihre Mutter umarmte, spürte sie deren Widerstand, und Theresa kam sich plump und übergriffig vor – ein Gefühl, das sie sich eigentlich gern erspart hätte.

Als sie die Wohnungstür öffnete, kam ihr Hagen sofort entgegen. Sein Gesicht war ein einziger Vorwurf. „Thessa, warum gehst du nicht ans Handy? Ich versuche seit Stunden, dich zu erreichen!" Er stutzte und erforschte besorgt ihr verheultes Gesicht, bevor er sie in die Arme nahm.

„Was ist los?"

Theresa spürte, wie ihre Anspannung nachließ, und einen Moment genoss sie das Gefühl, aufgehoben zu sein.

Doch Hagen schob sie plötzlich sanft von sich und blickte ihr prüfend ins Gesicht.

Kurz war Theresa versucht, ihm die Wahrheit zu sagen. Doch das mögliche „Unheil", das ihre Mutter heraufbeschworen hatte, hing in der Luft. „Ich hatte einen ... schlechten Tag. Ich bin unzufrieden und komme mit meinem Thema nicht voran", log sie. Dabei fiel ihr Blick auf das Handy: Der Akku war leer. Kein Wunder, dass sie keine Anrufe bekam.

„Und da brauchtest du Trost von deinem Mann", hörte sie Hagen gönnerhaft sagen.

Theresa nickte und küsste ihn flüchtig. Doch als er ihre Zärtlichkeit erwidern wollte, wich sie ihm aus. „Ich bin nicht in Stimmung", hörte sie sich sagen, dann marschierte sie ins Arbeitszimmer. „Ich muss unbedingt Sachen im Internet recherchieren."

Über Stunden täuschte sie vor, schwer beschäftigt zu sein, während sie vor sich hin brütete. Dann endlich fällte sie die Entscheidung: Sie würde bei der Polizei Anzeige erstatten und sich um einen schnellen Termin für eine Schwangerschaftskonfliktberatung bemühen.

Als Hagen scheinbar eingeschlafen war, ging auch sie zu Bett. Doch sie kam nicht zur Ruhe. Hagen schien ebenfalls wach zu sein. Als er sich ihr zuwandte, ließ sie jedoch schnell ihre Augen zufallen – wohl wissend, dass Hagen sie weiterhin misstrauisch beobachtete.

7

Wo war sie? Definitiv nicht im Bett. Sie spürte etwas Kaltes unter ihren nackten Füßen in einem ... in einem Nirgendwo. Sie versuchte, einen klaren Gedanken zu fassen. Es war wie in einem Traum, von dem man zwar wusste, dass es ein Traum war, aus dem man aber nicht aufwachen konnte, sosehr man sich auch bemühte.

„Soll ich Licht machen?" Hagens Stimme ließ sie zusammenfahren. Was für eine Frage – natürlich! Doch die plötzliche Helligkeit war unangenehm. Abrupt schloss sie die Augen und versuchte dann blinzelnd, sich zu orientieren.

Sie stand im Wohnzimmer – wie war sie hierhergekommen? Aus der Ferne hörte sie das leise Bimmeln einer Glocke. Und jetzt fiel es ihr ein. Es war gewesen, als wären Landschaften an ihr vorbeigeflogen. Dann war plötzlich die dunkle Silhouette eines Klosters vor ihr aufgetaucht. Eine schwarze, reglose Gestalt hatte am Klostertor anscheinend auf sie gewartet, während – so wie jetzt – eine Glocke gebimmelt hatte. Die Gestalt hatte wie zum Gruß den Arm gehoben ... und jetzt stand Theresa mitten im Wohnzimmer vor dem Bücherregal!

Hagen setzte sich aufs Sofa und zog sie zu sich auf den Schoß. „Du bist geschlafwandelt, das kommt vor."

„Ich bin noch nie geschlafwandelt, das weißt du ganz genau!", erklärte sie gereizt. Plötzlich, so als hätte sie gerade eine fette, giftige Spinne entdeckt, fuhr sie zusammen – was war das in ihrer Hand? Fassungslos ließ sie die alte Familienbibel fallen.

Hagen spürte einen aufkommenden Lachanfall – und fühlte sich deshalb sofort schuldig. Aber bei aller Dramatik – die Situation hatte etwas Komisches! Er hob die Bibel auf und bettete den Kopf seiner Frau an seine Schulter. „Schatz, du kniest dich zu sehr ins Thema hinein! Morgen rufst du deine Doktormutter an und bittest sie um eine Auszeit. Bis zum Abgabetermin ist noch viel Zeit. Also mach dich locker." Er warf die Bibel auf den Tisch. „Sonst wirst du am Ende noch zur ‚frommen Helene'." Er grinste Theresa an, doch sie blieb stumm, und besorgt spürte Hagen, wie ihr Körper heftig zu zittern begann. Als er sie fester an sich drücken und trösten wollte, bemerkte er jedoch, dass sie lachte, so sehr, dass er miteinstimmte – und sich nach einer Weile verwirrt fragte, warum jetzt eigentlich genau gelacht wurde.

„Kennst du die ‚fromme Helene' überhaupt?"

Hagen zuckte gleichgültig mit den Schultern.

Jetzt lachte Theresa laut über seinen einfältigen Gesichtsausdruck. „Die ‚fromme Helene' ist eine satirische Geschichte von Wilhelm Busch, die in Versen erzählt wird und mit bitterbösen Karikaturen bebildert ist! Ich musste gerade an ein ganz besonders gemeines Bild denken."

Man sah Hagen an, dass er sich noch nicht ganz schlüssig darüber zu sein schien, ob der plötzliche Stimmungswandel seiner Frau Anlass zur Sorge gab oder ob man in den Entspannungsmodus herunterfahren konnte.

Theresa brach deshalb erneut in Gelächter aus. „Weißt du, Pater Fidelio hat mir ein antiquarisches Exemplar zum bestandenen Abitur geschenkt und erklärt, die ‚fromme Helene' sei eine Geschichte, die eigentlich von mir handle. Ich muss sagen – tatsächlich hat sie an gesellschaftlicher Aktualität nichts eingebüßt."

„Aha." Hagen war müde und wollte jetzt eigentlich nur ins Bett.

Theresa stand jedoch auf und durchsuchte die Regalreihen. Dann hielt sie ihm die ziemlich schäbige Ausgabe entgegen.

Als sie durch das Buch blätterten, deutete Hagen plötzlich auf die Karikatur eines Mädchens, das eine frömmlerische Miene aufgesetzt hatte, während es sich gerade vom Onkel eine Moralpredigt über Anstand und gesellschaftliche Konventionen gefallen lassen musste. „Schatz, ich muss sagen, hier bist du wirklich ausgezeichnet getroffen."

Theresa lachte. „Schau hier, das Buch erzählt zunächst eine Art Coming-of-Age-Geschichte eines Mädchens in der zweiten Hälfte des 19. Jahrhunderts – eines Mädchens, das es in einer durch Doppelmoral geprägten Gesellschaft weder mit Sitte noch mit Anstand und schon gar nicht mit Moral halten will, verstehst du? Es treibt stattdessen lieber derbe Scherze mit anderen."

Hagen nickte. „Prima, da fließt ja sogar Blut!"

Theresa nickte und schlug ihm das Buch locker auf den Kopf. Hagen entwendete es ihr. „Ich muss sagen, der Pater kennt dich recht gut!"

Theresa setzte eine frömmlerische Miene auf.

„Wie geht denn die Geschichte aus?“, wollte Hagen wissen.

Sie grinste und fuhr überheblich fort: „Na, was glaubst du wohl? Schlecht, natürlich – da gibt's kein Happy End! Das arme Mädchen scheitert grauenhaft auf allen Ebenen und landet zum Schluss sogar in der Hölle – ganz dem Stil seines schwarz-humoristischen Schöpfers entsprechend.“

„Na mein Schatz, dann bleiben ja keine Fragen mehr offen.“ Theresa kuschelte sich an Hagen. Beide genossen für einen Moment die Nähe des anderen und die gelöste Stimmung.

„Ich glaube, meine erste Geschichte, die ich auf Deutsch gelesen habe, war auch von Wilhelm Busch“, meldete sich Hagens Stimme plötzlich.

Theresa sah ihn zweifelnd an.

„Ja, wirklich“, erklärte Hagen, „Max und Moritz.“

„Ach so.“

„Ja, ach so! Ich hatte das Buch in der Schulbücherei entdeckt, kurz nachdem wir nach Deutschland gezogen waren. Glaub mir, es war für mich alles andere als leicht, diese Verse zu lesen, aber mein Vater hat sich damals geweigert, mir das Buch auf Isländisch zu kaufen. Deutsch ist wirklich eine verteufelt schwere Sprache, weißt du das eigentlich?!“

„Sagt ausgerechnet ein Isländer“, erwiderte Theresa und dachte daran, wie verteufelt schwer Isländisch erst war.

Hagen fuhr fort: „Aber da waren ja Gott sei Dank noch die Bilder, und so konnte auch der isländische Junge die ‚Lausbubengeschichten‘ verstehen.“

Er biss Theresa zärtlich ins Ohr. Sie kicherte. „Deine Vorbilder waren also Max und Moritz – ich hätte es mir eigentlich denken können! Deshalb bist du auch heute noch so ein ungezogener ...“, sie küsste ihn, „und gefährlicher ...“, sie küsste ihn wieder, „Kerl.“

Als sie sich losmachen wollte, hielt Hagen sie fest. „Nur halb so gefährlich wie du – böse Helene, du!“

„Nicht doch, ich bestehe darauf, ich bin das Biest! Den Kosenamen hast du mir von Anfang an verpasst, und du weißt doch – ich bin ein Gewohnheitstier.“ Sie legte ihren Kopf an seine Schulter. Eine kurze Pause entstand, die die Möglichkeit barg, über das zu sprechen, was beide bewegte. Doch sie ließen die Chance verstreichen.

„Also Max und Moritz“, brach Theresa das Schweigen. Hagen räusperte sich. „Ja, ähm, genau. Je öfter ich die Verse las, desto mehr gefiel mir der Sprachrhythmus – irgendwann konnte ich alles auswendig: *Ach was muss man oft von bösen Kindern hören oder lesen! Wie zum Beispiel hier von diesen, welche Max und Moritz hießen!*“ Er grinste. „Siehst du, ich kann es noch. Stell dir vor, ich habe die Verse sogar meinen Mitschülern vorgetragen – ob sie wollten oder nicht.“

Theresa lachte auf. „Oje!“

Hagen verzog das Gesicht. „Ich war klasse! Obwohl mein isländischer Akzent noch ziemlich ausgeprägt war, haben sich meine Mitschüler halb totgelacht!“

Theresa lachte frech. „Wahrscheinlich genau deshalb!“ Sie wusste, dass das ungerecht war. Denn Hagen konnte tatsächlich äußerst charmant und unterhaltend vortragen, und im Gegensatz zu ihr saß bei ihm – wenn er einen Witz erzählte – auch die Pointe, während sie bereits beim Erzählen heftig loslachte und alles vermasselte.

Einen Moment dachte Theresa darüber nach, ob sie ihm nicht doch alles sagen sollte – schließlich war er ihr Ehemann. Wahrscheinlich würde er sie fest in die Arme nehmen, und gemeinsam würden sie beratschlagen, was als Nächstes zu tun war. Doch was, wenn nicht? Die Zweifel anmeldende Stimme ihrer Mutter war hartnäckig und ließ sich nicht verdrängen. Was, wenn sie und Hagen diese Belastung tatsächlich nicht verkrafteten?

„Was denkst du gerade?“, unterbrach Hagens Stimme ihre Grübelei.

Theresa fühlte sich ertappt. „Nichts. Lass uns schlafen gehen, ich bin müde.“

Als sie wieder im Bett lag, schlug sie die Bibel, die sie mit ins Schlafzimmer genommen hatte, beim Lesezeichen auf und begann zu lesen.

Hagen beobachtete es befremdet. „Ich dachte, du bist müde.“ Er entwendete ihr das Buch der Bücher und legte es auf der Nachtkonsole ab. Dann löschte er das Licht.

Doch beide konnten nicht einschlafen.

„Schatz, willst du mir nicht sagen, was dich bedrückt? Ich mache mir wirklich Sorgen. Habe ich etwas falsch gemacht?“

Theresa schüttelte im Dunkeln den Kopf, drückte kurz Hagens Hand und drehte sich dann so auf die Seite, dass sie mit dem Rücken in seiner Körperbeugung lag. Normalerweise schlief sie in dieser Position sofort ein. Heute nicht. Immer wieder drängten sich die gesichtslose Gestalt eines Vergewaltigers und das Bild des Fötus, den sie auf dem Ultraschallmonitor gesehen hatte, in ihr Bewusstsein. Sie grübelte Löcher in die Dunkelheit, während in der Ferne immer noch die Glocke bimmelte.

8

Sie waren in der Innenstadt von Holzminden herumgebummelt und hatten anschließend in einem gemütlichen Café am Marktplatz gesessen.

Emma hatte genussvoll zwei Stück Schokoladentorte in sich hineingeschaufelt, während Theresa sie dabei neidisch beobachtet hatte. Emma konnte essen, so viel sie wollte – im Gegensatz zu Theresa, die vom Anschauen bereits zunahm und deshalb nur an ihrem Wasserglas genippt hatte. Emma war ein klapperdürres langes Elend mit dicken, dunklen Haaren, die sie meist zu einem Zopf zusammenband. Eigentlich war sie hübsch, nur wenn sie lächelte – und das tat sie oft – sah man ihre etwas zu lang geratenen Zähne. Dann bekam ihr Gesicht etwas von einem Pferd – einem liebenswerten Pferd allerdings, wie Theresa fand.

Nun saßen sie in der Küche von Emmas gemütlicher Zweizimmerwohnung in der Uferstraße, mit Blick auf die Weser. Auf dem Tisch lagen die Urlaubsfotos von Island verstreut herum.

Obwohl sie schon den halben Tag zusammen gewesen waren, hatte Theresa noch keine Gelegenheit gefunden, um mit Emma über ihr Anliegen zu sprechen. Ihre Freundin hatte die ganze Zeit das Thema bestimmt, geredet und geredet und geredet und nur von sich erzählt!

„Ich bin schwanger“, hatte Theresa deshalb völlig unvermittelt in den Monolog eingeworfen. Emma hatte mitten im Satz gestutzt, einen kurzen Moment überlegt und dann in der Annahme, dass Theresa gerade einen Scherz gemacht hatte, laut zu lachen angefangen – Hagen war doch zeugungsunfähig, das wusste sie! Ein Blick in das Gesicht ihrer Freundin hatte den Heiterkeitsausbruch jedoch augenblicklich gestoppt, und nachdem Theresa ihr die ganze Geschichte erzählt hatte, war Emma in Fassungslosigkeit erstarrt.

Nun fragte sich Theresa schon eine ganze Weile, wie lange Emma sie eigentlich noch mit offenem Mund ansehen wollte. Das rhythmische Klickklack der antiken Holzstanduhr im Flur war überdeutlich durch die geschlossene Tür zu hören und unterstrich noch die angespannte Stille in der Küche.

Urplötzlich hob Emma die Arme und umarmte Theresa. Doch von den merkwürdigen Schilderungen ihrer besten Freundin war sie offenbar noch nicht überzeugt. „Thess, warum gehst du einzig und allein von Vergewaltigung aus? Dass du dich nicht erinnern kannst, bedeutet doch noch lange nicht, dass etwas Schreckliches passiert sein muss?“

„Was denn sonst?“ Theresa blickte ihre Freundin verwirrt an.

Die beiden kannten sich seit der ersten Klasse, und wahrscheinlich kannten sie einander besser, als ihre Familienangehörigen es taten.

Emma räusperte sich. „Na, ja – weißt du noch ... bei unserer Abiturfeier ...?“

Theresa durchfächerte ihre Erinnerungen – worauf wollte Emma hinaus?

„Da hatten wir eine ganze Menge Caipirinhas intus und waren ziemlich knülle, und du hast zwischendurch außerdem gekifft – weißt du noch?"

Ein vages, unangenehmes Gefühl schlich durch Theresas Bewusstsein, und sie ahnte, was jetzt kam.

„Ich bin irgendwann nach Hause gegangen – und wo warst du?", hörte sie Emma fragen.

Theresa zuckte mit den Schultern. „Ich weiß nicht – sagst du es mir?"

„Du warst bei Lorenz Zöckler. Am nächsten Tag hast du mich mittags völlig panisch – samt Kater und Filmriss – von Lorenz' Bett aus angerufen. Da hatte mir bereits dein Ex, Lennart Neubert, die Bude eingerannt, und deine Eltern hatten mich dermaßen mit Anrufen malträtiert, dass ich mir ganz schön was einfallen lassen musste, um sie zu beruhigen. Ich habe gelogen, dass sich die Balken bogen, das kannst du mir glauben."

Theresa erinnerte sich. „Und dafür bedanke ich mich bei dir – du warst immer eine gute Freundin, Emma, und ein gutes Alibi, wenn man es brauchte – das beste! Auf dich war Verlass!" Sie prostete ihr mit ihrem Wasserglas zu und dachte an Lennart Neubert. Sie hatte damals kurz vor der besagten Abi-Feier erfahren, dass er sie mit einer Schulkameradin aus ein paar Klassen unter ihr betrogen hatte – mit jener Schulkameradin, mit der er jetzt drei Kinder hatte. Das war sehr bitter für sie gewesen, und Theresa spürte wieder diesen Stich von damals, als sie von der Sache erfahren hatte. Theresas Rache, Lennart zu bestrafen und mit Lorenz Zöckler zu schlafen, war natürlich nach hinten losgegangen: Lennart war ohne Abschied nach Hamburg abgereist und hatte sich nie mehr gemeldet.

Aber was hatte die Geschichte mit ihrer Situation jetzt zu tun? Theresa fing Emmas Blick auf und plötzlich beschlich sie eine unangenehme Ahnung, worauf ihre Freundin hinauswollte. Sie mochte es nicht glauben. „Emma, das sind doch uralte Geschichten – ich habe mich verändert, und ich liebe Hagen, ob du es glaubst oder nicht!“

„Thess, das glaube ich dir! Allerdings hast du das bei Lennart Neubert auch gesagt und ihn trotzdem –“

„Trotzdem was? Ihn betrogen? Das war etwas ganz anderes, hörst du! Ich liebe meinen Mann, Punkt! Ich habe gerade erst geheiratet – was glaubst du denn von mir, Emma?!“

„Ich glaube, dass du dir sehnlichst ein Kind wünschst, Thess – eine richtige Familie!“

„Und deshalb betrüge ich Hagen – während unserer Flitterwochen – und lasse mir von irgendjemandem ein Kind machen? Geht's noch?!“

„Du sagst, du hast Champagner getrunken und Marihuana geraucht – vielleicht ging deine Fotosession weiter, als du denkst.“

„Genau, und nach einvernehmlichem Sex haben mich auf dem Rückweg meine Kräfte verlassen – was für ein Quatsch!“ Theresa sprang auf.

„Thess, ich versuche nur Möglichkeiten durchzuspielen. Du weißt, dass du dich mir immer anvertrauen kannst. Ich bin nicht dein Richter, kein Moralapostel, ich will dir nur helfen!“

Theresa lachte böse. „Das kommt mir irgendwie bekannt vor! Fragst du mich jetzt auch, ob ich mit Hagen glücklich bin?"

Emma blickte sie verwirrt an. „Was meinst du damit?"

„Nicht so wichtig – frag meine Mutter!"

„Bist du denn mit Hagen glücklich?"

Theresa würdigte sie keines Blickes, sammelte die Fotos ein und griff nach ihren Sachen. „Ich werde auch ohne eure Hilfe herausfinden, was in jener Nacht passiert ist." An der Tür drehte sie sich um. „Ich bin enttäuscht von dir, Emma!" Dann knallte sie die Tür hinter sich zu.

9

„Kriminalpolizei Soest?"

„Ich möchte eine Sexualstraftat anzeigen – können Sie mich bitte mit jemandem verbinden!"

„Sind Sie selbst die Betroffene?"

Theresa zögerte. „Ja."

„Sie müssen bei uns persönlich erscheinen – auch zwecks Spurensicherung."

„Oh, ich ... Aber es gibt keine Spuren!"

„Es gibt immer Spuren."

„Gibt es nicht!" Theresa ärgerte sich.

„Dann haben Sie schlechte Karten, fürchte ich. Wie ist denn Ihr Name?"

„Es mag Ihnen komisch vorkommen, aber den möchte ich im Moment nicht nennen."

Eine Pause entstand.

„Bei allem Verständnis, dann kann ich Ihnen nicht helfen!

„Gesetzt den Fall, ich mache eine Anzeige – wird sie vertraulich behandelt?

„Natürlich!"

„Auch den Familienangehörigen gegenüber – zum Beispiel dem Ehemann?"

„Das kommt darauf an. Es ist aber wahrscheinlich, dass man auch ihn befragt."

Das war es, was Theresa hatte wissen wollen … und befürchtet hatte. „Ich überlege es mir."

„Überlegen Sie nicht zu lange. Der Täter ist auf freiem Fuß und stellt eine potenzielle Gefahr für andere Frauen dar."

Theresa verabschiedete sich und legte ratlos auf.

10

Die eine Hälfte der offensichtlich gerade erst restaurierten Flügeltür mit geschmackvollen alten Messinggriffen schwang auf, und eine angenehm warme Stimme rief Theresa herein. Marion Trost, eine dunkelhaarige Walküre um die fünfzig, lächelte Theresa freundlich an, als sie eintrat. Das schlichte, zweckmäßig gehaltene Mobiliar unterstrich die Klarheit des Beratungsraums mit den für Altbauten typischen hohen Wänden und dem sensationellen Stuck – und passte perfekt zu dem Bild, das sich Theresa gerade von der Psychologin der hiesigen Beratungsstelle machte.

Die große Fensterfront wurde von jeder Menge pflegeleichter Blattpflanzen geschmückt, wie Grünlilien oder Streifenfarn, der, wie Theresa mal gelesen hatte, angeblich besonders luftreinigend wirken sollte. Die Grünlilien fühlten sich offensichtlich in den Hänge-Blumentöpfen so wohl, dass sie bereits viele neue Triebe gebildet hatten und wie kleine Springbrunnen aussahen. Ein schlichter Drachenbaum stand etwas einsam auf einem großen kantigen Schreibtisch, dessen schwarzes Gestell offensichtlich aus massivem Eisen bestand. Eine schwere, wuchtige Acryl-Platte diente als Schreibtischfläche. Auf Bilder hatte Marion Trost komplett verzichtet – vielleicht, weil die Struktur der weiß geputzten Wände ihre ganz eigene Wirkung und Dynamik entfalte – je nachdem, ob der Betrachter zur Ruhe kommen oder seinen eigenen Gedankenbildern folgen sollte. Hier gab es keinerlei Schnickschnack – die Aussage war klar und eindeutig: Man sollte sich aufgehoben fühlen, jedoch nicht abgelenkt werden.

Die Psychologin deutete auf einen schwarzen Ledersessel, auf dem man hin- und herschwingen konnte. „Bitte nehmen Sie Platz."

Nachdem beide sich gesetzt hatten, entstand ein Moment des Schweigens, der Theresa unangenehm war. Trotzdem machte sie keine Anstalten, als Erste das Wort zu ergreifen, und so eröffnete die Psychologin das Gespräch.

„Frau Zimmermann-Einarsson, warum sind Sie hier?"

Theresa schwieg. Sie hatte sich zu Hause in einem Frage-Antwort-Spiel so gut wie möglich auf das Gespräch vorbereitet. Doch jetzt fiel es ihr plötzlich schwer, über all das, was sie bedrückte, zu sprechen – gleichzeitig verspürte sie ein starkes Mitteilungsbedürfnis.

Die Psychologin half ihr. „Sind Sie schon entschieden?"

Theresa räusperte sich. „Ich glaube nicht – deshalb bin ich ja hier!" Dann schwieg sie wieder.

„Sie wissen sicher, dass unser Gespräch vertraulich ist – egal, was Sie mir erzählen?"

Theresa nickte und gab sich einen Ruck. „Ich bin ungewollt schwanger und bereits in der dreizehnten Woche."

„Und warum kommen Sie erst jetzt?"

Marion Trost hatte die Frage ohne den geringsten Anflug eines Vorwurfs in ihrer Stimme gestellt, und doch fühlte sich Theresa plötzlich in Erklärungsnot. „Weil ich es vorher nicht gewusst habe."

Marion nickte. „Sie hatten keine Anzeichen? Kein Ausbleiben der Mensis, Übelkeit, Erbrechen?“

Theresa schüttelte den Kopf. „Nein! Na ja, das heißt doch – meine Mensis war überfällig, aber das ist nichts Ungewöhnliches bei mir. Und vor drei Tagen habe ich mich übergeben – allerdings hatte ich eine starke Migräne. Am nächsten Tag bin ich zu meiner Hausärztin gegangen, weil es nicht besser wurde und ich vermutete, dass ich mir vielleicht einen Virus eingefangen hatte. Dort wurde dann die Schwangerschaft festgestellt und von meiner Gynäkologin noch am selben Tag per Ultraschall bestätigt.“

Marion räusperte sich. „Ein Abbruch wäre in Ihrem Fall nicht so einfach. Sie erfüllen nicht die gesetzlichen Richtlinien – die gelten bis zum Ende der zwölften Woche! Sind Sie ledig oder verheiratet?“

„Verheiratet.“

Marion wiegte nachdenklich den Kopf. „Natürlich gibt es Ausnahmeregelungen – aber das wissen Sie sicher.“

Theresa nickte.

„Leiden Sie an einer schweren Erkrankung?“

Theresa schüttelte den Kopf.

„Haben Sie bereits Kinder?

Theresa schüttelte wieder den Kopf.

„Darf ich fragen, ob es Eheprobleme gibt?“

„Nein, ähm ja, Sie dürfen fragen. Es gibt keine Eheprobleme – noch nicht!“ Wieso glaubten eigentlich alle, dass sie Eheprobleme hatte?

Marion Trost betrachtete die vor ihr sitzende Frau eingehend. Aus unterschiedlichsten Gründen kamen Schwangere zu ihr in die Beratung. In der Hauptsache

Opfer von Vergewaltigungen, Minderjährige und Singles, aber auch verheiratete Frauen – Letztere entweder, weil sie sich mit bereits vorhandenen Kindern mehr als ausgelastet fühlten oder weil gravierende Partnerschaftsprobleme im Vordergrund standen. Gelegentlich spielte auch ein Seitensprung, der zur ungewollten Schwangerschaft geführt hatte, eine Rolle. All diese Frauen kämpften mit demselben Konflikt, einem Zwiespalt, von dem man sich nur schwer befreien konnte. Emotionale Not, Verpflichtungen, Fragen der Ethik machten die Entscheidungsfindung schwierig.

Nur selten waren der Psychologin Frauen begegnet, die sich ohne den geringsten Gewissenskonflikt für einen Schwangerschaftsabbruch entschieden hatten. Sie versuchte deshalb, die Frauen unter dem Aspekt der Selbstbestimmtheit und Selbstfürsorge zu beraten, und erörterte natürlich auch ethische Fragen hinsichtlich des Ungeborenen, wenn es gewünscht wurde. Ihr ging es in allererster Linie um das Wohl der Frauen – niemand hatte das Recht, sie für ihre Entscheidung hinterher zu kritisieren!

Theresa gab sich wieder einen Ruck. „Ich bin nicht von meinem Mann schwanger – ich wurde vergewaltigt!" Damit war ihre Blockade gebrochen. Sie erzählte von ihren Flitterwochen auf Island, von ihrem Kinderwunsch und von jener Nacht, in der sie die spektakulären Nordlichter fotografiert und erst am nächsten Morgen in einer Klinik das Bewusstsein wiedererlangt hatte. Sie erzählte, dass die Feststellung ihrer Schwangerschaft ein Schock für sie gewesen war – der immer noch anhielt –, weil ein medizinisches Gutachten ganz eindeutig ihrem Mann Zeugungsunfähigkeit bestätigte. Welcher Rückschluss konnte da noch gezogen werden, außer dass sie Opfer einer perfiden Sexualstraftat geworden sein musste? Eine Tatsache, die im Nachhinein Vorstellungen in ihrem Kopf erzeugte, die sie nicht schlafen ließen und zunehmend traumatisierten. „Es ist doch eine Ironie des Schicksals, dass ich ausgerechnet auf solche Weise schwanger geworden bin und diesen Zustand auch noch verleugnen muss!"

„Muss?" Marion Trost stutzte.

„Ich weiß nicht, wie ich es erklären soll. Einerseits bin ich von dem Gedanken, schwanger zu sein, fasziniert und fühle mich dem Kind zunehmend verbunden ... möchte es ... beschützen, verstehen Sie? Und dann ist es wieder nur das Ding, das durch Gewalteinwirkung zustande gekommen ist, und ich fühle mich schmutzig und möchte es loswerden und mich selbst irgendwie ausblenden!"

Dass es sie außerdem schmerzte, dass ihr gerade die Menschen, die ihr nahestanden, offensichtlich keinen Glauben schenkten und sie im Stich ließen – darüber schwieg sie. Auch über ihre Angst, dass ihr Ehemann womöglich genauso reagieren könnte.

„Haben Sie schon Anzeige bei der Polizei erstattet?"

Theresa hielt die Luft an. Wieder hatte sie das Gefühl, sich rechtfertigen zu müssen. Doch ein Blick in Marions Gesicht zeigte, dass es sich um eine rein sachliche Frage handelte.

„Nein! Das ist ja das Problem – wenn ich eine Anzeige mache ...", sie zögerte, „wie kann ich sicher sein, dass mein Mann nichts davon erfährt."

„Ach so, Ihr Mann weiß gar nichts davon?"

Theresa nickte. „Ich habe gelesen, dass es bei Sexualdelikten zu einer Co-Traumatisierung des Partners kommen kann. Wie verhindert man das?" Sie fixierte Marion einen Moment, bevor sie leise fortfuhr: „Wenn ich abtreibe, lösen sich vielleicht alle Probleme."

„Glauben Sie?" Marion Trost räusperte sich. „Und was ist, wenn Sie nicht abtreiben?"

Theresa dachte nach. „Dann werde ich – Mutter."

„Was ist das Schlimmste, was Ihrer Meinung nach passieren könnte?"

Augenblicklich spürte Theresa, wie Angst in ihr aufstieg. „Dass die Situation für meinen Mann so belastend ist, dass ich ihn als Partner verliere und das Kind ohne Vater aufwachsen muss!"

„Und was ist mit Ihnen, mit Ihrer Belastung, Ihrer Not?", wollte Marion wissen.

Theresa schwieg.

„Ich sehe, in welchem Dilemma Sie stecken, und ich verstehe, warum eine Entscheidung so schwierig für Sie ist." Die Psychologin beugte sich vor. „Tatsächlich gäbe es hier bei mir die Möglichkeit, sich gemeinsam als Ehepaar beraten, respektive betreuen zu lassen. Vielleicht denken Sie einmal über diese Möglichkeit nach."

Theresa legte unbewusst eine Hand auf ihren Bauch. „Können derart vorbelastete Eltern einem solchen Kind überhaupt gerecht werden?"

Marion fixierte Theresa einen Moment nachdenklich. Dann notierte sie etwas auf einem Zettel und reichte ihn ihr. „Das sind Adresse und Telefonnummer einer Selbsthilfegruppe für schwanger gewordene Vergewaltigungsopfer. Vielleicht hilft Ihnen der Austausch mit den Frauen dort weiter." Sie gab Theresa einen Moment Zeit, über diesen Vorschlag nachzudenken. Nach einer Weile nickte diese zustimmend.

„Haben Sie sonst noch etwas auf dem Herzen?"

Theresa schüttelte zögernd den Kopf. Marion Trost stand auf und reichte ihr die Hand. „Ich will Sie nicht drängen, Frau Zimmermann-Einarsson, aber gehen Sie bald zu der Selbsthilfegruppe. Und egal, wie Sie sich entscheiden, Sie können jederzeit wieder zur Beratung kommen – gern mit Ihrem Mann. Ach, und noch etwas." Sie zögerte. „Für den Fall, dass Sie noch Zweifel haben: Es gibt Labore, wo Sie innerhalb einer Woche einen Vaterschaftstest durchführen lassen können – nur für den Fall, dass Sie das medizinische Gutachten des Spezialisten anzweifeln und Ihren Mann definitiv als Vater ausschließen möchten."

Theresa nickte langsam. „Danke, Klarheit ist im Moment für mich tatsächlich das Wichtigste."

Als Marion Trost die Tür hinter ihr schloss, fühlte Theresa das erste Mal so etwas wie Erleichterung und noch etwas anderes – Zuversicht.

Draußen vor der Tür genoss Theresa einen Augenblick die Wärme der Frühlingssonne, die gerade hervorkam und den Vögeln ihren ersten längeren Gesang entlockte. Sie grübelte. Sollte sie tatsächlich noch einen Vaterschaftstest machen lassen? So etwas ging sogar über Onlineportale – an eine DNA-Probe von Hagen zu kommen würde nicht das Problem sein.

Sie erledigte noch ein paar Einkäufe in der Innenstadt, trank einen Espresso im „Röstaroma“ und ging anschließend zurück zu ihrem Wagen. Ihr Handy klingelte – Emma.

Doch Theresa ging nicht ran.

„Na, wenn das nicht meine Lieblingsatheistin ist!“

Theresa hatte gerade in ihren alten Fiat steigen wollen und drehte sich erstaunt um – Pater Fidelio stand direkt hinter ihr und Theresa lachte auf.

Sie reichte ihm die Hand. „Und wenn das nicht mein Lieblingsrepräsentant der katholischen Kirche ist.“

„Sehr diplomatisch ausgedrückt!“

Jetzt lachten beide.

„Wie geht es dir?“ – „Wie geht es Ihnen?“ Beide hatten gleichzeitig gesprochen.

„Du zuerst.“

„Nein, Sie zuerst, Pater.“

„Na ja, ich bin erst seit ein paar Tagen wieder zurück in Soest und“, er blickte auf seine Armbanduhr, „muss gleich zu einer Beerdigung, willst du mich ein Stück begleiten, dann können wir reden?“

Theresa nickte. „Gern.“

Der Pater marschierte los. „Ich freue mich, dass ich wieder hier bin – Soest hat mir gefehlt, weißt du.“

„Und Sie haben mir gefehlt, Pater.“

Es war offensichtlich, dass sich Fidelio über dieses Kompliment freute. „Ich habe gehört, dass du promovierst. In Philosophie, richtig?“

„Ja.“ Theresa nickte. „‚Weiblicher Mystizismus im Katholizismus.‘“

„Wow, was für ein Thema." Der Pater musterte sie amüsiert. „Gehe ich recht in der Annahme, dass du dich mit entsprechenden Damen ziemlich kritisch auseinandersetzt?"

„Hochwürden, wie kommen Sie bloß auf so eine Idee."

Wieder grinsten beide.

„Und wie kommst du voran?" Fidelio sah, dass Theresa einen Moment zögerte.

„Ganz ehrlich?"

Der Pater nickte. „Natürlich!

„Nicht so gut."

„Brauchst du Hilfe?"

Theresa lachte auf. „Kann ein Geistlicher tatsächlich einer ‚Ketzerin' bei diesem Thema Beistand leisten?"

„Wenn es eine ‚Ketzerin' ist, die nach Antworten sucht, wäre es mir eine Freude!"

Das schien ehrlich zu sein.

„Weißt du, mir hat es immer Spaß gemacht, wie du opponiert und deine Meinung herausposaunt hast – und dabei manchmal ziemlich ungezogen warst ...", jetzt sprach er gespielt verschwörerisch weiter, „auf deiner Suche."

Theresa stutzte. „Suche? Wonach denn?" Sie lachte auf. „Etwa nach Gott?"

„Glaub mir, du warst auf der Suche und bist es noch – ob du es wahrhaben willst oder nicht."

Sie gingen eine Weile schweigend nebeneinanderher, dann ergriff Fidelio erneut das Wort. „Warum zum Beispiel beschäftigst du dich ausgerechnet mit mythischen oder religiösen Themen? Woher kommt diese Affinität? Warum hast du nicht Kunstgeschichte oder Theaterwissenschaften studiert – nein, du hast dich für Philosophie entschieden!!"

„Weil ich frei von Zwängen denken will!"

„Aha, und die gibt es in der Philosophie natürlich nicht?" Er zwinkerte ihr zu und Theresa verzog ihr Gesicht zu einer Grimasse. Wie oft hatte sie sich schon über die Engstirnigkeit ihrer Professoren geärgert und auch über manche Studienkollegen, die mit ihren Lehrern, was den Punkt Borniertheit betraf, geradezu wetteiferten.

Fidelio schien etwas sagen zu wollen, doch er verzog urplötzlich sein Gesicht. Theresa beobachtete es beunruhigt. Was war mit ihm? War er krank? Schon vor Tagen, als sie ihn vom Café aus beobachtet hatte, war ihr aufgefallen, wie sehr er abgenommen hatte. Doch er ignorierte ihren Blick und fuhr fort: „Es ist eine Binsenweisheit, dass Dogmatismus und fundamentalistische Strömungen innerhalb der Weltkirchen und unser begrenztes Wissen in den Naturwissenschaften das Streben nach Wahrheit extrem erschweren. In diesem Spagat ist es nun mal schwierig, sich hinsichtlich der drei existenziellen Fragen – Wer bin ich, woher komme ich, wohin werde ich gehen – schlüssig zu werden, das geht mir nicht anders." Er räusperte sich und verzog wieder kurz sein Gesicht, bevor er fortfuhr: „Bist du wirklich überzeugt, dass die Naturwissenschaft immer der Wahrheit dient? Welcher Wahrheit dienen zum Beispiel Forscher, die den Klimawandel ständig herunterspielen und dies, mit angeblich neuen Erkenntnissen, immer wieder zu untermauern versuchen."

„Ich weiß: ‚Des Brot ich ess, des Lied ich sing'! Wer Geld hat, hat recht!"

„Und Macht!" Der Pater zwinkerte ihr zu.

„Genau! Womit wir wieder beim Thema wären, Hochwürden, oder haben die Kirchen etwa keine Macht?!"

„Doch! Weißt du, ich denke manchmal, dass deine kritische Haltung gegenüber allem Übernatürlichen vielleicht sogar dein Motor ist."

„Motor? Wofür denn!?" Theresa warf ihm einen lauernden Seitenblick zu.

„Ja, wovon reden wir denn die ganze Zeit? Wir reden von deinem Antrieb nach Wahrheit!"

Theresa machte ein ironisches Gesicht. „Aha – Wahrheit – und die setzen Sie automatisch mit Glaube gleich? – Da spricht doch der Religionsmann?"

„Ich spreche nicht von Glaube, ich spreche von Spiritualität! Und die setzte ich nicht automatisch in den Kontext: Religion oder Kirche, das habe ich eigentlich nie getan!"

„Nicht?"

„Nein!"

Wieder gingen sie eine Weile schweigend nebeneinanderher. „Theresa, weißt du, was du für mich bist? Für mich bist du irgendwie eine Art – Saulus."

„Aha, und Sie glauben, dass ich eines Tages zum Paulus werde?" Fidelio lachte über ihren Gesichtsausdruck.

„Dann glauben Sie nur weiter – darin sind Sie schließlich Spezialist. Nur gut, dass Sie kein Frömmler sind!"

Fidelio warf ihr einen verschwörerischen Blick zu. „Einen solchen kennen wir beide ja nur zu gut!"

„Ich glaube, mein Vater wird sich nie mehr ändern."

„Nein, das glaube ich auch. Übrigens hat Papst Benedikt bereits 2009 auf der Evolutionskonferenz den kreationistischen Strömungen eine Absage erteilt und die Evolutionstheorien Charles Darwins als Fakt anerkannt."

„Das ist doch bloß wieder ein Winkelzug, damit die Gläubigen nicht davonlaufen, denn welche Macht hätten die Kirchen dann noch?"

Der Pater seufzte. „Glaub mir, nicht nur ich, sondern viele meiner Glaubensbrüder und -schwestern versuchen die Kirchen zu erneuern – was natürlich gerade vielen altmodischen Funktionären nicht passt."

„Dann müssen Sie sich aber ganz schön in Acht nehmen, Hochwürden. Sonst sind Sie eines Tages, genau wie ich, ein ‚Ketzer'. Denn wie wir beide wissen, kommt es nur darauf an, wer an der Macht ist, und der bestimmt dann, was Wahrheit ist."

Ein Parkplatz kam in Sicht, und Fidelio verlangsamte seinen Schritt. „Mein Kind, ich bin zwar ein katholischer Priester, doch im Denken immer noch frei!"

„Tatsächlich?"

„Tatsächlich! Ob du es glaubst oder nicht, ich fühle mich dem Buddhismus samt Wiedergeburt näher", er senkte seine Stimme, „als es die Kirche erlaubt. Weißt du, dass ich einige Zeit in einem buddhistischen Kloster zugebracht habe?"

Das hatte sie nicht gewusst!

„Ja! Es gibt eben viele Wege zu Gott, oder wie auch immer man das nennen möchte." Er sprach leise weiter. „Und natürlich glaube ich nicht, dass man Gott in der Kirche findet!"

„Nicht?"

Fidelio lachte über ihr spöttisches Gesicht. Wie gut er seine frühere Schülerin kannte. „Nein! Was denkst du!? Man findet ihn in seinen Abbildern, in den Menschen, in seiner Schöpfung. Dort offenbart er sich jeden Moment. Tatsächlich praktiziere ich buddhistische Rituale in meinen vier Wänden – das hänge ich selbstverständlich nicht an die große katholische Kirchenglocke. Ich weiß ja schließlich, für welchen Arbeitgeber ich tätig bin. Ich kenne die ‚Firma'", er grinste vielsagend, „wenn du dich noch erinnerst?"

Natürlich erinnerte sie sich. Sehr genau sogar – nämlich daran, wie sie als Jugendliche mit dem Pater das apostolische Glaubensbekenntnis im Kontext der Firmung diskutiert hatte. Das Wort Firma leitete sich vom lateinischen firmare ab, was so viel wie beglaubigen oder festigen bedeutet. Sie hatte geschlussfolgert, dass bei der Firmung der Firmling, wie alle Kirchenmitglieder, nicht nur an die katholische Kirche zu glauben hatte, sondern endgültig an sie gebunden werden sollte. Wie bitte? An eine Firma glauben, sich an sie binden?! Das war ihr merkwürdig vorgekommen. Wie sollte man denn bitte schön in einem Geschäft den lieben Gott finden?

Jemand hustete hinter ihnen. Theresa und der Pater drehten sich gleichzeitig um. Gideon Krause ging dicht hinter ihnen her. Schon vorher hatte Theresa Schritte hinter sich vernommen, dem aber keine weitere Bedeutung beigemessen. Wahrscheinlich hatte er das ganze Gespräch mitbekommen, doch sie hatte nichts zu verheimlichen. Fidelio schien es allerdings peinlich zu sein.

Der neue Messner war ein sympathischer, sportlicher Enddreißiger, dem man eine gewisse Ähnlichkeit mit dem englischen Schauspieler Hugh Grant nachsagte. Theresa hatte ihn schon ein paarmal auf der Straße gesehen. Ihm eilte der Ruf voraus, dass er nichts anbrennen ließ – doch das waren natürlich nur Gerüchte. Allerdings flirtete er gern junge Frauen beim Verlassen der Kirche an, blickte ihnen tief in die Augen und zwinkerte ihnen charmant zu. Allerdings nur, wenn sie hübsch genug waren, das hatte ihr Emma gesteckt! Dieser Umstand mochte vielleicht auch die drastisch angestiegene Zahl junger Frauen erklären, die neuerdings die Messe besuchten – der liebe Gott arbeitete eben mit allen Mitteln!

„Hochwürden, ich unterbreche nur ungern, doch wir müssen uns beeilen."

Der Pater nickte und blickte aufgeschreckt auf seine Uhr. Dann machte er Theresa und Gideon schnell miteinander bekannt, bevor er hektisch in einen geparkten Twingo stieg.

Gideon musterte Theresa freundlich. „Ich glaube, ich habe Sie in unserer Kirche noch nie gesehen – eine derart attraktive Frau wäre mir doch aufgefallen." Er zwinkerte Theresa zu, stieg ebenfalls in den Wagen und startete den Motor.

Fidelio ließ die Scheibe runter. „Besuch mich, wann immer du willst. Ich freue mich schon auf die Fortsetzung unseres Gesprächs!"

Der Motor heulte auf und der Wagen fuhr los.

„Und wenn du Hilfe bei deiner Arbeit brauchst", rief der Pater, „lass es mich wissen, meine Liebe." Er winkte ihr noch mal zu und ließ die Fensterscheibe hoch.

Theresa blickte dem Auto hinterher, bis es sich im allgemeinen Verkehr verlor. Dann lief sie zu ihrem eigenen Wagen. Ein Knöllchen hing an der Windschutzscheibe – doch wen kümmerte es, wenn man, wie sie, wieder Boden unter den Füßen hatte. Endlich – sie fühlte sich wieder zu Hause.

11

Es war der Todestag von Theresas Großmutter Franziska von Welvenstein, der sich wieder jährte. Gemeinsam mit ihren Eltern stand sie am Familiengrab, das sich unter einer riesigen Tanne auf dem katholischen Friedhof von Welver befand. Elisabeth stellte frische Blumen in eine Grabvase. Es war ein feuchter Morgen und die Sonne brach allmählich durch die aufsteigenden, zarten Nebelschwaden, die diesem Teil des sonst eher kahl anmutenden Friedhofs plötzlich so etwas wie Räumlichkeit und eine merkwürdig irreale Atmosphäre verliehen. Theresa fühlte sich wie in einer sanft beleuchteten Glaskuppel.

Elisabeth faltete die Hände und Ferdinand und Theresa taten es ihr gleich. „Herr, gib ihr und allen Verstorbenen die ewige Ruhe“, betete sie, „und das ewige Licht leuchte ihnen. Lass sie ruhen in Frieden – Amen.“ Eine Weile verharrten sie schweigend, dann machten die Eltern Anstalten zu gehen.

„Wo genau ist eigentlich meine Urgroßmutter Marie-Therese beerdigt worden?“, wollte Theresa plötzlich wissen.

Elisabeth sah sie fragend an. „Warum interessiert dich das auf einmal?“

Theresa zuckte mit den Schultern. „Ich weiß nicht, nur so. Ich habe mich schon immer gewundert, dass ihr Name nicht auf dem Grabstein steht.“

Elisabeth dachte nach. „Ehrlich gesagt – ich habe keine Ahnung, wo ihr Grab ist. Schon als ich Kind war, wurde darüber nicht gesprochen. Und dass sie nicht im Familiengrab ... na ja, wer sich selbst tötete, war damals nun mal ... na ja – nicht erwünscht." Mehr wollte sie dazu offenbar nicht sagen, und Theresas Eltern machten sich auf den Weg zum Ausgang. Elisabeth drehte sich nach ihrer Tochter um. „Kommst du?"

„Wenn ihr nichts dagegen habt, würde ich gerne noch etwas bleiben."

Als ihre Eltern fort waren, setzte Theresa sich auf eine Bank in der Nähe des Familiengrabes und blickte zum ehemaligen Kloster, in dessen Räumlichkeiten sich inzwischen Wohnungen und ein Café befanden.

Heute Morgen hatte der Brief des Labors, das sie mit einem sogenannten nichtinvasiven Vaterschaftstest beauftragt hatte, in ihrem Postschließfach gelegen, das sie extra dafür angemietet hatte. Sie hatte ihn auf dem Weg zu ihren Eltern geholt, ihn aber, weil sie wieder mal zu spät gewesen war, nicht mehr lesen können. Nun war es so weit. Sie griff in ihre Tasche und holte das Schreiben heraus. Ihre Hände zitterten. Wieso hatte sie plötzlich Hoffnung – dazu gab es keinen Grund – und doch! Sie öffnete den Umschlag und zog den Brief heraus. Sie las, las noch mal und ließ den Brief langsam sinken. Das Ergebnis war eindeutig: Hagen war nicht der Vater ihres Kindes. Eine ganze Weile saß sie unbeweglich da. Noch eine Woche – bis dahin musste sie ihre Entscheidung treffen.

Sie blickte sich um. Die Nebelschwaden hatten sich verzogen, es schien ein klarer Frühlingstag zu werden. Plötzlich stutzte sie – was war das gerade gewesen? Für einen winzigen Moment hatte es so ausgesehen, als hätte der Schatten einer Tanne die Gestalt eines weiblichen Kopfes angenommen. Auch wenn derartige Erlebnisse sich bei ihr in letzter Zeit häuften und durchaus beängstigend waren: Theresa war überzeugt, dass es sich lediglich um Sinnestäuschungen handelte, die durch Stress und zu wenig Schlaf ausgelöst wurden. Wahrscheinlich waren diese Umstände auch Grund für die sich häufenden Migräneanfälle.

„Das Gehirn kann einem Streiche spielen", hatte ihr der Neurologe erklärt. Doch sie war sich sicher: Irgendwann würde sich ihr Zustand wieder stabilisieren.

Ihr Handy klingelte – es war Hagen.

„Schatz, wann bist du zu Hause?"

„Ich weiß nicht, bin noch auf dem Friedhof."

„Soll ich kommen?"

Das war scheinheilig, und Theresa grinste böse. „Was machst du, wenn ich Ja sage?"

„Dann komme ich natürlich!"

„Tust du nicht."

Es war ein Samstag, und Hagen hatte den Wunsch geäußert, ausschlafen zu dürfen. Theresa verstand das. Auch sie wäre lieber zu Hause geblieben.

„Ich rufe dich an, wenn ich zurückfahre."

Hagen war einverstanden und Theresa spürte seine Erleichterung. Ihr Blick fiel auf den alten Familiengrabstein aus Marmor, und sie überlegte, wie sehr ihre Großmutter wohl darunter gelitten hatte, ohne ihre Mutter aufwachsen zu müssen. Als Vollwaise und erst zwanzigjährig war sie schließlich mit einem wesentlich älteren Cousin aus der

Welvenstein-Linie verheiratet worden, und ein paar Jahre später, 1949, hatte sie einem Mädchen das Leben geschenkt.

Nicht zum ersten Mal dachte Theresa daran, wie spät ihre Großmutter und auch ihre Mutter niedergekommen waren. Beide hatten zuvor mehrere Fehlgeburten erlitten. Ein Gedanke durchzuckte sie: War sie womöglich erblich vorbelastet? Diese Vorstellung verdrängte sie auf der Stelle. Dass sie schwanger war, damit mochte sie sich gerade am allerwenigsten auseinandersetzen.

Dann hatte sie plötzlich eine Eingebung: Wurden Selbstmörder – zumindest früher – nicht immer außerhalb der katholischen Friedhöfe beerdigt? Jemand, der eine solche Todsünde begangen hatte, durfte nicht in geweihter Erde liegen! Einem Impuls folgend, stand sie auf und durchquerte den Friedhof, der nur durch eine Hecke zur Straße begrenzt wurde. Dann schlenderte sie ein kurzes Stück weiter und suchte die historische Außenmauer ab, die die evangelische Kirche von der katholischen abgrenzte. Beide Kirchen hatten früher mal zum Kloster gehört, und der Vorplatz der evangelischen Kirche war früher Teil des klösterlichen Friedhofs gewesen.

Gerade als Theresa schon aufgeben und sich auf den Weg zu ihren Eltern machen wollte, fiel ihr Blick auf eine Stelle unterhalb der alten Außenmauer, die zum früheren Klosterfriedhof gehörte und über und über mit Efeu bewachsen war. Der Boden darunter schien glatt und hart zu sein ...

Sie blickte sich um. Außer ein paar Büschen, die in der Nähe wuchsen und deren Blätter sich noch nicht ganz entfaltet hatten, gab es nichts weiter Auffälliges zu entdecken. Wieder betrachtete sie die Stelle mit dem Efeu. War es bloß Wunschdenken oder war hier vielleicht tatsächlich mal jemand beerdigt worden? Wenn ja – war es möglich, dass es sich um die Gebeine ihrer Urgroßmutter handelte? Ihr Magen knurrte heftig und riss sie aus ihren Gedanken. Erst jetzt spürte Theresa, wie hungrig sie war. Zögernd machte sie sich auf den Weg zum „Schlösschen".

Das „Schlösschen" war der Ort, an dem sie aufgewachsen war – ein altes Gutshaus aus vorkaiserlicher Zeit, von dessen zehn Zimmern fünf an Feriengäste vermietet wurden, die sich gelegentlich hierher verirrten.

Als sie hineinging, kroch ihr der verlockende Duft frisch gebrühten Kaffees in die Nase. Sie ging in die Küche, schenkte sich eine Tasse aus der Thermoskanne ihrer Eltern ein und griff sich ein vom Frühstück übrig gebliebenes Croissant. Dann marschierte sie in den Salon zu ihren Eltern.

„Ich habe eine Stelle am Friedhof entdeckt, wo jemand beerdigt sein könnte. Wo könnte man denn alte Familienunterlagen, Sterbeurkunden und so etwas finden?" Sie biss in das Croissant.

Elisabeth blickte erstaunt auf und überlegte einen Moment. „Vielleicht oben auf dem Dachboden."

„Wozu brauchst du die?", meldete sich Ferdinand.

Theresa kaute und schluckte runter. „Vielleicht finde ich etwas über den Verbleib von Marie-Therese heraus."

„Und was soll das bringen?"

Theresa zuckte mit den Schultern. „Ich weiß noch nicht so genau. Vielleicht Spurensuche, meine Ahnen, meine Wurzeln und so."

Ferdinand brummte: „Und so! Lass die Toten ruhen.“ Er wandte sich wieder seiner Zeitung zu.

Von wegen lass die Toten ruhen – Theresa steckte den schmiedeeisernen Schlüssel ins Schloss, das zu einer jener uralten Kammertüren gehörte, hinter der man Geheimnisse und Schätze vermutete. Als die Tür aufschwang, wurde Theresas Vorstellung nicht enttäuscht. Es war, als würde sie durch ein magisches Tor in eine längst vergangene Zeit eintreten, deren Zeugen jeden Moment ins Halbdunkel treten konnten, um nach ihren Habseligkeiten zu fragen. Wie lange mochte hier oben auf dem Speicher niemand mehr gewesen sein? Sie selbst erinnerte sich nur schwach, dass sie sich als Kind hier manchmal versteckt und angenehm gegruselt hatte. Sie blickte nach oben. Zwischen die Dachpfannen hindurch fielen vereinzelte Sonnenstrahlen, in denen Milliarden aufgewirbelter Staubpartikel tanzten.

Theresas Blick fiel auf einen Schrank – wahrscheinlich Biedermeier – und eine dazu passende Kommode. Wenn ihre Eltern die nicht beanspruchten – sie hätte schon Verwendung dafür. Es war nicht zu fassen, wie viele interessante Dinge hier herumstanden. Ein antikes Grammophon und eine alte gebrannte Bauerntruhe erweckten ihre besondere Aufmerksamkeit. Die Kurbel am Grammophon war leider kaputt – doch vielleicht ließ sie sich reparieren. Theresa klappte den Truhendeckel hoch – leer. Mehr Glück hatte sie im Kleiderschrank. Darin hingen jede Menge zeitlose Haute-Couture-Kostüme – ihre Großmutter war bis zuletzt eine elegante Frau gewesen, und als sie für sich selbst die Kleider nicht mehr hatte auswählen können, hatte Theresas Mutter dies stilbewusst übernommen.

Aber sosehr Theresa auch suchte, es ließen sich keinerlei Unterlagen finden, die Licht in die Vergangenheit ihrer Urgroßmutter hätten bringen können. Stattdessen entdeckte sie in einer Pappschachtel jede Menge alter Fotos, auch wieder von Vorfahren mütterlicherseits, die sie allerdings noch nie gesehen hatte oder an die sie sich nicht mehr erinnern konnte.

Als sie den Deckel der Pappschachtel zuklappen wollte, kullerte ein filigraner Silberring unter den Bildern hervor, eine gefüllte Blüte, aus Elfenbein geschnitzt und dunkelrosa gefärbt, mit winzigen Amethysten eingefasst.

„Er gehörte deiner Großmutter. Du kannst ihn behalten, wenn du möchtest." Elisabeth stand in der Tür und lächelte.

Theresa hatte sie nicht kommen hören, und als sie sie dort stehen sah, fiel ihr wieder einmal auf, wie attraktiv ihre Mutter noch war, besonders, wenn sie, so wie jetzt, lächelte, was selten geschah.

Theresa erwiderte das Lächeln. „Dir würde er auch gut stehen."

„Ich hab ihn schon vor ewigen Zeiten mal anprobiert – er passt nicht. Außerdem ist Rosa eine Farbe für junge Frauen." Elisabeth nippte an ihrem Weinglas, das sie in der Hand hielt.

Theresa schob den Ring über ihren Finger, und tatsächlich – er passte. „Danke! Das Silber ist zwar angelaufen, aber da lässt sich Abhilfe schaffen. Ich habe den Ring nie an Großmutter gesehen."

Elisabeth zuckte mit den Achseln und wechselte abrupt das Thema. „Wann hast du deinen Termin?"

Und gleich auf die Zwölf! Gerade war sie noch entspannt gewesen, doch nun hatte Theresa das Gefühl, als würde jemand ein schweres, graues Tuch über ihr ausbreiten. „Noch gar nicht." Theresa drehte sich ab und begann übereifrig, die Schubladen der Biedermeier-Kommode zu durchsuchen.

Elisabeth ließ nicht locker. „Dir ist aber klar, dass eine Unterbrechung der Schwangerschaft mit jedem Tag schwieriger wird?"

„Mama!! Lass mich bitte in Ruhe, ich habe nächste Woche erst noch einen anderen Termin!"

„Ziehst du etwa in Erwägung, das Kind zu bekommen?"

„Und wenn?"

Ihre Mutter war sichtlich geschockt. „Von einem Vergewaltiger?"

Theresa fing an zu weinen. „Ich weiß es doch nicht, Mama – ich weiß gar nichts, und du dringst so in mich! Gib mir doch die Chance, mir schlüssig zu werden. Ich habe vor gerade mal zehn Tagen erfahren, dass ich schwanger bin. Kannst du dir vorstellen, wie ich mich gerade fühle – wie sehr mich das alles belastet?"

„Ich möchte ja nur nicht, dass du dich um dein Glück bringst, Theresa."

„Dann dräng mich nicht so – bitte!"

„Ich sorge mich um deine Ehe, was wird Hagen wohl dazu sagen?"

„Wozu?"

Elisabeth nickte vielsagend.

„Mama, denkst du vielleicht bitte auch mal an mich? Warum kümmerst du dich nicht um deine eigene Ehe?“

Elisabeth war beleidigt, und beide schwiegen. Nach einer Weile ging Elisabeth, und Theresa fühlte sich schlecht. Warum gerieten sie und ihre Mutter immer wieder aneinander?

Eine Weile hing sie ratlos ihren Gedanken nach, dann machte sie sich ebenfalls auf den Weg nach unten. Doch auf der Treppe stoppte sie abrupt und ging noch mal zurück. Auf einem ziemlich ramponierten Frisiertisch stand ein blinder, dreiteiliger Spiegel – und davor ein kleines antikes Holzkästchen, in das Intarsien eingearbeitet waren. Als sie es aufklappte, erklang die Melodie von „Der Mond ist aufgegangen“. Sie konnte sich nicht erinnern, dieses Kästchen jemals vorher gesehen zu haben. Wem hatte es gehört? Es war wirklich traurig – niemand schien sich für die Dinge auf dem Speicher zu interessieren. Es waren Dinge ihrer Vorfahren, die einfach weggestellt und vergessen worden waren – genauso wie ihre Urgroßmutter Marie-Therese.

Aus ihrem Autoradio erklang „Dancing“, ein Schlager von Paolo Conte, und Theresa musste plötzlich an einen Trip nach Rom vor ein paar Jahren denken, wo sie diesen Song ständig gehört hatte.

In der Cornaro-Kapelle in der Kirche Santa Maria della Vittoria war sie damals fast eine Stunde vor der „Verzückung der heiligen Teresa“ stehen geblieben – einer Frontalskulptur, geschaffen im 17. Jahrhundert von dem Bildhauer Giovanni Lorenzo Bernini. Das aus weißem Carrara-Marmor geschaffene Kunstwerk gab das Erlebnis der heiligen Teresa von Ávila wieder, deren Schilderungen zufolge ein Engel über sie gekommen sei und sie mit einem brennenden Pfeil mehrmals durchbohrt und ihr Herz mitgenommen habe. Fortan sei sie in glühender Liebe zu Gott entflammt. Der Schmerz sei so groß gewesen, dass sie aufgeschrien, gleichzeitig aber eine unendliche Süße empfunden und gewünscht habe, der Schmerz möge von ewiger Dauer sein.

Schmerz und Lust lagen dicht beieinander, und für Theresa stellte das Antlitz der heiligen Theresa das sinnliche Gesicht einer liebenden Frau dar, die sich einem Mann in sexueller Ekstase hingab und ihren „kleinen Tod" erlebte. Sie war sich sicher, dass Bernini genau diese Art Höhepunkt hatte darstellen wollen und nicht an Religion gedacht hatte, wenn auch die Kirche der Auftraggeber gewesen war.

Vor der Fahrt zurück nach Soest hatte sie noch mal an jener Stelle an der Kirchenmauer gestoppt, wo sie die Überreste ihrer Urgroßmutter vermutete. Als sie begonnen hatte, den Efeu zu entfernen, war sie von einer männlichen Stimme angesprochen worden. „Suchen Sie nach einem Schatz?"

Theresa hatte sich erschrocken umgedreht. Gideon Krause hatte neben seinem Twingo gestanden, den er hinter Theresas Fiat geparkt hatte. Sie hatte sich entspannt und gelacht. „Was machen Sie hier?"

„Ich schaue mir die Klöster in der Umgebung an."

Theresa hatte genickt. „Berufsbedingt, nehme ich an."

„Nein, ich interessiere mich wirklich für Klostergeschichte – ich bin sozusagen klosteraffin, wissen Sie."

Theresa hatte eine einladende Geste in Richtung der beiden Kirchen gemacht. „Na dann – viel Spaß. Im ehemaligen Klosterbau befindet sich allerdings nur noch ein Café!"

„Okay, danke für diese Info. Und was ist mit Ihnen? Sie haben meine Frage noch nicht beantwortet." Gideon hatte spöttisch auf jene Stelle geblickt, wo Theresa den Efeu herausgerissen hatte.

„Sie werden es nicht glauben, ich suche ein Grab."

„Aha?"

„Ja, das von meiner Urgroßmutter!"

„Und sind Sie fündig geworden?"

Theresa hatte mit den Schultern gezuckt.

„Und warum suchen Sie außerhalb der Kirchenmauern?" Doch sofort war bei ihm der Groschen gefallen. „Ah, ich verstehe ...", er hatte seine Stimme gedämpft und war näher herangetreten, „... Selbsttötung?"

Theresa hatte genickt.

„Wir sind mit den Friedhofsämtern der Umgebung gut vernetzt – wenn Sie wollen, telefoniere ich mal für Sie herum."

„Das wäre toll!"

Gideon war pfeifend in seinen Twingo gestiegen und hatte ihr zum Abschied zugezwinkert.

Nachdem sie noch ein Foto von der Efeustelle geschossen hatte, hatte auch sie sich endgültig auf den Weg nach Hause gemacht.

Inzwischen war es dunkel, und Hagen würde schlechte Laune haben, weil sie so lange fort gewesen war. Theresa dachte an ihre Mutter, die sie liebte und der sie aus dem Weg gehen musste, weil es dauernd Streit gab. Warum, zum Teufel, konnte sich Elisabeth bei Theresas Angelegenheiten nicht zurückhalten? Sie blickte auf den Beifahrersitz. Für das Intarsien-Kästchen hatte ihre Mutter keine Verwendung gehabt und es ihr ebenfalls überlassen. Sie ließ Paolo Conte zu Ende singen, stellte dann das Radio aus und klappte den Deckel des Kästchens auf. Die Melodie erklang, und prompt klingelte ihr Handy – Hagen.

„Ich habe gekocht, wie lange brauchst du noch?“

Theresa war froh – Hagen schien gut gelaunt. „Bin gleich da. Was gibt's denn?“

„Spagetti mit Kapern in Pfefferminzsauce – kannst du Wein mitbringen?“

„Mach ich.“ Theresa drückte auf Ende.

Wieder klingelte das Handy. „Was noch?“

„Hallo, Theresa!“

Theresa hätte beinahe das Lenkrad verrissen. „Hallo, Lennart.“

Eine Pause entstand.

„Wie geht es dir?“ Sie drehte die Freisprechanlage voll auf.

„Danke, gut? Wie geht es dir?“

„Danke, auch gut. Was kann ich für dich tun?“ Verärgert spürte sie, dass ihr Herz klopfte.

„Nichts! Jedenfalls im Moment nicht, danke. Aber ich habe etwas für dich getan. Du kannst ab sofort die Bibliothek von Schloss Corvey nutzen. Du musst dich allerdings immer vorher anmelden, damit jemand da ist. Meistens bin ich da – ich hoffe, das stört dich nicht?“

Hatte das gerade etwas anzüglich geklungen? Theresa überhörte es.

„Du bekommst auch einen befristeten Ausweis. Natürlich nur, wenn du willst, Thess!“

„Und ob ich will – das ist nett von dir, danke." Wieder entstand eine Pause, doch Theresa fiel partout nichts ein, was sie hätte sagen können.

„Geht es dir gut?", meldete sich Lennarts Stimme.

„Ja, danke, und dir?"

„Mir auch, danke."

Wieder sagte niemand was. Oh mein Gott, wie peinlich das alles war. Sie hatte plötzlich die Vorstellung einer Endlosschleife, bei der immer wieder dasselbe gefragt und immer wieder dasselbe geantwortet wurde, obwohl sich die Gesprächspartner längst dessen bewusst waren, dass hier überhaupt nicht über das gesprochen wurde, was einen eigentlich bewegte.

„Ja, dann auf bald", hörte sie Lennart sagen.

„Ja, auf bald", gab sie zurück, dann war die Leitung tot.

Hagen hatte sich selbst übertroffen. Der Tisch war bereits gedeckt, und aus der Küche strömte ein verlockender Geruch von Tomate und frischgehackten Kräutern. Erst jetzt bemerkte Theresa, wie hungrig sie war. Sie öffnete die mitgebrachte Flasche und schenkte Rotwein in eins der bereitgestellten Ballongläser ein – sie selbst würde sich mit Mineralwasser begnügen. Hagen stolzierte herein – auf dem rechten Unterarm lag ein Geschirrhandtuch. Er rückte einen Stuhl zurecht. „Darf ich bitten?"

Theresa setzte sich. „Danke!"

Hagen verschwand wieder in der Küche. Gleich darauf kam er zurück, stellte zwei Teller ab und gab Theresa einen flüchtigen Kuss. Er setzte sich, griff nach seinem Glas – und stutzte. „Magst du keinen Wein?"

Theresa schüttelte den Kopf. „Ich glaube, ich vertrage die Säure im Moment nicht so gut."

Hagen machte ein bedauerndes Gesicht, und Theresa musste über so viel Scheinheiligkeit lachen. Er griff nach der Flasche und studierte anerkennend das Flaschenetikett. „Dann muss ich wohl ganz allein diesen edlen Tropfen leeren."

Sie stießen an. Das Essen schmeckte, wie es roch – vorzüglich.

Als Hagen sich zum dritten Mal Wein nachschenkte, konnte es sich Theresa nicht verkneifen: „Du musst dich aber nicht allzu sehr ‚opfern', Schatz. Du kannst auch noch für morgen etwas übrig lassen."

Hagen machte ein gespielt skeptisches Gesicht. „Ich möchte auf gar keinen Fall ein Risiko eingehen – morgen ist der Wein vielleicht schon schlecht."

Theresa grinste, fischte sich aus dem Brotkorb frisches Baguette und tunkte es in die restliche Minzsauce – sie schmeckte so lecker.

Hagen nahm es zufrieden zur Kenntnis. Er griff ebenfalls in den Brotkorb. „Weißt du eigentlich, dass die Kaper schon im alten Ägypten als Aphrodisiakum genutzt wurde?"

„Und weißt du, dass die Blüte der Kaper in manchen Kulturen ein Symbol für die Vergänglichkeit ist? Sie öffnet sich mittags und ist am Nachmittag schon verblüht."

Hagen schien etwas Anzügliches sagen zu wollen, doch er verkniff es sich und grinste nur.

Theresa bemerkte es, steckte das letzte Stück Brot in den Mund und fuhr, während sie weiterkaute, fort: „Außerdem wird die Kaper als Allround-Heilmittel gegen alles Mögliche eingesetzt und soll sogar gegen Krebs und Alzheimer wirken."

Hagen nickte höflich und entdeckte plötzlich den alten Silberring an ihrem Finger. Er hielt ihre Hand fest. „Was ist das?"

„Ein Erbstück."

Hagen machte ein fragendes Gesicht.

„Ja, wirklich. Ich habe ihn in einem alten Karton auf dem Speicher bei meinen Eltern entdeckt. Er gehörte meiner Großmutter und davor vielleicht ihrer Mutter."

Hagen betrachtete den Ring. „Hübsch. Die Blüte erinnert an eine Dahlie. Die pflanzen sich ungeschlechtlich fort."

Theresa lächelte – und ahnte, dass jetzt ein kleiner Vortrag folgen würde. Hagen hatte sich für den richtigen Beruf entschieden.

„Weißt du, dass Dahlien erst Ende des 18. Jahrhunderts nach Europa kamen und ihren Namen einem schwedischen Botaniker und Mediziner, einem gewissen Andreas Dahl, verdanken? Und dass es in Mexiko Arten gibt, die über zehn Meter hoch werden können und riesige Blüten entwickeln?"

Theresa schüttelte den Kopf und lächelte. „Ich weiß aber, dass ich einen Mann habe, den ich nach solchen Dingen immer fragen kann."

Es war wirklich so. Hagen wusste fast zu jedem Thema etwas. Sie konnte ihn sich gut vor seiner Schulklasse vorstellen.

„Auf jeden Fall gehört der Ring jetzt mir, meine Mutter hat keine Verwendung für ihn. Und noch etwas ..." Sie stand auf und verschwand im Flur. Als sie zurückkam, hielt sie das antike Spielkästchen in den Händen. „Das habe ich auch auf dem Speicher entdeckt – cool, oder?"

Hagen nahm das Kästchen entgegen und fühlte die Intarsien ab. Sie waren gut erhalten. Er klappte den Deckel auf, und sofort erklang die Melodie und sorgte für einen Hauch von Nostalgie.

„Wo willst du es hinstellen, Thessa?"

Sie zuckte mit den Schultern. „Weiß noch nicht – vielleicht ins Schlafzimmer?"

Während Hagen den Tisch abräumte, begann sie, mit einem Silbertuch vorsichtig den Ring zu säubern. Die dunklen Schichten ließen sich nur schlecht entfernen. Doch allmählich erstrahlte der Ring in neuem Glanz.

Hagen pfiff anerkennend durch die Zähne. „Dein Großvater – oder Urgroßvater – hat echt Geschmack gehabt."

Theresa nickte und stutzte plötzlich. Aus einer Schublade holte sie ein Vergrößerungsglas hervor. „Von wegen Urgroßvater." In Sütterlin waren die Buchstaben *Lef* eingraviert worden, dahinter eine Zahl: *1809*.

„Für was steht *Lef*", dachte Theresa laut nach, „und was war *1809*?"

Hagen gähnte. „Ad hoc fällt mir da James Madison ein – am 4. März 1809 wurde er als vierter Präsident Amerikas vereidigt. Aber was bedeutet *Lef*?"

Hagen und Theresa blickten sich fragend an.

Tagsüber war Theresa abgelenkt gewesen. Nun lag sie im Bett und grübelte. Hagen, vom Wein angesäuselt, versuchte sie immer noch von der aphrodisierenden Wirkung der

Kaper zu überzeugen – doch davon spürte sie nichts und mochte sich auch nicht verführen lassen. „Schatz, ich bin nicht in Stimmung! Ein anderes Mal." Sie küsste ihn flüchtig und verkroch sich unter ihrer Bettdecke.

Hagen gab nicht auf, doch Theresa drehte sich abrupt und mit deutlich genervtem Gesichtsausdruck weg.

Eine derartige Abfuhr war beleidigend, und Hagen war schlagartig nüchtern! „Kannst du mir bitte mal sagen, was los ist? Schon seit Tagen verhältst du dich merkwürdig."

Sie hatte es befürchtet – nun war es so weit. Hagen hatte sie die letzten Tage in Ruhe gelassen, auch keine Erklärung von ihr gefordert, obwohl er vielleicht ein Recht darauf gehabt hätte. Ihr Verhalten musste abweisend und verunsichernd auf ihn wirken. Warum war es so schwierig, den Schalter umzulegen und, anstatt zu zweifeln, einfach auf die Liebe zu vertrauen, die doch angeblich alles überwinden konnte.

Aber vielleicht ging es um etwas anderes. Misstraute sie sich inzwischen womöglich selbst? Und wenn es so war – war es verwunderlich? Wenn doch gerade nahestehende Menschen einem so viel Argwohn entgegenbrachten und Vermutungen wie Tatsachen über einen stülpten?

„Ich kämpfe schon den ganzen Tag mit Anfällen von Migräne", hörte sie sich sagen und merkte gleichzeitig, wie verlogen das klang.

Hagen lachte auf. „Okay! Und die Tage davor – auch Migräne? Wirklich, Thessa! Sind wir zwei schon so weit, dass du Kopfschmerzen vorschiebst, nur damit du nicht mit mir schlafen musst?"

Theresa wühlte sich noch tiefer unter die Bettdecke.

„Was zum Teufel ist los mit dir? Sprich endlich. Ich bin dein Ehemann!“

Obwohl sie sich schlecht fühlte, musste sie laut loslachen und hörte selbst, wie böse das plötzlich klang. „Willst du jetzt etwa einen rechtmäßigen Anspruch auf mich geltend machen?“

Hagen ließ sich nicht provozieren. „Habe ich etwas getan, das dich verletzt, abgestoßen oder verärgert hat? Dann sag es mir bitte!“

Theresa schüttelte den Kopf. „Nein, hast du nicht! Aber wie soll ich dir etwas sagen, was ich selbst nicht weiß?“

Hagen war alarmiert. „Wie – was du nicht weißt? Was meinst du?“

„Na das, was ich eben nicht weiß!“ Das klang saublöd. Sie verschränkte die Arme und starrte zur Decke – wohl wissend, dass Hagen sie fassungslos anstarrte.

„Gibt es jemand anders?!“

Theresa schüttelte den Kopf. „Ich brauche nur ein bisschen Zeit, das ist alles.“

„Zeit für was denn, Thessa, für was?“

„Ich sagte es doch – für das, was ich eben noch nicht weiß!“ Sie hörte, wie bockig das klang. „Schatz, bitte, lass uns nicht streiten.“

Sie streckte ihren Arm nach ihm aus. „Vertrau mir – bitte.“

„Vertrauen?“ Hagen schien darüber nachzusinnen, und für einen Moment sah es tatsächlich so aus, als würde er nachgeben. Doch plötzlich stand er auf, griff sich Kopfkissen und Bettdecke und marschierte aus dem Zimmer. Als die Tür zuknallte, zuckte Theresa zusammen.

Während ihre Tränen aufs Kissen tropften, fühlte sie sich wie in einer Tragödie, die dermaßen grotesk und überzogen war, dass sie – wäre sie lediglich Zuschauerin und nicht Hauptakteurin des ganzen Spiels gewesen – wahrscheinlich darüber gelacht hätte. Doch danach war ihr gerade überhaupt nicht zumute!

12

Nur das Tackern der Tastatur des Laptops war zu hören. Theresa arbeitete schon den ganzen Vormittag. Als ihr Wecker geklingelt hatte, war Hagen bereits fort gewesen, und das ordentlich zusammengefaltete Bettzeug auf dem Sofa hatte ihr einen Stich versetzt.

Es war nicht der erste Streit gewesen – doch spätestens, bevor sie zu Bett gingen, vertrugen sie sich normalerweise. Ihr fiel ein, dass morgen das Treffen der Selbsthilfegruppe stattfand, zu dem sie sich angemeldet hatte – danach musste sie mit Hagen sprechen. Bis dahin galt es, zu verdrängen – auszuhalten, was eigentlich nicht auszuhalten war.

Sie legte ihre Hand auf den Bauch, wandte sich dem Laptop wieder zu und las den von ihr verfassten Text.

Um Gotteserlebnisse zu erwirken, haben sich viele Mystikerinnen dem Leiden verschrieben und unvorstellbaren Qualen ausgesetzt, wie zum Beispiel die Schweizerin Elsbeth von Oye. Bereits mit sechs Jahren war sie Ende des 13. Jahrhunderts in das Dominikaner-Kloster Oetenbach in Zürich eingetreten.

Hier soll sie über neun Jahre – ganz in der Tradition der Dominikaner – Leidensekstasen forciert und sich mit einem Nadelkreuz gegeißelt haben. Laut ihren Schilderungen konnte sie die Nadeln danach kaum noch aus der Haut herausbringen.

Doch eine der bekanntesten Mystikerinnen, die um 1098 geborene Hildegard von Bingen, war strikt gegen Fasten und Selbstgeißelungen. Und obwohl auch sie nach Gotteserfahrungen strebte, misstraute sie sogar anfangs ihren eigenen Lichterscheinungen und Auren und hielt diese keinesfalls für Visionen. Tatsächlich sind sie aus heutiger Sicht am ehesten auf ein Skotom in Verbindung mit schwerer Migräne zurückzuführen.

Theresa musste an ihre Migräne mit Aura denken, die gar nichts Visionäres, sondern eher etwas von einem Kontrollverlust hatte. Ihr Sehvermögen war dann dermaßen eingeschränkt, dass sie Fahrten mit dem Auto so lange unterbrechen musste, bis die Aura wieder verschwunden war. Sie überlegte. War es denkbar, dass Hildegard von Bingen später ihre Chance erkannt und den Entschluss gefasst hatte, ihre Lichterscheinungen geschickt als Visionen darzustellen, sie zu benutzen, um Kirchenpolitik zu betreiben? Nicht selten hatte ihre spätere Kritik am Klerus – zum Beispiel hinsichtlich seines Sittenwandels – Feinde auf den Plan gerufen. Doch für eine Frau dieser Zeit hatte sie zweifelsohne Macht besessen.

Und so gesehen war es doch auch denkbar, dass einige der späteren Mystikerinnen – unter ihnen viele gebildete Frauen – dem Vorbild Hildegard von Bingens gefolgt waren und vermeintliche Visionen ebenfalls für politischen Einfluss genutzt hatten. Wie die Karmelitin Teresa von Ávila, die sich, wie Hildegard, gegen das Prozedere der Selbstkasteiung entschieden hatte.

Doch wenn Theresa dies schrieb, lief sie womöglich Gefahr, seitens der Kirche angegriffen und diskreditiert zu werden – sie konnte es nicht beweisen. Andererseits – war es nicht auch in einer Doktorarbeit erlaubt, Fragen aufzuwerfen? Theresa dachte an das Kirchenblättchen „Amen" – ein guter Platz für solch ein Thema! Das könnte ihr die Möglichkeit bieten, Reaktionen zu testen.

Sie musste plötzlich grinsen und malte sich aus, wie sie mit Fidelio das Thema erörterte und der Pater listig Gegenargumente bemühte. Nicht selten herrschte am Ende solcher Diskussionen zwischen ihnen Übereinstimmung – zumindest in manchen Punkten. „So sei es", murmelte Theresa und begann zu tippen.

Nicht selten stellten sich erst nach dem Gelübde vermeintliche Visionen und Stigmata ein. Hier könnte es sich um eine besondere Form von Hysterie gehandelt haben – so, wie sie auch heute immer wieder bei Gläubigen vorkommt.

Als sie weiterschreiben wollte, fiel ihr Blick auf das Spielkästchen, das auf ihrem Schreibtisch stand. Sie nahm es in die Hand. Das Holz fühlte sich warm und glatt an. Anscheinend war es früher mal mit Schellack poliert worden. Sie öffnete den Deckel und das leise Kling-Klang von „Der Mond ist aufgegangen" setzte ein. Das Innere des Kästchens war mit schwarzem Samt ausgekleidet. Als sie mit dem Finger darüberfuhr, spürte sie, dass der Stoff locker war. Sie zog ihn ab und war baff – neben der Spielwalze war ein kleiner quadratischer Holzdeckel eingelassen. Sie hob ihn mit dem Fingernagel vorsichtig an. Darunter befand sich ein Hohlraum – im dem ein schmiedeeisernes Schlüsselchen lag. Theresa nahm es in die Hand und betrachtete es nachdenklich. Ob es zu einem der Möbelstücke oben auf dem Speicher passte? Vielleicht konnte sie es beim nächsten Besuch bei ihren Eltern herausfinden. Doch warum hatte sich der Besitzer des Holzkästchens die Mühe gemacht, den Schlüssel so gut zu verbergen?

Das Telefon klingelte. Es war Gideon Krause.

„Wie geht es Ihnen?"

„Gut, danke."

„Ich habe etwas herausgefunden."

Theresa spitzte die Ohren.

„Sie hatten recht. Tatsächlich wurde Ihre Urgroßmutter ohne Grabstätte außerhalb des Friedhofs beigesetzt – allerdings gibt es keinen Vermerk darüber, wo genau, es könnte theoretisch überall gewesen sein."

Theresa sagte nichts, sie war genauso schlau wie vorher.

Selbst wenn es einen Vermerk gegeben hätte – der Friedhof hatte sich völlig verändert, es gab keine Mauer, sondern nur eine Hecke, die sich fast um den ganzen Friedhof samt Kirchen zog. Wo sollte man dort noch etwas finden?

Ihre Familienangehörigen wissen auch nichts?", wollte Gideon wissen.

„Das ist das Problem! Aber vielleicht habe ich ja die Stelle bereits gefunden."

Gideons Stimme klang skeptisch. „Sie meinen diese Stelle mit dem bisschen Efeu?"

„Wer weiß." Hatte er vielleicht eine bessere Idee? „Danke für Ihre Hilfe – das hat mir vermutlich ziemlich lange Telefonate erspart."

„Immer wieder gerne."

Während sie sich verabschiedeten, sah sich Theresa bereits, mit Hacke und Spaten bestückt, der Stelle zu Leibe rücken, wo sie die Gebeine ihrer Urgroßmutter vermutete.

13

Theresa saß zwischen sechs anderen Frauen in einem Stuhlkreis. Linda Jones – eine hübsche Afroamerikanerin Ende zwanzig und Initiatorin der Selbsthilfegruppe – saß hochschwanger neben ihr, zwei weitere Frauen schienen ebenfalls in anderen Umständen zu sein.

Theresa war überpünktlich gewesen, und Linda hatte sie vor der Gruppensitzung gefragt, ob sie gern etwas über sich erzählen wollte. Doch Theresa hatte verneint.

„Hallo, meine Lieben", begrüßte Linda die Anwesenden, „schön, dass ihr da seid. Wir ihr seht, haben wir zwei neue in der Gruppe. Gleich zu Beginn möchte ich euch daran erinnern, dass alles, was hier besprochen wird, nicht weitergetragen werden darf. Vielleicht stellt ihr euch alle kurz vor, bevor wir miteinander sprechen."

Jede der Frauen kam Lindas Vorschlag nach und Theresa überlegte gerade, ob sie eine Art Decknamen benutzen sollte, als sie beruhigt feststellte, dass die Frauen nur ihren Vornamen nannten, und tat es ihnen gleich.

„Wer möchte beginnen?" Linda blickte in die Runde. Sofort meldete sich die Neue: Ines, ein etwa zwanzigjähriges Mädchen mit dunklen Haaren, Typ graue Maus. Theresa fiel auf, wie sich Körperhaltung und Gesichtsausdruck aller Frauen plötzlich veränderten, während sie sich Ines zuwandten – so als müssten sie sich vor dem, was jetzt möglicherweise kam, wappnen. Hatte vorher noch eine gelöste Stimmung geherrscht, so war jetzt die gedrückte Atmosphäre, die Anspannung der Frauen, körperlich spürbar. Oder war das nur ihre eigene Anspannung? Theresa wurde bewusst, dass sie sich auf sehr unangenehme Weise spürte. Ihre Hände waren feucht, sie schwitzte und fror gleichzeitig. Ihr Herz hämmerte dermaßen, dass sie plötzlich die merkwürdige Vorstellung eines LKW-Motors hatte, den man fälschlicherweise in einen Kleinwagen eingebaut hatte und der diesen gerade zum Zerbersten brachte.

„Ich hatte mich mit meinem Freund gestritten", begann Ines und hielt einen Moment inne. Linda nickte ihr ermutigend zu, und Ines fuhr fort: „Wir hatten mit ein paar Freunden hier in Soest eine Cocktailbar besucht. Dann war ich gegen Morgen, ohne meinen Freund, auf dem Weg nach Hause und ziemlich – na ja – betrunken. Am Anfang waren noch andere Leute hinter mir, die ebenfalls in dem Club gewesen waren. Ich habe mich nicht allein gefühlt. Doch dann ist es immer ruhiger geworden. Eine ganze Weile schon hatte ich hin und wieder Schritte hinter mir gehört, mir aber nichts dabei gedacht. Dann wurden die plötzlich immer schneller, und ich hab bemerkt, dass da etwas nicht stimmt. Ich habe mich umgedreht und sofort – glaubt mir, sofort! – Gas gegeben. Den Blick des Typen werde ich nie vergessen!"

Ines zitterte am ganzen Körper, und Theresa wäre am liebsten gegangen. Doch sie blieb.

Ines beruhigte sich ein wenig und sprach weiter: „Ich weiß nicht mal genau, wie er aussah, aber dieser Blick ..."

Wieder stockte sie. „So schnell, wie der war, konnte ich gar nicht sein – ich war ja auch ziemlich betrunken. Als er mit mir fertig war, wollte er wissen, ob es mir gefallen hätte. Ich bin nur gerannt. Er hat mir hinterhergerufen, dass er es gerne noch mal mit mir machen möchte. Ich weiß nicht mehr, wie ich nach Hause gekommen bin. Dort habe ich meine Unterwäsche in eine Plastiktüte getan und mich ins Bett gelegt." Ines begann leise zu weinen, und eine der schwangeren Frauen legte ihr den Arm über die Schulter und versuchte, sie zu trösten.

„Hast du den Kerl angezeigt?", wollte Linda leise wissen. Ines nickte. „Aber erst am Vormittag. Es wurden Abstriche und Fotos gemacht, ein Bluttest auf HIV, und ich habe die ‚Pille danach' bekommen. Dann hat mir die Psychologin eure Gruppe empfohlen, obwohl ich ja nicht schwanger bin – Gott sei Dank. Glaubt mir, bis dahin habe ich mir nicht im Entferntesten vorstellen können, welche Verletzungen ein Penis verursachen kann – all das Blut am nächsten Morgen in meinem Bett. Ich war in Panik und habe den Krankenwagen anstatt die Polizei angerufen. Das Schlimme ist, dass ich nicht nur mir, sondern auch meinem Freund eine Schuld gebe – wäre der Streit nicht gewesen, wäre das alles nicht passiert."

Theresa räusperte sich. „Nur der Täter ist schuld, niemand sonst – weder du noch dein Freund!"

Eine ganze Weile herrschte Schweigen, und jede der Frauen schien mit ihrem eigenen Erlebnis beschäftigt zu sein. Auch Theresa quälte wieder die Vorstellung dieses gesichtslosen Sexualtäters. Plötzlich hatte sie eine Eingebung: Auch wenn sie bewusstlos gewesen war – was war mit Hypnose? Vielleicht bekam ihr Vergewaltiger auf diese Weise ein Gesicht.

Die restliche Zeit verbrachten die Frauen damit, Ines zu trösten, ihr Mut zuzusprechen und Tipps zu geben. Nur einmal kam Unruhe auf, als eine der Frauen plötzlich ausflippte und sich über schlechte Gesetze ausließ.

„Wir, die Opfer, werden verhöhnt. Wir bleiben schutzlos. Bei mir musste die Polizei den Täter mangels Beweisen wieder laufenlassen, und ich bin keine Ausnahme. Wisst ihr, dass Tatverdächtige bei Nachweis einer Adresse oft auf freiem Fuß bleiben? Es gilt ja die Unschuldsvermutung. Die Behörden machen sich doch zum Helfer für die nächste Straftat. Viele Täter tauchen unter! Unsere Sicherheit ist überhaupt nicht gewährleistet. Es ist eine Schande! Wisst ihr, dass 2014 in Berlin über 7000 verurteilte Kriminelle auf Haftantritt gewartet haben sollen? Lasst uns einen geheimen Frauenbund gründen mit dem Ziel, Sexualstraftäter zu bestrafen, sie zu kastrieren und so der Öffentlichkeit preiszugeben. Mädels, legt euch eine Knarre zu und lernt schießen, damit ihr euch gegebenenfalls wehren könnt – die Behörden schützen euch nicht. Im Gegenteil, sie erwarten, dass wir Frauen uns der Willkür potenzieller Täter ausliefern. Also, bewaffnet euch!“

Die Frauen hatten geschockt, doch ohne etwas einzuwenden, zugehört, und Theresa hatte von den Gesichtern ablesen können, dass jede einzelne von ihnen schon mal solche Gewaltfantasien gehabt hatte und zu ähnlichen Schlussfolgerungen gekommen war – ohne jedoch den Mut zu haben, sie auszusprechen. Und auch jetzt, als würden sie einem gewissen Gehorsam vorauseilen oder einem

Zwang folgen, beschworen sie ihre Leidensgenossin, die vor Wut in Tränen ausgebrochen war, von derartigen Vorstellungen sofort abzulassen.

Theresa gefiel das nicht. Waren sie hier nicht in einem geschützten Raum? Durfte man nicht wenigstens hier einmal aussprechen, was einen bewegte? Bestand zwischen Gedanken und Tat nicht ein Riesenunterschied?

„Ich kann dich gut verstehen", sagte sie, „ich fühle so ähnlich wie du", doch sie mied dabei den Blick der anderen.

Schließlich leerte sich der Raum nach und nach, bis Theresa und Linda allein zurückblieben.

Linda musterte sie aufmerksam. „Wie geht es dir?"

Theresa zuckte mit den Schultern. „Ich glaube, ich bin – geschockt und fühle mich – irgendwie unwirklich. Wie geht es dir?"

Linda lächelte. „Ähnlich – vielleicht nicht mehr ganz so geschockt!" Sie nahm einen Schluck Wasser aus dem Glas, das sie in der Hand hielt. „Weißt du, die Gruppe gibt es jetzt ein knappes halbes Jahr. Glaub mir, ich habe in dieser Zeit viele Erfahrungen gemacht, viel Verstörendes gehört – ich lasse es nicht mehr so nah an mich heran." Sie lachte. „Selbstschutz, verstehst du?"

Theresa nickte.

„Hat das Treffen dir geholfen?", wollte Linda wissen.

Theresa schüttelte den Kopf. „Nein. Ich habe eine andere Problematik."

Linda schaute sie fragend an.

„Ich war nicht bei Bewusstsein, als mir das passiert ist. Und ich hätte vielleicht nie davon erfahren, wenn nicht vor zwei Wochen meine Schwangerschaft festgestellt worden wäre."

„K.-o.-Tropfen?"

Theresa schüttelte den Kopf. „Ich glaube nicht, oder besser gesagt, ich weiß überhaupt nicht, wie oder was genau passiert ist!"

Linda nickte. „Was willst du tun?"

Theresa zuckte mit den Schultern. „Das ist mein Dilemma."

Eine lange Weile saßen sie schweigend nebeneinander.

„Möchtest du meinen Grund wissen?"

Theresa verstand nicht, was Linda meinte.

Die deutete auf ihren Bauch. „Warum ich mich *für* dieses Kind entschieden habe?"

Theresa nickte zögernd.

„Ich dachte, dass der Kerl, der mich vergewaltigt hat, gleich zwei Straftaten begangen hat. Nicht nur ich bin Opfer – das Kind ist es genauso." Sie kramte in ihrer Tasche, holte ein Foto heraus und reichte es Theresa mit einem Lächeln im Gesicht. „Ich habe schon ein Kind – einen Sohn, Sam."

Theresa blickte in das fröhliche Gesicht eines Vorschulkindes.

„Ich konnte nicht abtreiben, und ich dachte, wir kriegen es gemeinsam irgendwie hin, also mein Mann und ich." Eine ganze Weile schwieg Linda, bevor sie weitersprach: „Haben wir nicht!" Ein bitterer Zug legte sich um ihren Mund. „Larry, mein Mann, hat mich vor vier Wochen verlassen. Er sagt, er werde in dem Kind immer den Erzeuger, den Vergewaltiger, sehen." Linda steckte das Foto weg. „Ich bin darüber sehr, wirklich sehr traurig! Aber ich sag dir was: Ich wäre noch trauriger, wenn ich abgetrieben hätte."

Theresa sah sie an. „Weil das Kind ein Teil von dir ist. Und es ist unschuldig und braucht Schutz. Wenn man es abtreibt, wird es zum zweiten Mal ein Opfer und du auch."

Linda schluckte, dann lächelte sie. „So kann man es sehen, aber nicht jede muss es so sehen. Es ist eine ganz schwierige Entscheidung." Sie legte Theresa ihre Hand auf die Schulter. „Also überleg genau. Es geht um dein Wohlbefinden. Egal, wie du entscheidest – du wirst damit leben."

Theresa nickte nachdenklich.

„Mich hat meine Entscheidung stark gemacht!", hörte sie Linda sagen und sah, wie deren Bauch auf einmal heftig zuckte. Beide lachten.

Theresa umarmte Linda. „Danke!"

Als sie die Wohnungstür öffnete, sah Theresa, dass im Wohnzimmer Licht brannte – Hagen war also bereits zu Hause. Er hatte Kopfhörer auf und lümmelte sich auf dem Sofa – die Arme hinter dem Nacken verschränkt. Der Sound war so laut aufgedreht, dass Theresa das Lied erkannte: „Elephant Talk" von „King Crimson". Letztes Jahr hatte Hagen ihr in Stuttgart, nach dem Konzert dieser legendären Band und immer noch völlig aus dem Häuschen, einen Heiratsantrag gemacht. Weil sie sich nicht ganz sicher gewesen war, ob der Antrag nicht dem fantastischen Klangerlebnis geschuldet war, hatte sie ihn am nächsten Tag noch mal darauf angesprochen. Hagen hatte sich dumm gestellt und wissen wollen, von welchem Antrag sie eigentlich spreche, woraufhin sie mitgespielt und geantwortet hatte, dass es sich um jenen Antrag handele, den sie dankend abgelehnt habe. Hagen hatte sie lachend geküsst und seinen Antrag wiederholt – zwei Monate später waren sie verheiratet gewesen. Theresa dachte daran, wie oft sie sich gegenseitig aufzogen und zum Lachen brachten – ein Mann ohne Humor wäre für sie nicht infrage gekommen.

Sie setzte sich und beobachtete ihren „Gatten" eine ganze Weile. Obwohl sie sich sicher war, dass er sie längst bemerkt hatte, reagierte er nicht.

Sie stand auf – dann eben nicht!

Als sie in der Küche ihren Tee aufbrühte, war Hagens Stimme plötzlich hinter ihr, und sie erschrak, weil sie ihn nicht hatte kommen hören.

„Weißt du vielleicht jetzt, was du mir vor zwei Tagen nicht sagen konntest?" Hagen lehnte scheinbar lässig im Türrahmen.

„Zuerst möchte ich wissen, ob du mir vertraust." Sie stellte ihre Teetasse auf dem Küchentisch ab und setzte sich.

Er nickte zögernd. „Abgesehen von den letzten zwei Wochen."

Theresa legte einen Briefumschlag auf den Tisch.

Hagen setzte sich, griff nach dem Brief und zog einen bedruckten Din-A4-Bogen heraus.

Theresa beobachtete, wie sein Gesicht sich veränderte, während er las. Als er den Brief langsam sinken ließ, erschrak sie vor seinem Blick, der plötzlich fremd und distanziert schien.

„Schwanger."

Sie nickte. „Ja, schon in der fünfzehnten Woche."

Hagen wurde blass und presste die Lippen aufeinander. „Wer ist es?"

„Es ist nicht so, wie du denkst, es –"

„Was denk ich denn, oder besser, was soll ich denken?" Hagen war aufgestanden und wollte offensichtlich die Küche verlassen, doch er begann stattdessen, hin und her zu laufen. „Die ganze Zeit mache ich mir Sorgen um dich, spreche dich auf dein verändertes Verhalten mir gegenüber an, doch du weichst aus. Dann lasse ich dich in Ruhe, will dich nicht drängen – und jetzt?! Jetzt präsentierst du mir so einen beschissenen Vaterschaftstest, der zudem bestätigt, dass ich nicht der Vater von deinem Kind bin! Warum wundert mich das wohl nicht? Mein Gott, Theresa – was denkst du dir eigentlich? Warum hast du mir nicht gleich gesagt, dass du 'nen anderen Kerl hast!"

„Ich wurde vergewaltigt." Sie hatte es ganz ruhig gesagt.

Hagen hielt abrupt in seinen Bewegungen inne. „Was?"

Theresa nickte. „Es ist wahr!"

Hagen starrte sie fassungslos an.

„Die Nacht in Island."

Das war eindeutig zu viel Information, und Theresa sah, wie es in Hagen arbeitete. Er war offensichtlich überfordert. „Und die ganze Zeit hast du deine Nöte allein mit dir herumgetragen? Mein Gott, Thessa, ich bin dein Ehemann – vertraust du mir denn nicht?" Dann ging er zu ihr, hockte sich vor sie hin und griff nach ihren Händen. Der Schock stand ihm ins Gesicht geschrieben. „Ich weiß gar nicht, was ich sagen soll! Ich war im Unrecht – das tut mir furchtbar, wirklich furchtbar, furchtbar leid! Ich bin – ein Esel – ein Riesenarschloch, bitte verzeih!"

Als sie die Tränen in seinen Augen sah, fing sie an zu weinen. Ohne ihre Hände loszulassen, stand Hagen auf und setzte sich zu ihr an den Tisch.

Theresa ahnte, was ihn beschäftigte. „Ich habe ziemlich lange über einen Schwangerschaftsabbruch nachgedacht. Aber dann ..." Sie machte eine unsichere Geste. „Ich habe es auf dem Ultraschall gesehen, verstehst du – und da – also na ja." Sie mochte Hagen eigentlich nicht vor vollendete Tatsachen stellen. „Was denkst du?"

Hagen machte ein erstauntes Gesicht. „Was ich dazu denke? Ich kann dazu nichts denken – es ist deine Entscheidung."

„Ja, ich weiß, es ist meine Entscheidung – aber kannst du sie mit mir gemeinsam tragen?"

Hagen stutzte. „Das klingt, als hättest du dich schon entschieden."

Theresa wollte etwas erwidern, doch er kam ihr zuvor: „Verlang bitte keine Heucheleien von mir, Thessa. Das Kind ist mir im Moment völlig egal. Ich möchte nur, dass es dir gutgeht, und egal, wie du dich entscheidest – ich werde an deiner Seite sein! Und diesen Dreckskerl werde ich finden und dann, bei Gott, dann ...!"

„Dann werden wir ihn kastrieren, zum Freizeitpark nach Stukenbrock fahren und dort seinen Penis an die frei herumlaufenden weißen Löwen verfüttern."

Theresa hatte es so selbstverständlich gesagt, dass Hagen plötzlich loslachte und Theresa nach erstauntem Zögern sogar mit einstimmte. Die ganze Situation war grotesk und unwirklich.

Hagen beruhigte sich und nickte. „Kastrieren, genau!" Dann strich er ihr eine Haarsträhne aus dem Gesicht.

„Den Rest von dem Kerl könnten wir verbrennen – wegen DNA-Spuren und so", schob sie sachlich nach. Dann brach sie wieder in Tränen aus, und Hagen nahm sie in die Arme.

„Versprichst du mir etwas?!"

Theresa horchte auf.

„Ab jetzt keine Heimlichkeiten mehr, okay?!"

Sie nickte. „Ich verspreche es!"

14

Die Tür öffnete sich, und das Gesicht eines untersetzten Mittvierzigers heftete sich fragend auf Hagen und Theresa, die auf einer Sitzbank im Wartebereich der Kripo Reykjavik, Abteilung Gewaltverbrechen, warteten. „Sind Sie das Ehepaar Zimmermann-Einarsson?"

Theresa und Hagen nickten synchron.

„Bitte kommen Sie herein. Mein Name ist Sigurd Sturluson."

Er reichte ihnen zur Begrüßung die Hand und bedeutete ihnen, Platz zu nehmen.

Theresa blickte sich um. Das Büro wirkte sehr nüchtern. Nur eine Fotografie der isländischen Fußballnationalelf zeigte, für wen Sturlusons Herz schlug.

„Sie wissen sicher, dass Sie auch in Deutschland eine Anzeige hätten machen können?"

Theresa nickte und war über Sturlusons gehobene Deutschkenntnisse erstaunt. „Ich wollte noch mal den Ort sehen, wo ich bei der – Sache – aufgefunden wurde. Wir werden ihn später aufsuchen."

Sturluson nickte verstehend. „Frau Zimmermann-Einarsson, ich fasse mal zusammen, was ich bis jetzt weiß. Sie haben vor circa drei Wochen erfahren, dass Sie schwanger sind. Ihr Mann kommt aufgrund von Zeugungsunfähigkeit nicht als Vater des Kindes infrage. Ist das alles korrekt?"

Theresa nickte.

„Im wievielten Schwangerschaftsmonat sind Sie jetzt?"

„Ende 4. Monat."

Sturluson blätterte in seinen Notizen. „In der Nacht vom 28. auf den 29. Dezember letzten Jahres sind Sie nachts allein unterwegs gewesen?"

Theresa nickte. „Ich wollte Nordlichter fotografieren." Sie erzählte alles, woran sie sich erinnern konnte, und Sturluson tippte es in den Laptop.

Als sie fertig waren, druckte Sturluson die Anzeige aus, und Theresa unterschrieb ihre Aussage.

„Ich muss Ihnen sagen, dass es wahrscheinlich schwierig werden wird, einen Täter zu ermitteln."

Theresa und Hagen nickten.

„Es gibt keinerlei Spuren. Als die Rettungsmannschaft Sie, Frau Zimmermann-Einarsson, auffand, ging man von einem Unfall aus, und für uns war damit die Sache erledigt, verstehen Sie. Es wurden also keine DNA-Spuren gesichert."

Wieder nickte Theresa. „Aber möglicherweise gibt es Zeugen."

Sturluson schaute Theresa und Hagen einen Moment prüfend an. „Darf ich fragen, ob Sie glücklich verheiratet sind?"

Hagen antwortete gereizt mit einer Gegenfrage: „Was spielt das für eine Rolle?"

Sturluson blieb ruhig. „Beantworten Sie bitte meine Frage – es spielt eine Rolle!"

„Warum?" Hier schwang eindeutig eine Unterstellung mit, die für Hagen im Kontext Vergewaltigung einen Affront darstellte!

Nun wurde Sturluson deutlicher. „Herr Einarsson, ich versuche, mir ein Bild über den ganzen Sachverhalt zu machen, bitte geben Sie mir doch diese Chance! Ihre Frau verlässt nachts allein das Hotelzimmer, Sie geben vor, geschlafen zu haben, dann wird ihre Frau schwer unterkühlt in den frühen Morgenstunden aufgefunden und kann sich an nichts erinnern. Über vier Monate später wird aus einem Unfall plötzlich eine angebliche Vergewaltigung. Entschuldigen Sie, aber normalerweise laufen solche Straftaten etwas anders ab."

Hagen war jetzt richtig sauer. „Es tut mir leid, dass die Vergewaltigung meiner Frau nicht Ihren Vorstellungen entspricht und dass ..." Hagen sprach plötzlich auf Isländisch weiter, und Theresa verstand nicht mehr allzu viel.

Plötzlich beugte sich Sturluson vor und entschuldigte sich bei ihr. „Ich tue nur meine Pflicht und muss alle Möglichkeiten in Betracht ziehen."

„Welche Möglichkeiten denn?!" Hagen hatte sich noch nicht beruhigt.

Theresa warf ihm einen warnenden Blick zu. „Zum Beispiel die Möglichkeit, dass ich eine Vergewaltigung vorgebe, obwohl ich einvernehmlichen Sex hatte." Sie wendete sich Sturluson wieder zu. „Richtig?!"

Sturluson reagierte nicht. „Also, beantworten Sie meine Frage?"

Theresa nickte. „Wir hatten vor meinem Ausflug in jener Nacht miteinander geschlafen – es war unsere Hochzeitsreise – verstehen Sie?"

„Und da verlassen Sie nachts einfach so das Hotel?"

„Die Nordlichter, Herr Sturluson!"

„Ach ja richtig, die Nordlichter!“

Der Unterton, mit dem Sturluson das sagte, ärgerte jetzt auch Theresa.

„Waren Sie alkoholisiert?“

Hagen wollte etwas sagen, doch Theresa hielt ihn zurück. „Stellen Sie sich vor, wir waren beide alkoholisiert, denn wir hatten ja auf unsere Flitterwochen angestoßen. Also war ich höchstwahrscheinlich ein wenig angetrunken!“

Es war für Sturluson nicht zu übersehen, wie viel Mühe es Theresa kostete, beherrscht zu bleiben, als sie weitersprach: „Wir sind ein glücklich verheiratetes Ehepaar. – Tatsächlich ist unsere Beziehung so stabil, dass mein Mann mir zuliebe ein Kind akzeptiert, das auf solche Weise zustande gekommen ist und das ich trotzdem nicht abtreiben könnte.“ Sie hatte nach Hagens Hand gegriffen, und Sturluson nickte langsam.

Der Termin bei der Polizei war kräftezehrend gewesen. Sigurd Sturluson hatte ihnen versichert, alles zu tun, um den Täter zu ermitteln. Nun waren sie auf dem Weg zum Leuchtturm, der auf der Halbinsel Grotta stand und gerade von einigen Touristen fotografiert wurde. Hagen bezweifelte, dass man aus dieser Entfernung ein gutes Bild schießen konnte. Außerdem war es ein diesiger Tag.

Theresa blickte sich um. Hier sah es jetzt ganz anders aus, als sie es in Erinnerung hatte. Wahrscheinlich war dieser Eindruck der veränderten Jahres- und Tageszeit geschuldet. Die Felsbrocken hatten nichts Magisches, und der Atlantik war langweilig wellig und grau. Das Rauschen der Brandung wurde ständig durch das Geschrei der verschiedenen Möwenarten unterbrochen, die über ihnen ihre Kreise zogen. In Richtung Strand standen ein paar vereinzelte Gesteinsbrocken, und Theresa erkannte plötzlich die Stelle, an der sie das letzte Foto geschossen – und das Knistern und den merkwürdigen Knall gehört hatte. Sie blickte sich nach Hagen um. Er fotografierte die Möwen und ärgerte sich, weil das Licht nicht gut genug war.

Sie ging zu einem der Felsen, bückte sich und berührte den Boden – keine Reaktion, kein Durchzucken irgendwelcher Erinnerungen, nichts. Was hatte sie auch erwartet? Sie drehte sich enttäuscht nach Hagen um. Er stand auf einer Anhöhe und versuchte es trotz schlechter Wetterverhältnisse mit dem Motiv des Leuchtturms. Als sie zu ihm gehen wollte, entdeckte sie plötzlich auf einem etwas entfernten Gesteinsbrocken eine dunkle Gestalt.

Das Gefühl, dass ihr etwas extrem Unangenehmes gerade den Rücken runterkrabbelte, war übermächtig. Als ihr die Gestalt jedoch zuwinkte, entspannte sie sich etwas. Beim Näherkommen erkannte sie eine alterslose Frau, deren weißes Haar zu einem dicken, festen Zopf geflochten war. Theresa stutzte – die Frau war blind – definitiv. Denn das Augenpaar, das ihr aus einem erstaunlich glatten Gesicht entgegenblickte, war völlig eingetrübt. Und doch hatte sie das unangenehme Gefühl, dass genau diese Augen ihr tiefstes Innerstes gerade durchdrangen – es intensiv durchforschten! Wie konnte das sein?! Es hatte etwas Verstörendes. Nein, sie bildete es sich bloß ein. Und doch – es war beunruhigend. Was, wenn sie sich jetzt einfach schön leise umdrehte und wieder wegging? Doch sie mochte nicht kneifen und gab sich einen Ruck. „May I help you?"

Die Frau stutzte. „Sehe ich etwa so hilflos aus? Vielen Dank, aber ich kenne mich hier aus – sehr gut sogar", und nach einer kurzen Pause fügte sie hinzu: „Und ich sehe besser als manch Sehender, glauben Sie mir!"

Sie hatte mit deutlich nordischem Akzent gesprochen, sie kam also von hier. Doch warum hatte sie Theresa nicht auf Englisch geantwortet?

„Ich habe Sie vorhin mit Ihrem Mann sprechen hören", erklärte die Frau, als hätte sie Theresas Gedanken gelesen.

Das reichte jetzt – Theresa hatte genug. Doch als sie sich gerade davonmachen wollte, begann die Blinde vor sich hin zu summen, während sie sich rhythmisch hin- und herwiegte. Nach einer kurzen Pause verfiel sie in einen Singsang und intonierte etwas, während sie weiter aufs Meer hinausblickte.

„Altisländisch", flüsterte Hagen Theresa ins Ohr. Er stand wieder mal plötzlich hinter ihr – wie sooft! „Die Völuspa aus der alten Edda, die Weissagung der Seherin", erklärte er und begann für Theresa leise zu übersetzen: „Allen Edlen gebiet ich Andacht, Hohen und Niedern von Heimdalls Geschlecht. Ich will Walvaters Wirken künden, die ältesten Sagen, der ich mich entsinne. Riesen acht ich, die Urgebornen, die mich vor Zeiten erzogen haben. Neun Welten kenn ich, neun Äste weiß ich, an dem starken Stamm im Staub der Erde. Einst war das Alter, da Ymir lebte: Da war nicht Sand nicht See, nicht salz'ge Wellen, nicht Erde fand sich noch Überhimmel, gähnender Abgrund und Gras nirgend.

Bis Börs Söhne den Boden erhoben, sie, die das mächtige Midgard schufen. Die Sonne von Süden schien auf die Felsen, und dem Grund entgrünte grüner Lauch."

Hinter ihnen wurde es plötzlich laut. Eine Gruppe Touristen war angekommen.

Die Blinde schwieg und strich sich übers Haar. Ihre Hände waren faltig, und Theresa erkannte, dass sie trotz ihres straffen Gesichts uralt sein musste. Wieder blickten sie Theresa auf eine Weise an, als würde sie sie tatsächlich sehen. „Der Moment der Magie ist so zerbrechlich und gleicht einer Schneeflocke, die ins Feuer fällt. An diesem besonderen Ort, wo die Wurzeln der Isländer tief verankert sind, spüren selbst Menschen, die unser Land nur besuchen, manchmal den Hauch der alten Zeit, hören das Flüstern unserer Ahnen." Sie griff nach einer Tasche, rappelte sich auf und verabschiedete sich.

Theresa blickte ihr nach und wunderte sich, wie zielgenau sie sich zwischen den Steinen bewegen konnte.

„Ob sie wirklich blind ist?", wollte Hagen von ihr wissen. Theresa zuckte mit den Schultern. Als die Alte sich umdrehte, winkte ihr Theresa, einem Impuls folgend, zu. Die Frau hob den Arm und erwiderte den Abschiedsgruß – und Theresa und Hagen blickten sich konsterniert an.

„Also", meldete sich Hagen, „du hast es gehört: An diesem Platz sind die Wurzeln meines Volkes." Er nahm einen Zug von seiner Zigarette und legte Theresa den Arm um die Schulter.

Theresa lachte. „Die Wurzeln deines Volkes sind überall. Ihr leitet Straßen um heilige Felsen herum und habt sogar Elfenbeauftragte."

„Hatten“, berichtigte Hagen. „Die Dame ist leider verstorben und war im Übrigen keine ‚Elfenbeauftragte‘. Dieser Begriff ist die Erfindung eines Berliner Journalisten.“

Theresa nickte zustimmend. „Genau. Ein Hoch auf die Medien! Die haben es nämlich aufgegriffen und richtig schön ausgeschlachtet – ein Segen für die isländische Tourismusbranche.“ Beide lachten.

Und doch, der Glaube an das kleine Volk, an Götter und die Helden ihrer Mythen schien in den Isländern lebendig zu sein. Sie pflegten die Kultur ihrer Vorfahren und gaben sie an die nachfolgenden Generationen weiter.

15

Hagen hatte schlecht geschlafen und machte im Auto ein Nickerchen – er würde nachkommen. Schon zeitig waren sie aufgebrochen, um so früh wie möglich am Einlass des „Myvatn Nature Baths“ zu sein.

Das grünlich graue Wasser der Badeanlage, das an sonnigen Tagen türkis aussah und von einer geothermalen Quelle gespeist wurde, fühlte sich schwer und ölig an. Theresa genoss die Wärme und spürte, wie sie sich entspannte. Den Geruch des Schwefeldampfes, der etwas von faulen Eiern hatte, versuchte sie auszublenden. Das gesamte Areal lag eingebettet in eine hügelige Felslandschaft. Den dunklen Berghang vor ihr konnte sie lediglich erahnen, denn die Sicht wurde durch den Wasserdampf verschleiert.

Obwohl das Bad gut besucht wurde, war sie die Erste heute Morgen an der Kasse gewesen, und auch jetzt war sie immer noch allein.

Sie legte sich auf den Rücken, ließ sich mit geschlossenen Augen treiben und fühlte sich merkwürdig an ihren einzigen Versuch eines Floatings in einem speziell dafür konzipierten Tank erinnert – abgeschirmt von sämtlichen Umweltreizen. Doch das war nichts für sie gewesen, und sie hatte vorzeitig abgebrochen. Denn im Gegensatz zu Thermalquellen, deren Temperatur der eines angenehm warmen Bades entsprach, wurde beim Floaten die Temperatur des stark mit Salz angereicherten Wassers auf Körpertemperatur reguliert.

Die Dunkelheit im Tank und das Gefühl der Schwerelosigkeit waren einem Kontrollverlust gleichgekommen und hatten in ihr die Vorstellung geweckt, lebendig begraben zu sein.

„Theresa?"

„Ich bin hier." So schnell hatte sie Hagen gar nicht erwartet. Sie ließ ihre Augen geschlossen – es war so schön, faul zu sein und nichts zu tun, einfach nur dahinzutreiben. Ob sich ihr Kind genauso schwerelos fühlte wie sie jetzt? Wo blieb Hagen? Warum kam er nicht zu ihr? Sie blickte sich um – niemand schien da zu sein.

Wieder ließ sie sich treiben, die Hände entspannt auf dem Bauch. Seit Hagen von dem Kind wusste, verhielt er sich besonders aufmerksam ihr gegenüber – doch sie schliefen nicht miteinander, obwohl Theresa ihm mehr als einmal signalisiert hatte, dass sie in Stimmung war. Die Situation war alles andere als einfach – für sie beide – und brauchte wahrscheinlich Zeit.

„Schatz, wo bist du?" Niemand antwortete ihr. Sie überlegte. Hatte sie vielleicht einen Sekundenschlaf gehabt und sich Hagens Stimme nur eingebildet? Sie schwamm Richtung Beckenrand. Eben noch hatte es so ausgesehen, als wollte die Sonne hervorkommen, doch jetzt war es wieder so trist wie vorher. Plötzlich fuhr sie erschrocken zusammen. Ein paar Meter vor ihr zirkulierte der Dampf und breitete sich über das ganze Becken aus. Theresa blickte sich hektisch um. Wo war der Beckenausgang? Der Dunst war so dicht! Dann sah sie einen dunklen Schatten langsam auf sich zutreiben und spürte, dass sie viel zu schnell zu atmen begann. Ihre Hände kribbelten und wurden bereits taub. „Ich muss mich kontrollieren – kurz einatmen, lang ausatmen." Doch es misslang, sie konnte ihre Panik nicht beherrschen. In schwarzer Kluft trat nun eine Gestalt aus dem Dunst hervor und schritt schnurstracks auf sie zu. Eine Nonne, dachte Theresa hysterisch, ich habe Halluzinationen von einer Nonne!

Mochte deren Art, wie sie auf Theresa herabblickte, noch so verstörend sein, als sie den Arm hob und den christlichen Friedensgruß andeutete, brach Theresa in schallendes Gelächter aus, während sie die Geste erwiderte. Stopp!! Es reichte! Wenn das alles tatsächlich nur in ihrem Kopf stattfand, sie diese Bilder quasi selbst erschuf, dann musste es auch möglich sein, sie zu kontrollieren und abzustellen – oder sie zumindest zu ignorieren. Vielleicht musste sie das üben!

Fast trotzig legte sie sich aufs Wasser und kniff die Augen zusammen. Doch plötzlich hatte sie das merkwürdige Gefühl, emporgehoben zu werden. Wütend riss sie die Augen auf und stellte fassungslos fest, dass sie auf der Wasseroberfläche stand. Wie Jesus, dachte sie und musste kichern, während sie das Gleichgewicht zu halten versuchte.

Die Nonne streckte beide Arme nach ihr aus, und Theresa erschrak so heftig, dass sie fast das Gleichgewicht verlor, als sie in Deckung ging – das Wasser unter ihr schwappte in großen Wellen hin und her. Die Alte drehte ihre Handinnenflächen nach oben, und Theresa entdeckte in deren Mitte blutige Flecken. Stigmata – was sollte das bedeuten? Doch als sie genauer hinsah, erkannte sie, dass es sich nicht um Wundmale, sondern um winzige, rote Blüten handelte, die plötzlich zu wachsen schienen – bis sie ihr ganzes Blickfeld ausfüllten.

Als sie nach den riesigen Blüten griff, gab das Wasser unter ihr nach, und sie sank hinein. Panisch watete sie zum Beckenausgang. Wenn die Nonne jetzt noch die Frechheit besaß, sie zu verfolgen, dann – ja, was war denn dann? Gar nichts war dann! Sie war hilflos!

Andererseits, es handelte sich doch nur um eine uralte Frau, mit der würde sie wohl fertigwerden! Theresa drehte sich um und sah – nichts. Wie war das bloß möglich? Niemand schien da zu sein. Während sie sich beruhigte und zurück ins Wasser ging, wunderte sie sich, wie schnell das Wetter sich geändert hatte. Die Sicht war jetzt klar, und die Sonne schien sogar. Endlich – sie hatte die Kontrolle wieder!

Eine Hand krallte sich fest in ihre Schulter, gerade als sie losschwimmen wollte. Theresa drehte sich um und erschrak – sie blickte direkt in die trüben Augen der blinden Frau vom Vortag.

„Eine dunkle Kraft – ich hab sie gespürt", flüsterte sie.

„Was!?" Theresa machte sich los.

Die Alte nickte.

„Was meinen Sie?"

Doch die Frau ging überhaupt nicht auf ihre Frage ein, sie murmelte weiter vor sich hin, während sie Theresa aus ihren blinden Augen anstarrte. Theresa wunderte sich wieder über das glatte Gesicht, das einen merkwürdigen Kontrast zu den alten Händen bildete und um das diesmal der graue Zopf gelegt und befestigt worden war. Ein paar vereinzelte, abgehackte Sätze waren zu verstehen: „Vielleicht Gabe – vielleicht Fluch – es liegt bei ihr!“

Gabe? Fluch? Was sollte das? Theresa ging auf Abstand und spürte, dass ihr die verstörenden Augen folgten. Bildete sie es sich bloß ein, oder hatte die Haltung der Frau plötzlich etwas Lauerndes? Es war klug, sie keinen Moment aus den Augen zu lassen. Wo blieb Hagen nur!?

War es Zufall, dass sie einander schon wieder begegneten – oder war auch das hier bloß ein weiteres Gespinst ihrer Fantasie?

Die Blinde schoss plötzlich nach vorn und griff nach ihrem Arm! Sie drückte ihn so fest, dass es wehtat. Nur mit Mühe konnte Theresa ihn ihr entwenden. Weg von hier! Die Frau war gefährlich, womöglich geisteskrank! Die Stimme der Frau hatte sich plötzlich verändert. Sie war tief und rief ihr etwas in einer Sprache nach, die Theresa noch nie vernommen hatte. Das Gefühl, dass ihr ganzer Körper eine einzige Gänsehaut war, war übermächtig. Sie mochte nichts mehr hören. Ihr Bedarf an Schrecken war für den heutigen Tag endgültig gedeckt. Sie tauchte unter und schwamm zügig in Richtung Beckenausgang. Etwas griff nach ihrem Bein. Schluss jetzt! Sie trat so fest danach, dass ihr Fuß schmerzte. Als sie auftauchte, stand sie Hagen gegenüber.

„Aua.“ Er verzog sein Gesicht. Doch dann packte er sie und zog sie lachend durchs Wasser, ihre Protestrufe ignorierend – bis er plötzlich innehielt. „Schatz, was ist los?“

Theresa blickte sich nach allen Seiten um. „Ich weiß nicht!“

„Wie, du weißt nicht?"

„Na ja, ich – sehe irgendwie – Dinge."

„Was für Dinge?" Hagen hielt sie bei den Schultern.

„Ich weiß es doch nicht!"

„Geht das schon wieder los?"

„Lass mich!" Jetzt hatte sie endgültig genug. Sie schwamm zum Ausgang. Hagen folgte ihr.

„Tut mir leid, ich bin ein Stoffel, das weißt du doch!"

„Nein, bist du nicht." Sie drehte sich nach ihm um. „Du bist bloß ein Idiot!"

„Na gut, Idiot – verzeihst du dem Idioten?"

Theresa blieb stur.

„Bitte!" Hagen nahm sie in die Arme und gab ihr einen Kuss.

Theresa ließ es „gnädig" zu. Dann deutete sie mit dem Kinn unauffällig in die Richtung, in der sie immer noch die Alte vermutete. „Die Blinde vom Strand, sie ist auch hier!"

„Wo denn? Ich sehe sie nicht."

Theresa drehte sich einmal um ihre eigene Achse – tatsächlich war die Alte verschwunden und blieb es, mochte sie das Becken auch noch so genau absuchen.

16

„Diese Farben und Verwirbelungen, also, dass die Natur so etwas hervorbringen kann – fantastisch!“ Elisabeth überlegte. „Was haltet ihr davon, wenn ich es im Lesezimmer aufhänge?“

Sie standen in der Werkstatt von Ferdinand vor einem überbordend großen Bild, auf dem sich ein violettes Nordlicht auf der Wasseroberfläche eines Fjords spiegelte. Theresa hatte das Bild in den letzten Tagen auf Island geschossen und es für ihre Eltern auf Leinwand ziehen lassen.

„Was ist mit der Veranda, da ist das Licht vielleicht sogar noch besser“, meldete sich Ferdinand.

Theresa gähnte. „Ihr werdet schon einen Platz finden.“

„Ich kann mich von dem Bild gar nicht losreißen – eines Tages werde ich mir das mal in echt anschauen.“ Elisabeth hatte dabei demonstrativ ihren Mann angesehen, doch er reagierte nicht.

Hagen legte seiner Schwiegermutter den Arm um die Schulter. „Ja, warum eigentlich nicht? Warum macht ihr zwei euch nicht einfach auf den Weg – ihr habt doch keine Verpflichtungen.“

„Und wer kümmert sich dann ums Haus – und vor allem, wer stellt mein Triptychon fertig für die Ausstellung auf Schloss Corvey im November?“

„Ihr müsst ja nicht sofort fahren, aber ihr könnt doch schon mal planen – ich bin euch gern behilflich dabei. Und die Wahrscheinlichkeit, gute Polarlichter auf Island zu sehen, ist sowieso in der Winterzeit am besten, glaubt mir." Hagen blinzelte Elisabeth zu. „Wer weiß, vielleicht plant ihr ja sogar eine Ballonfahrt unterm Nordlicht?"

„Ja, das wäre schön." Elisabeth war Feuer und Flamme und blickte ihren Mann fragend an.

Ferdinand brummte: „Von mir aus! Muss aber nicht Island sein – Grönland würde mir auch gefallen!"

Hagen nickte. „Oder so. Also abgemacht, dann hat meine Schwiegermama etwas, worauf sie sich freuen kann!"

„Was ist das eigentlich genau für ein Triptychon?" Theresa stand vor drei unfertigen Frauenskulpturen.

Ferdinand deutete auf die erste Figur. „Das hier wird ‚Die Suchende und ihren Glauben Findende'", er deutete auf die zweite Skulptur, „diese ‚Die in sich Ruhende und mit Kirche und Gott Verbindende' und diese hier ‚Die sich selbst Erkennende, sich selbst Erneuernde'."

Theresa lächelte höflich und überlegte, wer an solchen Scheußlichkeiten wohl Freude haben konnte – oder an dem, was sie darstellen sollten. Ferdinand blickte Theresa abwartend an.

„Hübsch", rang sie sich ab und hörte selbst, wie verlogen es klang.

Ihr Vater betrachtete sie argwöhnisch. „Hübsch?"

„Ja wirklich, die Figuren sind dir ausgezeichnet gelungen."

„Sind ja noch gar nicht fertig!" Ferdinand fixierte sie abwartend, und Theresa sah aus den Augenwinkeln, dass Hagen zu feixen begann.

„Trotzdem, man sieht irgendwie, was es wird“, eierte Theresa herum, „eben Suchende, Findende und so.“ Und dann konnte sie es doch mal wieder nicht lassen: „Ein bisschen weniger schwülstig wäre vielleicht nicht schlecht. Was hältst du von ‚Die nach Wissen Strebende und Wahrheit Findende‘, ‚Die dem Leben Zugeneigte und sich mit Charles Darwin Verbindende‘ und –“ Sie stoppte, das klang richtig daneben!

Ihr Vater hatte ohnehin abgewinkt. „Schon gut!“

Die Melodie von „Der Mond ist aufgegangen“ erklang. Hagen hatte den Deckel des alten Kästchens aufgeklappt, das sie mitgenommen hatten.

„Was ist das?“, wollte Ferdinand wissen. Hagen überreichte es ihm.

„Von meiner Mutter.“ Elisabeth nahm ihrem Mann das Kästchen aus der Hand.

„Schau mal unter dem Samt nach, Mama.“

Elisabeth blickte ihre Tochter fragend an, dann schob sie den Stoff zur Seite, hob den kleinen Deckel an und zog aus dem Hohlraum das Schlüsselchen.

„Habt ihr eine Ahnung, wozu der Schlüssel passen könnte?“, wollte Theresa wissen, während sie ihren Blick zwischen den Eltern hin- und herschweifen ließ.

Beide schüttelten den Kopf.

Theresa griff nach dem Schlüssel und hielt ihn hoch. „Dann werden wir es herausfinden.“

Hagen blickte sich neugierig in allen Ecken des Speichers um, während Theresa an allen auffindbaren Schlössern den Schlüssel ausprobierte. Doch er passte nirgendwo. Sie war enttäuscht. Hagen bewegte die Räder eines antiken, aus Korb geflochtenen Kinderwagens, den er gerade entdeckt hatte. „Ist noch voll funktionsfähig."

Theresa kam zu ihm. „Ein bisschen Seifenlauge, und wir haben einen originellen Stubenwagen, was denkst du?"

Hagen nickte, wirkte aber auf Theresa verhalten, als er fortfuhr, den Speicher zu inspizieren. Sein merkwürdiges Verhalten begann sie zu beunruhigen. Als er von ihrer Schwangerschaft erfahren hatte, hatte er sie gebeten, keine Heucheleien von ihm zu verlangen. Nun gut. Sie würde ihn in nächster Zeit möglichst wenig mit Schwangerschaft und Kind konfrontieren.

Hagen begutachtete jetzt einen großen Eisenofen, und Theresa erinnerte sich, dass er im Zimmer ihrer Großmutter gestanden hatte. Sie sah sich als Kleinkind auf dem Schoß ihrer Großmutter vor ebendiesem Ofen, während sie deren selbsterfundenen Geschichten lauschte – nur ein Stück kaltes Eisen, und doch war es ihr, als sähe sie einen alten Freund aus Kindertagen wieder.

Später, als die Großmutter immer verwirrter gesprochen hatte, war dann die Diagnose gestellt worden – Alzheimer –, und der lange, schmerzvolle Abschied hatte für sie beide begonnen.

Theresa beobachtete, wie Hagen die Schließe des Ofens ausprobierte. Er öffnete die Klappe und schloss sie wieder.

„Halt!"

Hagen drehte sich nach ihr um und blickte sie fragend an.

„Mach noch mal auf."

Er zuckte die Achseln und öffnete die Klappe, dann schloss er sie wieder.

Theresa schüttelte ungeduldig den Kopf und ging selbst zum Ofen. Sie machte die Klappe auf, griff in die Öffnung und zog einen kleinen Stapel halb verbrannten Papiers heraus: Briefe – offensichtlich alt oder von einem alten Menschen verfasst, denn sie waren in Sütterlin geschrieben.

Sie hielt Hagen die Briefe entgegen. „Hier entdeckt man immer nur Unvollständiges, irgendwelche Fragmente, die, wenn man Glück hat, vielleicht eines Tages, wie bei einem Puzzle, zusammengefügt werden können. Doch wozu, wenn's niemanden interessiert – von wegen Familiengeschichte und so!"

Hagen reagierte nicht auf ihren Ärger. Er hatte ihr gar nicht zugehört, sondern liebäugelte mit dem kaputten Grammophon. „Schatz, deine Eltern hatten einen tödlichen Autounfall!"

Hagen nickte, klemmte sich das Grammophon unter den Arm und blickte Theresa fragend an, als er ihren konsternierten Gesichtsausdruck sah. „Was ist?"

„Nichts!"

17

„Let's Dance“, ein alter David Bowie-Song, lief im Radio, und Theresa summte mit, während sie sich für die Geburtstagsfeier ihres Vaters aufbrezelte, vor der sie sich am liebsten gedrückt hätte.

„Wenn es ganz schlimm wird, Schatz, was machen wir dann?“, rief sie Hagen zu, der im Wohnzimmer war und am offenen Fenster rauchte.

Er erschien in der Tür. „Na was wohl – wir ziehen unser Spielchen ab: Ich bekomme einen wichtigen Anruf, und wir müssen gehen. Mir kann aber auch schlecht werden, oder ich könnte zur Abwechslung mal in Ohnmacht fallen – was hältst du davon? Ich bin flexibel, du kannst es dir aussuchen.“ Er rieb sich grübelnd das Kinn. „Obwohl es derzeit viel glaubwürdiger ist, wenn dir schlecht wird oder du umkippst.“ Er küsste ihren Nacken und verließ das Bad wieder.

Da hatte er recht. Doch sie fühlte sich prima. Gemeinsam mit Bowie trällerte sie die letzte Strophe und wandte sich dem Spiegel zu, um ihre Wimpern zu tuschen. Und obwohl sie sich daran gewöhnt hatte, dass offensichtlich „Dinge“ passierten, erschrak sie vor ihrem Spiegelbild, das nicht das ihre war. Aus einem blassen Gesicht und schwarz umränderten Augen starrte sie ihre alte „Freundin“ an.

„Was willst du? Sag's mir, und dann verpiss dich endlich."

Doch die Alte lächelte nur und offenbarte dabei ein erschreckend zerfressenes Gebiss.

„Was sagst du?" Hagen stand wieder in der Tür und blickte sie fragend an.

„Komm her und stell dich hinter mich. Wenn es keine Einbildung ist, kannst du sie jetzt sehen!"

„Wen?"

„Na, wen wohl, die Alte." Doch aus dem Spiegel blickte ihr nur das eigene Gesicht entgegen. „Gerade war sie noch da, ich schwör's – aber wie sollst du sie auch sehen." Sie gab sich selbst eine Kopfnuss. „Ist ja nur in meinem Kopf."

Hagen nickte zögernd. „Wollen wir hierbleiben, möchtest du dich ausruhen?"

Sie schüttelte den Kopf.

„Wirklich nicht?" Hagen betrachtete sie eine Weile prüfend, offensichtlich unschlüssig, wie er sich verhalten sollte, dann verließ er das Bad. „Ruf mich, wenn du mich brauchst."

Sie nickte und begann sich weiter zu schminken. Ihre Hände zitterten – diese Art Kontrollverlust ärgerte sie. Wenn das nicht besser wurde, musste sie sich professionelle Hilfe suchen. Das Bürstchen der Wimperntusche fiel ihr aus der Hand – verdammt! Als sie es aufhob und wieder in den Spiegel sah, starrte ihr das Gesicht der Alten entgegen. „Hast du nicht gehört – mach 'nen Abflug!"

Doch die Alte schien jetzt ebenfalls zornig zu sein. Sie hielt Theresa ein dickes schwarzes Buch entgegen – eine Bibel. Sie holte aus und schleuderte ihr das Buch mit voller Wucht entgegen. Der Spiegel zerbarst. Reflexartig hielt Theresa sich die Hände vors Gesicht. Doch während sie in Deckung ging, rutschte sie aus.

Hagen eilte herbei, als er ihre Schreie hörte.

Sie lag auf dem Boden und zitterte am ganzen Körper. „Der Spiegel – vorsichtig, die Scherben."

Hagen nahm sie in die Arme. „Was für Scherben?"

Als sie sich umschaute, waren da weder Scherben noch ein zerbrochener Spiegel. Nun war es endgültig mit ihrer Beherrschung vorbei. „Ich weiß nicht, was mit mir passiert", schluchzte sie, „ich verliere den Verstand – ich finde einfach keine Erklärungen mehr für all das, das ist richtig, richtig Scheiße!"

„Schatz, ich denke, das alles passiert, weil du die letzten Wochen extrem gestresst warst." Er half ihr beim Aufstehen. „Und ich fürchte, ich war nicht ganz unschuldig daran."

Theresa setzte sich auf den Badewannenrand.

Hagen setzte sich neben sie. „Thessa, abgesehen von deiner Migräne, bist du gesund – beruhigt dich das nicht ein bisschen?"

Sie schüttelte den Kopf. „Nicht, wenn mich alte, zahnlose Weiber mit bösem Blick verfolgen, mich übers Wasser laufen lassen oder mit Bibeln nach mir werfen!" Sie musste plötzlich über Hagens alarmierten Blick lachen, während ihr gleichzeitig Tränen über die Wangen liefen. Sie war verzweifelt.

Er legte ihr seinen Arm um die Schulter. „Weißt du was? Lass uns deinen Eltern absagen, wir bleiben hier oder machen irgendetwas Schönes."

„Und welche Ausrede wollen wir vorbringen? Geistige Umnachtung oder die Ohnmachtsvariante?“

Eine Weile schwiegen sie. Dann stand Theresa auf und drehte ihm ihren Rücken zu. „Machst du mir den Reißverschluss zu?“ Sie trug das kleine Schwarze, das Hagen an ihr so liebte, dazu wollte sie passende, hochhackige Schuhe tragen, die sie größer erscheinen ließen und ihre schlanken Beine betonten. Hagens Hand strich plötzlich langsam ihren Rücken entlang und immer weiter hinunter. Theresa genoss es und lehnte sich an ihn. Doch seine Hand stoppte plötzlich, glitt langsam wieder nach oben, dann zog er den Reißverschluss zu und wandte sich ab.

Theresa fühlte sich eiskalt geduscht, versuchte aber, sich ihre Enttäuschung nicht anmerken zu lassen. Ein Blick in Hagens Gesicht offenbarte jedoch, dass ihr das nicht gelang. Er wich ihrem Blick aus.

Sie betrachtete sich im Spiegel. Das Kleid passte nur noch gerade so – sie war jetzt Ende des fünften Monats. Der nächste Ultraschalltermin war bereits überfällig.

Die letzten Gäste waren gegangen. Die Feier war nicht ganz so schlimm gewesen, wie Theresa und Hagen befürchtet hatten. Doch Ferdinand, zunehmend betrunken, hielt Hagen seit einiger Zeit einen Vortrag, den er mit zotigen Witzen aufzulockern versuchte.

Hagen war es stinklangweilig, doch sosehr er sich auch bemühte, entsprechende Signale an Theresa zu senden – sie bekam sie entweder nicht mit oder ignorierte sie. Denn im Gegensatz zu ihm schien sie sich ausgezeichnet zu unterhalten. Sie saß neben ihrer Mutter und schaute sich gemeinsam mit ihr Familienfotos an.

Hagen überlegte: Was, wenn er jetzt einfach vom Sofa rutschte und eine Ohnmacht vortäuschte? Er wollte gerade mit der Show beginnen, als Ferdinand seinen kräftigen Arm um die Schulter seines Schwiegersohns legte – in der freien Hand die Flasche Birnengeist, die auf dem Couchtisch neben ihnen gestanden hatte. „Na, mein Junge, wie wärst mit 'nem kleinen Schnäpsgen?"

„Nein danke – ich habe genug. Ich muss noch fahren."

„Abgelehnt! Deine Frau hat nichts getrunken, sie kann fahren!" Ferdinand befüllte zwei Gläser, und die Männer kippten den Obstler auf ex hinunter.

Theresa musste über Hagens gequältes Gesicht lachen – ignorierte jedoch weiterhin seine „Not". Sie fischte aus dem alten Pappkarton, den sie auf dem Speicher entdeckt und in dem sie den Ring gefunden hatte, ein Foto. „Was für eine schöne Frau Oma in jungen Jahren war und später auch noch." Sie deutete auf ein anderes Foto.

Elisabeth stutzte und blickte auf die Rückseite des Fotos. „Das ist nicht deine Großmutter, das ist deine Urgroßmutter, also meine Großmutter, Marie-Therese."

Theresa nahm das Foto in die Hand. „Wirklich?"

„Sieht man doch – es ist eine ziemlich alte Fotografie – und schau mal das Kleid an, das sie trägt."

Tatsächlich. Die Frau trug die Mode der zwanziger Jahre – eine große, schlanke Frau – eine mondäne Erscheinung.

Elisabeth fischte ein anderes Foto aus dem Karton. „*Das* hier ist deine Oma Franziska, also meine Mutter, in etwa demselben Alter." Sie reichte Theresa das Bild.

Die hielt erstaunt beide Fotos nebeneinander. „Das ist ja merkwürdig." Zwei verblüffend identische, etwa gleichaltrige Frauengesichter blickten ihnen entgegen. Theresa und Elisabeth starrten konsterniert zurück.

Hinter ihnen lachte Ferdinand. Theresa drehte sich um. Ihr Vater hatte Hagen inzwischen dermaßen in Beschlag genommen, dass dieser gerade Anstalten machte, à la Zeichentrickserie „Tom und Jerry" vom Sofa zu „fließen". Sein Gesicht hatte inzwischen eine merkwürdig blasse Farbe angenommen – im Gegensatz zu Ferdinand schien ihm die Zigarre, die er gerade paffte, überhaupt nicht zu bekommen.

Armer Hagen! Aber noch wollte sie ihn nicht erlösen, dazu fand sie das Stöbern in der Vergangenheit viel zu spannend. Ihr Blick fiel auf das oberste Foto des Bilderstapels. Es zeigte ihre Großmutter in späteren Jahren an einem antiken Sekretär – vermutlich Barock –, in dessen Oberfläche kostbare Intarsien eingearbeitet worden waren, die denen auf dem Spielkästchen sehr ähnelten. Offensichtlich war ihre Großmutter mit Schreibarbeiten beschäftigt.

„Gibt es diesen Sekretär noch? Oben auf dem Speicher ist er mir nicht aufgefallen. Steht er vielleicht in einem der Gästezimmer?"

Elisabeth überlegte. „Oma hat testamentarisch einige Schenkungen verfügt – wenn ich mich nicht irre, ging der Sekretär nach Schloss Corvey. Deine Großmutter und der Baron dort kannten einander von Jugend an. Leider ist er nur ein halbes Jahr nach dem Tod deiner Großmutter verstorben."

„Das heißt, der Sekretär ist im Schloss?"

Elisabeth zuckte mit den Schultern.

„Mama, warum lasst ihr all die Kostbarkeiten auf dem Speicher verrotten? Das sind Familienerbstücke – ich hätte durchaus Interesse daran."

„Nur zu – nimm dir, was du haben möchtest."

„Warum hat sich Marie-Therese eigentlich umgebracht?", meldete sich plötzlich Hagen mit schwerer Zunge und unterdrückte einen Rülpser. Inzwischen schien er sich nicht mehr so unwohl zu fühlen. Im Gegenteil – Arm in Arm saßen Schwiegersohn und Schwiegervater einträchtig nebeneinander, während Hagen die Gläser freiwillig neu befüllte.

Theresa ahnte, dass er, wenn er morgen böse verkatert aufwachte, ihr die Schuld an seiner Misere zuschreiben würde – zu Recht, schließlich hatte sie seine nonverbalen Hilferufe aufs Sträflichste ignoriert.

„Also, Schwiegermama", begann Hagen noch einmal, „warum hat sich Marie-Therese das Leben genommen?" Er stieß mit Ferdinand an, beide kippten die Schnäpse auf ex hinunter, stellten die Gläser ab und blickten Elisabeth gespannt an.

Die schien unangenehm berührt und schwieg eine ganze Weile nachdenklich, während sie immer wieder einen Schluck aus ihrem Weinglas nahm. Dann begann sie zu erzählen: „Der Mann von Marie-Therese, also mein Großvater Karl, ist noch kurz vor Ende des Ersten Weltkrieges gefallen. Einige Wochen später stellte sie fest, dass sie schwanger war – doch man munkelte, dass Karl nicht der Vater sein konnte. Und obwohl Marie-Therese immer wieder behauptet haben soll, mit niemand anderem zusammen gewesen zu sein, hat man ihr nicht geglaubt. Wie denn auch – die Fakten sprachen ja für sich! Als meine arme Mutter drei Jahre alt war, hat sich Marie-Therese dann eines Nachts ertränkt."

„Und den Rest kennen wir", warf Theresa ein. „In dem Familiengrab der vorbildlichen von Welvensteins war kein Platz für die Sünderin, und man hat sie einfach irgendwo verscharrt – ohne an ihre Nachkommen zu denken. Ich glaube, Oma hat zeitlebens darunter gelitten, dass es keinen Gedenkplatz gab, zu dem sie hätte gehen können. Dass niemand ihre wenigen Erinnerungen an die Mutter teilen wollte, war ein andauernder Schmerz und wog insofern doppelt, weil sie auch ihren Vater nie kennengelernt hatte."

„Ich bin eine Pflanze ohne Wurzel!" Elisabeth und Theresa hatten es gleichzeitig zitiert, und Elisabeth ergriff kurz die Hand ihrer Tochter, während sie daran dachte, wie schwer es ihrer Mutter Franziska gefallen war, sich mit dem Tod ihres Mannes Franz-Victor abzufinden. „Nicht alle von Welvensteins hatten einen Dünkel", erklärte sie plötzlich verärgert.

Alle merkten auf – verwundert über den Stimmungswandel.

„Gelegentlich sollen Frauen dieser Familie auf ihren Namen verzichtet und aus Liebe und gegen den ausdrücklichen Wunsch ihrer Eltern", sie warf Ferdinand einen intensiven Blick zu, „nicht standesgemäße Männer geheiratet haben."

Obwohl Ferdinand betrunken war, setzte er sich plötzlich kerzengerade hin und starrte seine Frau auf eine

Weise an, die etwas von einem geprügelten Hund hatte. Elisabeth erwiderte seinen Blick bitter, dann leerte sie ihr Weinglas in einem Zug.

Theresa warf Hagen einen Blick zu. Das war's – die Stimmung war gekippt. Sie nahm die drei Fotos, die ihre Großmutter Franziska und ihre Urgroßmutter Marie-Therese zeigten, und steckte sie in ihre Handtasche.

Als sie sich verabschieden wollte, reagierten die Eltern nicht. Ferdinand hatte sich zu Elisabeth gesetzt und blickte sie weiter unverwandt an. Elisabeth wich ihm aus und blickte zu Boden. Während Theresa die Tür schloss, dachte sie darüber nach, ob sich hier gerade die klitzekleine Chance auftat, Dinge, die jahrzehntelang unter den Teppich gekehrt worden waren, endlich zu klären. Sie wünschte es ihren Eltern.

18

Hagen schaltete den Motor ab, den Scheinwerfer aus und suchte durch die Windschutzscheibe das nächtliche Himmelsfirmament nach den bekannten Sternbildern ab, die man mit bloßem Auge erkennen konnte. Außerdem sollte in dieser Mainacht der Mars auf seiner Umlaufbahn relativ nah an der Erde vorbeiziehen – so wie alle zwei Jahre. Er stutzte und deutete auf einen rötlichen, flackernden Punkt.

„Da, schau – da ist er!"

Theresa folgte seinem Zeigefinger und nickte, dann wunderte sie sich plötzlich. „Der Abendstern kommt mir heute Nacht irgendwie größer vor."

„Schatz, das täuscht." Hagen griff nach seinen Arbeitshandschuhen, die sich in der Seitentasche der Fahrertür befanden, und zog sie an, während er wieder zum Firmament aufblickte. „Der Himmel ist dermaßen klar, dass es nur den Anschein hat, als würde der Abendstern heller leuchten."

„Alles klar, Herr Lehrer." Theresa gab ihm einen Kuss und schnallte sich ab. „Und jetzt los!"

Sie stiegen aus und entnahmen dem Kofferraum Spitzhacke, Spaten und Schaufel. Beide hatten sich schwarze Kleidung angezogen, nur für den Fall, dass sie gestört wurden – denn das, was sie vorhatten, war illegal.

Theresa leuchtete mit der Taschenlampe den Weg ab, und es dauerte eine Weile, bis sie die Stelle an der Kirchenmauer wiedergefunden hatte.

„Stopp, hier ist es."

Hagen nickte und stellte die Arbeitsgeräte ab. Theresa begann, den restlichen Efeu aus dem Boden zu reißen, und als die Stelle kahl war, fing Hagen an, den Boden mit der Spitzhacke zu bearbeiten. Theresa schaufelte das Erdreich zur Seite.

„Schatz, lass mich das gleich machen, das ist zu anstrengend für dich."

Sie schüttelte den Kopf. „Wenn es zu viel wird, sage ich Bescheid."

Nach etwa einer Stunde stützte sich Hagen auf die Hacke. „Nichts! Da ist nichts, was auf ein Grab hindeuten könnte – wir graben noch eine Viertelstunde, und wenn wir bis dahin nichts gefunden haben, lassen wir es."

Theresa nickte ungeduldig, nahm ihm die Spitzhacke ab und begann aktionistisch weiterzuhacken – die Taschenlampe zwischen den Zähnen. Hagen beobachtete sie eine Weile mit verschränkten Armen und amüsierte sich über ihre Verbissenheit. Erst als sie die Taschenlampe aus dem Mund nahm und ihn außer Atem vorwurfsvoll anblickte, nahm er ihr die Hacke wieder ab und arbeitete weiter.

Plötzlich bog ein Auto um die Ecke.

„Los, ins Gebüsch." Hagen packte Theresa und zog sie mit sich.

„Hoffentlich gibt's hier keine Zecken", konnte sich Theresa nicht verkneifen. Den erschreckenden Gedanken an widerlich fette Spinnen oder Ratten, die sich angeblich an

Beinen festbeißen konnten, versuchte sie, erst gar nicht aufkommen zu lassen. Der Wagen verlangsamte sein Tempo und stoppte direkt vor dem ausgehobenen Loch.

„Ach du Scheiße, wieso denn ausgerechnet da?!" Theresa hatte zwar leise geflucht, doch Hagen warf ihr trotzdem einen warnenden Blick zu.

Aus dem Inneren des Wagens hörte man jetzt laute Musik. Theresa erkannte, dass es sich bei den Insassen um ein junges Pärchen handelte, das wild rumzuknutschen begann. „Wie lange das wohl dauern wird? Warum konnten die sich denn keine andere Stelle aussuchen?" Sie schnippte sich verärgert einen kleinen Käfer vom T-Shirt.

Hagen zuckte mit den Schultern. „Was fragst du mich – es dauert so lange, wie es eben dauert."

„Das kann ja Stunden dauern." Theresa blickte Hagen vorwurfsvoll an.

„Schatz, ich kann nichts dafür!"

„Ich sag doch gar nichts!"

„Es reicht, wie du guckst."

„Mir ist kalt, und ich bekomme langsam Hunger!"

Hagen seufzte und überlegte kurz. „Mal sehen, vielleicht kann ich sie loswerden."

„Wie denn?"

„Lass mich nur machen." Er zog sich den Rollkragen seines Pullovers vors Gesicht, ging zum Wagen – und klopfte laut an die Beifahrerscheibe.

Theresa sah das erschrockene Gesicht des jungen Mannes. Augenblicklich startete er den Motor, gab Gas, und das Auto verschwand mit quietschenden Reifen in der Dunkelheit.

Hagen drehte sich triumphierend zu Theresa um und trommelte sich auf die Brust. Doch abrupt hielt er inne und machte einen Riesensprung zurück ins Gebüsch.

Diesmal war es ein Polizeiauto, das zügig vorbeifuhr – und dann mit quietschenden Bremsen stoppte. Langsam fuhr es zurück und hielt direkt vor dem ausgehobenen Loch.

„Das gibt's doch nicht – was haben wir aber auch für ein Glück!" Theresa klammerte sich so fest an Hagen, dass er sein Gesicht verzog.

Die Autotüren wurden geöffnet, und zwei Beamte stiegen aus. Vor Aufregung bekam Theresa einen Schluckauf.

„Schatz, reiß dich bitte zusammen!"

„Wie denn?" Sie hickste. „Witzbold!"

Die beiden Polizisten, ein jüngerer und ein älterer, inspizierten die Stelle. Erst jetzt sah Theresa, dass ihre Arbeitsgeräte noch am Erdloch lagen. Sie stieß Hagen ihren Ellbogen in die Seite.

„Aua!" Verärgert blickte er auf sie herab. Sie deutete mit dem Kinn in Richtung Erdloch.

„Sieht frisch aus", resümierte der ältere Beamte.

„Schau mal, da liegen ja noch die Arbeitsgeräte", antwortete der jüngere.

Theresa warf Hagen einen alarmierten Blick zu und hickste wieder. Hagen legte ihr die Hand auf den Mund und machte ein vorwurfsvolles Gesicht.

Der Jüngere schien etwas gehört zu haben und leuchtete ins Gebüsch. Hagen und Theresa duckten sich, so tief sie konnten.

„Was haben die wohl gewollt?", meldete sich der Ältere wieder.

„Keine Ahnung, vielleicht Diebesgut ein- oder ausbuddeln? Oder 'ne Leiche?" Beide lachten.

„Ich mach mal Meldung." Der Ältere ging zum Auto.

„Vielleicht sind sie noch in der Nähe", rief ihm der Jüngere hinterher. Theresa konnte den Argwohn in seinem Gesicht erkennen, als er sich dem Gebüsch näherte und es noch einmal genau abzuleuchten begann.

„Sammelst du die Geräte ein?", rief ihm der Kollege zu.

Der Jüngere nickte.

Als er sich wieder entfernte, blickte Theresa zu Hagen und sah, dass seine Halsschlagader kräftig und schnell pumpte, während er den älteren Polizisten in dem Wagen keinen Moment aus den Augen ließ. Dieser kommunizierte über Funk, doch sosehr Theresa sich auch anstrengte, sie konnte nichts verstehen und musste plötzlich mehrmals hintereinander hicksen. Es half nichts, sie waren gezwungen abzuwarten – ein Rückzug, ohne entdeckt zu werden, war unmöglich.

Der Beamte ließ plötzlich hektisch die Scheibe herunter. „Steig ein! Die schicken zwei Kollegen los, die sich hier weiter kümmern. Wir haben einen Einsatz direkt ums Eck – Ehestreitigkeiten! Der Mann bedroht seine Frau mit einer Waffe! Sie hat sich im Badezimmer eingeschlossen."

Kurz darauf preschte der Wagen davon.

Theresa krabbelte aus dem Gebüsch und strauchelte, als Hagen sie heftig zurückzog – der Polizeiwagen hatte gebremst und fuhr gerade ein Stück zurück. So schnell sie konnte kroch Theresa zurück und warf Hagen einen verärgerten Blick zu. Dann beobachteten sie, wie die Autotür geöffnet wurde, der Beamte zum Erdloch hastete, Spitzhacke, Schaufel und Spaten einsammelte und alles im Kofferraum verstaute.

Als der Wagen außer Sicht war, sprang Hagen als Erster aus dem Gebüsch.

„Los, los, los!" Er zog sie hoch. „Nichts wie weg!"

„Was ist mit dem Loch?"

„Müssen wir so lassen – wer weiß, wann die anderen Bullenkollegen anrücken!"

„Aber –"

„Kein Aber!" Hagen war stinksauer. „Man, Thessa, wir können von Glück reden, dass wir nicht erwischt worden sind – das kann uns 'ne scheiß Anzeige einbringen, ist dir das klar?!" Während sie losrannten, zogen sie die Arbeitshandschuhe aus, und als sie aus Welver rausfuhren, kamen ihnen bereits zwei Polizeiautos entgegen.

Theresa blickte in den Außenspiegel. „Die fahren tatsächlich in Richtung Friedhof."

„Ich sag's ja, die schauen jetzt nach, ob 'ne Leiche vergraben wurde. So gesehen haben wir eigentlich dieselben Interessen. Sollen wir umdrehen?"

Theresa streckte ihm die Zunge raus. „Wie müssen auf jeden Fall noch mal nachsehen!"

„Was?!" Hagen blickte sie ungläubig an. „Also mich bringen da keine zehn Pferde mehr hin!"

„Dann mach ich's allein!" Sie spürte plötzlich ein Zittern im Unterleib. Was war das? Und noch mal. Sie legte ihre Hand auf den Bauch. Waren das Kindsbewegungen gewesen? Es hatte sich so angefühlt. Sie blickte zu Hagen. Als er ihren Blick fragend erwiderte, schaute sie weg und hickste.

19

Tatsächlich war sie gleich am nächsten Morgen zurück nach Welver gefahren – allein.

Hagen hatte sie natürlich von ihrer „Schnapsidee" abbringen wollen. „Was um Himmels willen suchst du denn noch da? Wir haben gebuddelt wie die Blöden und nichts gefunden. Da ist kein Grab, finde dich damit ab!"

Theresa hatte nichts erwidert.

„Sei vernünftig. Was erhoffst du dir denn überhaupt?"

Sie hatte kurz aufgeblickt – dann weiter ihre Handtasche gepackt. „Du hast selbst gesagt, dass die Polizei nachschauen wird, ob 'ne Leiche oder irgendwas anderes vergraben wurde!"

„Thessa, das haben die doch längst mit einem Blick gesehen."

„Wie auch immer, die Polizei wird die Stelle untersucht haben, und wenn sie noch offen ist, dann grabe ich heute Nacht weiter, darauf kannst du dich verlassen." Wie zur Bestätigung hatte plötzlich ihr Bauch gezuckt.

Nun war sie also vor Ort – aber nicht nur sie! Ein Arbeiter, offensichtlich von der Friedhofsgärtnerei, zog gerade eine weiße Plane vom Erdhügel und begann, das Loch zuzuschaufeln.

Sie tat so, als wollte sie zum Friedhof, und blieb scheinbar erstaunt bei ihm stehen. Sie setzte ihr charmantestes

Lächeln auf. „Sagen Sie bloß, es gibt keinen Platz mehr auf dem Friedhof. Werden Verstorbene jetzt an alten Kirchenmauern beigesetzt?“

Der Mann musterte Theresa – offensichtlich gefiel sie ihm.

„Vielleicht gar keine schlechte Idee.“ Er grinste.

Sie lächelte verbindlich zurück. „Keine Leiche, die Sie da vergraben?“

Er schüttelte den Kopf und lachte. „Ich schwöre! Allerdings haben heute Nacht irgendwelche Idioten versucht, hier etwas zu verbuddeln, das vermutet zumindest die Polizei. Die haben die Stelle untersucht“, er machte ein genervtes Gesicht und deutete auf den Erdhügel, „und dabei leider noch mal tiefer gegraben!“

„Ach? Und haben sie was gefunden?“

Er blickte abrupt auf und musterte sie eine Weile argwöhnisch.

Theresa erwiderte seinen Blick mit dem harmlosesten Lächeln, das sie zustande brachte.

Der Mann schaute sich plötzlich nach allen Seiten um, winkte sie zu sich heran und erklärte flüsternd: „Ich weiß, dass ich darüber wahrscheinlich nicht sprechen darf ...“ Theresa war ganz Ohr und trat noch ein Stück näher an ihn heran. „... aber – die haben rein gar nichts gefunden!“ Er grinste von einem Ohr zum anderen und widmete sich wieder seiner Arbeit.

Sehr witzig! Das war es nicht, was sie hatte hören wollen.

Ihr Blick fiel auf den beachtlichen Erdhaufen. Es war zum Kotzen, mit jeder Schaufel füllte sich das Erdloch mehr und mehr, für das sie und Hagen so geschuftet und nicht wenig riskiert hatten.

Als sie gerade gehen wollte, sah sie auf dem Haufen, zwischen der Erde, etwas Rotes aufleuchten – war es ein Stück Glas? Dafür sah es zu definiert aus. Aber was war es dann? Der Arbeiter hatte es offensichtlich nicht bemerkt. Als er Anstalten machte, die nächste Ladung Erde samt rotem Etwas aufzuschaufeln und ins Loch zu kippen, sackte sie unvermittelt zusammen und täuschte heftige Übelkeit vor. Der Arbeiter ließ die Schaufel erschrocken fallen und kam ihr zu Hilfe.

Theresa sah, dass das rote Teil zurück auf den Erdhügel gefallen war, langsam herunterrutschte und auf halber Höhe liegen blieb. Direkt daneben ließ sie sich nieder und gab vor, sich ausruhen zu müssen.

Der Mann blickte besorgt auf sie hinunter. „Möchten Sie einen Schluck Wasser haben?"

Theresa schüttelte den Kopf. „Es geht gleich wieder – bin schwanger."

Der Mann nickte verstehend. Er wandte sich ab und griff nach der Schaufel – im selben Moment langte Theresa nach dem dunkelroten Ding und ließ es in der Jackentasche verschwinden.

Kurz darauf verabschiedete sie sich und schlenderte zum Familiengrab der von Welvensteins. Dort ließ sie sich auf der Bank nieder, die dort stand.

Sie holte ihren „Schatz" hervor, säuberte ihn mit einem Papiertaschentuch und staunte nicht schlecht: Ein etwa drei Zentimeter großer, tropfenförmiger Granat, der kunstvoll in Gold eingefasst war, lag auf ihrer Hand. Wem mochte er wohl gehört haben? War es Wunschdenken, oder konnte dieser Stein ein Hinweis auf ihre Urgroßmutter sein? Wahrscheinlich eher nicht, denn die Polizei schien ja keinen Hinweis auf menschliche Überreste gefunden zu haben. Jeder konnte das Schmuckstück dort verloren haben. Auch ihre Großmutter hatte entsprechende Edelsteine an einer gekordelten Kette getragen. Theresa überlegte – war sie verpflichtet, das Fundstück abzugeben? Vielleicht vermisste es bereits jemand.

Doch darüber konnte sie sich später immer noch Gedanken machen. Ihr Handy klingelte. Emma hatte heute zweimal versucht, sie zu erreichen – doch Theresa war immer noch sauer und hatte keine Lust, mit ihr zu sprechen.

Als sie den Anruf jedoch wegdrücken wollte, sah sie, dass es nicht Emmas, sondern eine unbekannte Nummer war. Sie ging ran – und erkannte Sturlusons Stimme.

„Hallo, hier spricht Sigurd Sturluson. Sie hatten sich mehrmals bei uns gemeldet und um Rückruf gebeten?"

„Ja danke. Ich wollte mich nach dem Ermittlungsstand erkundigen – gibt es schon irgendeine Spur?"

Am anderen Ende wurde geräuschvoll eingeatmet, und Theresa visualisierte das Bild Sturlusons, dem gerade die Kinnlade runterfiel. Er antwortete gedehnt: „Frau Zimmermann-Einarsson, Sie haben gerade mal vor vier Wochen Ihre Anzeige bei uns gemacht – es tut mir leid, aber wir können nicht zaubern. Nein, wir haben noch keine Spur!" Er machte eine kurze Pause, bevor er weitersprach: „Möglicherweise gibt es einen Hinweis, den wir aber erst auf seine Richtigkeit überprüfen müssen."

Theresa hielt die Luft an. „Was für einen Hinweis?"

„Dazu darf ich Ihnen nichts sagen. Sobald wir mehr wissen, werde ich Sie informieren!"

„Und sonst gibt es nichts!"

„Nichts!"

Das war bitter!

Ohne sich zu bedanken, verabschiedete sie sich und drückte die Aus-Taste. Es war schwer zu akzeptieren, dass ihr Vergewaltiger immer noch frei herumlief.

Theresa ging zum Schlösschen, wo sie ihre Mutter im Garten fand.

Elisabeth gab sich beschäftigt. „Ich musste heute unbedingt die Dahlien raussetzen, es ist bald Ende Mai – das ist eigentlich schon fast zu spät." Sie musterte Theresa. „Alles in Ordnung?"

Theresa nickte und reichte ihr die nächste Knolle.

„Und Hagen?"

„Mama! Alles in Ordnung! Nicht schon wieder! Wie geht's denn mit deinem Mann?"

Elisabeth blickte sie fragend an. „Wie soll's gehen? So wie immer!"

„So wie immer – und ist das befriedigend?"

„Wie meinst du das?

„Ist doch 'ne ganz einfache Frage – ich meine, ob dein Eheleben befriedigend ist – für dich?"

„Das geht dich nichts an, du bist mein Kind und nicht meine Mutter!"

„Nur für den Fall, dass es dir noch nicht aufgefallen ist – Mutter! Dein Kind ist erwachsen! Außerdem weiß ich von deinem Liebhaber – schon vergessen?"

Elisabeth schwieg.

Theresa bemühte sich um einen freundlichen Ton. „Was war mit euch auf Papas Geburtstag? Habt ihr geredet?"

Elisabeth nickte zögernd und putzte sich die Hände an der Schürze ab. „Lass uns reingehen."

Sie saßen in der Küche. Theresa hatte den Blick auf die Werkstatt ihres Vaters gerichtet. Die Tür stand offen, und sie sah, dass er an den Frauenfiguren arbeitete.

„Damals", begann ihre Mutter zögernd, „als du mich quasi in flagranti erwischt hast, habe ich den Kontakt zu diesem Mann sofort abgebrochen, das musst du mir glauben!"

Theresa zuckte mit den Schultern. „Aber warum?"

Elisabeths Stimme war plötzlich sehr leise. „Ich hatte mit einem Mal das Gefühl, dass es falsch ist. Dass es vielleicht ein Fingerzeig vom lieben Gott war, dass du mich erwischt, aber es deinem Vater nicht verraten hast."

Theresa setzte sich gerade hin. „Sprichst du etwa von Strafe? Von einer Art Buße, die du dir mit der Trennung von diesem Mann selbst auferlegt hast?"

Elisabeth nickte zögernd.

„Aber Mama, unabhängig davon – ich war doch längst erwachsen und schon mit Hagen zusammen. Auf mich hättest du keine Rücksicht nehmen müssen, ich hätte Papa nichts gesagt, das ist eure Sache!"

„Es war nicht die Rücksicht auf dich – es ging um meine Besinnung. Es ging um mein Treuegelübde, das ich seinerzeit bei unserer Eheschließung abgegeben hatte. Wenn ich mich darüber hinweggesetzt hätte – welchen

Sinn hätte dieser Schwur, welchen Sinn hätte meine Ehe überhaupt all die Jahre gehabt?"

„Mama, ich habe immer mitbekommen, dass ihr einander nicht wirklich versteht, dass Papa dich nicht glücklich macht!"

„Ja, und ich konnte deinen Vater auch nicht glücklich machen, das kannst du mir glauben." Sie zögerte, doch dann fuhr sie fort: „Keine Frau der Welt könnte deinen Vater glücklich machen!"

„Ja, ich weiß, er ist manchmal ein echt schwieriger Brocken."

„Das meine ich nicht, Theresa." Ihre Mutter schwieg vielsagend.

Ganz langsam fiel der Groschen. „Versuchst du mir gerade zu sagen, dass ... dass Papa sich nicht besonders viel aus Frauen macht? Ich meine ... dass er lieber mit Männern verkehrt, dass er ... schwul ist? Willst du mir das gerade verklickern?"

„Ich weiß nicht, was genau dein Vater ist. Fest steht, dass er auch mit Männern verkehrt und über all die Jahre einen, na ja, wie soll ich sagen – Geliebten hatte. Als ich dahinterkam, ist für mich eine Welt zusammengebrochen, das kannst du mir glauben – du warst gerade geboren!"

Das waren ja Neuigkeiten – Theresa musste sie einen Moment sacken lassen. „Warum hast du ihn nicht verlassen?"

„Ja, das fragt sich heute so leicht. Kannst du dir vorstellen, wie ich mich gefühlt habe? Meine Eltern waren mit der Ehe von Anfang an nicht einverstanden gewesen – diese Schmach! Dann hatte ich die Vorstellung, dass das vielleicht eine Art Krankheit bei deinem Vater sei und er irgendwann geheilt zu mir zurückkommen würde." Sie lächelte bitter, als sie Theresas entgeisterten Gesichtsausdruck sah. „Das war naiv, das weiß ich natürlich heute. Außerdem wollte ich nicht, dass du ohne Vater aufwächst. Und wie hätte kurz nach der Geburt eine Scheidung auf die Leute gewirkt?"

„Die Leute, die Leute!"

Beide schwiegen.

„Habt ihr darüber geredet?"

Elisabeth nickte. „Dein Vater hat sich geschämt, als ich ihn darauf angesprochen habe. Er sagte, dass er die ganze Zeit gebetet und versucht habe, dagegen anzugehen." Sie seufzte. „Immer wieder hat er es versucht."

Theresa nickte. „Sein regelmäßiger Gang zur Beichte!"

Elisabeth nickte, und Theresa sah, wie ihre Mutter versuchte, aufsteigende Tränen zu unterdrücken.

„Und jetzt?" Theresa nahm Elisabeths Hand.

„Dein Vater gibt mich frei! Stell dir vor, nach all den Jahren gibt er mich großzügig frei." Sie entzog Theresa die Hand, schlug wütend mit der Faust auf den Küchentisch und schluchzte.

Theresa schwieg und dachte nach. Eigentlich war es gut, dass wenigstens ein Elternteil offensichtlich eine Entscheidung getroffen hatte. „Kannst du es nicht als neue Chance betrachten?"

„Das sagt sich so leicht." Elisabeth schluchzte plötzlich laut auf. „Ich bin jetzt achtundsechzig, ich bin alt – verstehst du! Ich habe keinen Beruf, keinen Namen mehr, keinen Mann – ich habe nichts! Nur ein uraltes Haus, das ständig renoviert werden muss und in dem ich mich mein Leben lang zu Tode gelangweilt habe!“ Sie putzte sich die Nase. „Ich hätte diesen Schritt viel früher gehen müssen. Jetzt ist es zu spät! Verstehst du – zu spät!“

„Ist es nicht!“

Eine ganze Weile herrschte Stille.

„Es ist nicht die Schuld deines Vaters“, fuhr Elisabeth nach einer Weile etwas ruhiger fort. „Die Entscheidung lag bei mir, verstehst du, und ich habe sie versäumt! Mein Leben ist dahin!“ Sie begann wieder zu schluchzen.

„Ist es nicht! Du kannst dir eine Beschäftigung suchen, die dir Freude bereitet, du kannst umziehen, und schau in den Spiegel – du bist immer noch eine schöne Frau! Mama, ich bitte dich – zieh dich nicht selbst runter! Geh unter die Leute! Ich helfe dir – wenn du es möchtest.“

Wieder sagte eine ganze Weile niemand etwas.

Dann räusperte sich Elisabeth. „Vielleicht könnte ich ein paar alte Freundschaften wieder aufleben lassen – und vielleicht endlich mal verreisen und –“

„Und endlich leben, Mama!“

Wieder schwiegen sie, und man hörte nur das rhythmische Tropfen des undichten Wasserhahns. Beide beobachteten Ferdinand in seiner Werkstatt. Theresa war immer noch baff – ihr Vater liebte Männer.

Er hatte weder etwas Feminines noch etwas besonders Maskulines und schon gar nichts Tuntiges. Er war ein ganz normaler Mann – und trotzdem ein Ehemann, der sich offensichtlich zu seinesgleichen hingezogen fühlte. Ferdinand kam aus seiner Werkstatt und winkte ihnen zu.

Die Art, wie sie seinen Gruß erwiderten, ließ ihn offenbar vermuten, dass er gerade Gegenstand ihres Gesprächs gewesen war, denn er nickte nur kurz und ging zurück in seine Werkstatt.

Elisabeth nahm Theresas Hand. „Danke, das hat wirklich gutgetan!"

Beim Abschied hatte Elisabeth sie umarmt. Theresa konnte sich nicht erinnern, wann ihre Mutter das je von sich aus getan hatte. Ferdinand hatte sich nicht mehr blicken lassen – Theresa war es mehr als recht gewesen. Wenn es ihm vielleicht peinlich war, dass sie nun von seiner sexuellen Neigung wusste, dann übertrug sich dieses Gefühl womöglich auch auf sie. Und sie hatte keine Lust auf Krampf. Sie hatte kein Problem damit. Ihr Vater konnte lieben, wen er wollte!

Eigentlich hatte sie ihre Mutter auf die halb verbrannten Briefe, die sie und Hagen im Ofen auf dem Speicher entdeckt hatten, ansprechen wollen – doch nach dem „Outing" wäre es mehr als unpassend gewesen, danach zu fragen, und auch später hatte sich keine Gelegenheit mehr ergeben.

Sie hatte bisher auch noch keine Zeit gehabt, die Briefe eingehender zu studieren. Warum ging eigentlich ihre Mutter dermaßen nachlässig mit den Familienhinterlassenschaften um? Woher rührte dieses Desinteresse – oder kam es ihr nur so vor?

Historische Ereignisse waren doch viel besser zu verstehen, wenn die nachfolgenden Generationen sie anhand der eigenen Familiengeschichte nachvollziehen konnten.

Und wirkte sich das Wissen um seine Ahnen nicht auch positiv auf die eigene Identität aus? Dieser Gedanke versetzte ihr plötzlich einen Stich – nicht jedes Kind war vielleicht auf die Art seines Zustandekommens und seinen Familienhintergrund stolz.

Sie grübelte – eines Tages würde auch sie ihrem Kind die Wahrheit über seine Herkunft sagen müssen! Doch plötzlich sträubte sich alles in ihr – musste sie das? Sie verfolgte den Gedanken nicht weiter. Stattdessen dachte sie an die halb verbrannten Briefe – wem hatten sie gegolten, wer hatte sie geschickt, und vor allem, wer hatte sie vernichten wollen und dann doch nicht sicherstellen können, dass genau das passiert war? Ihre an Alzheimer erkrankte Großmutter wohl kaum. Plötzlich kam ihr jedoch ein Gedanke: Wann genau war im Schlösschen eigentlich die Zentralheizung eingebaut – und dementsprechend der Ofen überflüssig geworden? Da war sie selbst noch keine zehn Jahre alt und ihre Großmutter noch gesund gewesen. So gesehen konnte sie sehr wohl diejenige gewesen sein, die die Briefe in den Ofen gesteckt hatte. Doch Spekulationen brachten sie keinen Schritt weiter – sie musste die Briefe lesen, soweit das überhaupt noch möglich war. Sie griff in die Jackentasche und fühlte den Granat. Beim nächsten Besuch musste sie auch ihn der Mutter zeigen. Vielleicht wusste sie dazu etwas!

Als sie am Familiengrab vorbeispazierte, verweilte sie einen Moment. Warum bloß hatte sich bisher niemand die Mühe gemacht, das Grab von Marie-Therese zu finden? Sie würde jedenfalls alles daransetzen, es ausfindig zu machen.

An der Kirchenmauer stellte sie enttäuscht fest, dass der Erdhügel vollständig verschwunden und das Loch zugeschüttet war.

Eine Weile suchte sie die Umgebung nach weiteren Hinweisen ab und gab dann auf. Hier war wohl wirklich niemand beerdigt worden – Hagen hatte recht! Vielleicht musste sie an einer anderen Stelle ihr Glück versuchen – nur wo?

20

Doktor Schrader blickte konzentriert auf den Monitor des Ultraschallgeräts, während sie mit dem Schallkopf über Theresas Bauch strich. Sie stoppte kurz, gab etwas über die Tastatur ein und fuhr mit der Untersuchung fort. „Länge des Oberschenkelknochens okay – Brustumfang und Größe des Kopfes völlig normal – hier das Herz, alles in Ordnung – ich bin so weit zufrieden."

Theresa lächelte erfreut. Sie konnte kaum glauben, wie schnell sich ihr Kind in den wenigen Wochen zu einem „richtigen" kleinen Menschen entwickelt hatte. Allerdings waren seine Augen noch geschlossen. Sie blickte zu Hagen, doch er reagierte nicht.

„Ich schau noch nach Plazenta und Fruchtwasser, dann sind Sie fertig", erklärte die Gynäkologin, während sie wieder etwas über die Tastatur eingab. „Gehen Sie eigentlich regelmäßig zur Schwangerschaftsgymnastik?"

Theresa schüttelte verneinend den Kopf.

Die Ärztin blickte erstaunt auf. „Haben Sie sich schon eine Hebamme oder ein Krankenhaus gesucht, wo Sie entbinden wollen?"

Erneut schüttelte Theresa den Kopf und begann sich zu ärgern. „Noch nicht!" Dann blickte sie wieder zu Hagen.

Er schien gar nicht zugehört zu haben und starrte weiter auf den Monitor. Nur zu gern hätte Theresa gewusst, was in ihm vorging, doch was konnte sie tun, wenn er nicht auf ihre Blicke reagierte?

Vor dem Termin hatte sie zunächst vorsichtig vorgefühlt und ihn dann gefragt, ob er vielleicht mitkommen wollte. Er hatte beunruhigend lang überlegt – dann aber zugestimmt.

„Haben Sie irgendwelche Beschwerden?“ Dr. Schrader spritzte gerade aus einer Tube erneut Ultraschall-Gleitgel auf ihren Bauch. „Mir ist beim letzten Mal aufgefallen, dass Ihr Kortison-Spiegel für eine Schwangere erstaunlich niedrig ist. Kein Grund zur Besorgnis, aber wenn Sie Schmerzen bekommen oder sich unwohl fühlen, dann melden Sie sich bitte sofort.“

„Ich fühle mich wohl“, antwortete Theresa. „Manchmal bin ich etwas müde“, schob sie nach, „und hin und wieder habe ich Rückenschmerzen.“

Die Gynäkologin nickte. „Das ist normal – gegen die niedrigen Eisenwerte möchte ich Ihnen allerdings gern etwas verschreiben.“ Sie kniff die Augen plötzlich zusammen, während sie eine besondere Stelle auf Theresas Bauch zu suchen schien. „Möchten Sie das Geschlecht Ihres Kindes erfahren?“

Wieder blickte Theresa zu Hagen, und wieder reagierte er nicht. Sie schüttelte verneinend den Kopf – am liebsten wäre sie aufgestanden und gegangen.

Während Theresa sich anzog, starrte Hagen weiterhin geistesabwesend auf den Monitor, und als sie an der Rezeption warten musste, weil noch Details ihres Befunds in den Mutterpass eingetragen wurden, entschuldigte er sich plötzlich und ging nach draußen.

Theresa ahnte, was in ihm vorging, und hatte auch Verständnis dafür, dass das Ganze verdammt schwer sein musste für ihn. Trotzdem dachte sie bitter an die Prophezeiung ihrer Mutter – und an Linda, die schwangere Leiterin der Selbsthilfegruppe, die von ihrem Mann verlassen worden war.

Im Auto reagierte Hagen endlich auf ihren fragenden Blick. Er würgte den bereits gestarteten Motor ab und wandte sich ihr zu. „Ich bin wütend!"

Theresa blickte ihn erschrocken an und schwieg – was mochte jetzt kommen?

„Ich bin wütend, wie beschissen ich mich dir gegenüber gerade verhalte – ich kann es kaum fassen! Und ich bin geschockt darüber, wie ich mich selbst fühle! Ich glaube – ich habe das alles unterschätzt, obwohl ich dachte, es gerade eben nicht unterschätzt zu haben! Ich fühle mich deshalb schuldig!"

Sämtliche Alarmglocken begannen bei Theresa laut zu läuten. Sie hatte es geahnt, befürchtet – nein, es von Anfang an gewusst! Sie räusperte sich und versuchte ruhig zu bleiben. „Unterschätzt?"

„Ja! Ich sehe auf dem Monitor diesen Fötus, also dieses Kind … das Kind von einem Drecksack – von einem Verbrecher! Das alles erscheint mir wie eine Verletzung – wie eine Beschmutzung an dir. Gleichzeitig sehe ich, wie sehr du dich freust, wie glücklich du bist – doch ich verstehe es nicht. Ich – verstehe – es – nicht – obwohl ich dich doch verstehe!" Er musste sich einen Moment sammeln, bevor er fortfuhr: „Ich toleriere, dass du deine Entscheidung getroffen und damit deinen Zwiespalt, deine Not, beendet hast. Du empfindest inzwischen sogar Liebe für das Kind – dein Kind!“ Er schwieg abrupt – so als müsste er Letzteres noch mal sacken lassen, dann fügte er hinzu: „Doch es ist eine Liebe, die ich nicht mit dir teile, Thessa!“

Theresa nickte und war enttäuscht. Genau das war der Punkt! „Es ist nicht dein Kind! Wünschst du dir, dass ich über meinen Zustand unglücklicher bin – würde es dir dann vielleicht besser gehen?“, brach es aus ihr heraus.

„Wie kannst du so was sagen!“ Sein fassungsloser Blick traf Theresa zutiefst und sie sah, wie er mit sich rang – wie viel Mühe es ihn kostete, sich zu beruhigen. Nach einer Weile schien ihm dies zu gelingen. „Es ist nur so – das alles kommt mir so unwirklich, so unnatürlich, so – grotesk vor! Ich weiß, dass ich nicht so fühlen sollte, aber Scheiße noch mal, ich tue es! Ich weiß, dass ich für dich da sein sollte, anstatt dich zu belasten, aber ich kann nicht!“ Er fuhr sich mit beiden Händen durch die Haare und schwieg.

Theresa spürte, wie ihr Tränen in die Augen schossen, und versuchte, sie zu unterdrücken. Wie dumm sie gewesen war. Wieso bloß hatte sie ihn mitgenommen?

„Aber glaub mir“, hörte sie ihn wie aus weiter Ferne weitersprechen, „ich würde mich nicht besser fühlen, wenn du gegen deinen Willen abgetrieben hättest, nur, um unsere Beziehung zu retten.“

Er strich ihr die herunterlaufenden Tränen von der Wange. Doch Theresa mochte es nicht, und Hagen zog seine Hand zurück.

Dass er das Kind, das er auf dem Monitor gesehen hatte, als Zumutung, als widerlichen Parasiten, empfand, der es sich in der Gebärmutter seiner Frau – gegen ihren Willen – gemütlich gemacht und einfach Tatsachen geschaffen hatte, mochte er ihr nicht sagen. Er hasste dieses Etwas und wusste gleichzeitig, dass es ungerecht war. Doch gegen wen sollte er seine Wut richten, wenn er bei jedem Versuch, sich seiner Frau zu nähern, die Vorstellung hatte, dass sie von etwas Fremdem besetzt war – etwas Fremdem, das ihn zum Eindringling in ein früher mal vertrautes und jetzt so fremdes und, noch schlimmer, feindliches Territorium machte. „Es war deine Entscheidung, und ich will sie mit dir tragen", sagte er leise, „gleichzeitig sehe ich, dass ich es nicht kann – nicht so, wie du es brauchst. Ich möchte ..." Er brach ab und schüttelte den Kopf. „Scheiße – was mach ich hier!" Er schnallte sich ab und stieg aus.

Theresa sah, wie er sich draußen eine Zigarette anzündete und sie nach ein paar Zügen wegwarf. Dann stützte er sich mit gestreckten Armen auf dem Auto ab, und sie erschrak, als sie seine tiefe Verzweiflung sah. Gleichzeitig spürte sie, wie alles in ihr merkwürdig taub wurde. Alles war gesagt, es gab nichts mehr zu besprechen.

Als er zu weinen anfing, stieg sie aus – doch sie konnte ihn weder umarmen noch trösten. Sie stand einfach nur da, zu Tode erschrocken.

Hagen schluchzte. „Ich schäme mich, dass ich dich dermaßen belaste. Ich möchte nicht, dass unsere Beziehung – unsere Ehe kaputtgeht! Aber ich weiß im Moment ehrlich nicht, wie es weitergehen – wie es funktionieren soll, Thessa! Und ich hasse mich dafür!"

Das war wie ein Faustschlag. Sie lehnte sich ans Auto. Auch sie wusste nicht, wie es weitergehen sollte. Offensichtlich hatte erst der Blick auf den Ultraschallmonitor

Hagen eine Realität verdeutlicht, die er aus ihrer Sicht keinesfalls unterschätzt, sondern von Anfang an über Wochen verdrängt hatte. Gleichzeitig kam ihr der Gedanke, dass Hagens Konflikt vielleicht weniger mit dem Kind als vielmehr mit der Infragestellung seiner eigenen männlichen Identität zusammenhing.

Sie gab sich einen Ruck und setzte sich ins Auto. Sie würde warten, bis er sich beruhigt hatte. Was sollte sie auch sonst tun? Kälte stieg in ihr auf, und sie begann zu frösteln, obwohl es ein warmer Tag war. An dem, was ihr widerfahren war, trug sie keine Schuld – auch sie war verletzt. Doch egal, wie es weiterging, sie war nicht mehr nur für sich allein verantwortlich. Sie legte ihre Hand auf den Bauch und begann, kontrolliert und ruhig zu atmen.

21

Es war beeindruckend! Theresa schritt die Regale ab und konnte kaum glauben, was für Schätze die Schlossbibliothek hortete. Den Ruf, eine der interessantesten Büchersammlungen landesweit zu besitzen, hatte sie zu Recht. Neben Originalwerken von Kant, Keppler, Kleist, Goethe und Schiller beherbergte die Bibliothek auch jede Menge christlicher Werke, zum Beispiel von Martin Luther oder seinem katholischen Gegenspieler Johannes Eck, den der Reformator das Schwein von Ingolstadt genannt oder gelegentlich auch als Doktor Eck zu Dreck und noch schlimmer – als Doktor Sau bezeichnet hatte.

Während sie die kunstvollen hohen Holzschränke abschritt und durch die Scheiben hindurch die Bücher studierte, wurde ihr bewusst, wie privilegiert sie war. All die Bücher, in denen sie schmökern durfte – wem wurde schon solch eine Gelegenheit geboten? Es machte sehr wohl einen Unterschied, ob man im Internet recherchierte oder durch Bücher blätterte.

Sie atmete tief ein. Der Geruch von antikem Papier, von Konservierungsmitteln und gebohnerten alten Holzböden stieg ihr in die Nase. Auch wenn sie keinen Zugang zu den kostbarsten Aufzeichnungen haben würde, weil diese der Öffentlichkeit nicht zur Verfügung gestellt wurden und nur mit Schutzhandschuhen berührt werden durften – vielleicht gab es die Möglichkeit, in Begleitung eines Verantwortlichen einen Blick auf jene seltenen Kostbarkeiten zu werfen.

Plötzlich hatte sie die Vorstellung von abertausend archivierten und längst vergessenen Gedanken, die nur darauf warteten, von ihr wiedererweckt zu werden. Vielleicht war dieser Prozess auch längst in Gang gesetzt – wenn sie sich konzentrierte, konnte sie das Raunen aus der Vergangenheit bereits hören. Sie stellte sich die Geister der Dichter und Denker, Reformer und Revolutionäre vor, wie sie Menschheitsfragen unter den Aspekten von Wissenschaft und Religion erörterten, sich wie die Kesselflicker stritten – während sie einfach nur zuhörte und ihre eigenen Schlüsse zog. So abwegig solche Fantasien auch sein mochten, so wirkten sie doch außerordentlich inspirierend.

Ihr Blick fiel aus einem der riesigen Fenster. Die ganze Anlage Corveys war gepflegt, und Theresa ahnte, wie kostenaufwändig der Unterhalt eines solchen Anwesens sein musste. Kurz dachte sie an Hagen. Sie beide versuchten seit dem Termin bei der Frauenärztin, eine Normalität zu leben, die nicht über die Kluft, die sich zwischen ihnen auftat, hinwegtäuschen konnte. Sie war dankbar für die Ablenkung hier.

„Wissen Sie, Corvey war ursprünglich eine Benediktinerabtei, im 11. Jahrhundert“, hatte ihr einer der Angestellten erklärt, „ein karolingisches Kloster, das sich später zu einem Reformkloster entwickelt hat. Nachdem es als kaiserliches und hochfürstliches Stift ein eigenes Territorium aufgebaut hatte, verlor es allerdings über die Jahrhunderte wieder an Bedeutung und später, nach der Säkularisation, auch endgültig an Macht."

„Und wie kam es in die Hände der jetzigen Besitzer", hatte Theresa wissen wollen.

Der Mitarbeiter hatte seine Brille geputzt, während er sie durch die endlosen Flure geführt hatte. „Die Besitztümer gingen an den Erbprinzen Victor zu Hohenlohe und Schillingsfürst. Dieser verzichtete auf seine Schillingsfürster Erbansprüche und wurde Fürst von Corvey."

„Wie man sieht, bemühen sich die jetzigen Schlossbesitzer sehr um den Erhalt der gesamten Anlage."

„Sie sollten sich das ganze Anwesen anschauen, selbst ich entdecke immer wieder Neues."

Theresa konnte sich das gut vorstellen und dachte an den Dachboden zu Hause, wo sie auch immer wieder Interessantes entdeckte. „Es wäre sträflich, wenn ich mir diese Gelegenheit entgehen lassen würde!"

„Seit das Karolingische Westwerk samt Civitas in die Liste des UNESCO-Weltkulturerbes 2014 aufgenommen wurde, scheint die Anlage zunehmend in den Fokus der internationalen Kulturindustrie zu rücken – wir können uns derzeit über einen Mangel an Besuchern nicht beklagen."

Theresa hatte genickt und sich erinnert, dass sie einen Artikel darüber in der Zeitung gelesen hatte – Corvey war in kultureller, architektonischer und zeitgeschichtlicher Hinsicht ein Juwel.

„Wissen Sie, dass das Grab des berühmten deutschen Dichters Hoffmann von Fallersleben auf dem Friedhof neben der Abteikirche von Schloss Corvey liegt?"

Theresa hatte den Kopf geschüttelt, zu ihrer Ehrenrettung aber schnell angefügt, dass sie wisse, dass er die deutsche Nationalhymne gedichtet habe. „Und er war Hochschullehrer für Germanistik und hat die Schlossbibliothek seinerzeit aufgebaut!"

Der Mitarbeiter hatte darauf zufrieden genickt und ihr die Tür zur Bibliothek aufgehalten. „Ich lasse Sie jetzt allein – wenn Sie Fragen haben, können Sie sich jederzeit an mich oder Lennart Neubert wenden."

Nun stand sie vor einem der großen Fenster und schaute in den vorsommerlichen Schlosspark. Eine Besuchergruppe schlenderte einen der Wege entlang, der zum karolingischen Westwerk führte.

Plötzlich spürte Theresa einen kalten Luftzug. Argwöhnisch schlenderte sie an den Bücherschränken entlang in Richtung Ausgang. Doch da war niemand. Als sie wieder zurückging, spürte sie denselben Luftzug – und sah für den Bruchteil einer Sekunde ihre alte „Freundin", – ein kurzer Schreckmoment, dann war sie wieder verschwunden.

Theresa bemühte sich, wieder ruhig zu werden. Mit derartigen Zuständen umzugehen war noch immer eine Herausforderung. Dann hörte sie ein Geräusch. War das wieder Einbildung? Sie ging ein paar Schritte, bog um eine Ecke und entdeckte ein kleines Buch auf dem Boden. Noch während sie sich bückte, um es aufzuheben, sah sie das Paar Männerschuhe.

„Endlich ist das Weibliche im Katholizismus angekommen!"

Lennart Neubert stand vor ihr! Er deutete auf das Buch. „Ist mir aus der Hand gefallen. Ich wollte es dir vorbeibringen, dachte, dass es dich vielleicht interessiert."

Theresa hatte ihn nicht erwartet und versuchte, sich ihre plötzliche Unsicherheit nicht anmerken zu lassen. „Hallo, Lennart – danke noch mal für diese Möglichkeit hier!" Sie blickte sich vielsagend um. „Ich bin – beeindruckt!"

Lennart lächelte zufrieden. „Wie kommst du voran?"

„Noch gar nicht. Was glaubst du? Ich muss das hier erst mal verdauen. Aber ich bin mir sicher, dass ich jede Menge Inspiration finden werde."

„Davon bin ich überzeugt. Wie geht es dir?"

„Gut, danke! Wie geht es dir?"

„Auch gut."

Es entstand eine unangenehme Pause. Plötzlich lachten beide los.

„Soll ich dich jetzt noch mal das Gleiche fragen? Wir können ja, wenn du willst, eine Endlosschleife daraus machen!"

„Okay. Wie geht es dir?"

Wieder mussten sie losprusten.

Lennart wurde ernst. „Ist nicht einfach, nach so langer Zeit entspannt zu bleiben."

Theresa nickte. „Ja, ist vielleicht schwierig – nach unserer Geschichte."

Er reagierte etwas zu prompt. „Darüber müssen wir kein Wort mehr verlieren, Thess."

„Nicht?" Theresa hatte es eigentlich erwartet und war enttäuscht. Doch sie versuchte, es sich nicht anmerken zu lassen. Gleichzeitig spürte sie die unangenehme Ankündigung eines Schluckaufs und versuchte, ihn wegzuatmen.

Lennart räusperte sich, verschränkte die Arme, ließ sie wieder hängen und schien unentschieden, welche Körperhaltung er eigentlich einnehmen wollte. Dann verschränkte er die Arme erneut. „Ich meine, also wenn du möchtest, also dann können wir auch darüber – also auf jeden Fall –“

„Nein, müssen wir nicht!“ Sie hickste und verschränkte ebenfalls die Arme.

Lennart lehnte sich ans Fenster. „Vielleicht nicht gerade hier, verstehst du?“

„Wie gesagt, wir müssen gar nicht darüber sprechen. Schwamm drüber! Ich meine, was gibt es da noch zu sagen – nach zwölf Jahren? Ist doch ’n alter Hut!“ Theresa hörte selbst, wie scheinheilig sie klang, und noch schlimmer, wie gekünstelt sie darüber hinwegzulachen versuchte.

Lennart nickte. „Wie du willst. Ist schwer anzuknüpfen, wenn so viel Zeit vergangen ist.“

Sie überlegte. Anknüpfen – woran denn anknüpfen? Irgendwie sprachen sie beide gerade aneinander vorbei – und was sollte sie am besten darauf antworten? „Wie geht’s“, sie hickste, „deiner Frau?“

Lennart stutzte verwirrt. „Meiner Frau? Wie kommst du jetzt darauf?“

„Na ja“, sie hickste, „ich wollte wissen, wie es ihr nach der Geburt“, sie hickste, „geht.“

„Ach so. Gut, danke. Und wie geht’s deinem Mann?“

Theresa stutzte. „Wieso fragst du – ihr kennt euch doch gar nicht.“

„Stimmt!“

Wieder entstand eine Pause – diesmal lachte niemand.

Theresa fiel etwas ein. Sie kramte das Foto aus ihrer Tasche – das ihre Großmutter an dem antiken Sekretär zeigte. „Hast du hier im Schloss diesen Sekretär schon mal gesehen?“

Lennart betrachtete das Foto. „Wieso?“

„Meine Großmutter hat es vor ihrem Tod Herrmann Friedrich von Söllingsgrund vermacht, also dem verstorbenen Vater des hiesigen Barons. Ich würde ihn gern zurückerwerben – den Sekretär, meine ich.“

„Nein, ich wüsste nicht, dass ich den hier schon mal zu Gesicht bekommen hätte.“ Er zog seine Augenbrauen hoch. „Thess, hast du dich überhaupt mit Corvey beschäftigt? Ich meine, dir ist schon klar, wie groß diese Anlage ist, oder?“

Lennarts überheblicher Ton ärgerte sie plötzlich. „Entschuldige, ich wollte dich damit nicht“, sie hickste, „belästigen.“ Sie steckte das Foto weg.

„Nase zuhalten und verkehrt herum aus einem Wasserglas trinken!“

Theresa stand auf der Leitung.

„Der Schluckauf!“

„Ach so.“

Lennart machte Anstalten, zu gehen. „Also dann auf bald. Wenn du was brauchst oder ich dir bei irgendetwas behilflich sein soll – lass es mich wissen.“

„Tatsächlich!?“

Lennart verstand sofort. „Ich werde meine Augen nach dem Sekretär offen halten – versprochen!“ Dann stutzte er. „Das Buch!“

Theresa hielt es ihm entgegen.

Lennart nahm es und klopfte auf den Buchdeckel. „Tagebuchaufzeichnungen aus dem ehemaligen Kloster Welver – leider unvollständig. Mich hat's interessiert, weil ich, ehrlich gesagt, nicht so viel darüber wusste, obwohl ich ja ganz in der Nähe aufgewachsen bin. Ist nichts Aufregendes, liest sich aber trotzdem spannend."

„Und wie kam das Buch ausgerechnet hier ins Schloss?"

Lennart zuckte die Schultern. „Ich glaube, Herrmann Friedrich hat die Originale vor seinem Tod aus einer privaten Sammlung erstanden. Der Baron hat jede Menge historische Originale gesammelt. Stell dir vor – unter anderem hat er seinerzeit einen vollständigen und bis dato unentdeckten Briefwechsel zwischen Goethe und einer schönen Unbekannten mit dem fantasievollen Pseudonym ‚Alkmene' erstanden! Bis heute sind diese Briefe unveröffentlicht. Es besteht kein Zweifel an der Echtheit!"

Theresa lachte. „Das hat man bei den ‚Hitler-Tagebüchern' auch behauptet." Sie deutete auf das Buch. „Und wer ist die Verfasserin des klösterlichen Tagebuchs?"

Lennart ging zu einem der Bücherschränke und stellte das Buch zurück. „Es sind mehrere Verfasserinnen! Eine von ihnen ist Mechtildis von Marienborn! Sicher waren die Aufzeichnungen mal wesentlich umfangreicher, sind aber über die Jahrhunderte, und wahrscheinlich endgültig nach Auflösung des Klosters, verlorengegangen."

„Schade!"

Lennart nickte. „Ja, schade! Kannst jederzeit hineinschauen, wenn du willst! Wir haben eine Liste mit allen Büchern unserer Bibliothek, thematisch und nach Erscheinungsjahr sortiert. Das, was dich interessiert, kannst du hier lesen und auch kopieren. Abends müssen allerdings alle Bücher wieder zurückgestellt werden. Ich muss es kontrollieren, bin dafür verantwortlich. Ich weiß, dass ich dir trauen kann, Thess – nur lass uns das Prozedere auch bitte genauso einhalten."

Sie verabschiedeten sich, und als Lennart gegangen war, schlenderte Theresa wieder zum Fenster. Eine japanische Touristengruppe verließ gerade die Kirche.

„Kommst du eigentlich zum Schlosskonzert dieses Wochenende?", hörte sie seine Stimme plötzlich direkt hinter sich und erschrak, weil sie ihn nicht gehört hatte. „Da tritt irgend so eine A-cappella-Gruppe auf."

Sie nickte. „Resonanz!" Die haben sich während ihrer Studienzeit in Marburg zu einer Gesangstruppe zusammengefunden und touren inzwischen durch die ganze Welt. Sie treten auch in Soest auf – im St.-Patrokli-Dom. Der Pater hat mich gebeten, bei deren Auftritt hier in Corvey Fotos zu machen und, zwecks Ankündigung, etwas im Kirchenblättchen darüber zu schreiben."

„Welcher Pater?"

„Fidelio."

Nur kurz huschte ein Schatten über Lennarts Gesicht. Dann legte er seine Handinnenflächen aneinander – Theresa tat es ihm gleich und setzte eine fromme Miene auf, als sie beide unisono intonierten: „Amen!"

22

Gideon Krause hatte gerade begonnen, Gesangsbücher auszulegen. Er blickte auf und sah, wie der junge Mann die Kabine des Beichtstuhls verließ und zum Ausgang marschierte – der Letzte für den heutigen Tag. Der Pater war ein echt zäher Knochen. Schon am Vormittag war ihm nicht gut gewesen, und trotzdem hatte er die drei Termine der Beichtgespräche einhalten wollen. Jetzt saß er immer noch in der Kabine. Vielleicht wollte er kurz ein Nickerchen halten? Gideon überlegte – sollte er ihn aufwecken? Dann konnte der Pater zu Hause, vor der Abendvesper, noch ein paar Stunden schlafen.

Doch bevor er den Beichtstuhl erreichen konnte, öffnete sich die Tür des Domportals, und jemand marschierte zügig und ziemlich laut den Gang hinunter. Schon von weitem erkannte Gideon sie an ihrer Wuschelmähne.

Theresa nickte ihm knapp zu, aber noch bevor Gideon den Gruß mit einem charmanten Augenzwinkern erwidern konnte, wandte sie ihr Gesicht ab und lief in Richtung Beichtstuhl. Nun gut – er konnte nicht bei allen Frauen punkten. Doch es kratzte an seinem Ego. War es ihr Temperament oder ihr Selbstbewusstsein, das ihn reizte und zugleich ärgerte? Ihr ganzes Auftreten war eigentlich pietätlos und offenbarte einen Mangel an Bewusstsein für den Ort, an dem sie sich gerade befand. Und doch –

er stellte sich vor, wie viel Spaß es machen könnte, eine solche Frau „zu bekehren". Mit einem Ratsch zog sie den Vorhang des Beichtstuhls beiseite und betrat ihn polternd. Wenn Fidelio schlief, war er jetzt bestimmt wach. Gideon lauschte einen Moment, wie sie ihr Anliegen vorbrachte, und entfernte sich kopfschüttelnd.

„Vater, ich brauche keine Vergebung, denn ich habe nicht gesündigt, jedenfalls habe ich keine Sünden begangen, die ich bereuen müsste." Entgegen seiner Gewohnheit, mit einem Gegenscherz zu reagieren, blieb der Pater diesmal stumm. Theresa fuhr fort: „Aber ich brauche einen guten, wirklich guten Freund, der mir beisteht, bevor ich durchdrehe – ich weiß nicht mehr weiter!"

Nebenan herrschte weiter Schweigen. Sie lauschte. War sie zu salopp gewesen? War der Pater womöglich verärgert? Warum meldete er sich nicht? Dann kam ihr die Idee – der Pater war gar nicht da! Sie blickte durchs Gitter ins Halbdunkel der Nachbarkabine. Doch sie konnte nichts erkennen. Als sie aufstand, hörte sie plötzlich eine Art Röcheln von nebenan und erschrak, gleichzeitig wurde der Vorhang ihrer Beichtkabine angehoben, und Gideon Krause bedeutete ihr, dass Fidelio schlief. Wie zur Bestätigung hörte sie nun von nebenan lautes Schnarchen, das allerdings abrupt verstummte. Stattdessen meldete sich die verschlafene Stimme des Paters.

„Meine Tochter, geh hin in Frieden – deine Sünden sind dir vergeben."

Theresa warf Gideon einen fragenden Blick zu. Er zuckte mit den Schultern und grinste.

Plötzlich lugte Fidelios Gesicht zwischen dem Vorhang seiner Kabine hervor. „Theresa, du bist's!“ Er gähnte und blickte sie etwas verwirrt an. Doch er schien sich zu freuen. „Was machst du hier?“

„Hochwürden, wonach sieht's denn aus?“

Der Pater grinste. „Mein Kind, ich kenne dich – nichts ist, wie es scheint.“

Theresa zwang sich zu einem Lächeln.

Fidelio musterte sie besorgt. „Was hältst du von einer kleinen Teezeremonie auf meiner Terrasse?“

Als sie gingen, blickte ihnen Gideon nachdenklich hinterher. Der Pater war nicht mehr der Jüngste und sollte unbedingt kürzertreten.

Sie saßen sich schweigend gegenüber. Fidelio hatte den Tee auf traditionell chinesische Art zubereitet, und eigentlich hätte Theresa den ersten Aufguss heiß trinken sollen, doch sie war zu sehr auf ihre Unterhaltung mit dem Pater konzentriert gewesen. Jetzt nahm sie einen Schluck von der lauwarmen Flüssigkeit und hatte ein schlechtes Gewissen, denn Fidelio wirkte erschreckend müde. Seine Gesichtsfarbe war grau, er sah ausgezehrt und krank aus. Anstatt Rücksicht zu nehmen, hatte sie geredet und geredet und ihm all ihre Sorgen aufgebürdet. Geschockt hatte er nach ihrer Hand gegriffen, als sie ihm von der Vergewaltigung auf Island und ihren Problemen mit Hagen erzählt hatte. „Warum bist du nicht schon viel früher zu mir gekommen, anstatt dich allein rumzuquälen?!“ Dann hatte er einen Moment geschwiegen und war leise fortgefahren: „Schön, dass du dich für das Kind entschieden hast. Das war bestimmt nicht leicht für dich. Doch du bist stark – warst du schon immer!“ Er hatte ihr die Schachtel mit Keksen hingeschoben. „Aber du musst auf dich achtgeben, auch des Kindes wegen – versprich mir das.“

Theresa hatte genickt und war dankbar gewesen, einen solchen Freund zu haben.

„Und du kannst immer auf mich zählen, wenn du Hilfe brauchst.“ Dann hatte er ihre Hände losgelassen. „Möchtest du, dass ich ein Gespräch mit deinem Mann führe?“

Theresa hatte verneint und begonnen, ihm von ihren „Zuständen“ zu erzählen. Er hatte immer wieder genickt.

Jetzt schwieg er eine ganze Weile schon, während sie ihren Tee trank. Schließlich begann er nachdenklich mit den Fingern auf den Tisch zu trommeln und hielt abrupt inne. „Ab wann hattest du diese Zustände?“

Theresa überlegte kurz. „Das erste Mal war direkt nach meinen Flitterwochen. Zunächst waren es seltsame Schatten, später auch Träume.“

„Wie ist es zurzeit?“

„Gerade ist alles ruhig. Aber es kann jeden Moment passieren. Ich gehe um eine Ecke, ich schaue in einen Spiegel oder in den Himmel – und sehe sie. Einmal bin ich auch geschlafwandelt – ich hatte geträumt. Raten Sie mal, wo ich aufgewacht bin?“

„Oje, hoffentlich nicht auf dem Dach oder vor einem offenen Fenster.“

„Schlimmer! Ich bin vor dem Bücherregal aufgewacht mit unserer Familienbibel in der Hand – stellen Sie sich das vor!“

Der Pater lächelte. „Und welchen Vers wolltest du unbedingt lesen?"

Theresa lachte. „Tatsächlich wollte ich später unter dem Lesezeichen nachschlagen, doch es war spät, und mein Mann hat sie mir entwendet."

„Das war gescheit." Beide grinsten.

„Du sagst, neurologisch ist alles abgeklärt – kann es sein, dass du dermaßen am Thema arbeitest, dass du überhaupt nicht mehr abschalten kannst?"

„Ich weiß es nicht." Theresa dachte nach. „Was meinen Sie genau mit ‚Thema'?"

„Du beschäftigst dich mit Mystizismus, mit Frauenfiguren der katholischen Kirche, mit Nonnen! Und seltsamerweise scheint dir gerade eine solche Gestalt zu begegnen –"

„Von Begegnung, Hochwürden, kann keine Rede sein, eher von Heimsuchung!"

„Glaubst du, dass du so etwas wie Visionen hast?"

„Was?!" Dieses „Unwort" war wie aus der Hüfte geschossen gekommen, und Theresa fühlte sich überrumpelt. „Moment! Wieso denn Visionen, das ist doch Quatsch! Natürlich sind es keine Visionen!"

Fidelio fixierte sie ruhig.

Sie hielt seinem Blick stand. „Ich meine – woher soll ich das wissen – Sie sind doch Spezialist in diesen Dingen. Glauben Sie etwa, dass ich – Visionen – habe?"

Der Pater griff nach einer Dose und öffnete sie. Darin befanden sich Zigarettenblättchen und – Theresa staunte – Marihuana! Er begann, sich ziemlich geschickt einen Joint zu basteln, und grinste breit, als er ihren Blick auffing. „Es wächst an einem verschwiegenen und gut gepflegten Plätzchen in meinem Gewächshaus, Theresa! Ich nehme es gegen Schmerzen, weißt du – ist ein echtes Wundermittel."

„Was ist mit Ihnen?"

Fidelio winkte ab, entzündete den Joint und nahm drei tiefe Züge. Dann lehnte er sich entspannt zurück und blickte Theresa abwartend an. „Kennst du das Gedicht ‚Die unmögliche Tatsache'?"

Sie blickte ihn fragend an.

„Von Christian Morgenstern."

Theresa zuckte mit den Schultern – worauf wollte der Pater hinaus?

„Ein Mann, Palmström, wird von einem Bus überfahren. Er überlebt und prüft, ob der Bus dort wenden und Leute überfahren durfte. Er wälzt Gesetzesbücher – und tatsächlich war es gesetzeswidrig! Was schlussfolgert er? Er schlussfolgert, dass das Ganze gar nicht passiert sein kann, weil es ja gegen das Gesetz verstoßen hat. ‚Es kann nicht sein, was nicht sein darf.'"

„Aha." Sie verstand, was er meinte.

Der Pater räusperte sich.

„Du wirfst den Kirchen Dogmatismus, Engstirnigkeit und Verfälschung von Tatsachen vor. Aber du selbst verhältst dich im Moment nicht anders. Du versuchst etwas zu negieren, das du aber doch offensichtlich erlebst – wie kannst du da die Wahrheit ergründen? Du bist Wissenschaftlerin, Theresa."

„Und Atheistin, Hochwürden!"

„Eben!!"

„Sie meinen, ich soll meine Zustände als – als Visionen, als eine Art metaphysische Realität, anerkennen – sie akzeptieren?“

„Das habe ich nicht gesagt. Ich meine bloß, dass du sie unter dem Aspekt der Wahrheit prüfen könntest. Finde heraus, ob sie dir etwas sagen wollen. Ich meine, wem wird schon eine Bibel nachgeworfen, und wer macht die Erfahrung, wie Jesus übers Wasser laufen zu können!“

Beide lachten plötzlich.

„Anstatt dich zu fürchten, mein Kind, versuche, dich mit den Protagonisten deiner Zustände anzufreunden – hör ihnen zu, versuche, die Bilder zu analysieren!“

„Das ist unmöglich! Wissen Sie, wie erschreckend das alles ist? Dass ich noch nicht durchgedreht oder vor Schreck tot umgefallen bin – das ist tatsächlich ein echtes Wunder!“

„Die Bilder deiner Visionen sind vielleicht gerade deshalb verzerrt, weil du dich fürchtest!“

„Es sind keine Visionen, Hochwürden! Ich beschäftige mich nicht umsonst mit Frömmelei, mit Mystizismus.“

Beide schwiegen nachdenklich.

„Vielleicht ist es ja auch eine Art Spuk?“ Sie machte ein spöttisches Gesicht. „Ein Geist, der nicht zur Ruhe kommt! Doch egal, was es ist – ich würde gern die Angst davor verlieren!“

Der Pater erwiderte nichts. Als Theresa zu ihm hinsah, bemerkte sie, dass er eingeschlafen war – den Joint immer noch zwischen den Fingern.

In dem Moment betrat Gideon Krause pfeifend die Terrasse. Theresa bedeutete ihm, leise zu sein. Er verstand und nickte freundlich. Sein Blick veränderte sich allerdings, als er sah, was der Pater zwischen Daumen und Zeigefinger hielt. Er entwendete ihm den Joint und deckte Fidelio mit einer Decke zu. Theresa verabschiedete sich. Diesmal gelang es Gideon, ihr charmant zuzuzwinkern, und sie stellte erneut fest, dass er tatsächlich attraktiv war.

23

Wie zum Henker sollte sie etwas zum Thema Frauenmystik in Europa schreiben, wenn sie selbst gar nicht mehr so genau wusste, welche Haltung sie eigentlich dazu einnehmen sollte! Sie klappte den Deckel des Laptops zu. Bis heute Vormittag war noch alles klar gewesen, doch das Gespräch mit Fidelio hatte sie mehr als nachdenklich gemacht. Es war klar, dass sie sich nicht ums Thema herummogeln durfte, denn dann konnte sie es genauso gut sein lassen. Fidelio hatte recht – sie war der Wahrheit verpflichtet! Ihre Kritik und Erwartungshaltung anderen gegenüber waren nicht selten vehement, rechthaberisch, wenn nicht gar selbstgerecht – umso schlimmer, wenn das, was für andere Gültigkeit haben sollte, nicht auch für sie galt. Vielleicht wäre es klug, eine Auszeit zu nehmen, um sich schlüssig zu werden? Das war allerdings leicht gesagt, ihr Kopf war so voll, so ungeordnet, dass sie gar nicht wusste, wo sie anfangen sollte – von ihrem Gefühlsleben ganz zu schweigen. Ihre Beziehungskrise kostete Kraft und lähmte sie in sämtlichen Aktivitäten. Hagen und sie gingen dermaßen höflich miteinander um, dass es wehtat, und die Kluft zwischen ihnen war überdeutlich.

Theresas Blick fiel auf das Foto, das in einem aufgestellten Bilderrahmen vor ihr auf dem Schreibtisch stand. Es zeigte sie und Hagen direkt nach der standesamtlichen

Hochzeit. Einem heftigen Impuls folgend, griff sie danach und pfefferte es durch den Raum. Das Geräusch des zersplitternden Glases tat gut und war wie eine Befreiung!

Wie lange hing sie jetzt schon in der Luft und hatte das Gefühl, nichts daran ändern zu können. Sie war zum Abwarten verdammt, ohne zu wissen, auf was sie eigentlich wartete – ein Stillstand, der sich anfühlte, als wäre man aus der Zeit gefallen. Dass dem allerdings nicht so war, zeigten ihr die zunehmenden zarten Tritte, die sie gegen die Bauchwand erhielt.

Ein weiterer Punkt, der sie mehr und mehr zermürbte und ihre Geduld, die sie schon längst nicht mehr hatte, von Tag zu Tag mehr auf die Probe stellte, war, dass die Polizei auf Island nicht vorwärtskam. Doch was konnte sie tun? Sturluson auf den Wecker fallen – diesem eiskalten Fisch!? Auf eine erneute Abfuhr konnte sie gut verzichten!

Sie seufzte und begann, ein paar Sehenswürdigkeiten Islands zu googeln. Wehmütig erinnerte sie sich an die Zeit, als alles noch in Ordnung gewesen war. Sie landete auf einer Seite mit mehreren Links, die spektakuläre Aufnahmen von Nordlichtern in Echtzeit versprachen. Sie klickte einen davon an. Die intensive Farbspirale eines violetten Nordlichts erinnerte sie an ihren nächtlichen Ausflug. Genau so hatte sie die Farben wahrgenommen. Doch wenn Hagen recht hatte, wurden derartige Filme, mit farblich intensiven Nordlichtern, alle nachbearbeitet! Er hatte, als sie noch auf Island gewesen waren, sogar behauptet, dass Nordlichter vom menschlichen Auge in der Regel silbrig-grau wahrgenommen wurden. Nur bei besonders intensiven Sonnenstürmen konnte man

Glück haben und Farben sehen, manchmal sogar mehrere gleichzeitig, allerdings nur in zarten Pastelltönen.

Theresa hatte protestiert. „Ich weiß doch, was ich gesehen habe!"

Hagen hatte sie lachend geküsst. „Weißt du nicht!"

Sie war stur geblieben. „Doch!"

„Weißt du nicht, Schatz! Du warst stoned!"

Von wegen stoned! Theresa klickte einen anderen Link an. Dieser Film zeigte, von meditativer Musik begleitet, eine Küstenlandschaft von oben. Mehrere Nordlichter bauten sich auf und schufen eine Räumlichkeit, in die man sich hineingezogen fühlte.

Plötzlich stoppte Theresa das Video und ging noch mal an den Anfang. Eine eingeblendete Schrift erklärte, dass die Aufnahmen mit einer Drohne gemacht worden waren. Sie dachte einen Moment nach, und nachdem sie ein paar Sucheingaben gemacht hatte, stieß sie auf eine isländische Community von Hobbyfotografen, die alle Fotos oder Filme mit Drohnen machten und sich intensiv über die technischen Möglichkeiten und die neuesten Innovationen austauschten. War das ihre Möglichkeit, endlich der Sackgasse zu entkommen??

Sie registrierte sich auf der Seite, stellte ihre Fragen ins Forum ein und wartete ein paar Minuten. Leider erhielt sie keine spontane Rückmeldung. Doch sie würde dranbleiben – es war eine Chance!

Als sie wieder an die Arbeit gehen wollte, klingelte das Telefon – Emma. Diesmal ging sie ran. „Was willst du?"

Am anderen Ende wurde geschwiegen.

„Rede – oder lass es!"

„Ich möchte mich mit dir aussprechen."

„Dann mach!"

„Wie, mach? Wir sollten uns treffen, Thess!"

Theresa zögerte. „Von mir aus." Dass sie unverschämt gnädig klang, war ihr bewusst.

Doch Emma ignorierte es. „Ich besuche meine Eltern am Wochenende – hättest du Zeit?"

„Wann?"

„Samstag um drei?"

„Vier!"

„Okay."

„Wo?"

„Café Röstaroma?"

„Passt!" Sie drückte die Austaste. So leicht würde sie es Emma nicht machen.

Plötzlich zitterte ihre Bauchdecke – offensichtlich wachte das Kind gerade auf. Sie war jetzt in der zweiundzwanzigsten Schwangerschaftswoche und hatte noch keinerlei Vorbereitungen getroffen. Sie wusste weder, wo sie entbinden wollte, noch gab es ein eingerichtetes Kinderzimmer. Es blieb ihr zwar noch etwas Zeit, doch sie musste sich wohl darauf einstellen, dass sie sämtliche Entscheidungen allein treffen würde.

Wieder einmal fühlte sie Zorn aufsteigen. Warum war sie bei alldem so auf sich allein gestellt? Hagen hatte ihr versprochen, egal, wie sie sich entschied, an ihrer Seite zu sein! Doch davon war nichts zu spüren! Alles, was mit dem Kind zu tun hatte, wurde seit der Ultraschalluntersuchung totgeschwiegen! Sie hatte genug – sie würde es nicht länger hinnehmen. Zweifelsohne war es für sie beide eine schwere Zeit, eine echte Belastungsprobe. Doch es stellte sich die Frage, wie man damit umging. Hagen verhielt sich schwach. Sie wünschte sich einen verlässlichen, einen starken Partner an ihrer Seite – nicht einen Mann, der seine Egoprobleme pflegte und sich gehenließ! Hatte sie etwa keinen Anspruch auf eine Zeit, in der man sich gemeinsam, als zukünftige Eltern, auf das Ereignis vorbereitete – sich freute?!

Sie kritzelte schnell einige Zeilen an Hagen auf einen Zettel. Dann lief sie ins Schlafzimmer. Die Zeit, die sie brauchen würde, um eine passende Wohnung in Soest zu finden, konnte sie genauso gut bei ihren Eltern überbrücken.

Während sie ihre Reisetasche packte, dachte sie an Linda. Nun war es so weit! Sie würde mit ihr genau das gleiche Schicksal teilen – jenes Los, vor dem sie sich gefürchtet – es abzuwenden versucht hatte. Doch es gab einen Unterschied. Im Gegensatz zu Linda würde sie nicht so lange warten, bis sie von ihrem Mann verlassen wurde. Hagen hatte seine Chance gehabt. Es war an der Zeit, dass sie selbstbestimmt ihre Entscheidung traf – jetzt! Kurz dachte sie an die Selbsthilfegruppe, die von Linda gegründet und vielleicht ein wichtiger Teil ihrer Problembewältigung gewesen war. Auch sie, Theresa, würde ihre Situation irgendwie in den Griff bekommen.

Sie betrachtete sich eine ganze Weile im Spiegel. Bis jetzt sah man ihr die Schwangerschaft kaum an.

Als sie etwas später mit ihrer Reisetasche an der Wohnungstür stand, fiel ihr Blick auf den zersplitterten Bilderrahmen, der immer noch am Boden lag. Nur einen Moment zögerte sie – dann fiel die Tür ins Schloss.

24

„Ich koche mir gerade einen Kaffee, möchtest du auch einen?" Elisabeth blickte auf ihre Tochter hinab, die es sich auf dem Sofa unter einer Decke gemütlich gemacht hatte.

„Tee wäre mir lieber, Mama."

Elisabeth nickte und verließ den Raum. Theresa blickte ihr nach. Das Verhältnis zu ihrer Mutter hatte sich seit ihrem sehr persönlichen Gespräch deutlich verbessert.

Bei ihrer Ankunft vorhin war Theresa dankbar gewesen, dass Elisabeth sich Kommentare wie: „Ich hab's dir ja gleich gesagt", oder: „Hättest du nur auf mich gehört", verkniffen und stattdessen nach der Reisetasche gegriffen und sie ins Haus getragen hatte.

Im Wohnzimmer hatte sie lediglich „Du siehst blass aus, ruh dich ein bisschen aus!" gesagt und die Decke über Theresa ausgebreitet.

Erst da war ihr bewusst geworden, wie erschöpft sie war. Sie schloss die Augen. Als sie sie wieder aufschlug, standen Tee und Kekse vor ihr auf dem Tisch. Sie wollte danach greifen, fühlte sich aber plötzlich beobachtet – Hagen! Er saß ihr schräg gegenüber. Sie schrak zusammen, und gleichzeitig wappnete sie sich – wahrscheinlich kamen jetzt jede Menge Vorwürfe, warum sie sich so sang- und klanglos aus dem Staub gemacht hatte. Doch das stimmte nicht – sie hatte ihm schließlich eine Nachricht hinterlassen!

Hagen räusperte sich. „Deine Mutter sagt, dass du in 'nem ziemlich schlechten Zustand angekommen bist – das tut mir leid."

Sie war schon vorher in einem schlechten Zustand gewesen – war ihm das völlig entgangen? „Hat dich Mama etwa angerufen?"

„Nein!" Er fuhr leise fort: „Ich weiß, ich hab's vermasselt!"

Ich hab's vermasselt – sollte sie das milde Wort etwa freundlich stimmen? „Versaut, wäre mir lieber."

Hagen nickte zögernd. „Das hab ich wohl verdient."

„Hast du, du verwöhnter Egomane!"

Niemand sagte etwas, und nach einer Weile machte er Anstalten, zu gehen.

Theresa setzte sich auf und blickte ihm hinterher. „Ja, lauf nur weg! Von wegen ‚Egal, wie du dich entscheidest, ich werde an deiner Seite sein!'" Sie lachte böse. Draußen klappte eine Tür – ihr Vater kam gerade nach Hause, und sie hörte, wie ihre Mutter versuchte, ihn davon abzuhalten, den Salon zu betreten.

„Und das gilt immer noch!" Hagen kam langsam zurück.

„Ach?!" Theresa sprang auf. „Dann hast du aber eine merkwürdige Art, das zu zeigen! Oder soll dein Schweigen mein Beistand und deine tagtägliche Leidensbittermiene meine Unterstützung sein!?" Ihr Frust der letzten Tage entlud sich mit Macht. „Man! Wenn hier jemand Opfer ist, dann bin ich es! Dein Verhalten in letzter Zeit war unter aller Sau und wie eine Bestrafung für mich! Weißt du das?" Sie fing an zu heulen. „Und jetzt verschwinde endlich!"

„Ich habe mich beraten lassen."

Theresa schluchzte. „Was?!"
Hagen nickte.
„Was meinst du?"
„Ich war bei einer Beratungsstelle. Ich war wütend, Thessa! Meine Gefühle waren dermaßen ambivalent, dass ich mich geschämt habe und überhaupt nicht mehr weiterwusste."
Theresa war sprachlos. Noch vor Wochen hätte es Hagen vehement abgelehnt, so wie viele Männer, sich professionelle Hilfe zu suchen. Er hätte es als schwach empfunden.
„Ich hatte dir doch angeboten, gemeinsam zu einer Beratungsstelle zu gehen!"
„Da war ich noch nicht so weit – ich dachte, ich bekomme es alleine hin!"
„Aha, und später, als du gemerkt hast, dass es nicht –"
Hagen fiel ihr ins Wort: „... dass es nicht funktioniert? Mein Gott, Thessa! Versetz dich doch auch mal in meine Lage!" Hagen schien von seiner Heftigkeit selbst überrascht zu sein. Er schwieg eine Weile und fuhr ruhiger fort: „Kannst du dir vorstellen, dass es Gedanken oder Gefühle gibt, die so abartig sind, dass man sie nicht mal sich selbst gegenüber, geschweige denn gegenüber dem Partner, aussprechen mag – weil sie verletzend, verstörend und für einen selbst eben extrem beschämend sind? Du hast überhaupt keine Ahnung, welch primitive", er suchte nach dem passenden Wort, „Urinstinkte einen treiben können!"
Oh doch, das hatte sie. Mordgedanken zum Beispiel, und dabei musste sie sofort an Lennart denken! Monate-

lang hatte sie sich damals mit erschreckenden Vorstellungen und dunklen Gefühlen herumgeschlagen, die überhaupt nicht ins Raster ihrer Wertvorstellungen gepasst und ihr einen Blick in die eigenen Abgründe gewährt hatten. Sie hatte die Qualen des ersten Liebeskummers durchlebt und gleichzeitig die dabei aufgekommenen Mordfantasien genossen.

Dieser Zustand war zutiefst beunruhigend gewesen!! Von welchen abgründigen Urinstinkten sich Hagen wohl getrieben fühlte?

Doch er ging nicht weiter darauf ein. „Dass das Kind ebenfalls ein Opfer ist, war mir nicht bewusst. Weißt du, dass ich noch nie über den Unterschied zwischen kognitiver und emotionaler Empathie nachgedacht habe, und das, obwohl ich doch Lehrer bin! Und es macht einen gravierenden Unterschied, ob ich etwas nur gedanklich nachvollziehe oder ob ich es tatsächlich auch nachfühlen kann. Ich hätte mich viel mehr mit solchen Dingen beschäftigen sollen, das ist mir erst in dem Beratungsgespräch bewusst geworden. Ich glaube – ich denke oft über Gefühle irgendwie hinweg."

„Okay, und warum bist du hier?" Sie setzte sich zögernd.

„Ich muss es nicht aussprechen, du weißt es!"

Theresa blickte ihn prüfend an. War es ihm wirklich ernst, oder wollte er sie nur zurückholen, weil er plötzlich allein war – sich einsam fühlte?

„Alles, was du gesagt hast, war für mich nachvollziehbar – ich konnte dich wirklich verstehen. Gleichzeitig war es mir aber unmöglich, einen Bezug zu alldem herzustellen. Das hat mich verwirrt – und meine Zwiespältigkeit hat mir dann den Rest gegeben. Aber ich glaube, ich fange an, mich in unsere Situation wirklich hineinzufühlen, und auch wenn es schwierig ist – ich will weiter daran arbeiten, Thessa!“

Mehr konnte man in dieser Situation vielleicht nicht erwarten. Sie dachte nach. Der Gedanke, dass womöglich auch sie über Hagens Gefühle hinweggedacht hatte, kam ihr plötzlich!

Er nahm ihr gegenüber Platz. „Es mag ja paradox klingen, aber ich habe Hoffnung, dass aus dieser schwierigen Situation vielleicht sogar etwas Positives entstehen kann! Was denkst du?“

Den gleichen Gedanken hatte auch sie schon vor Wochen gehabt. Eine Weile spürte sie ihren Gefühlen nach – versuchte, sich schlüssig zu werden. Hagen ließ sie gewähren. „Okay, versuchen wir's.“ Theresa sah, wie sich Hagens Gesicht entspannte.

An diesem Abend übernachteten sie in ihrem ehemaligen Zimmer, und es schien, als könnten sie wieder an Zeiten anknüpfen, wo alles noch in Ordnung gewesen war. Doch das Eis war dünn. Sie ahnten, dass sie sich in Acht nehmen mussten, wenn sie einander nicht wieder – und dann vielleicht für immer – verlieren wollten.

25

Theresa griff nach der Lupe und richtete sie auf das untere Drittel der angesengten Papierseite. Es hatte Stunden gedauert, bis sie sämtliche Briefe entknittert und – soweit es möglich gewesen war – gesichtet hatte. Einer der Briefe war so ausgetrocknet gewesen, dass er ihr unter den Händen zerbröselt war.

Auch das Entziffern war alles andere als einfach gewesen – sämtliche Briefe waren in Sütterlin verfasst und schienen von ein und demselben Verfasser zu stammen. Diese Seite würde die letzte sein. Wahrscheinlich bot ihr Inhalt genauso wenig Aufschlussreiches wie die Seiten davor.

Es ist bedauerlich, dass du nach all den Jahren erst jetzt die Wahrheit erfährst. Hättest du dich mir bloß früher anvertraut! All die Jahre hast du deinen Kummer allein mit dir herumgetragen. Du wirst sehen – alles wird gut. Deinem Wunsch entsprechend, habe ich mich bereits mit Luci und Co. in Verbindung gesetzt. Zögere nicht, wenn du noch Hil…

Ab da war der Brief verkohlt. Absender und Adressat konnten also auch hier nicht ermittelt werden. Mist! Theresa dachte nach. Was hatte so lange gedauert, bis die Wahrheit ans Licht gekommen war? Bezog es sich vielleicht auf ihre Eltern? Hatte sich Elisabeth, als sie von der sexuellen Neigung Ferdinands erfahren hatte, vielleicht einer guten Freundin oder einem Freund anvertraut und um Hilfe gebeten?

26

Der barocke Kaisersaal auf Schloss Corvey war, was Prunk und Architektur betraf, eine Sensation. Theresas Blick wanderte über die aufwendig restaurierten Deckenfresken, während sie darüber nachdachte, welche biblischen Motive hier wohl dargestellt wurden. Doch kein Bild löste eine konkrete Assoziation bei ihr aus – mit Ausnahme des mittigen Deckengemäldes. Es bildete eine fröhliche Gesellschaft bei Tisch ab, die gerade dem Wein genussvoll huldigte. In der Mitte des Tisches ein großer angerichteter Fisch – wahrscheinlich eine christliche Metapher.

Während eine Harfenistin Stücke aus den Vier Jahreszeiten von Vivaldi spielte, ließ Theresa ihren Blick über die Zuhörer schweifen. Schräg vor ihr saß Lennart Neubert. Als er sich nach ihr umdrehte, tat sie so, als würde sie es nicht bemerken. Den ganzen Abend schon sah er sich immer wieder nach ihr um – was sollte das?

Plötzlich wurden sämtliche Lampen gelöscht, und sowohl der Saal als auch die Bühne erstrahlten im stimmungsvollen Licht Hunderter Kerzen, während die Damen von „Resonanz" leise ihr Abschlusslied „Abend wird es wieder" anstimmten. Gänsehautatmosphäre! Die zu dem Lied arrangierten Stimmen verliehen dem Gesang etwas Sphärisches. Er schien langsam durch den Saal zu strömen und wurde von den Wänden so reflektiert, dass die Tonschwingungen für Theresa körperlich spürbar waren.

Sie erinnerte sich an ihren Trip durch Amerika auf der Route 66. Sie und Emma hatten neugierig vor einer riesigen Holzkuppel Halt gemacht. Im Inneren waren kunstvolle Klangschalen unterschiedlichster Materialien und Größen aufgestellt gewesen. Rieb man daran, entstanden Töne, die die gesamte Kuppel in Schwingung versetzten. Emma und Theresa hatten die Vibrationen dermaßen stark gespürt, dass sie sich plötzlich als Teil dieses riesigen Klangkörpers gefühlt hatten.

Theresa schaute zu Hagen – spürte er es auch? Zumindest bemerkte er ihren fragenden Blick, lächelte und nahm ihre Hand. Als sie erneut zur Bühne sah, drehte Lennart sich gerade wieder zu ihr um, und diesmal begegneten sich ihre Blicke. Doch Theresa legte ihren Kopf an Hagens Schulter und schloss die Augen.

Als die letzte Strophe verklungen war und der Applaus einsetzte, griff sie sich die Kamera, quetschte sich an den anderen Gästen vorbei und begann zu fotografieren.

Hagen blickte ihr nach und ging mit seinen Schwiegereltern zur Bar. Er beobachtete, wie Theresa mit einem Mitglied der Damentruppe sprach. Als sie fertig war und zu ihm rüberkommen wollte, wurde sie jedoch von einem Typ angesprochen. Er sagte offensichtlich etwas Witziges, und Theresa lachte. Als sie Anstalten machte, zu gehen, legte er ihr den Arm um die Schulter und zog sie mit sich fort. Theresa drehte sich zu Hagen um und bedeutete ihm, dass sie gleich kommen würde. Er schlenderte ihr ein

Stück hinterher und beobachtete die Situation. Der Typ stellte Theresa gerade jemandem vor. Offensichtlich handelte es sich um den Eigentümer des Schlosses. Doch als der Schlossherr ging, um jemanden zu begrüßen, blieb sie weiter bei dem Kerl stehen. Warum?! War es für seine Frau vielleicht beruflich wichtig? Als er sich abwenden wollte, um nach seinen Schwiegereltern zu suchen, sah er, wie sich Theresa plötzlich durchs Haar fuhr, auf eine Art, die er nur zu gut kannte – eine Verlegenheitsgeste, die etwas Kokettes hatte. Was hatte das zu bedeuten?! Doch bevor er sich schlüssig darüber werden konnte, wurde ihm ein Glas Sekt in die Hand gedrückt – seine Schwiegereltern standen direkt hinter ihm. Elisabeth hatte sich, entgegen ihrer Vorliebe für alkoholische Getränke, für Wasser entschieden.

„Wie hat es dir gefallen, mein Junge?", wollte Ferdinand wissen. Er schien angetrunken, doch in bester Stimmung zu sein.

„Danke, gut. Und dir?"

Sofort bemerkte Hagen, dass Ferdinand gar nicht zuhörte, sondern seine Aufmerksamkeit sofort auf seine Tochter und ihr Gegenüber gerichtet hatte. „Möchte mal wissen, was sie bei dem zu suchen hat", brummte er.

Hagen blickte ihn erstaunt an. „Ach, du kennst ihn?"

Ferdinand nickte. „Und ob, habe geschäftlich mit ihm zu tun – kann ihn nicht leiden!" Er blickte Hagen vielsagend an. „Lennart Neubert!"

Den Namen hatte Hagen allerdings schon mal gehört. Er beobachtete, wie er Theresa gerade wieder irgendwelchen Leuten vorstellte. Die ganze Sache schien ihr Spaß zu machen – es war nur zu offensichtlich, dass sie sich gut unterhalten fühlte. So ausgelassen hatte er sie schon lange nicht mehr erlebt. Doch warum begann ihn das zu ärgern? Er leerte sein Glas in einem Zug aus und beugte sich dann zu seinem Schwiegervater rüber. „Lass dir doch die Würmer nicht so aus der Nase ziehen, was ist das für'n Kerl?"

Ferdinand machte ein erstauntes Gesicht und kippte ebenfalls sein ganzes Glas in einem Zug weg. „Ach, du kennst den gar nicht? Hat dir Theresa nichts von ihm erzählt?"

Nun mischte sich Elisabeth ein. „Ich glaube, wir sollten jetzt gehen." Sie warf Ferdinand einen vielsagenden Blick zu, doch er ignorierte ihn.

Er wollte mit dem Zeigefinger auf Lennart deuten, doch Elisabeth drückte seinen Arm nach unten. „Dieser Kerl da hat meiner Tochter das Herz gebrochen!"

Hagen blickte erneut zu Lennart, musterte ihn ausführlich und lachte dann ungläubig. Er konnte sich beim besten Willen nicht vorstellen, was Theresa an diesem untersetzten und zur Korpulenz neigenden Kerl mal gefunden haben sollte. Allerdings hatte er etwas sehr Präsentes und wirkte selbstbewusst.

„War ihr erster fester Freund", fuhr Ferdinand fort. „Wir dachten, sie würde sich nie von dem erholen, verstehst du? Ein durch und durch unehrlicher Typ – ein mieser Charakter, wenn du mich fragst!"

„Dich fragt aber keiner", warf Elisabeth ein, „und behaupte so was nicht – vor allem nicht in der Öffentlichkeit."

Ferdinand blieb stur. „Geiler Bock."

„Jetzt ist aber Schluss!" Elisabeth nahm ihrem Mann das Sektglas weg und stellte es geräuschvoll auf dem kleinen Stehtischchen ab.

„Was denn, darf man etwa nicht die Wahrheit sagen?" Ferdinand wandte sich Hagen zu. „Inzwischen ist er verheiratet und sehr fleißig – drei Kinder!"

Hagen schluckte und blickte wieder zu Lennart.

„Treibt sich angeblich auch aushäusig herum – wenn du verstehst, was ich meine."

„Und ich meine, dass du jetzt mal schön vor deiner eigenen Tür kehren solltest", zischte Elisabeth.

Sie warf Ferdinand einen dermaßen intensiven Blick zu, dass er das, was er offenbar hatte sagen wollen, tatsächlich runterschluckte – zunächst! Doch es war offensichtlich, wie schwer ihm das fiel. „Aber was zum Teufel sucht sie bei diesem Widerling? Hagen steht hier wie hinbestellt und nicht abgeholt, wie ein – Volltrottel!" Er blickte zu Hagen. „Entschuldige, mein Junge!"

Und auf die Zwölf! Es war für Hagen wie ein Fausthieb in den Magen. Er musterte Ferdinand mit einer Mischung aus Zustimmung und Verärgerung. Wenn Ferdinand jetzt noch auf die Idee kam, ihm einen mitleidigen Blick zuzuwerfen oder gar mitfühlend die Schulter zu klopfen, würde er ihm auf der Stelle einen Tritt in den Allerwertesten verpassen. Wie demütigend sollte das Ganze denn noch für ihn werden!

Zum Glück marschierte Elisabeth nun mit einem resoluten „Wir gehen jetzt, grüß Theresa!" von dannen und zog Ferdinand ohne jede Gnade mit sich.

Hagen zündete sich eine Zigarette an und überlegte, ob auch er einfach gehen – oder die einsame Blondine am Nebentisch anquatschen sollte. Er hatte sich gerade für Letzteres entschieden, als Theresa zu ihm rüberkam. Doch es war unfassbar – dieser Kerl verhielt sich wie eine festgebissene Zecke, die man nicht abschütteln konnte, und schien entschlossen, Theresa wie ein Hündchen auf Schritt und Tritt zu folgen!

„Das ist mein Mann Hagen! Schatz, das ist Lennart Neubert – er arbeitet hier und hat dafür gesorgt, dass ich Zugang zur Bibliothek habe."

Hagen nickte. „Und ist einer deiner Exfreunde!" Er streckte Lennart seine Hand selbstbewusst entgegen und drückte fest zu. Dabei war sein Gesicht zu einer Fratze an Freundlichkeit erstarrt – seine Zähne waren dermaßen gefletscht, dass es einer Drohung gleichkam, und Theresa bekam plötzlich eine Vorstellung davon, was Hagen vor ein paar Tagen mit seinen Urinstinkten wohl gemeint haben mochte.

Lennart schien unbeeindruckt, hielt allerdings Hagens Hand einen Moment zu lang fest. Theresa beobachtete es – die Messer waren gewetzt!

Ein älteres Paar blieb stehen und begrüßte Lennart. Dann blickten sie zu Theresa. „Und diese junge, hübsche Dame ist wohl Ihre Frau, Herr Neubert?"

Lennart lächelte, und Hagen stellte zu seinem Ärger fest, dass er dabei attraktiv aussah. „Leider nein! Dass ist meine frühere Schulkameradin Frau Zimmermann-Einarsson, und das", er deutete auf Hagen, „ist ihr Mann."

Hagen nickte dem Paar zu und bedeutete Theresa, dass er gehen wollte. Doch auch auf dem Weg zur Garderobe wurden sie Lennart nicht los. Er verfolgte sie und redete unentwegt. Zu Hagens Unmut schien es Theresa keinesfalls zu stören. Im Gegenteil, sie kicherte die ganze Zeit über seine echt schlechten Witze – wie albern!

Erst auf dem Weg zum Parkplatz war dann – endlich – Ruhe. – Hatte Hagen gedacht.

„Thess, kommst du eigentlich zum Klassentreffen?" Lennart hastete schwer atmend hinter ihnen her, und Hagens Verärgerung wechselte abrupt zu einem Gefühl von Zufriedenheit, wenn nicht gar Freude, als er sah, wie schlecht es um Lennarts Ausdauer bestellt war – er war offensichtlich eine konditionelle Niete und schien geradezu aus sämtlichen Löchern zu pfeifen. Man konnte fast Mitleid mit ihm haben – fast!

Theresa drehte sich zu ihm um. „Wann? Habe keine Einladung bekommen."

„Übernächstes Wochenende!"

„Das ist etwas kurzfristig."

„Ist vielleicht an deine alte Adresse gegangen – die Einladung, meine ich."

Theresa nickte. „Ich überlege es mir, vielleicht komme ich."

Lennart lächelte erfreut und verschwand im Eingang des Schlosses.

Hagen schwieg während des gesamten Heimwegs, und auch zu Hause machte er keine Anstalten, irgendetwas zu sagen.

„Kannst du mir mal sagen, was los ist?"

Hagen holte tief Luft. „Fragst du mich das allen Ernstes!?“

Theresa sah erst jetzt, dass er stinksauer war. Seine Lippen waren zu einem schmalen Strich zusammengekniffen.

„Was ist denn?“ Sie war sich überhaupt keiner Schuld bewusst.

Hagen konnte sich kaum noch beherrschen. „Wir besuchen gemeinsam ein Konzert, und du stellst mich ab wie einen Volltrottel!“

„Ich musste arbeiten.“

„Das habe ich gesehen!“

„Warum bist du nicht zu uns gekommen?“ Das war scheinheilig, und sie wusste es. „Bist du – eifersüchtig?“

„Eifersüchtig? Auf so einen Möchtegern, so eine arme, schlappe Wurst? Mach dich nicht lächerlich – ich weiß, in welcher Liga ich spiele!“

Theresa setzte eine harmlose Miene auf. „Warum regst du dich dann so auf?“

Als sie keine Antwort bekam, ging sie ins Wohnzimmer. Hagen kam hinterher, lümmelte sich aufs Sofa und rauchte eine Zigarette.

Theresa verfolgte nur kurz den Gedanken, ihn darauf hinzuweisen, dass es die Abmachung gab, auf der Terrasse zu rauchen. Sie öffnete demonstrativ das Fenster. Hagen nahm einen tiefen Zug von seiner Zigarette und paffte provokant ein paar Rauchringe durch den Raum, dann schmollte er weiter. Theresa war sauer. Wegen so einer dummen Bagatelle! Doch war es das wirklich? Handelte es sich tatsächlich nur um eine Bagatelle?, fragte sie sich plötzlich. Wie konnte es das sein, wenn die

Spannung zwischen ihnen so deutlich war? Ging es vielleicht gerade jetzt, genau in diesem Moment, um jenen sensiblen Augenblick, von dem Hagen erst vor ein paar Tagen gesprochen hatte? Denn mochte der Grund des Streits für Theresa noch so bedeutungslos sein, hier ging es darum, sich in das Empfinden des Partners ernsthaft hineinzufühlen. Doch sie hatte Hagen gar nicht richtig zugehört, stattdessen genervt reagiert und ihn damit erneut verletzt. Vielleicht waren solche Verhaltensmuster und auch eine gewisse Bequemlichkeit Grund für negative Endlosspiralen, die selbst tiefste Beziehungen zum Scheitern brachten. War es möglich, ein besseres Verhalten zu lernen – konnte man den „Moment des Mitgefühls" irgendwie üben?

Sie kniete sich vors Sofa, auf dem Hagen immer noch lag und die beleidigte Leberwurst gab!

„Es tut mir leid. Ich war den ganzen Abend abgelenkt und habe nur an mich gedacht. Das war egoistisch von mir, und ich habe dich damit verletzt." Sie nahm ihm die Zigarette aus der Hand und drückte sie im Aschenbecher aus, dann gab sie ihm einen Kuss. „Hättest du mich so behandelt, ich hätte dir die Hölle heiß gemacht!"

Sie sah, wie sich Hagen entspannte. „Und dein Vater hat mir den Rest gegeben." Er äffte Ferdinand nach: „Das ist der Kerl, der meiner Tochter das Herz gebrochen hat – fleißig ist er ja – drei Kinder – geiler Bock."

Theresa strich ihm durch die Haare. „Oje! Das ist doch alles schon so lange her!" Sie stutzte und fuhr ärgerlich fort: „Und mein Vater soll mal schön vor seiner eigenen Tür kehren!"

Hagen blickte sie überrascht an. „Das hat deine Mutter auch gesagt und genauso merkwürdig geguckt wie du jetzt – darf ich mit in den Kreis der Eingeweihten?!"

Theresa schüttelte den Kopf und wich aus. „Da gibt's nichts einzuweihen – du kennst ihn doch selbst, misst eben immer ein bisschen mit zweierlei Maß und so."

Sie legte sich auf ihn und gab ihm noch einen Kuss. Dann drehte sie sich auf die Seite – auf dem Bauch liegen wurde langsam zu einem schwierigen Unterfangen. „Also, ich verspreche dir, dass so was nicht noch mal vorkommt." Sie biss zart in sein Ohrläppchen. „Akzeptiert der Schöne die Entschuldigung vom Biest?"

Hagen lachte und ging auf ihre Zärtlichkeit ein. „Wie könnte ich nicht!"

Dass irgendetwas Ungeklärtes zwischen Lennart und ihr für merkwürdige Spannungen sorgte, hatte sie ihm hinterher nicht mehr gebeichtet. Es war ja auch nicht wichtig – sie liebte Hagen, und nur das zählte.

27

„Was hältst du von einer kleinen Auszeit?", hatte Hagen gefragt und sie mit einem Wellness-Wochenende im sauerländischen Willigen überrascht. Von dort waren sie am Morgen mit dem Auto aufgebrochen und hatten nach kurzer Fahrt das Fahrzeug in der Nähe einer Wanderstrecke geparkt, die nach Winterberg führte. In der Nacht hatte es stark geregnet, aber jetzt war keine Wolke mehr am Himmel.

Theresa sog die Waldluft tief ein. „Hoffentlich bekommen wir keinen Sauerstoffschock!"

Hagen blieb stehen. „Gutes Stichwort!" Er kramte in seiner Jackentasche und zündete sich eine Zigarette an. „Hey, schau dir mal die riesigen Wurzeln an!"

Theresa blickte in die Richtung, in die sein ausgestreckter Arm zeigte. Bei einigen Bäumen hatte der Regen die Erde dermaßen stark weggespült, dass deren Wurzelwerk bloßlag und eine skurrile Ästhetik offenbarte.

Hagen begann zu fotografieren und schien gar nicht wieder aufhören zu können.

„Was dagegen, wenn ich schon mal weitergehe?", fragte Theresa.

Hagen blickte kurz auf. „Nein, mach nur."

Sie spazierte los. So gut hatte sie sich schon lange nicht mehr gefühlt.

Der Waldweg wurde von immer höher werdendem Gestrüpp überwuchert, das bei jedem Schritt ein leise schmatzendes Geräusch machte.

Sie kam auf eine Lichtung und drehte sich um. Hagen war nicht mehr zu sehen. Wie spät mochte es sein? Die Sonne stand hoch am Himmel und brannte bereits stark auf der Haut.

Auf einer plötzlichen Lichtung blieb sie stehen. Sie setzte sich und ließ ihren Blick schweifen. War das zu ihren Füßen tatsächlich Winterberg? Sie war noch nie dort gewesen, aber eigentlich hatte sie sich den Ort größer vorgestellt – vielleicht war es ein Vorort? Die Waldluft vermischte sich hier mit den Ausdünstungen warmer, feuchter Sommerwiesen. Ein paar vereinzelte Kühe muhten hin und wieder, ansonsten herrschte Stille.

In der Ferne beobachtete sie eine kleine Gruppe Menschen, als ihr Magen plötzlich knurrte. Sie musste aufpassen – in letzter Zeit war sie schnell unterzuckert. Wo blieb Hagen nur!

Theresa überlegte – sollte sie schon mal langsam vorausgehen und nach dem Lokal fragen, das ihnen empfohlen worden war und in das sie einkehren wollten? Hagen würde sicher nachkommen, wenn er sie auf der Lichtung nicht mehr vorfand.

Als sie sich dem Ort näherte, bemerkte sie, dass sich immer mehr Menschen sammelten und in dieselbe Richtung strömten – darunter auch ein paar Mönche in braunen Sutanen.

War heute vielleicht irgendein Feiertag, der in dieser Gegend begangen wurde?

Am ersten Fachwerkhaus, offensichtlich der Ortseingang, blieb sie abrupt stehen und blickte sich um. Es gab weder ein Ortseingangsschild noch richtige Straßen. Also schien es vielleicht doch irgendein Vorort von Winterberg zu sein – ein richtig kleines Kaff.

Kaum zu glauben, dass es noch solch ursprüngliche Orte gab. Dieser hier erweckte den Eindruck, als sei die Zeit stehengeblieben. Sie schritt langsam den steinigen Weg entlang und an den schmucken Fachwerkhäusern vorbei.

Kinder hüpften aufgeregt an ihr vorbei, und sie blickte ihnen verwundert nach. Wurde hier gerade ein Fest gefeiert – in Form eines mittelalterlichen Marktes oder so etwas? Jedenfalls waren die Menschen, die ihr hier begegneten, alle entsprechend gekleidet und schienen bester Laune zu sein.

Theresa kam sich in ihrer Dreiviertelhose samt Schlabber-T-Shirt und Turnschuhen ziemlich deplatziert vor. Doch niemand schien sich daran zu stören.

Plötzlich hörte sie Stimmen. Als sie um eine Ecke bog, sah sie sich unvermittelt einer Menschenmenge gegenüber, die sich vor einem Pferdekarren drängte, auf dem eine gefesselte Frau stand. Offensichtlich war hier der Dorfplatz. Am hinteren Ende wurde an ein paar Buden Essen angepriesen, das verlockend duftete, und sofort meldete sich wieder ihr Magen. Doch sie würde wohl warten müssen, bis das Spektakel, das hier gleich aufgeführt werden würde, zu Ende war, bevor sie sich etwas zu essen holen konnte – keinesfalls mochte sie sich durch die Menschenansammlung quetschen.

In der Mitte des Dorfplatzes war Holz aufgestapelt worden – ein Scheiterhaufen. Offensichtlich wurde hier gerade eine mittelalterliche Szene nachgestellt oder so was, denn ein Schauspieler hatte schon eine ganze Weile etwas verlesen, doch Theresa hatte kaum hingehört. Nun wurde ihr klar, dass es sich um ein Todesurteil handelte, und die Delinquentin auf dem Pferdekarren begann dermaßen zu wimmern und wehklagen, dass sich Theresa der Magen umdrehte. Auch wenn es nur eine Theatervorführung war – sie wirkte äußerst real und war vielleicht gerade für Theresa so verstörend, weil sie im Zug ihrer Recherchen oft über solche Prozesse las, die tatsächlich und ganz und gar nicht selten stattgefunden hatten.

„Sei still, Drude", herrschte einer der als Zuschauer getarnten Schauspieler das Häufchen Elend auf dem Pferdekarren an, „du hast es verdient und deine Satansbrut auch!"

Die Frau spuckte vor ihm aus.

Theresa musste lachen. Die Leute waren vermutlich alle Laienschauspieler, doch sie spielten mit einer Ernsthaftigkeit und Authentizität, die man nur bestaunen konnte. Wie lange mochten sie in ihrer Freizeit wohl für ihren Auftritt geprobt haben?

Die Mönche, die ihr bereits am Ortseingang begegnet waren, standen vor einer Empore, auf der besser gekleidete Menschen saßen – offensichtlich sollten diese den wohlhabenderen Stand repräsentieren. Einer von ihnen erhob sich und gab ein Zeichen.

Eine dunkle Gestalt löste sich aus der Menschenmenge, die Kapuze über das Gesicht gestülpt – der Henkersknecht.

Langsam schritt er auf die Verurteilte zu. Ein Raunen ging durch die Menge. Panisch begann die Frau, die Umherstehenden um Hilfe anzuflehen – dann begann sie plötzlich, ganz leise einen Vers vor sich hin zu murmeln, während der Henker weiter auf sie zu schritt. Es schien, als müsste sie sich das Unfassbare verdeutlichen.

Nun also bin ich aufgewacht, und mir ist unbekannt,
was früher mir war so vertraut wie meine linke Hand –
Land und Leute, wo ich von Kind an bin erzogen, alles
ist mir fremd geworden, gerade wie gelogen.

Letzteres schrie sie heraus, als sie von dem Kapuzenmann vom Pferdekarren gezogen wurde.

Theresa überlegte. Wo hatte sie diesen Vers schon mal gehört? In der Schule, vielleicht Walther von der Vogelweide? Doch sie verfolgte den Gedanken nicht weiter – zu sehr war sie auf den Fortgang der Szene gespannt.

Die vermeintliche Hexe wurde nun zur Hinrichtungsstätte gezerrt, dabei wehrte sie sich vehement und schleuderte Schimpfworte und Verwünschungen gegen die Menschenmenge. Schimpfworte, die Theresa noch nie gehört hatte – doch es gab keinen Zweifel, was sie zum Ausdruck bringen sollten.

Die Statisten auf der Empore lachten und applaudierten, und die Menschenmenge stimmte johlend mit ein. Auch Theresa klatschte davon angesteckt mit.

Als irgendwann für einen Moment Ruhe einkehrte, richtete die Todgeweihte plötzlich ihr Wort an die Menge: „Ihr alle kennt mich – ihr wisst, ich habe nichts Böses getan – und doch muss ich brennen – mein Kind macht ihr zur Waisen."

Die letzten Worte hatte sie wieder herausgeschrien, dann spuckte sie aus und lachte zornig, bevor sie fortfuhr: „Doch fühlt euch nicht zu sicher – denn wer wird wohl der Nächste sein“, sie drehte sich um und deutete mit dem Zeigefinger in Richtung Empore, „im Visier der ‚Gerichte‘!“

Einer der Edelleute lehnte sich über die Brüstung und rief: „Schweig endlich, Satansweib, und akzeptiere die Strafe, die dir gebührt!“

Wieder wurde zustimmend applaudiert. „Zündet sie endlich an!“, rief jemand aus der Menge.

Doch das Satansweib mochte sich im Angesicht des Todes nichts mehr gefallen lassen. „Hundsfott“, rief es zornig und machte mehrere obszöne Gesten.

Letzteres sah so komisch aus, dass alle, auch Theresa, lachten und sie verspotteten. Aber ihr blieb plötzlich das Lachen im Hals stecken, als sie sah, dass die Frau mitlachte und gleichzeitig vor Wut heulte.

Während sie gefesselt wurde, kam Bewegung in die Zuschauermenge. Erst jetzt sah Theresa, dass alle Holzscheite mitgebracht hatten – eine gute Idee, wenn man das Publikum ins Geschehen mit einbeziehen wollte.

Auf das Zeichen eines Mönchs setzte sich die Menschenmenge in Bewegung und jeder legte an der Hinrichtungsstelle, der Reihe nach, sein Holzscheit ab. Jemand hatte offensichtlich gesehen, dass sie nichts dabeihatte und drückte ihr freundlich ein Scheit in die Hand. Nachdem sie es abgelegt hatte, blieb sie an der Hinrichtungsstätte stehen. Von hier würde sie eine ausgezeichnete Sicht auf das weitere Geschehen haben.

„Warum tut ihr mir das an?", hörte Theresa die Frau krächzen.

Der Henker fasste ihr in den Schritt. „Weib! Wer mit dem Teufel buhlt und Satanskinder macht, braucht Flammen nicht zu fürchten!"

Sie spuckte ihn an.

Wieder rief jemand aus der Menge: „Zündet sie endlich an!"

„Anzünden, anzünden!", wiederholten die anderen Zuschauer lauter und lauter und klatschten im Stakkato in die Hände – es erinnerte Theresa an ein Fußballmatch.

Plötzlich kam ein weinendes Kleinkind angelaufen und streckte seine Arme aus. „Mama!"

Die Frau schrie verzweifelt auf: „Ihr Satane!"

„Hört sofort auf – es reicht!" Jetzt war Theresa richtig sauer. Doch niemand reagierte auf ihre wütenden Gesten, nicht einmal die Leute, die direkt in ihrer Nähe standen. Hier war jetzt Schluss mit lustig! Wie konnte man Kinder dermaßen instrumentalisieren? Wenn ihr als Erwachsene die Szene bereits dermaßen an die Nieren ging – wie verstörend musste sie dann für die Psyche eines Kleinkindes sein, das zwischen Realität und Spiel überhaupt nicht unterscheiden konnte. Es war ein Skandal! Doch niemand schien Anstoß daran zu nehmen.

Wieder streckte das Kind seine Arme nach der Mutter aus. Theresa mochte es nicht mehr mit ansehen. „Es reicht! Wo ist der Veranstalter?" Er gehörte angezeigt – und auch die Eltern des Kindes! Sie blickte sich um. Niemand reagierte. Wo war eigentlich die Polizei? Sie konnte keine Beamten entdecken, auch keine Sanitäter, die bei solchen Veranstaltungen eigentlich Pflicht waren! Und wo in drei Teufels Namen blieb Hagen? „Aufhören", schrie sie, doch es ging im Johlen der Masse unter.

Theresa machte Anstalten, sich zu dem Kind durchzukämpfen, doch sosehr sie sich auch bemühte, sie kam in der Menschenmenge kaum vorwärts.

Ein großer Kerl nahm das Kind auf den Arm und tröstete es. Doch es schien sich nicht beruhigen zu lassen. Theresa bedeutete ihm, dass er das Kind vom Platz bringen sollte – doch er grinste nur und wandte sich ab!

Theresa blieb nichts anderes übrig, als das Ende der Vorstellung abzuwarten. Die vermeintliche Hexe wurde nun mit einer schwarzen Substanz bestrichen, dann wurde dem Henker eine Fackel gereicht, und Theresa war trotz Abscheu gespannt, welchen Trick man sich wohl hatte einfallen lassen, um die Verbrennung glaubhaft zu demonstrieren.

Doch nirgendwo konnte sie technisches Equipment entdecken. Ziemlich unspektakulär zündete der Henker den Scheiterhaufen an und warf zum Schluss die Fackel einfach in die Flammen.

In einer Ecke des Platzes entdeckte Theresa dieselben Kinder, die auf dem Weg zum Dorf an ihr vorbeigehüpft waren. Auch sie schienen von dem Geschehen gebannt und gleichzeitig geschockt zu sein. Einige von ihnen hopsten aufgeregt auf der Stelle!

Das Kind auf dem Arm des Mannes blickte sich verwirrt um und klatschte – die Erwachsenen nachahmend – in die Hände, dann streckte es wieder die Ärmchen nach der Mutter aus.

Theresa blickte sich um. Es war erschreckend, wie viel Spaß das Publikum am Horrorszenario hatte, und man konnte sich gut vorstellen, wie der Pöbel im 16. und 17. Jahrhundert wohl getobt haben mochte. Das Kleid der Schauspielerin fing Feuer, und Theresa sah mit Entsetzen, wie es auf die mit Farbe bestrichenen Körperstellen der Frau übergriff und zischte. Die Frau stieß einen markerschütternden Schrei aus, und Theresas Bedarf an Grusel war gedeckt. Hier stimmte etwas ganz und gar nicht! War sie vielleicht an einen Ort geraten, der merkwürdige Rituale alter, abergläubischer Zeiten aufleben ließ?

Einer der Edelleute gab dem Mann, der das Kind auf dem Arm hielt, ein Zeichen. Nur aus dem Augenwinkel heraus sah sie die Bewegung – es war unmöglich! –, und doch flog etwas schwer durch die Luft – kein Holzscheit –, und landete mit einem dumpfen Klatsch direkt in den Flammen. Das Kinderweinen verstummte abrupt. Doch umso lauter war jetzt das Kreischen der Mutter, das nichts Menschliches hatte und einem das Blut in den Adern gefrieren ließ.

Theresa war wie betäubt – nur weg von hier! Der Tag hatte so schön begonnen, wie hatte sie bloß an einen so schrecklichen Ort geraten können?

Sie quetschte sich durch die Menschenmenge, musste sich aber noch einmal umdrehen und sah, dass der Blick der Frau ihr folgte – dann kippte ihr Kopf zur Seite, und Theresa hoffte, dass sie tot war.

Und plötzlich stand SIE vor ihr. Theresa wollte ihr ausweichen, doch die Alte schnitt ihr den Weg ab. Die Lippen der Nonne bewegten sich, aber Theresa konnte nichts verstehen. Die Alte deutete auf den Scheiterhaufen. Das Gesicht der in Flammen stehenden Frauen war überdeutlich zu erkennen, es veränderte sich – und glich plötzlich exakt ihrem eigenen. Als ihr „Abbild" die Augen öffnete und sie anstarrte, wurden schlagartig Theresas Hände und Beine taub und drohten nachzugeben. „Bitte lass mich jetzt nicht aus den Latschen kippen", flehte sie und rannte blindlings los. Hektisch blickte sie sich im Laufen nach der Nonne um, doch die war verschwunden. Nur die Rauchschwaden schienen ihr noch zu folgen.

Theresa fror dermaßen, dass sie das Klappern ihrer Zähne nicht kontrollieren konnte. Das hier war nicht real – es war nicht real! Sie sagte es wie ein Mantra vor sich her, rief sich zur Ordnung und dachte plötzlich an Pater Fidelio. Doch es half nichts – sie wurde nicht ruhiger, und die Tritte, die sie gegen die Bauchdecke erhielt, zeigten, dass es ihrem Kind nicht besser ging.

Plötzlich musste sie würgen – erst jetzt bemerkte sie den Geruch verbrannten Fleisches, den die Rauchschwaden überall hintrugen –, dann übergab sie sich.

„Thessa?"

Das war Hagens Stimme – endlich! Wo hatte er bloß die ganze Zeit gesteckt? Theresa wollte aufstehen, doch sie kam nicht hoch – ihr Körper schlackerte vor Schwäche.

„Thessa!"

Sie blickte sich um. Doch der Rauch behinderte die Sicht. Wo war er?

„Ich bin hier!" Durch die Schwaden sah sie die Silhouette einer dunklen Gestalt – einen Moment schien ihr Herz auszusetzen, doch es war eindeutig Hagen!

„Schatz, warum antwortest du nicht? Ich habe die ganze Zeit nach dir gerufen!“

Sie konnte kaum antworten, es fiel ihr schwer, sich zu konzentrieren. „Ich habe nichts gehört. Lass uns von diesem schrecklichen, schrecklichen, schrecklichen Ort auf der Stelle verschwinden. Wir müssen die Polizei alarmieren, du hast ja keine Ahnung!“ Sie begann vor Erleichterung und Erschöpfung zu weinen.

Hagen setzte sich zu ihr und nahm sie in die Arme. „Was meinst du?“

„Riechst du es nicht?!“

Hagen sog prüfend die Luft ein und schüttelte den Kopf.

Theresa stutzte und tat es ihm gleich. Tatsächlich war der ekelhafte Geruch von verkohltem Fleisch verschwunden. Sie blickte sich um! Auch die Häuser waren nicht mehr da. Die Laubbäume, die still um sie herum standen, und deren Silhouetten sich durch die Nebelschwaden abzeichneten, wirkten vertraut und hatten etwas Beruhigendes.

In der Ferne läutete eine Glocke. Sie zählte die Schläge – zwölf – und erkannte, dass sie immer noch auf der Lichtung exakt an derselben Stelle saß, von der aus sie hinunter auf den Ort geblickt hatte.

„Ich hab mir Sorgen gemacht – der Nebel ist ziemlich schnell aufgezogen“, erklärte Hagen.

Theresa schwieg und genoss seine Nähe. Allmählich wurde sie ruhiger.

Plötzlich machte ihr Magen ein dermaßen lautes Geräusch, dass es sich anhörte, als würde er sprechen. Hagen schüttete sich aus vor Lachen, und Theresa stimmte, so jämmerlich sie sich auch fühlte, mit ein.

„Na, dann komm." Hagen war aufgestanden und zog sie hoch. „Lass uns gehen."

Theresa schüttelte den Kopf. „Ich möchte nicht zurück!"

„Zurück? Wieso? Du kennst Winterberg doch gar nicht."

Theresa blickte ihn nachdenklich an. „Bist du dir sicher?"

28

Natürlich war Hagen ihrem Wunsch nachgekommen – sie waren woanders eingekehrt und später mit einem Taxi zurück zum geparkten Wagen gefahren. Nach einer Wellnessmassage samt ayurvedischem Ölguss war Theresa fast wie neu gewesen.

Auf der Heimreise am nächsten Tag hatten sie Winterberg besucht, doch sie hatte überhaupt keine Ähnlichkeit mit jenem Ort feststellen können, den sie während ihrer – ja, wie sollte man es nennen? Zustände? – gesehen hatte.

Nun saß Theresa am Schreibtisch und versuchte, ihr Erlebnis zu verarbeiten, indem sie es, entsprechend Fidelios Ratschlag, analysierte.

Dass man in einem Traum mehrere Personen gleichzeitig sein konnte, war bekannt, doch konnte sich ein Traum auch dermaßen real anfühlen?

Fakt war, dass ihr immer wieder dieselbe alte Nonne erschien – allein bei dem Begriff Erscheinung drehte sich Theresa der Magen um. Aber wenn es eine Erscheinung oder Vision war – warum schmiss diese mit Büchern nach ihr, warum lockte sie sie mit übergroßen Blüten aufs Wasser, und warum, zum Teufel, erwachte sie vor dem heimischen Bücherregal mit einer Bibel in der Hand aus ihrem Schlaf? Fragen über Fragen, und sie hatte keine Antworten!

Wahrscheinlich waren das alles Ausgeburten ihrer Fantasie. Auch wenn sie an nichts Übernatürliches glaubte, so war sie katholisch erzogen wurden. Vielleicht arbeitete ihr Gehirn dermaßen kreativ und verknüpfte Gedanken mit tradierten Bildern derart intensiv, dass sich Zustände einstellten, die real zu sein schienen. Oder spielte vielleicht ihr veränderter Hormonhaushalt derzeit verrückt? Tatsächlich hatte sie zum Thema „psychotische Zustände bei Schwangeren" im Internet recherchiert und war fündig geworden. Zwar gab es meist Vorerkrankungen, doch es war bewiesen, dass Hormone entscheidenden Einfluss auf die Psyche nehmen konnten.

Sie dachte weiter nach – ein Begriff musste festgelegt werden, der für das stand, was sie erlebte. „Ereignis" umschrieb es ihrer Meinung nach ganz gut. Sie würde die Ereignisse dokumentieren, vielleicht verloren sie dann allmählich ihren Schrecken oder fanden am besten gar nicht mehr statt.

Theresas Blick fiel auf das Spielkästchen. Sie klappte den Deckel auf. Das leise Klingklang wirkte beruhigend. Sie holte den Schlüssel heraus, der immer noch sein Gegenstück suchte, und betrachtete ihn nachdenklich. Sie hatte sich für morgen wieder in der Schlossbibliothek angemeldet. Warum sollte sie also nicht Lennart einen Besuch abstatten? Vielleicht hatte er ja inzwischen etwas über den Sekretär ihrer Großmutter in Erfahrung bringen können.

Das Handy summte – eine unbekannte Nummer. Als sie ranging, erkannte sie sofort Sturlusons Stimme, und augenblicklich schnellte ihr Adrenalinspiegel in die Höhe.

„Frau Zimmermann-Einarsson, ich wollte Ihnen mitteilen – wie ich es versprochen hatte –, dass wir einen Verdächtigen festgenommen haben."

„Was für einen Verdächtigen?"

„Wie bitte? Ich verstehe nicht, was Sie mit ‚was für einen Verdächtigen' eigentlich meinen!"

Theresa ärgerte sich. Stellte Sturluson sich absichtlich blöd? Dann sollte er sich jetzt die Zähne an ihr ausbeißen. „Ist doch ganz einfach. Was hat der Mann für einen Hintergrund, aus welcher Schicht kommt er, ist er schon mal auffällig geworden?"

„Fragen Sie doch gleich nach Namen, Geburtsdatum und Adresse!!"

Das hatte ziemlich bissig geklungen, und Theresa konnte sich gut das passende Gesicht dazu vorstellen.

„Okay, noch besser: Wie heißt er denn?!" Eigentlich hatte sie ihn nicht provozieren wollen!

Sturluson schwieg.

„Ich möchte mir ja nur ein Bild machen", versuchte sie zu insistieren, „warum verstehen Sie das denn nicht!"

Sturluson schien seine Worte sehr bewusst zu wählen, als er antwortete: „Sagen wir mal so – er ist kein Unbekannter für die Behörden."

„Also ist er vorbestraft?"

Sturluson ging nicht darauf ein und fuhr fort: „Wir hatten Probleme, ihn festzunehmen, weil er offensichtlich ein paar Wochen im Ausland war."

„Aha, ist er Isländer?"

„Dazu darf ich keine Angaben machen – verstehen Sie das bitte!"

Doch sie wollte ihn nicht verstehen – verstand Sturluson sie etwa? „Können Sie sich eigentlich vorstellen, wie ich mich seit Wochen fühle? Sagen Sie mir, wer es ist!"

Sie hörte, wie Sturluson tief Luft holte. „Frau Zimmermann-Einarsson, ich mag mich wirklich nicht wiederholen! Tut mir leid."

„Tut es nicht!"

Sturluson räusperte sich. „Allerdings darf ich Ihnen Fragen stellen!"

Theresa schluckte das, was sie hatte sagen wollen, sofort runter und spitzte die Ohren.

„Also, wer käme denn Ihrer Meinung nach als Verdächtiger in Betracht?"

Theresa überlegte und stand auf der Leitung.

„Wer hat seinerzeit die Rettungsmannschaft an den Ort Ihres Auffindens gerufen? Haben Sie darüber noch nie nachgedacht?"

Theresa traf der Schlag. „Der Ballonfahrer! Ist es der Ballonfahrer?"

„Dazu darf ich Ihnen nichts sagen – verstehen Sie?" Sturluson hatte Letzteres so nachdrücklich gesagt, dass selbst der größte Idiot es verstanden hätte. Der Ballonfahrer – ihr vermeintlicher Retter – der Täter! Das musste sie sacken lassen. Und sie hatte ihm damals noch danken wollen! Doch er war nicht erreichbar – vermutlich schon im Ausland gewesen. Nun war sie froh darüber – welche Genugtuung hätte es ihm womöglich bereitet, wenn sein Opfer ihm auch noch dankbar gewesen wäre.

Doch dann stutzte sie. Wieso rief ein Sexualstraftäter nach der Vergewaltigung anschließend die Rettungsmannschaft an den Ort des Geschehens – das ergab doch überhaupt keinen Sinn! Oder doch? Schließlich war sie bewusstlos gewesen – konnte sich folglich an das, was passiert war, überhaupt nicht erinnern. Wo kein Kläger war, gab es auch keinen Richter. Doch was für ein Pech für den Täter, dass ausgerechnet sein von ihm geschwängertes Opfer mit einem zeugungsunfähigen Mann verheiratet war! Ansonsten wäre die Tat wohl nie aufgedeckt worden.

„Frau Zimmermann-Einarsson“, hörte sie plötzlich Sturlusons Stimme, „beantworten Sie meine Frage?“

„Beantworten? Was denn?“

„Ich habe Sie gefragt, ob Sie einem Vaterschaftstest zustimmen?“

„Natürlich stimme ich zu – ich komme sofort nach Reykjavik!“

„Das ist nicht nötig. Über das weitere Prozedere informieren wir Sie zügig. Auf Wiedersehen.“

Es klickte in der Leitung. Ungehobelter Kerl! Er hatte einfach aufgelegt. Von wegen, es war nicht nötig – und ob es nötig war, dass sie nach Reykjavik fuhr! Schließlich wollte sie sich ein Bild von dem Kerl machen, der für den ganzen Schlamassel verantwortlich war. Hoffentlich behielt man ihn lang genug in Untersuchungshaft.

Ihr kam ein Gedanke. Schnell fuhr sie den Rechner hoch, ein Klick, und die Seite der isländischen Hobbyfotografen-Community öffnete sich. Tatsächlich hatte ihr dort jemand geantwortet und sogar seine Handynummer hinterlassen.

Vielleicht konnte sie ihn um ein Treffen bitten. Und noch etwas fiel ihr ein. Sie ging ins Schlafzimmer und schlug die Bibel unter dem Lesezeichen auf – und stutzte, las noch mal und dachte nach.

Dann wählte sie eine Nummer. Als sich Gideon Krause meldete, grüßte sie freundlich und verlangte nach Pater Fidelio.

„Hallo, Theresa, wie geht's dir?", hörte sie kurz darauf dessen Stimme.

„Danke, gut. Ich habe eben in der Bibel gelesen, so, wie Sie gesagt haben – bei dem Lesezeichen! Sie sehen, ich gehe den Dingen auf den Grund."

„Und?"

„Darf ich vorbeikommen?"

„Jederzeit – ich freue mich!"

Am Abend hatte sie gekocht und einen von Hagens Lieblingsweinen besorgt.

„Schatz, womit habe ich das verdient?"

„Du gar nicht!" Hagen blickte sie konsterniert an, und Theresa lachte über sein fragendes Gesicht, bevor sie wieder ernst wurde. „Die haben endlich einen Verdächtigen geschnappt!"

Hagen sah sie überrascht an.

Theresa nickte. „Rate mal, wen?"

Er zuckte mit den Schultern.

Sie half ihm auf die Sprünge. „Wer hat damals für meine Rettung gesorgt?"

„Meinst du diesen Ballonfahrer?"

Wieder nickte sie. „Genau."

„Der Ballonfahrer? Ist das dein Ernst?“

Theresa schenkte ihm Wein ein. „Ja.“

„Hat Sturluson dir das gesagt?!“

Theresa nickte wieder.

Hagen nahm einen großen Schluck aus seinem Glas. „Alle Achtung – damit hat er sich eigentlich strafbar gemacht.“

„Na ja, er hat es mir quasi nur durch die ‚Blume‘ zu verstehen gegeben.“

Hagen musterte sie skeptisch. „Schatz, Blume hin, Blume her – ob ihn das im Zweifel vor einem Disziplinarverfahren retten könnte? Aber egal – ich bin nur erstaunt, weiter nichts.“ Er zog sie zu sich auf den Schoß. Eine Weile herrschte Stille. „Ohne Beweise gilt die Unschuldsvermutung, das weißt du, oder? Das wird in Island nicht anders sein als in Deutschland.“

Theresa nickte und legte ihren Kopf einen Moment an seine Schulter.

Hagen streichelte ihren Bauch. „Ich will dich nicht runterholen, Thessa – ich will nur, dass du auf alles vorbereitet und nicht enttäuscht bist. Auf jeden Fall wird es ein Freudentag, wenn dieses Arschloch seine Strafe kriegt! Hoffentlich ist er wirklich der Täter!“ Er griff nach seinen Zigaretten, und gemeinsam gingen sie nach draußen auf die Terrasse.

„Ich habe einem Vaterschaftstest zugestimmt und würde gern so schnell wie möglich nach Island fliegen. Ich möchte mir den Kerl anschauen.“

„Wie stellst du dir das denn vor? Die werden dich keinesfalls zu ihm lassen – frühestens siehst du den Drecksack bei der Gerichtsverhandlung." Er musterte sie eine ganze Weile.

„Was ist?"

„Ich würde gerne verstehen, warum das so wichtig für dich ist!"

„Was?"

„Dass du dir unbedingt einen Eindruck von ihm verschaffen musst."

Theresa dachte eine Weile nach. „Ich glaube, ich kann das alles besser verarbeiten, wenn es ein Gesicht dazu gibt. Es wird schlimm werden – aber ich glaube, meine Fantasie ist schlimmer."

Hagen nickte nachdenklich und zog sie an sich. „Du solltest dich dem Ganzen aber nicht allein aussetzen. Ich würde dich gern begleiten, aber ich bekomme vielleicht nicht so schnell frei."

„Ich könnte Emma fragen."

„Emma?" Hagen stutzte. „Ich dachte, ihr seid verkracht."

Theresa grinste und gab ihm einen Kuss. „Wir waren verkracht!"

Tatsächlich waren sie und Emma bei ihrem Treffen gleichzeitig in Tränen ausgebrochen und hatten sich immer wieder spontan umarmt. Theresa hatte, entgegen ihrer Absicht, nachtragend zu sein und es Emma richtig schwerzumachen, ihrer Freundin sofort verziehen. Für Außenstehende mochte das Ganze ein bisschen wie die Wiedervereinigung eines lesbischen Paares ausgesehen haben, doch das war egal gewesen, und der Grund ihrer Entzweiung war überhaupt nicht mehr zur Sprache gekommen.

Stattdessen hatte Emma von ihrer neuesten Eroberung berichtet. Ein echt geiler Typ, hatte sie geschwärmt, und Theresa war aus allen Wolken gefallen, als dieser echt geile Typ in Gestalt von Gideon Krause dahergekommen war und Emma vor dem Café abgeholt hatte.

Sie wünschte den beiden Glück und hoffte, dass Emma eines Tages nicht zu jener Gruppe enttäuschter Frauen gehörte, die die Gottesdienste nur deshalb besuchten, weil sie über Gideon nicht hinwegkamen und sich so wenigstens der Illusion seiner Nähe hingeben wollten.

29

Den ganzen Vormittag hatte sie Bücher gewälzt und konzentriert gearbeitet. Die Zeit war schnell vergangen. Ein paar Besucher waren an den kostbaren Bücherschränken der Bibliothek vorbeispaziert, ansonsten hatte absolute Stille geherrscht.

Jetzt spürte sie das Loch im Magen samt einsetzender Übelkeit. Sie ging zu ihrem Arbeitsplatz, der ihr von der Schlossverwaltung zur Verfügung gestellt worden war und auf dem sich neben technischem Gerät, wie PC und Drucker, jede Menge Papier stapelte.

Sie griff nach ihrer Tasche und biss in ihr Sandwich, während sie die alten Gänge des früheren Klosters und jetzigen Schlosses entlangschlenderte. Sie schienen endlos zu sein. Theresa fragte sich, was den karolingischen Kaiser Karl wohl bewogen haben mochte, das Benediktinerkloster zu stiften. Vielleicht mochte der günstig gelegene Handelsweg über die Weser eine entscheidende Rolle dabei gespielt haben. Auch heute ließen sich Firmen dort nieder, wo es die passende Infrastruktur gab. Oder hatte Karl die Bevölkerung des eroberten Sachsens im Sinn gehabt, die nur schwer zu christianisieren gewesen war? Sich als weltlicher Herrscher auch mit der geistlichen Institution, der katholischen Kirche samt Papst, gut zu stellen, war ein kluger Schachzug von ihm gewesen. Eine derartige Verbindung bedeutete zusätzliche Einflussnahme und – Macht! Macht, die auch hinsichtlich der Nachkommenschaft gesichert werden musste.

Tatsächlich sollten aus dem Kloster, das sich über die Jahrhunderte zu einem Zentrum von Wissenschaft, Bildung und Kultur entwickelt hatte, mehrere Kardinäle und Bischöfe hervorgehen. Meist handelte es sich um Söhne Adeliger, für deren Familien es ebenfalls immer wichtiger geworden war, wenigstens einen Spross in einem der wichtigen Kirchenämter unterzubringen.

In der zweiten Etage schritt Theresa eine gigantisch lange Reihe nebeneinanderhängender Ölgemälde ab. Es handelte sich um die Fürstbischöfe oder auch Fürstäbte, die das Hochstift Corvey seinerzeit verwaltet hatten. Sie erinnerte sich, gelesen zu haben, dass es im Reich bis ins erste Viertel des 16. Jahrhunderts circa 52 Hochstifte, sprich: amtierende Fürstbischöfe, gegeben hatte, die sowohl geistliche als auch weltliche Autorität auf den ihnen zugeteilten Gebieten besessen hatten.

Insofern war es für Theresa überhaupt nicht nachvollziehbar, dass die katholische Kirche immer wieder versuchte, ihre Schuld hinsichtlich Hexenverfolgung, Inquisition und Co. zu relativieren und für diese Gräueltaten hauptsächlich weltliche Gerichte verantwortlich machte. Sich selbst gab sie nur der passiven Haltung wegen eine gewisse Mitschuld. Doch entsprach das der Wahrheit? Waren die Kirchen nicht aktiv am Schreckensgeschehen beteiligt gewesen? Und konnten sie das überhaupt abstreiten, weil die Fürstbischöfe doch sowohl weltliche als auch geistliche Macht besessen und somit auch die Kirchen repräsentiert hatten?!

Sie marschierte den Kreuzgang entlang in Richtung Westwerk – dem Vorbau der Abteikirche aus dem 9. Jahrhundert. Sie erinnerte sich, gelesen zu haben, dass die kaputten Wände des oberen Stockwerks seinerzeit mit Motiven aus der griechischen Mythologie – der Odyssee – geschmückt gewesen waren. So unglaublich es war – von hier aus hatten die Nachkommen Kaiser Karls der Messe beigewohnt, inmitten von Bildern, die dem monotheistischen Christentum entschieden widersprachen. Dass derartige Darstellungen hier geduldet worden waren, war wahrscheinlich einzigartig und demonstrierte die Bildung der Karolinger wie auch deren Macht innerhalb der katholischen Kirche.

Sie öffnete eine unscheinbare, sehr schmale und hohe Kassetten-Flügeltür und befand sich nun inmitten des Westwerks mit Blick auf den hinteren Teil, der komplett aus Stein erbauten Abteikirche. Deren Vorgängerin – komplett aus Holz konstruiert – war seinerzeit einem Brand zum Opfer gefallen. Der hintere, große Teil des Stein-Sakralbaus war während des Dreißigjährigen Krieges ebenfalls komplett verwüstet und später im Stil des Barocks neu gestaltet worden. Dass um Corvey herum seinerzeit eine bedeutende Stadtsiedlung, die Civitas, entstanden war, beflügelte Theresas Fantasie. Diese Stadt war im Jahr 1265 von dem Paderborner Bischof, mit Unterstützung der Bürger Höxters, niedergebrannt worden. Was würde man entdecken, wenn man bis auf die Grundmauern grub – welche kulturellen Schätze oder Geheimnisse warteten noch darauf, gehoben zu werden?

Sie blieb eine Weile vor einer Marienstatue samt Jesuskind stehen.

Ein paar Besucher verließen gerade die Abteikirche. Dann herrschte Stille, und im Gegensatz zu draußen war es hier drinnen angenehm kühl. Sie nahm auf einer der Kirchenbänke Platz und ruhte sich einen Moment aus, bevor sie weiterschlenderte. Ein Schild informierte, dass der Altarbereich samt Taufbecken nicht zur Besichtigung freigegeben war, und ein gespanntes Seil sollte wohl den Zutritt verhindern. Doch Theresa war zu neugierig, ignorierte das Verbot und schlüpfte unter dem Seil hindurch. Im Grunde unterschied sich der Barockteil der Abteikirche nicht von anderen Sakralbauten aus derselben Zeit. Allerdings machten die angebrachten Symbole über dem Altar – nämlich Kreuz und Schwert – deutlich, dass hier ein Souverän mit geistlicher und weltlicher Macht geherrscht hatte.

Theresa schlenderte weiter und blieb plötzlich stehen. Hatte sie sich das gerade eingebildet, oder hatte der Altar merkwürdig vibriert? Sie hielt inne, doch es tat sich nichts. Erst als sie weitergehen wollte, spürte sie es erneut. Was war das? Sie überlegte. Es schien irgendwie im Zusammenhang mit ihren Bewegungen zu stehen. Sie verlagerte ihr Gewicht von einem Bein auf das andere. Zu dem Vibrieren stellte sich jetzt, kaum wahrnehmbar, auch noch ein Summen ein. Sie musterte aufmerksam den kostbaren kleinen Teppich, auf dem sie stand. Dann blickte sie sich um – keine Besucher in Sicht!

Sie zog den Teppich beiseite und war nicht wenig erstaunt über das, was sie sah. Etwa einen Fußbreit vom Altar entfernt, war unter einer flachen Holzabdeckung ein kleiner Knopf in den Boden eingelassen, daneben etwas, das dem Stahlstöpsel eines Waschbeckens ähnelte. Offensichtlich hatte das Holz nachgegeben, als sie darauf gestanden hatte, und den Mechanismus ausgelöst. Sie drückte auf den Knopf. Augenblicklich stellte sich wieder das Vibrieren ein und verstärkte sich, als sie den Stöpsel drehte, dann hörte sie ein Klicken. Eine etwa ein mal ein Meter große, massive Edelholzabdeckung schob sich ein kleines Stück aus der Altarrückwand hervor und versank erstaunlich schnell über eine metallene und passgenau konstruierte Spalte im Boden.

Theresa blickte sich um. Es schlenderten jetzt zwar ein paar Besucher durch die Kirche, doch niemand schien sie hinter dem Altar wahrzunehmen.

Sie streckte den Kopf durch die Öffnung in der Altarrückwand und zog ihn sofort angewidert wieder zurück – Spinnweben! Etwas Dickes, Schwarzes verschwand auf acht Beinen hastig in einer Holzspalte. Igitt! Doch ihre Neugierde siegte. Mit einem Wisch war die restliche Spinnwebe beseitigt. Sie beugte sich mutig in das Loch und konnte im Halbdunkel eine Treppe erkennen, die tief nach unten führte, wie weit, ließ sich allerdings nicht abschätzen. Wo mochte sie hinführen?

Theresa musste grinsen. Es hieß, dass das Schloss über keine Geheimgänge verfügte – wegen der Hochwassergefahr, denn die Weser, die direkt am Schloss vorbeifloss und Niedersachsen von Nordrhein-Westfalen trennte, trat regelmäßig über die Ufer. Doch hatten nicht alle Herrscher für den Fall der Fälle vorgesorgt und sich Geheimgänge einbauen lassen – egal, welche naturgegebenen Probleme vorgeherrscht haben mochten, und egal, wie sehr es vielleicht auch manchen Bauherrn an die Grenze seines Könnens gebracht hatte?

Es war verständlich, dass auch die jetzigen Schlossbesitzer einen Geheimgang negierten – man konnte ja nie wissen, ob und wann man ihn womöglich brauchte. Und was nützte ein Geheimgang, wenn alle Welt davon wusste?

Sie hörte Schritte und betätigte den Knopf im Boden. Sofort schob sich die Holzplatte aus dem Boden und verschloss die Altaröffnung. Als mit einem Klick der Stöpsel von selbst einrastete, zog Theresa schnell den Teppich darüber, nicht zu früh – der Pförtner machte gerade seine Runde. Sie musste so lange in ihrem Versteck hinter dem Altar ausharren, bis er sich wieder in Richtung Ausgang entfernte. Dann schlich sie sich über den Kreuzgang nach oben in die Bibliothek.

Dort packte sie ihre Sachen zusammen, griff sich die zwei Bücher, in denen sie gelesen hatte, und machte sich auf den Weg zu Lennart.

Auf ihr Klopfen reagierte er prompt.

„Hallo, ich will nicht lange stören."

„Tust du nie – komm rein."

Sie legte ihm die Bücher auf den Tisch. „Ich wollte die hier zurückbringen und dich fragen, ob du etwas über den Sekretär in Erfahrung bringen konntest?"

Lennart griff nach den Büchern und nickte. „Ich habe mit dem Baron gesprochen. Er kann sich leider an dieses spezielle Möbelstück nicht erinnern – ist ja auch, wenn ich dich richtig verstanden habe, schon ein Weilchen her, fast zwanzig Jahre."

„Siebzehn."

„Na also! Der Herzog meinte, dass sie immer wieder Schenkungen erhalten. Es gibt eine Liste, dort will er mal nachschauen und gibt mir Bescheid. Darf ich das Foto noch mal sehen?"

Theresa kramte in der Tasche und holte das Bild hervor.

Lennart studierte es genau – während Theresa ihn studierte und versuchte, sich zu erinnern, was sie seinerzeit in ihm gesehen hatte, als er noch fast ein Junge gewesen war. Im Moment wirkte er unausgeschlafen, und seine Bewegungen hatten etwas Fahriges.

„Scheint ein schönes Stück zu sein – ich tippe auf Barock."

Theresa nickte. „Denke ich auch."

Lennart musterte sie.

„Hast du zugenommen, seit wir uns das letzte Mal gesehen haben? Sorry, ich will dich nicht beleidigen! Es steht dir gut!"

Sie griff nach ihrer Tasche und machte Anstalten, zu gehen. „Ich bin schwanger – Anfang siebter Monat."

„Ach!" Lennart musterte sie noch mal. „Wie gesagt, steht dir gut – meinen Glückwunsch!" Eine Weile schwiegen beide, und Theresa spürte die Spannung.

„Dein Mann ist ein ziemlicher ... Macho, meine Hand tut jetzt noch weh!"

Er schüttelte sie demonstrativ und lachte. Für Theresa klang es unecht.

Sie hatte geahnt, dass Lennart den Abend noch mal ansprechen würde. „Mein Mann wird nicht gerne ausgeschlossen – ich kann das verstehen, mir würde es genauso gehen, dir etwa nicht?"

„Ich hatte ihm nichts getan – er war grob unhöflich."

„Was das betrifft, wart ihr euch, glaube ich, ebenbürtig. Oder fühlst du dich als Opfer?"

Lennart lachte. „Opfer? Um Gottes willen, nein – pfui! Ich war noch nie ein Opfer."

„Eben!" Sie hob ihren Arm. „Mach's gut und noch mal danke für alles." Lennart nickte, und Theresa verließ das Büro.

Warum spürte sie eine derartige Spannung, wenn sie in seiner Nähe war? Ging es ihm genauso? Es war nichts Erotisches, aber es gab Unausgesprochenes zwischen ihnen – vielleicht war das der Grund!

Als Achtzehnjähriger hatte Lennart eine geradezu magische Anziehung auf sie ausgeübt, der sie sich kaum hatte entziehen können. Es war irgendwie beängstigend gewesen. Erst viel später war ihr bewusst geworden, dass ganz allein sie es gewesen war, die ihn auf ein derart hohes Podest gestellt hatte. Ein Podest, von dem sie zum Schluss geglaubt hatte, es nicht mehr erreichen zu können. Doch sie hatte ihren Kopf eingeschaltet und sich zunehmend Abstand zu Lennart verordnet. Die Balance zwischen Gefühl und Verstand war nun mal schwer herzustellen – doch sie hatte darum gekämpft und war – autark geblieben. Bis heute war Selbstbestimmtheit das

Wichtigste für sie. Eine ganze Weile hatte sie sich mit Feminismus und der Geschichte der Frauenbewegungen beschäftigt. Diese mutigen Frauen, die sich ihre Rechte so hart hatten erkämpfen müssen. Sie waren es gewesen, die den Prozess der Gleichstellung von Frau und Mann in der westlichen Gesellschaft erst möglich gemacht hatten. Was für eine Chance – nicht nur für Frauen, auch für Männer! Der Prozess war noch lange nicht abgeschlossen, und es lag in der Verantwortung zukünftiger Elterngenerationen, ihn weiter voranzutreiben und schädlichen Gegenströmungen entgegenzuwirken – dieses Geschenk gefühlt und nicht nur als geschichtliche Daten zu vermitteln.

Sie streichelte ihren Bauch – hoffentlich würde ihr das gelingen.

Plötzlich fiel ihr Emma ein. Morgen wollten sie gemeinsam losziehen und sich um die Baby-Erstausstattung kümmern. Den antiken Kinderwagen vom Speicher ihrer Eltern, den sie als Stubenwagen nutzen wollte, hatte sie bereits zur Reparatur gegeben, und die Lieferung der Möbel für das Kinderzimmer war für den Nachmittag avisiert – alles nur eine Frage der Organisation! Emma wollte ihr beim Aufbau helfen, und Theresa malte sich aus, wie Hagen am Abend überrascht sein würde.

Als Hagen zur Tür hereinkam, blieb er abrupt stehen und blickte sich um. Was war denn hier los? Dort, wo sonst der stabile Garderobenständer war, stand jetzt der Schreibtisch aus dem Gästezimmer, und der Garderobenschrank samt Ständer war neben der Eingangstür aufgestellt worden. Die Gästecouch hatte ihren Platz unter dem großen waagerechten Spiegel gefunden und passte perfekt dorthin. Prima! Hagen war zufrieden. Seiner Frau war es tatsächlich gelungen, die Diele in einen zusätzlichen und sehr gemütlichen Raum zu verwandeln. Als er die Tür zum Gästezimmer öffnete, war Theresa gerade mit den letzten Handgriffen beschäftigt.

„Wie findest du es?"

Hagen ließ seinen Blick über die weiße Wickelkommode, das höhenverstellbare Kinderbett und den Stubenwagen gleiten und beobachtete seine Frau eine Weile, wie sie Kinderklamotten in einen bunten Kleiderschrank einsortierte.

Er nickte verhalten. „Hübsch."

Theresa hielt ihm ein winziges Kinderhemd entgegen. „Und das hier – ist das nicht süß?"

Hagen zwang sich zu einem Lächeln. Theresa trug ein grünes Hängekleidchen und schien sehr zufrieden, nein, richtig glücklich zu sein.

Sie stutzte. „Ist was nicht in Ordnung?"

Er schüttelte den Kopf und verließ das Zimmer. Auf der Terrasse zündete er sich eine Zigarette an.

Sie kam zu ihm. „Was ist denn?"

„Nichts!"

„Siehst du? Du machst es schon wieder."

Hagen blickte sie abwartend an und paffte Rauch aus.

Theresa war sauer und verschränkte ihre Arme. „Warum schließt du mich aus deinen Gedanken aus – dadurch fühle ich mich ziemlich mies!"

„Ich fühle mich auch mies." Hagen zögerte. „Warum schließt du mich aus?"

„Wobei denn?"

Hagen machte ein vielsagendes Gesicht, und bei Theresa fiel der Groschen.

Sie blickte ihn an und lachte ungläubig auf. „Jetzt sag nicht, dass du Kindersachen mit einkaufen gehen willst?"

„Warum nicht? Ich werde Vater!"

Hatte er das wirklich gesagt? Sie konnte es nicht glauben. „Ich bin überhaupt nicht auf die Idee gekommen, dass du dich dafür interessieren könntest."

„Tu ich!" Er drückte seine Zigarette aus. „Wann beginnt der Kurs zur Geburtsvorbereitung? Schließlich muss ich ja wissen, was auf mich zukommt! Oder möchtest du, dass ich nicht dabei bin?"

„Doch, natürlich – das möchte ich – ich möchte das alles!" Sie umarmte ihn. Es war so schön – alles lief plötzlich so gut. Sie blickte zu ihm auf und lächelte. „Schatz, wir haben noch ein bisschen Zeit!"

30

Wieder saß sie im Wartebereich der Kripo Reykjavik – diesmal mit Emma neben sich. Sturluson war im Haus, ging aber nicht an sein Telefon. Sie würde sich gedulden müssen, hatte ihr der Beamte an der Pforte gesagt. Sie blickte zu ihrer Freundin, die sich tatsächlich für den kurzen Islandtrip hatte begeistern können – doch im Moment schien sie sich nur für ihr Handy zu interessieren. Wahrscheinlich mailte sie gerade mit ihrer neuen Eroberung – mit Gideon!

Theresas Handy summte. „Alles okay, Schatz?"

„Ja, alles bestens."

Hagen schien in Eile zu sein. „Der Pater hat hier eben angerufen. Du möchtest dich mit ihm in Verbindung setzen – es ist wichtig."

„Hat er gesagt, worum es geht?

„Nein, ich habe aber auch nicht gefragt – hätte ich das etwa tun sollen?

„Nein, schon gut. Ich kann ihn ja morgen Nachmittag anrufen, wenn wir wieder zurück sind."

„Okay. Telefonieren wir heute Abend noch mal?"

„Erst spät – ich bin doch mit diesem Typ, diesem Thorsten Hölmström, verabredet."

„Dem Fotografen?"

„Genau!"

„Okay, dann gib mir einen Lockruf, wenn du wieder im Hotel bist."

Während sie ihr Handy in die Tasche steckte, hörte sie aus einem der umliegenden Zimmer plötzlich eine laute, männliche Stimme. Derjenige, zu dem sie gehörte, war offensichtlich ein Deutscher. Er schien stinksauer zu sein. Emma und Theresa blickten sich fragend an.

Beide lauschten einen Moment angestrengt, dann sprangen beide gleichzeitig auf und nahmen direkt neben der Tür Platz und lauschten weiter.

Handelte es sich da drin vielleicht um ein Verhör? Es zu belauschen würde Spaß machen und ihnen die Wartezeit auf interessante Weise verkürzen. Den Gedanken, dass sich so etwas nicht gehörte, unterdrückte Theresa sofort – was konnte sie schließlich dafür, dass die Türen dermaßen dünn waren und drinnen so laut gesprochen wurde?

„Ich habe diese Fragen bereits einem Ihrer Kollegen beantwortet", meldete sich die Stimme wieder. „Wie oft soll ich mich denn noch wiederholen, Herr Sturluson!?"

Theresa merkte auf. Sturluson! Sofort tat ihr der Mann, der dort verhört wurde, leid – egal, was er verbrochen haben mochte.

„So oft, bis die Ermittlungen abgeschlossen sind, Herr Zenker!", meldete sich jetzt Sturlusons Stimme.

„Aber glauben Sie mir doch – ich habe mit der ganzen Sache wirklich nichts zu tun!"

„Das sagen alle! Also, wann genau haben Sie die Frau entdeckt?"

„Genau kann ich Ihnen das nicht sagen, meine Uhr war stehengeblieben. Aber ich schätze, es war gegen vier Uhr in der Früh."

„Und warum haben Sie nicht sofort uns oder die Rettungsmannschaften angerufen?"

„Auch das habe ich bereits erklärt – weil ich dummerweise mein Handy zu Hause liegengelassen hatte. Ich habe versucht, über das Funkgerät jemanden zu erreichen, doch es hat sich niemand gemeldet! Es gab Störungen – vielleicht wegen des Magnetsturms."

„Gibt es unter den Ballonfahrern nicht immer einen Verfolger – jemanden, der die Ballonfahrt vom Boden aus kontrolliert und nach der Landung beim Zusammenpacken und Verstauen des Ballons hilft?"

Schlagartig war es mit Theresas Mitleid für den Verhörten vorbei. Sie blickte Emma alarmiert an, doch die schien nicht zu verstehen.

Wieder hörte man Zenkers Stimme: „Sie meinen mein ‚Erdferkel'? Ja, das war allerdings ärgerlich – mein Kumpel hatte mir nämlich kurz vorm Aufstieg abgesagt."

„Verstehst du nicht", zischte Theresa und blickte ihre Freundin alarmiert an, „der Ballonfahrer!"

Jetzt verstand Emma und griff nach Theresas Hand. Deren Gesicht war knallrot angelaufen.

„Wenn Sie ohne ‚Erdferkel' aufsteigen, Herr Zenker, dann sind Sie aber ganz schön abenteuerlustig – ist das überhaupt erlaubt?"

Zenker schien darauf nicht eingehen zu wollen. Hinter der Tür herrschte eine Weile Stille. Theresa stand auf und presste ihr Ohr so fest gegen die Tür, dass es wehtat.

„Verstehen Sie – es war eine Ausnahmesituation. Es sollte ein starker Sonnensturm auf die Erde zu rasen, und deshalb waren besonders intensive Polarlichter prognostiziert. Das wollte ich mir einfach nicht entgehen lassen, und, na ja, ich besitze einen Ballon für eine Person, der ist zur Not allein zu handhaben, auch, was Landung und das spätere Verpacken betrifft, verstehen Sie? Und wenn Sie's ganz genau wissen wollen, ja, ich gebe es zu – ich liebe das Abenteuer, die Herausforderung, den Kick eben – und die Gefahr!"

„Aha. Und gehört zu diesem Kick, zu diesem Abenteuer, auch, dass man über hilflose Frauen herfällt?"

„Was?! Nein! Scheiße noch mal, was um Himmels willen versuchen Sie mir da die ganze Zeit zu unterstellen? Nur damit das klar ist: Ich habe damals meine Strafe abgesessen und bin nie wieder rückfällig geworden!"

Theresa überlegte, ob sie nicht auf der Stelle ins Büro marschieren sollte. Sturluson würde sie zwar rausschmeißen, doch es war eine Chance! Sie stutzte – eine Chance? Für was eigentlich? Sie spürte, wie Wut in ihr aufstieg. Dass sie sich mit dermaßen destruktiven und ambivalenten Gedanken rumschlagen musste, hatte sie einzig und allein diesem Schwein auf der anderen Seite der Tür zu verdanken.

Emma schien ihre Gedanken zu ahnen und hielt Theresas Hand so fest, dass es schmerzte.

„Wie hatten Sie denn an jenem Morgen geplant, nach Hause zu kommen, Herr Zenker!?"

Zenker räusperte sich. „Ich hatte vorgehabt, bestmöglich zu navigieren und in der Nähe meines Zuhauses zu landen – die Chancen dafür standen nicht schlecht, die Winde dafür bliesen günstig in jener Nacht. Sie wissen, dass wir Ballonfahrer uns in den unterschiedlichen Höhen die passenden Windrichtungen suchen, Herr Sturluson?"

Herr Sturluson gab darauf keine Antwort.

Zenker fuhr nach einer Weile fort: „Na ja, den Rest des Weges wäre ich nach Hause gelaufen und wäre von dort mit meinem Wagen samt Anhänger zur Landestelle gefahren, um meinen Ballon zu verladen. Aber warum muss ich das eigentlich erklären – wollen Sie mir irgendwie einen Strick drehen? Was soll das alles mit der Frau zu tun haben?"

„Ganz einfach, Herr Zenker! Wenn Sie so gut navigieren können und es keine Möglichkeit gab, über Funk oder Handy Hilfe zu ordern, dann frage ich mich schon, warum Sie nicht gleich in der Nähe irgendeines Wohnhauses gelandet sind, um von dort Hilfe zu mobilisieren!

„Stellen Sie sich vor, Herr Sturluson – tatsächlich war das mein allererster Gedanke! Doch dann dachte ich, dass ‚Erste Hilfe' womöglich über Leben und Tod entscheiden könnte. Ich wusste ja nicht, in welchem Zustand die Frau war. Sie werden entschuldigen, Herr Sturluson, dass ich das aus einer Höhe von hundert Metern nicht so genau sehen konnte!" Zenker war jetzt richtig in Fahrt und wurde immer lauter. „Es war verdammt kalt, und ich wusste, dass jede Minute zählen könnte. Also habe ich meinen Brenner betätigt, mir die Windströmung gesucht, die ich brauchte, um ziemlich genau bei der Frau landen zu können – und diese Entscheidung war richtig! Tatsächlich war sie schwer unterkühlt! Am Boden habe ich ein paarmal kurz den Brenner betätigt, um die Ballonhülle noch mal zu erwärmen – dann habe ich die Frau darin eingewickelt. Anschließend bin ich zum nächsten Wohnhaus gelaufen und habe die Rettungsmannschaft verständigt – der Rest ist bekannt. Wenn ich allerdings gewusst hätte, dass man mich zum Dank in Untersuchungshaft nehmen würde, hätte ich es vielleicht gelassen!"

Theresas Hand hatte ganz automatisch die Klinke gedrückt, und die Tür war wie von selbst aufgegangen. Sturluson sprang sofort auf, doch Theresa war schneller, packte Zenker am Kragen und schüttelte ihn heftig. Er schien dermaßen überrascht zu sein, dass er sich zunächst gar nicht wehrte.

„Dann sag mir eins, Drecksack – wenn du unschuldig bist, warum hast du dich sofort aus dem Staub gemacht und warst über Monate nicht auffindbar – du schlechtes Gewissen, du!?"

Sturluson packte Theresa und zerrte sie nach draußen, während sie vergeblich versuchte, Zenker zu treten. Vom Tumult alarmiert kam ein Kollege Sturluson zu Hilfe.

Draußen auf dem Flur konnte sich der Kriminalbeamte kaum beherrschen. „Was fällt Ihnen ein – sind Sie von allen guten Geistern verlassen?!" Er atmete schwer und hielt Theresa hart bei den Schultern. Dann brachte er sie in ein anderes Büro und drückte sie wütend auf einen Stuhl. „Setzen Sie sich hierhin, und bleiben Sie gefälligst so lange sitzen, bis ich wiederkomme, Sie vorwitzige, impertinente Nervensäge, Sie!"

Als sie wieder aufspringen wollte, hielt Emma sie fest. Sturluson verließ den Raum.

„Thess, sei vernünftig – das bringt doch nichts!" Emma blickte sie besorgt an.

„Das bringt nichts?", fauchte Theresa. „Da drin sitzt mein Vergewaltiger und redet sich gerade heraus!" Vor Wut fing sie an zu heulen. Emma wollte sie in die Arme nehmen, doch Theresa wehrte es heftig ab. „Ich habe immer und immer wieder von diesem Kerl Albträume gehabt! Albträume von – von einer gesichtslosen Monstrosität – immer und immer wieder! Kannst du dir das überhaupt vorstellen? Und jetzt ist es eben ein Arschloch mit Gesicht. Ich weiß jetzt, wer es ist, wie er aussieht – und doch fühle ich mich kein bisschen besser!" Sie schluchzte laut, horchte dann aber plötzlich auf.

Zenker wurde offensichtlich gerade abgeführt. „Das wird noch ein Nachspiel haben. Sie sind verpflichtet, mich zu schützen, stattdessen werde ich von dieser hysterischen Furie attackiert!"

Theresa sprang auf, und noch bevor Emma sie daran hindern konnte, rannte sie nach draußen auf den Flur. „Mistkerl!"

Zenker wandte sich an den Polizisten. „Ich sag's doch!" Er zeigte auf Theresa und beschleunigte seinen Schritt.

Doch der Polizist stoppte und wandte sich ihr zu. „Bleiben Sie sofort stehen!"

Emma hatte Theresa inzwischen eingeholt und hielt sie fest. Doch die wehrte sich heftig. „Lass mich los." Am liebsten hätte sie die Freundin geohrfeigt – warum fiel Emma ihr dermaßen in den Rücken, statt sie gewähren zu lassen? Sie blickte Zenker und dem Polizisten, die weiter in Richtung Ausgang marschierten, wütend hinterher.

Kurz vor der Tür drehte Zenker sich um. „Sie tun mir unrecht!"

Theresa machte sich los, rührte sich allerdings nicht vom Fleck, als sie Emmas warnenden Blick auffing. „Tatsächlich?"

Zenker nickte. „Tatsächlich! Ich habe Ihnen überhaupt nichts getan. Im Gegenteil, ich habe Ihr Leben gerettet, Sie undankbares Miststück, Sie!"

In dem Moment spürte Theresa einen Tritt gegen ihre Bauchdecke – offensichtlich fühlte sich das Kind von der Aufregung gestört. „Der Vaterschaftstest", rief Theresa Zenker hinterher, „wird es eindeutig beweisen!"

„Eben!" Zenker hob seinen Arm triumphierend, wie zum Gruß, ohne sich umzudrehen und lachte böse, während er mit dem Beamten zügig in Richtung Ausgang marschierte.

Als er weg war, fing Theresa an zu zittern.

„Sind Sie nun zufrieden?" Sturluson hatte sehr leise gesprochen. Er stand direkt hinter ihr.

Als sie sich nach ihm umdrehte, sah sie, wie viel Mühe es ihn kostete, sich zu beherrschen. „Sie haben Ihren Willen bekommen – und jetzt?"

„Erst, wenn dieser Mensch hinter Gittern sitzt, werde ich Ruhe finden!" Dann fiel ihr der Vaterschaftstest ein. „Ich vermute, es gibt noch kein Ergebnis vom Test?"

Sturluson starrte sie eine ganze Weile an, bevor er antwortete: „Nein, gibt es nicht."

Theresa ahnte, dass er ihr am liebsten den Hals umdrehen würde. Als sie sich abwenden wollte, hielt er sie am Arm zurück. „Ich will Ihnen nur eins sagen – dass Sie nach diesem Auftritt, den Sie sich hier in einer staatlichen Behörde geleistet haben, keine Anzeige bekommen, haben Sie allein meinem Verständnis für Ihren Zustand zu verdanken."

Das war ja ganz neu – hatte er tatsächlich von einem Verständnis ihr gegenüber gesprochen?!

Sturluson musterte sie kalt. „Noch Fragen?"

„Nein!"

„Gut!" Sturluson drehte sich um und machte Anstalten, grußlos in seinem Büro zu verschwinden. „Ich informiere Sie, wenn es was Neues gibt! Verschonen Sie mich bitte mit weiteren Anrufen!" An der Tür drehte er sich um und schenkte Emma plötzlich ein Lächeln – auf eine Art, die etwas unglaublich Gewinnendes hatte. Dass Sturluson eine nette Seite haben konnte, war Theresa bisher noch nie in den Sinn gekommen. Während sie noch darüber nachdachte, beobachtete sie, wie Emma sein Lächeln erwiderte, das etwas mehr als nur höflich war. Dann legte sie Theresa den Arm um die Schulter, und gemeinsam verließen sie das Revier.

31

Am Abend hatten sie sich mit Thorsten Hölmström auf der Hotelterrasse zum Essen verabredet. Er war ein kleiner, drahtiger Mann in den Vierzigern, und auch er sprach erstaunlich gut Deutsch – wie so viele hier auf Island.

„Ich war für ein Jahr in Deutschland – in München", hatte er erklärt und sich breit übers Oktoberfest, das deutsche Bier und natürlich isländischen und deutschen Fußball ausgelassen.

Nach dem Essen kam Theresa auf ihr Anliegen zu sprechen. „Wenn ihr zum Beispiel Nordlichter fotografiert, dann sind ja wahrscheinlich mehrere Drohnen in der Luft, oder?

Thorsten nickte und musterte sie neugierig.

„Habt ihr auch in der Nacht vom 28. auf den 29. Dezember letztes Jahr fotografiert? Da waren die Polarlichter besonders intensiv."

Thorsten zuckte mit den Schultern. „Das kann ich dir so spontan nicht sagen. Ich schau aber gern nach. Normalerweise schicken fast alle bei solchen Ereignissen ihre Drohnen in die Luft."

Theresa nickte nachdenklich. „Ich hab einen Film auf eurer Webseite gesehen mit Aufnahmen sowohl von Nordlichtern als auch von deren Spiegelungen auf den

Fjorden. Wie macht ihr das? Stellen alle ihr gesammeltes Filmmaterial zur Verfügung?“

Thorsten schüttelte den Kopf. „Eigentlich gar nicht. Im Gegenteil, wir sind ja auch Konkurrenten. Jeder möchte das beste Foto schießen, den besten Film drehen. Diese Aufnahmen, die du, glaube ich, gesehen hast, waren die eines Freundes. Er ist ein richtiger Freak. Er besitzt eine Drohne, die über Stunden in der Luft bleiben kann und mit zwei Kameras ausgestattet ist – kostet ein Vermögen.“

Theresa blickte ihn fragend an. „Zwei Kameras – wie muss man sich das vorstellen?“

„Dass eine Kamera den Boden – sprich: Fjorde, Berge und so – filmt und die andere Kamera den Himmel, also die Nordlichter aufnimmt. Beide Kameras sind dazu auch noch schwenkbar. Klingt einfach – doch die Technik ist kompliziert und noch nicht wirklich ausgereift!“

Theresa dachte nach. „Okay. Gesetzt den Fall, die auf den Boden gerichtete Kamera nimmt etwas auf, das nicht geplant war, etwas, das auch nicht sofort auffällt, weil es weit entfernt und vielleicht unscharf ist – könnte man das Material auf solche Stellen hin sichten? Gibt es dafür Programme? Ich meine etwas, das mehr als nur zoomen kann?“

Thorsten blickte sie plötzlich argwöhnisch an. „Worum geht es dir eigentlich?“

Sie hatte es befürchtet – wahrscheinlich kam sie nicht darum herum, ihm alles zu erzählen.

Als sie ihm die Sache so kurz wie möglich umrissen hatte, schwieg er einen Moment und dachte dann laut nach. „Es gibt alle möglichen Programme, mit denen man einen

Film bearbeiten, sichten, sprich: zoomen und durchscannen kann. Gesetzt den Fall, du bist auf den Aufnahmen zusammen mit diesem Kerl zu sehen, dann stellt sich allerdings die Frage nach der Qualität – also, wie scharf Details noch zu erkennen sind!“

Theresa nickte resigniert.

„Was nicht heißt“, fuhr Thorsten fort, „dass es nicht funktionieren könnte! Ich könnte das Datum, um das es geht, bei mir checken und meine Kumpels bitten, ihr Material zu überprüfen – vielleicht hast du ja Glück.“

„Es wäre toll, wenn du das machen würdest!“

Thorsten nickte. „ Kein Problem – kann nur etwas dauern.“

„Ich bezahle dir deinen Aufwand.“

Er lachte. „Das ist nicht nötig – wenn du möchtest, darfst du mich zum Essen einladen. Ehrlich gesagt, bin ich jetzt selbst richtig neugierig, was dabei herauskommt. Und so ein krankes Arschloch zu überführen würde mir richtig gut gefallen.“

Darauf stießen sie an, doch als Theresa trinken wollte, hielt sie mit dem Glas an den Lippen abrupt inne. Die Blinde! Ohne Stock lief sie sicher auf einen der leeren Tische des Restaurants zu und nahm dort Platz.

Thorsten bemerkte Theresas alarmierten Blick und drehte sich um. „Irritiert sie dich? Die meisten fühlen sich beim ersten Mal durch ihr Aussehen beunruhigt. Doch fast alle hier halten sie für eine Spákona.“

Theresa und Emma blickten ihn fragend an.

„Eine Seherin“, erklärte Thorsten.

„Eine blinde Seherin?“

„Pscht! Nicht so laut, Emma." Theresa warf ihrer Freundin einen warnenden Blick zu und nippte an ihrem Wasserglas, während sie verstohlen zu der Spákona hinüberspähte. „Das kennen wir doch aus der griechischen Mythologie – der blinde Teiresias."

„Sie soll wirklich das zweite Gesicht haben und nimmt für ihre Dienste nicht mal Geld." Thorsten lachte, als er sah, wie sich die Fragezeichen auf Theresas und Emmas Gesichtern noch vertieften. „Ja wirklich! Meine weiblichen Verwandten besuchen sie hin und wieder – na ja, wenn sie einen Rat brauchen oder so. Allerdings wagt sich keine von ihnen allein zu ihr hin."

„Das kann ich gut verstehen!" Theresa sah, dass die Spákona plötzlich aufstand, zielsicher in ihre Richtung marschierte und direkt vor ihr stehen blieb.

„Ich habe Sie wohl letztes Mal erschreckt – das lag nicht in meiner Absicht." Sie wandte sich an Thorsten. „Ich stelle lediglich Verbindungen her – zwischen denen, die noch sind, und jenen, die schon waren. Ich suche es mir nicht aus! Und nicht immer kann ich mich erinnern – an das, was gesagt wird." Dann blickte sie wieder zu Theresa. „Wollen Sie es hören?"

Was hören? Nein, eigentlich wollte Theresa ganz und gar nichts mehr hören – und doch, ihre Neugierde war stark. Hatte ihr Fidelio nicht geraten, die Scheuklappen abzulegen? Was konnte ihr hier schon passieren – schließlich war sie nicht allein! Sie nickte. „Nur zu."

Die Stimme der Spákona klang plötzlich dumpf, und augenblicklich bekam Theresa Gänsehaut – das letzte Aufeinandertreffen war wieder präsent! Ein Blick auf Thorsten und Emma zeigte, dass ihnen das Ganze auch unheimlich war.

„Hüte dich vor denen, die dir allzu vertraut und nur scheinbar freundlich gesinnt – das Böse hängt an deiner Ferse – Blut, Tränen und Wut – beschütze dein Kind."

Theresa war bedient. „Vielen Dank – jetzt fühle ich mich richtig gut."

„Gut ist, wenn man auf das, was kommt, vorbereitet ist!"

„Was kommt denn?"

Das Gesicht der Blinden blieb unbewegt. „Ich weiß es nicht – gute Nacht!"

Theresa blickte ihr hinterher und wunderte sich erneut, wie sicher sie zu ihrem Tisch ging und dabei merkwürdige Schnalzgeräusche von sich gab. Dann wandte sie sich an Thorsten, der offensichtlich – genau wie Emma – immer noch unter dem Eindruck des merkwürdigen Auftritts der Spákona stand. „Wie kann sie bloß so sicher gehen, wenn sie nichts sieht?"

Thorsten blickte Theresa erstaunt an. „Du hast es doch gerade gehört."

„Diese Klickgeräusche meinst du?" Theresa war skeptisch.

Thorsten nickte. „Sie schnalzt mit der Zunge, und das Echo übermittelt ihr quasi ein Bild ihrer Umgebung."

„So ähnlich wie bei Walen oder Fledermäusen?" Emma warf Theresa einen fragenden Blick zu, so als wüsste ihre Freundin die Antwort.

Wusste sie nicht.

Emma fuhr fort: „Ich glaube, ich habe mal einen Bericht über einen blinden Mann in den USA gesehen, der das auch konnte."

Thorsten nickte. „Wenn man sich nicht begrenzt, ist vielleicht vieles möglich." Dann leerte er sein Glas.

Theresa bestellte noch eine Flasche Wein und für sich ein Mineralwasser. Als sie sich später, beim Abschied, umschaute, war auch die Spákona fort.

32

Sie waren zeitig aufgestanden und hatten den ersten Flug nach Paderborn genommen. In Soest angekommen, hatte Theresa sofort Pater Fidelio angerufen, ihn jedoch nicht erreicht.

Wieder zu Hause, hatte sie Hagen auf der Terrasse angetroffen. Er hatte die Tageszeitung, in der er gelesen hatte, sofort beiseitegelegt, sie zu sich auf den Schoß gezogen, und sie hatten einander lange umarmt, so als wollte der eine den anderen nicht mehr loslassen.

Doch dann hatte Hagen sich geräuspert und von ihr losgemacht. „Wie sieht's aus, magst du es mir erzählen – noch mal in aller Ruhe?“

Das hatte sie dann auch getan. Hagen war ein guter Zuhörer. Kein einziges Mal hatte er sie unterbrochen und war ihrem ausführlichen Bericht konzentriert gefolgt.

Jetzt nahm er sie in den Arm. „Thessa, auch wenn es vielleicht schlimm war, du hast erreicht, was du erreichen wolltest, oder nicht?“

Sie dachte einen Moment nach. War das wirklich so? So ähnlich hatte es Sturluson ja auch formuliert. Aber warum glaubten das alle? Sie war überhaupt nicht zufrieden – im Gegenteil! Doch sie mochte nicht ständig ihren Frust nach außen tragen. „Sagen wir mal so – vielleicht ist es eine Art Etappensieg.“

Ihr Blick fiel auf die Schlagzeile der Zeitung, in der Hagen bis eben gelesen hatte. Sie warf einen genaueren Blick darauf.

Hagen wollte sie ihr entwenden, doch Theresa hielt sie fest. „Eine alte Frau in Holzminden“, erklärte Hagen. „Sie wurde gestern Abend ermordet aufgefunden – lebte in einer Siedlung von Einfamilienhäusern – allein. Zum Hintergrund der Tat kann die Polizei keine Angaben machen, niemand hat etwas bemerkt, vom Täter fehlt jegliche Spur!“ Mit einem Ruck entwendete er ihr die Zeitung und lachte über ihr Gesicht, als sie ihm anklagend den Fetzen Papier zwischen Daumen und Zeigefinger entgegenhielt.

„Erspar dir bitte weitere Details, Schatz! Der Hergang muss ziemlich grausam gewesen sein. Ich möchte, dass du dich ab jetzt nur noch mit schönen Dingen beschäftigst – ist nicht gut fürs Kind, wenn du ständig unter Schock oder Stress stehst.“

Theresa nickte – da hatte er allerdings recht. Doch der Gedanke an die Ermordete in Holzminden ließ sich nicht so leicht verdrängen. Ob Emma die arme Frau womöglich gekannt hatte? Doch sie verfolgte diesen Gedanken nicht weiter. Sie war froh, dass sie nicht allein lebte, und schmiegte sich in Hagens Arme.

33

Die meisten ihrer Klassenkameraden hatte Theresa das letzte Mal vor über zwölf Jahren auf der Abi-Fete gesehen. In ihrer Vorstellung hatten sie immer noch genauso ausgesehen wie damals! Und obwohl sie mit Veränderungen gerechnet hatte, war die Realität bei dem Klassentreffen dann doch eine Überraschung gewesen. Aus den schlaksigen Jungen waren durchtrainierte Männer mit Vollbärten und aus manch früherem „Vamp" eine spießige Ehefrau geworden – oder vielleicht auch nicht! Denn zu vorgerückter Stunde hatte man die alten Geschichten heraufbeschworen, und es war fast wie früher gewesen. Ein ziemlich lustiger Abend!

Lennart hatte mehrmals versucht, sie ins Gespräch zu ziehen – doch immer war irgendjemand dazwischengekommen. Und als zum Schluss die meisten gegangen waren, war Emma zum Störfaktor geworden, hatte nach Hause gewollt und zum Aufbruch gedrängt. Von wegen nach Hause – wahrscheinlich war sie noch mit Gideon verabredet gewesen!

„Gib mir doch das nächste Mal einfach ein Zeichen, wenn ich ohne dich verschwinden soll", hatte Emma ihr aus dem Autofenster scheinheilig zugerufen und kurz zum Abschied gehupt, bevor sie schnell davongebraust war.

Theresa blickte ihr immer noch sauer hinterher – wie viele Zeichen hatte Emma eigentlich noch gebraucht, um zu kapieren! Sie konnte manchmal so unsensibel sein – ein richtiger Trampel! Nicht, dass Theresa noch etwas von Lennart wollte. Oder vielleicht doch? Nein – sie war mit Hagen glücklich. Aber was war es dann? Seit sie und Lennart sich wiederbegegnet waren, ertappte Theresa sich dabei, dass sie immer noch den Jungen von damals in ihm zu entdecken versuchte – gleichzeitig waren die Verletzungen, die sie sich gegenseitig zugefügt hatten, präsent. Ging es ihm ähnlich? War das der Grund für die merkwürdigen Spannungen zwischen ihnen?

Theresa kramte den Schlüssel aus ihrer Handtasche, schloss die Wohnungstür auf und stutzte – Hagen war noch auf. Er saß im Korbsessel auf der Terrasse und rauchte. Sie gab ihm einen flüchtigen Kuss, machte es sich ebenfalls in einem der Balkonsessel bequem, reckte sich ausgiebig und begann, sich ihre Pumps auszuziehen.

Hagen beobachtete sie misstrauisch, dann griff er nach einem Rotweinglas, das auf dem Tisch stand und nahm einen Schluck. „Die hast du schon lange nicht mehr getragen – dafür brauchst du 'nen Waffenschein."

Theresa lachte – ihre Füße schmerzten mörderisch, und sie begann sie zu massieren. Die Absätze ihrer Pumps waren tatsächlich viel zu hoch und zudem äußerst unbequem, doch sie liebte es nun mal, wenn sie zehn Zentimeter größer war und sich infolgedessen die Perspektiven angenehm veränderten. Zum Beispiel ersparte es ihr die unbequeme Haltung, zu den meisten Gesprächspartnern aufblicken zu müssen – gleichzeitig behielt sie einen guten Überblick über das, was um sie herum passierte. Auch der Aspekt, dass man nicht zu übersehen war, spielte bei ihrer Vorliebe für hohe Hacken eine entscheidende Rolle. „Wenn ich bei unserem Kennenlernen keine hohen Hacken getragen hätte, wäre ich dir in der langen Warteschlange wahrscheinlich gar nicht aufgefallen, und du wärst vielleicht heute mit der Bohnenstange vor mir verheiratet." Sie nahm einen der Pumps und machte eine Geste, die andeutete, dass man den Schuh tatsächlich als Waffe benutzen konnte.

Doch Hagen stieg auf den Spaß nicht ein. „Du siehst sehr hübsch aus!"

„Danke." Sie lächelte ihn an, doch Hagens Gesicht blieb reglos. Irgendetwas stimmte nicht.

„So viel Mühe hast du dir gemacht, und das alles für deine Klassenkameraden."

„Und Kameradinnen, bitte schön!"

Hagen blieb weiterhin ernst.

Theresa nahm ihm das leere Glas aus der Hand und stellte es ab. „Schatz, was ist los mit dir?"

„Gar nichts. Ich frage mich bloß, wann du dich das letzte Mal für mich so aufgezäumt hast?"

„Aufgezäumt?" Aha! Sie ahnte, was los war. „Zum Beispiel beim Geburtstag von meinem Vater, da habe ich mich ganz allein für dich schön gemacht!"

Hagen schüttelte heftig den Kopf. „Nein, hast du nicht! Das war für deinen Vater!"

„Spinnst du? Ich mache mich doch nicht für meinen Vater zurecht!"

Hagen goss sich Wein nach und nahm wieder einen tiefen Zug.

Theresa ahnte, dass es wahrscheinlich nicht das erste und auch nicht das zweite Glas war – diese Weinflasche war jedenfalls fast leer. „Wenn du dich bitte erinnerst: Ich habe anlässlich des Geburtstags meines Vaters diese hohen Schuhe", sie hielt ihm die Pumps unter die Nase, „und das kleine Schwarze, das du an mir so liebst, extra für dich angezogen!"

Hagen schüttelte wieder den Kopf. Als er aufstand und zu ihr kam, sah sie seinen unsicheren Gang. Er hockte sich vor sie hin und begann nun seinerseits, ihr die Füße zu massieren. „Für wen hast du dich heute so schön gemacht, Schatz?"

„Ist es etwa verboten, sich schön zu machen?" Sie spürte den Anflug von Ärger!

Hagen schüttelte den Kopf und drückte plötzlich ihren Fuß so fest, dass es wehtat.

„Au!" Theresa entzog ihm den Fuß. Hagen stand auf und blickte auf sie hinunter. „Ich frage mich nur, ob er mitbekommen hat, wie viel Mühe du dir gegeben hast."

„Er?" Jetzt stellte sie sich blöd.

Hagen lächelte böse. „Du weißt genau, wen ich meine."

Ihre Geduld war zu Ende, und sie war müde! „Redest du jetzt von ‚du weißt schon wem', oder was? Kannst du seinen Namen nicht aussprechen?"

Hagen bückte sich wieder und griff nach ihrem Fuß. „Sagst du ihn mir?"

Theresa wollte nach ihm treten, doch sie bekam ihren Fuß aus seinem Griff nicht los. „Nein! Ich sage dir nur –

fang dir keine Grillen und schlaf deinen Rausch aus. Gute Nacht!" Ein heftiger Ruck, und ihr Fuß war frei. Sie stand auf und ließ ihn sitzen.

„Also hast du dich mit deinem Ex gut amüsiert oder nicht?", rief er ihr hinterher.

Theresa reichte es. „Natürlich! Schließlich bin ich doch genau deshalb zum Klassentreffen gegangen – um Spaß zu haben!"

Hagen leerte sein Glas. „Also doch – ich wusste es!"

34

Theresa beendete das Gespräch und sah noch einen Moment auf ihr Handy. Sie und Pater Fidelio hatten sich für Mittwoch nächster Woche verabredet. Sie wusste nicht, worum es ging, Fidelio hatte es persönlich und nicht am Telefon besprechen wollen. Es war schon nach drei – Zeit für eine Pause.

Hagen hatte die Nacht auf dem Sofa verbracht und war heute Morgen nicht nur mies gelaunt, sondern auch heftig verkatert gewesen. Warum er dermaßen schlecht auf sie zu sprechen war, konnte sie sich nicht erklären. Er hatte keinen Grund zur Eifersucht. Heute Abend, wenn es ihm hoffentlich besser ging, würde sie die Sache klären!

Sie stutzte und blickte auf. Ganz automatisch hatte sie die Richtung, die zum Kreuzgang und weiter zur Abteikirche führte, eingeschlagen und fand sich jetzt vor dem Schild wieder, das den Zutritt zum Altarbereich verbot. Außer ihr waren keine Besucher in der Kirche, wahrscheinlich, weil es schon den ganzen Tag regnete. Sie wand sich unter dem Seil hindurch und huschte in Richtung Altar.

Dass das, was sie im Begriff war zu tun, verboten war, gab ihr einen besonderen Kick. Jemand hustete – schnell hockte sie sich hinter den „Tisch des Herrn" und wartete ab. Sie erspähte den Pförtner, der offensichtlich gerade seine Runde beendete, denn er entfernte sich in Richtung Eingang Westwerk.

Jetzt hatte sie also ein wenig Zeit. Schnell klappte sie den Teppich beiseite, schob die Holzabdeckung zurück, drückte auf den Knopf und drehte gleichzeitig am Stöpsel. Wieder vibrierte der Altar, und wieder öffnete sich nach dem Klick der Geheimgang.

Theresa griff nach ihrem Handy und aktivierte die Taschenlampenfunktion. Die schmale, steile Treppe führte circa drei Meter nach unten und schien in einen etwa einen Meter breiten Gang zu münden. Sie legte schützend ihre Hand auf den Bauch. Auch wenn sich inzwischen ihre Schwangerschaft deutlich abzeichnete und sie nicht mehr so beweglich war – durch diese Öffnung würde sie immer noch gut durchpassen. Die Spinne vom letzten Mal war ziemlich fleißig gewesen, und Theresa musste zunächst wieder ihren Widerwillen überwinden und das Netz zerstören.

Dann stieg sie vorsichtig die Treppe rückwärts nach unten und hielt sich links und rechts an den Wänden fest – das Handy zwischen die Zähne geklemmt. Gleichzeitig versuchte sie, die fetten Achtbeiner, die unter der Decke hingen und im Licht der Taschenlampe aktiv wurden, zu ignorieren.

Ihr Herz hämmerte. Den Schlosseigentümern würde das, was sie hier gerade anstellte, ganz sicher nicht gefallen. Doch ihre Neugierde ließ sich nicht bezwingen.

Als sie wieder Boden unter den Füßen spürte, begann sie, den Gang abzuleuchten. Er schien in Richtung Westen zu verlaufen. Langsam schritt sie hinein. Es roch feucht und ließ sie an den alten fensterlosen Kartoffelkeller ihrer Eltern denken.

Nach einer Weile wurde der Gang etwas breiter und machte eine Kurve. Wohin mochte er wohl führen? Die dumpfe Stille, die hier unten herrschte, war befremdlich und – so paradox es auch sein mochte – auf unangenehme Weise hörbar und erinnerte sie an die Akustik eines Tonstudios.

Plötzlich spürte sie einen Luftzug. Sie leuchtete mit ihrer Taschenlampe in die Richtung, aus der er zu kommen schien. Etwas weiter vor ihr machte der Gang wieder einen Bogen. Dort blieb sie stehen und leuchtete die Wände und das Deckengewölbe ab. Ein Stück entfernt schien es eine Art Öffnung auf der rechten Seite der Wand zu geben – oder handelte es sich um einen weiteren Gang? Sie schritt langsam weiter, und als sie an besagter Stelle ankam, leuchtete sie in die Dunkelheit hinein – mit dem plötzlichen Gefühl, nicht allein zu sein. Überrascht sog sie die Luft ein. Es war unglaublich! Eine Weile stand sie einfach nur da und ließ das Ganze auf sich wirken, während sie den Lichtstrahl der Taschenlampe aufgeregt über die antiken Fresken schickte. Die Kalkwände waren über und über mit – ja, was war es? –, mit Symbolen geschmückt. Ein goldfarbenes Gesicht blickte ihr von der Mitte der hinteren Kalkwand entgegen und erinnerte an ein Sonnen- oder Lebensrad. Für die Darstellung der vier Himmelsrichtungen hatte der Künstler Motive gewählt, die gleichzeitig die Jahreszeiten erzählten und großzügig um das Rad herum arrangiert worden waren. Darüber, und über die ganzen Wände verteilt, prangten schlicht anmutende Darstellungen der Tierkreiszeichen. Auffällig war die ins Zentrum gerückte Venus. Eine Blütenkordel rahmte das gesamte Kunstwerk ein und bildete den krönenden Abschluss.

Theresa spürte erneut einen Luftzug. Diesmal schien er allerdings von oben, von der Decke, zu kommen, doch sie konnte keine Öffnung entdecken. Der fensterlose Raum – die Krypta oder um was auch immer es sich hier handelte – hatte vielleicht einen Durchmesser von circa zwanzig Quadratmetern. In der Mitte standen mehrere, sehr schlichte Steinsärge. Wer mochte hier ruhen? Vielleicht einige der Fürstäbte, deren sterbliche Überreste hier bestattet worden waren, oder gar irgendwelche in Vergessenheit geratene Adelige – vielleicht noch aus der karolingischen Ära?

Als sie die Sargreihen genauer ableuchtete, entdeckte sie zwei Exemplare, die verziert waren und sich deutlich von den anderen, schlichteren Särgen unterschieden und uralt zu sein schienen. Um die Vorfahren der Schlosseigentümer konnte es sich eigentlich nicht handeln – deren sterbliche Überreste waren in einer chronologischen Ahnenreihe direkt oben an der Schlossaußenmauer bestattet worden.

Plötzlich hörte Theresa ein Fiepen, und sofort stellten sich ihre Nackenhaare auf. Die widerliche Vorstellung von riesigen Rattenansammlungen konnte sie kaum unterdrücken. Sie wollte schon kehrtmachen, als sie auf einigen der Sarkophage Nummerierungen in unterschiedlicher Schriftausführung entdeckte, und auf fast allen Oberflächen der Steinsärge waren kleine Wappen eingeritzt. Zu welchem Adelsgeschlecht mochten die hier Bestatteten wohl gehören?

Als sie erneut das hohe Fiepen hörte und abrupt den weiterführenden Gang, aus dem es gekommen war, ableuchtete, huschte ein fetter, dunkler Schatten mit eklig langem, dünnem Schwanz an ihr vorbei und verschwand dann ziemlich träge hinter einem der Särge. Angewidert verließ Theresa die Krypta, eilte den Gang zurück und begann die Treppe vorsichtig hinaufzuklettern. Dabei fiel ihr Blick auf eine Vorrichtung – direkt rechts neben ihr. Einem Impuls folgend, drückte sie den Knopf. Augenblicklich begann sich der Ausgang zu verschließen. Sie wiederholte erschrocken den Vorgang, und der Ausgang wurde wieder sichtbar. Schnell stieg sie durch die Öffnung und betätigte die Vorrichtung im Boden. Nachdem sich die Öffnung wieder geschlossen hatte, schob sie die Holzdiele über die kleine Bodeneinlassung und deckte den schweren Teppich darüber – nicht zu früh.

Ein junger Mann, offensichtlich Messdiener, kam auf den Altar zu und ging um ihn herum. Er stutzte und blickte irritiert auf Theresa herab.

„Kann ich Ihnen helfen?"

Das hatte keinesfalls nett geklungen, sondern meinte eigentlich: Was haben Sie hier zu suchen?

Theresa lächelte harmlos. „Nein danke! Ich glaube, nicht. Ich bin hier zu Gast und arbeite oben in der Bibliothek an meiner wissenschaftlichen Arbeit. Gerade frage ich mich, aus welchem Jahrhundert dieser antike Teppich wohl stammt und was die eingewebten Symbole bedeuten – wissen Sie das vielleicht?"

Der junge Mann blickte weiter argwöhnisch auf sie herab und verschränkte seine Arme. „Was für Symbole?"

Theresa warf einen Blick auf den Teppich, und tatsächlich konnte von Symbolen nicht wirklich die Rede sein. Lediglich zwei Farblinien umsäumten den Teppich – ansonsten war er einfarbig dunkelorange. Trotzdem deutete sie auf die zwei dünnen Linien und blickte den jungen Mann weiter fragend an.

„Dieser Teppich ist nicht antik, er wurde vor ein paar Wochen in einem der Läden hier in Höxter gekauft und gegen den alten Teppich, der tatsächlich antik war, ausgetauscht." Spöttisch fügte er hinzu: „Die Schlossverwaltung kann Ihnen sicher die Adresse des Geschäftes geben!" Er zückte sein Handy. „Wie ist denn Ihr Name, ich kann für Sie nachfragen!"

Theresa war aufgestanden. „Ist nicht nötig. Ich kläre es mit der Aufsichtsperson am Eingang."

Er musterte sie herablassend. „Sind Sie sicher, dass Sie an einer wissenschaftlichen Arbeit schreiben?"

Das war frech! „Und ob ich das bin!" Sie drehte sich abrupt um und marschierte zum Ausgang, wohl wissend, dass ihr der junge Mann hinterherblickte. Sie blieb am Tisch der Aufsichtsperson stehen. „Ist nicht viel los heute." Der Mann nickte. Offensichtlich war er gelangweilt und freute sich über ein Schwätzchen. „Können Sie mir etwas über den Altar und das Taufbecken erzählen? Leider sind diese Bereiche abgesperrt."

Der Pförtner schüttelte den Kopf. „Leider nein, ich mache hier nur Vertretung! Ich kann Ihnen aber einen Flyer geben."

„Das wäre nett." Als er ihr den Flyer überreichte, sah sie, dass der Messdiener sich offensichtlich beruhigt abwendete. Sie bedankte sich, öffnete die Tür zum Kreuzgang und hastete zurück zur Bibliothek.

Dort angekommen, räumte sie ihre Sachen zusammen und hielt plötzlich inne. Sie hatte sich ihren Arbeitsplatz nie genauer angesehen. Ihr Herz begann wild zu pochen. Sie legte die große Schreibauflage zur Seite, stellte Drucker und PC auf den Boden und trat einen Schritt zurück. Es konnte nicht wahr sein, und doch – es gab eigentlich keinen Zweifel. Theresa holte das Foto heraus, das ihre Großmutter an ihrem Sekretär sitzend abbildete. Nicht zu fassen! Theresa stand vor exakt demselben Möbelstück! Es versetzte ihr einen Stich, dass man die Schenkung hier offenbar überhaupt nicht gewürdigt, geschweige denn wertgeschätzt hatte! Sie strich über die brüchige Oberfläche aus Eiche mit eingearbeiteten Intarsien. Das ganze Möbelstück benötigte eine dringende Aufarbeitung!

Dann überprüfte sie die Schubladen, klappte Fächer auf und überprüfte auch die Rückwand des Sekretärs. Sämtliche Schubladen hatten Schlösser, waren aber unverschlossen und ließen sich problemlos öffnen. Zudem waren sie leer.

War es möglich, dass der Schlüssel, den sie in dem Spielkästchen gefunden hatte, trotzdem in eins der Schlösser passte? Gleich morgen würde sie zurückkommen und es überprüfen.

35

Theresa schritt den langen Flur zur Bibliothek entlang. Gestern Abend hatte sich Hagen wegen der Szene, die er ihr gemacht hatte, bei ihr entschuldigt und war wieder ins gemeinsame Schlafzimmer eingezogen. Doch sosehr er sich auch heute Morgen beim Frühstück zwanglos gegeben hatte, so waren ihr seine heimlichen Blicke keinesfalls entgangen. Heute Abend würde sie ganz besonders liebevoll und aufmerksam zu ihm sein. Mit einem eingelassenen Bad würde sie ihn empfangen und anschließend mit dem Zitronen-Duft-Öl verwöhnen, das er so liebte.

Doch jetzt galt ihre Aufmerksamkeit nur einer Sache – dem Sekretär ihrer Großmutter! Sie wartete, bis ein Schwung Bibliotheksbesucher vorbei war, dann holte sie den Schlüssel aus ihrer Tasche und steckte ihn in das Schloss der hochklappbaren Schreibfläche. Aber er passte weder dort noch in die Schlösser der Schubladen.

Enttäuscht stellte sie PC und Drucker wieder zurück an ihren Platz und ließ sich auf ihrem Stuhl nieder. Der heftige Tritt gegen die Bauchdecke kam plötzlich, und sie beobachtete, wie sich zwei Beulen ihren Bauch entlangbewegten. Ihr Kind wurde von Tag zu Tag aktiver – die Tritte, die sie zunehmend und immer heftiger gegen die Bauchdecke erhielt, zeigten es. Der Geburtstermin rückte immer näher. Sie begann, ihren Bauch zu massieren.

Vor drei Tagen waren sie und Hagen das erste Mal zum Geburtsvorbereitungskurs gegangen, und Hagen hatte ihr gestanden, dass er sich unter den Vätern wie ein Außenseiter gefühlt hatte. Doch sie war sich sicher – wenn das Kind erst mal da war, würde sich alles normalisieren.

Sie schloss die Augen und genoss diesen Moment der Ruhe. Dann betrachtete sie noch einmal nachdenklich den Schlüssel – zu welchem Gegenstück mochte er bloß gehören? Wieder fiel ihr Blick auf den Sekretär, und plötzlich hatte sie eine Eingebung. Sie tastete das Holz akribisch auf winzige Einkerbungen, Löcher und sonstige Besonderheiten ab – nichts! Dann ging sie in die Hocke und fühlte das Möbelstück von unten ab – auch nichts! Frustriert strich sie über die bauchigen und massiven Holzfüße. Da – am letzten Tischbein war etwas gewesen – oder hatte sie es sich nur eingebildet? Nein, da war etwas! Sie tastete die Stelle noch mal ab. Vielleicht nur eine geplatzte Stelle im Holz? Jedoch es schien eine, wenn auch winzige, so doch symmetrische Einlassung zu sein. Sie versuchte, mit dem Fingernagel die Spalte entlangzufahren, und hörte plötzlich ein leises Klicken – bingo!

Sich aufgeregt umblickend, zog sie den Sekretär von der Wand, und eine kleine, scheinbar aufgesprungene Klappe wurde sichtbar, wahrscheinlich ein Geheimfach, das seinerzeit vom Tischler äußerst raffiniert eingebaut worden war! Theresas Herz fing an zu rasen. Sie schob die Klappe leicht zur Seite und staunte nicht schlecht. Im Inneren der Öffnung lag eine kleine verzierte Metall-Schatulle. Sie war verschlossen. Aufgeregt griff Theresa nach dem Schlüssel. Ihre Hände zitterten, als sie ihn ins Schloss steckte. Klick!

Sie hob den Deckel an, und tatsächlich lag etwas im Inneren. Sie setzte sich langsam auf den Stuhl und starrte fassungslos auf das, was sie sah – einen Brief. Welchen Inhalts mochte er wohl sein, wenn sich jemand dermaßen Mühe gegeben hatte, ihn zu verstecken?

Sie untersuchte den Umschlag genauer. Zweifelsohne war das Papier antik. Doch das Siegel war bereits gebrochen.

Plötzlich kam Unruhe in der Bibliothek auf – eine Besuchergruppe näherte sich. Theresa wartete, bis sie vorbei war, dann begann sie zu lesen. Oberhalb des Briefes hatte der Verfasser das Datum und die Adressatin angegeben.

Im Mai 1654 – an Freifrau Sophia Gertrudis von Welvenstein.

Theresa musste sich einen Moment einlesen, denn der Brief war in der für diese Zeit typischen Kurrentschrift verfasst worden.

Im Mai 1654

Mein geliebtes, mein einziges Kind – Sophia Gertrudis, meine Tochter!

Du wirst Dich über diesen Brief wahrscheinlich wundern, doch es ist mein letzter Gruß an das Kind, das ich vor ziemlich genau 40 Jahren geboren habe und das, zu unser aller Sicherheit, in einer fremden Familie aufwachsen musste. Doch Du sollst nicht in Ungewissheit über Deine wahre Herkunft bleiben. Ich kam …

„Habe ich dich erwischt!“ Zwei schlanke, kräftige Hände legten sich plötzlich auf ihre Schultern.

Theresa schreckte hoch und drehte sich um. Lennart stand hinter ihr und schien sich vor Lachen schier auszuschütten. „Du müsstest dich jetzt mal im Spiegel sehen, Thess. Als hättest du einen Geist gesehen!“ Wieder lachte er und hielt abrupt inne. „Was ist das?“ Er deutete auf den Brief, den Theresa gerade in ihrer Handtasche verschwinden lassen wollte. Dann glitt sein Blick alarmiert über den immer noch von der Wand abgezogenen Sekretär und das geöffnete Geheimfach.

„Nichts! Nur ein Brief.“

„Nur ein Brief!“ Lennart hielt ihren Arm fest und entwendete ihr den Umschlag.

Theresa wollte ihn sich zurückholen, doch Lennart hielt den Arm hoch, und sosehr sie sich auch bemühte – sie kam nicht an ihn heran. Für Lennart schien es ein Riesenspaß zu sein – er lachte lauthals.

„Gib mir sofort den Brief zurück“, fauchte sie, „sofort!“

Lennart betastete den Brief – immer noch beide Arme über seinem Kopf. „Sieht nicht nur aus wie altes Papier – ist auch altes Papier!“ Er wurde schlagartig ernst, und Theresa sah, dass er den Brief plötzlich wie einen zerbrechlichen Gegenstand hielt. „Thess, du kannst froh sein, dass du das Papier nicht beschädigt hast – sonst hättest du jetzt ein echtes Problem!“ Dann stutzte er. „Du hast eins! Der Brief war versiegelt. Bist du wahnsinnig? Du kannst doch nicht einfach das Siegel eines antiken Briefes, den du hier gefunden hast, brechen! Das wird mit Sicherheit Konsequenzen für dich haben!“

„Konsequenzen? Der Brief gehört mir – er stammt aus dem Sekretär meiner Großmutter, also her damit!“

Sie machte wieder Anstalten, ihm den Brief zu entwenden.

„Wie kommst du darauf, dass es sich um den Sekretär deiner Großmutter handelt?" Lennart grinste plötzlich, und Theresa hasste ihn dafür.

„Stell dich nicht doof – du kennst das Foto ganz genau!"

„Von welchem Foto sprichst du?"

Theresa wollte sich wieder auf ihn stürzen, doch eine Besuchergruppe kam durch die Bibliothek geschlendert.

Als sie vorbei war, ging der Kampf weiter.

Außer Atem setzte sich Theresa auf den Stuhl, holte das entsprechende Foto aus ihrer Handtasche, legte es auf den Sekretär und klopfte wütend mit dem Zeigefinger auf das Bild. „Hier – vergleich doch selbst!" Sie bückte sich und hob zwei andere Fotos auf, die hinuntergefallen waren – jene Aufnahmen, die einmal ihre Großmutter und einmal ihre Urgroßmutter abbildeten. Seit der Geburtstagsfeier ihres Vaters trug sie die Fotos immer bei sich.

Als sie wieder hochkam, sah sie, dass Lennart das Foto keines Blickes würdigte, sondern stattdessen sie amüsiert musterte. „Thess, selbst wenn es sich um den Schreibtisch deiner Großmutter handelt – er gehört jetzt dem Schloss, verstehst du?" Theresa wollte etwas einwenden, doch Lennart fuhr fort: „Samt Inhalt, okay? Du hättest mich sofort informieren müssen."

Das reichte. Theresa sprang auf, griff nach Jacke und Tasche und ließ ihn stehen.

„Bitte sei doch vernünftig", rief er ihr hinterher.

Doch sie wollte nicht vernünftig sein und schlug beim Verlassen der Bibliothek laut die Tür zu.

Eine Schlossmitarbeiterin, die ihr entgegenkam, blickte erschrocken auf.

Theresa setzte eine freundliche Grimasse auf, sagte: „Verzeihung", und marschierte in Richtung Ausgang davon. Draußen versuchte sie, sich zu beruhigen. Das Schloss-Café schien geöffnet zu haben – ihr Magen knurrte.

Sie bestellte sich gleich zwei große Stücke Schokoladentorte und machte es sich auf dem gepolsterten Stuhl bequem. Erst jetzt fiel ihr auf, dass sie immer noch die zwei Fotos in der Hand hielt. Die Ähnlichkeit zwischen ihrer Großmutter und Urgroßmutter war wirklich verblüffend. Sie überlegte – wem in der Familie sah sie eigentlich ähnlich? Selbst konnte sie keine Ähnlichkeiten erkennen, doch Hagen fand, dass sie ihrem Vater wie aus dem Gesicht geschnitten war.

Sie betrachtete das Foto mit ihrer Urgroßmutter genauer. Marie-Therese trug ein elegantes Kleid und hatte eine Kette um den Hals, an der ein Schmuckstück baumelte – ein Anhänger. Sie stutzte. Er ähnelte in Größe und Form jenem Stein, den sie an dem ausgehobenen Loch am Friedhof entdeckt hatte! Warum war ihr das bisher noch nicht aufgefallen? Allerdings handelte es sich um eine verblasste Schwarzweiß-Fotografie – der Stein konnte genauso gut andersfarbig sein. Vielleicht gelang es ihr, mit einer Lupe genauere Details zu erkennen.

„Kannst du nicht verstehen, dass ich dir das nicht gestatten kann?!"

Diese Stimme hatte früher ihr Herz höher schlagen lassen. Auch jetzt schnellte ihr Adrenalinpegel in die Höhe

– allerdings aus anderen Gründen! Sie drehte sich nicht um. „Verfolgst du mich?“

Lennart setzte sich zu ihr. „Thess, dass wir uns kennen, entbindet mich doch nicht einer gewissen Pflicht und Verantwortung gegenüber meinem Arbeitgeber. Warum willst du das bloß nicht einsehen?“

„Und warum willst du bloß nicht einsehen, dass auch ich eine Pflicht und Verantwortung gegenüber meiner Familie habe?“

„Wenn der Brief überhaupt etwas mit deiner Familie zu tun hat, Schatz!“

„Nenn mich nicht so!“ Theresa hätte ihn am liebsten geschlagen, stattdessen blieb sie kühl. „Haben Absender und Adressat keinen Anspruch auf Vertraulichkeit?“

„Himmel, sie sind tot!“

„Damit verlieren sie doch nicht ihre Rechte!“

Lennart zuckte mit den Schultern. Als die Bedienung mit Theresas Kuchen kam, bestellte er zwei Gläser Wein, doch Theresa lehnte ab. Wie konnte er glauben, dass sie Alkohol trank – sie war schwanger! Hatte er das etwa vergessen?

Lennart musterte sie. „Bist du eigentlich glücklich, Thess?“

Was sollte das, bitte schön, mit dem Brief zu tun haben? Und warum stellte ihr schon wieder jemand diese Frage? Sie überhörte sie einfach und begann, den Kuchen in sich hineinzuschaufeln.

Er beobachtete sie abwartend. „Ich meine, du hast offensichtlich Fressattacken, läufst mit mürrischem Gesicht herum, bist streitsüchtig, und – ganz ehrlich – ich finde, dein Mann passt überhaupt nicht zu dir!“

Theresa schmiss die Gabel auf den Teller. „Das reicht! Verpiss dich!“

Lennart grinste.

„Was willst du eigentlich von mir, du von dir selbst eingenommener Arsch!“

Lennart lachte los. „Na endlich, das ist die Theresa, die ich kenne – ich hatte schon Sorge, du hättest dich verändert, besonders, was deine deftige Ausdrucksweise betrifft. Es freut mich, dass Provokation immer noch gut bei dir funktioniert.“

Theresa versuchte, sich den Ärger, dass sie ihm auf den Leim gegangen war, überhaupt nicht anmerken zu lassen. „Sollte dein Betrug von damals womöglich auch ‚nur‘ eine reine Provokation in meine Richtung gewesen sein!?“

Lennart grinste schief. „Wie kommst du jetzt plötzlich darauf?“

Ja, wie kam sie plötzlich darauf? Vielleicht hatte sie auf die passende Gelegenheit gewartet. Schließlich sprach man über das, was einen bewegte. „Antworte doch – war es eine Provokation?“

Lennarts Heiterkeit war plötzlich verschwunden. „Was, wenn?“ Sein Gesicht nahm einen mürrischen Zug an. „Du hattest manchmal eine Art, die einem echt die Eier abgeschnitten hat – weißt du das? Du warst ein extrem attraktives Mädchen, aber auch extrem eigenwillig und dickköpfig, und das scheint ja bis heute so zu sein! Wenn jemand nicht nach deiner Pfeife tanzt, ziehst du dich zurück und lässt ihn am langen Arm verhungern!“

„Und deshalb musstest du dich mit einem Mädchen ein paar Schulklassen unter uns trösten, oder besser gesagt, dein Ego aufpolieren – du armer Junge, du?"

Lennart nahm einen großen Schluck Rotwein. „Und du – warst du vielleicht besser? Hast du es mir etwa nicht mit gleicher Münze heimgezahlt – du armes Mädchen, du?!"

Theresa lachte böse auf. „Mein Verhalten war wohl Majestätsbeleidigung, was? Hast du dich deshalb nicht mehr gemeldet, weil du mich bestrafen, mich auch mal ‚am langen Arm verhungern lassen' wolltest?"

Lennart schwieg eine Weile und schien nachzudenken. „Sagen wir mal so – ich war beleidigt!" Er zögerte, bevor er weitersprach: „Und dann auch noch ausgerechnet dieser Zöckler! Was hätte es da noch zu sagen gegeben?"

Theresa lachte böse. „Was bist du doch für ein Narzisst!"

„Ich dachte damals, dass du mich liebst, Theresa!"

„Das dachte ich auch!" Sie wollte aufstehen.

Lennart hielt ihren Arm fest. „Lass uns doch die alten Geschichten ruhen lassen. Mann, wir waren kaum volljährig und haben ein paar dumme Fehler gemacht – okay. Ich gebe zu, wir hätten es klären müssen, anstatt es unausgesprochen und wie eine unfertige Geschichte enden zu lassen! So haben wir den ganzen Mist über all die Jahre mit uns herumgetragen. Aber wir sind jetzt erwachsen!"

Das stimmte allerdings. Sie musterte ihn eine Weile und fühlte sich plötzlich – befreit.

Lennart schien ihren Blick misszuverstehen und küsste plötzlich die Innenfläche ihrer Hand.

Abrupt entzog sie sie ihm! Wie konnte er sich so übergriffig verhalten?! „Ich bin mit Hagen wirklich sehr glücklich, Lennart – es tut mir leid, wenn du es mit deiner Frau nicht bist!“

Ihr Handy klingelte – Hagen! „Was machst du, wann bist du zu Hause?“, wollte er wissen.

„Ich bin noch in der Bibliothek!“, log sie, sprang auf und suchte hektisch ihre Sachen zusammen. „Ich packe gerade zusammen und fahre dann sofort los.“ Sie beendete das Gespräch, während Lennart sie spöttisch musterte.

Er trank seinen Wein aus, dann stand er ebenfalls auf. „Darf ich dich zum Abschied umarmen?“

Theresa überlegte kurz – dagegen war eigentlich nichts einzuwenden. Die Sache zwischen ihnen war geklärt, und es war gut, wenn sie entspannt miteinander umgingen. Sie nickte.

Er schloss sie in die Arme.

„Was ist mit dem Brief!“, hörte sie sich fragen und spürte, wie Lennart sich verkrampfte.

Er räusperte sich. „Ich mache dir einen Vorschlag, Thess.“

Sie löste sich aus seiner Umarmung und blickte ihn aufmerksam an.

„Was hältst du davon, wenn wir uns neu kennenlernen – ganz zwanglos. Wir treffen uns und reden!“

Theresa wollte etwas einwenden, doch Lennart kam ihr zuvor. „Nur reden! Schau, wäre damals nicht alles so doof gelaufen, wären wir heute vielleicht noch zusammen.“

Was sollte das? Hatte er ihr denn gar nicht zugehört? Sie war verheiratet und hochschwanger, doch das schien er völlig zu ignorieren. Es war arrogant und zeigte seinen

Mangel an Respekt sowohl ihr als auch Hagen gegenüber! Wieder dachte sie an seinen zweifelhaften Ruf, der ihm vorauseilte. Das Bild eines herumstreunenden Köters, der überall fremde Reviere zu markieren versuchte, schob sich plötzlich vor ihr inneres Auge.

„Ich will dich nicht drängen, Thess", hörte sie ihn sagen, „überleg es dir in aller Ruhe – der Brief ist bei mir in guten Händen. Was meinst du?"

Theresa sah sein erwartungsvolles Gesicht und lächelte. „Ich sage: ‚Verpiss dich, du arme, arme Wurst, du!'" Dann drehte sie sich um und ließ ihn stehen. Als sie bei ihrem Auto ankam, hatte sie sich längst beruhigt und musste fast lachen – irgendwie würde sie an den Brief kommen, und sie hatte auch schon eine Idee, wie!

So entspannt hatte sie sich schon lange nicht mehr gefühlt. Als sie ins Wohnzimmer kam, schien Hagen bereits auf sie zu warten. „Entschuldige Schatz." Sie umarmte ihn und setzte sich. „Ich wollte so gern vor dir da sein und dich mit etwas überraschen. Ich hab's mir so schön vorgestellt."

Hagen musterte sie kühl. „Ach, weißt du – mein Bedarf an Überraschungen ist für heute, glaube ich, gedeckt!"

Theresa lachte. „Das glaube ich nicht. Wenn du wüsstest, was es ist, würdest du nicht so reden." Doch dann hielt sie inne. Erst jetzt fiel ihr seine Distanz auf. Er fasste sie ruhig bei den Schultern, und sie erschrak vor seinem Blick.

„Thessa, ich frage dich jetzt nur einmal – wo kommst du gerade her? Überleg dir genau, was du antwortest."

Sie blickte ihn irritiert an. „Was soll das? Du weißt, wo ich war. Ich war in der Bibliothek in Höxter!"

„Die ganze Zeit?"

Theresa überlegte. Wenn sie die Sache mit Lennart thematisierte, würde es vielleicht wieder zu einer unnötigen Diskussion kommen. „Ja, bis du mich angerufen hast."

Hagen wurde blass. „Du lügst mir ins Gesicht – obwohl wir erst vor Kurzem ausgemacht haben, dass es zwischen uns keine Heimlichkeiten mehr geben soll!"

„Ich lüge nicht!"

„Doch, tust du. Du warst mit Lennart zusammen – leugne es nicht, ich habe dich mit ihm zusammen im Café gesehen!"

Was konnte sie darauf erwidern – was zu ihrer Verteidigung vorbringen – nichts! Sie hatte gelogen. Das Motiv spielte keine Rolle! „Spionierst du mir etwa nach?"

„Nenn es, wie du willst. Du bist seit der Schwangerschaft verändert – warum das so ist, ist mir klargeworden, als ich euch zusammen gesehen habe!"

„Was hast du gesehen?"

„Du weißt es."

„Was weiß ich?!"

„Eure Zärtlichkeit!" Dann knallte er einen Briefumschlag auf den Tisch.

„Was ist das?"

„Lies!"

„Was ist das??"

„Lies!! Von der Kripo Island – das Ergebnis des Vaterschaftstests!"

„Und?"

„Herrgott, Thessa, lies es!"

Hagen stand auf, ging auf die Terrasse und zündete sich eine Zigarette an. Theresa las, und nach einer Weile ließ sie den Brief sinken. Das Ergebnis war eindeutig: Zenker war nicht der Vater ihres Kindes.

Hagen kam wieder rein und marschierte ins Schlafzimmer.

Theresa folgte ihm und sah, wie er eine Reisetasche packte. „Was hast du vor?"

„Für wie blöd haltet ihr mich denn?! Wenn Lennart dir einen Freundschaftsdienst erwiesen und seine Potenz unter Beweis gestellt hat – dann mag er sich nun auch in finanzieller Hinsicht um euren gemeinsamen Nachwuchs kümmern. Ich jedenfalls will nicht mit einem Riesengeweih durch die Gegend laufen und auch noch für ein Kuckucksei verantwortlich sein. Du bist durch und durch unehrlich, Theresa! Wie konntest du mir so etwas antun?!"

„Was?!" Theresa war außer sich.

„Du hast mich sehr wohl verstanden! Ich vertraue dir nicht mehr!" Er schnappte ihr den Brief aus der Hand und fächerte ihn wütend. „Der Vaterschaftstest ist deshalb negativ – weil es von Anfang an keinen Täter gegeben hat! Da kam dir doch die kleine Schwäche auf Island, während der Nordlichter, ganz gelegen, oder? Wusstest du da schon von deiner Schwangerschaft? Sollte mich nicht wundern, wenn das Kind vor dem Geburtstermin zur Welt kommt!"

Theresa wollte etwas einwenden, doch Hagen kam ihr zuvor, während er zur Tür marschierte. „Verschon mich mit weiteren Lügen", er öffnete die Tür, „den Rest meiner Sachen hole ich in den nächsten Tagen ab. Ich beteilige mich natürlich an der Miete, bis du was Neues gefunden hast."

Die Tür fiel ins Schloss, und Theresa war für einen Moment wie betäubt. Dann rannte sie in die Küche und blickte zum Fenster hinaus. Hagen stieg gerade in seinen Wagen. Als er losfahren wollte, entdeckte er sie am Fenster. Sein Blick traf sie bis ins Mark. Als sie sich abwendete, startete er den Motor.

Hektisch tippte sie eine Nummer in ihr Handy. Als sich die Kripo Reykjavik meldete, verlangte sie Kommissar Sturluson.

„Frau Zimmermann-Einarsson, was gibt es noch?"

„Der Vaterschaftstest –"

Sturluson unterbrach sie. „Negativ – ich weiß! Wir haben Zenker bereits aus der Untersuchungshaft entlassen."

„Was?! Aber er muss es sein. Vielleicht wurde der Test manipuliert, oder ...", sie überlegte, „Zenker ist eine genetische Chimäre oder so was?"

„Eine was?"

Theresa versuchte, ruhig zu bleiben. „Eine genetische Chimäre – zum Beispiel ein unerkannter Zwilling, der die Rest-DNA seines ungeborenen Zwillings in sich trägt."

„Habe von so etwas noch nie gehört."

„Wer käme sonst noch als Täter in Betracht?"

Sturluson seufzte. „Sagen Sie es mir?!"

„Das ist doch Ihre Aufgabe – oder irre ich mich? Wie wäre es, wenn Sie sich einfach ein bisschen mehr Mühe geben würden, Herr Sturluson?"

„Wie wäre es, wenn Sie uns einfach einen Täter präsentieren würden – wenn es doch so leicht ist, Frau Zimmermann-Einarsson!"

Sie fing plötzlich an zu heulen – ihre Beherrschung war dahin! „Mein Mann hat mich gerade verlassen – er glaubt mir nicht mehr, ich weiß einfach nicht mehr weiter. Verstehen Sie das?"

Sturluson schwieg eine Weile. „Ich bleibe dran, das verspreche ich Ihnen. Haben Sie eigentlich gelesen, dass es Auffälligkeiten in der DNA Ihres Kindes gibt?"

Das hatte sie nicht und spitzte jetzt ihre Ohren.

„Da stand was von verkürzten DNA-Strängen oder so – keine Ahnung, ob es eine gesundheitliche Relevanz hat. Es werden immer wieder mal Anomalien beim Bluttest festgestellt – nicht immer hat es, glaube ich, etwas zu bedeuten, aber vielleicht setzen Sie sich mit Ihrer Gynäkologin in Verbindung."

Theresa bedankte sich und beendete das Gespräch. Morgen früh hatte sie ohnehin den nächsten Ultraschalltermin und würde sich von ihrer Ärztin beraten lassen. Direkt im Anschluss würde sie Pater Fidelio treffen.

36

Er schloss die Augen, lehnte sich zurück und inhalierte den ersten Zug. Theresa hatte gerade angerufen. Sie würde sich etwas verspäten. Das laute Klopfen an der Tür schreckte Fidelio auf. Er drückte den Joint aus und ließ ihn in der Schreibtischschublade verschwinden. Dann öffnete er das Fenster, wedelte den Qualm raus und wartete noch einen Moment, bis sich der Geruch verflüchtigt hatte. „Ja, bitte!"

Lennart Neubert kam herein – hinter ihm Gideon.

„Verzeihung, Hochwürden, ich habe Herrn Neubert gesagt, dass Sie heute eigentlich nicht zu sprechen sind, aber er –"

„Schon gut, Herr Krause, wir sind verabredet. Habe vergessen, es Ihnen zu sagen – tut mir leid!" Gideon nickte und musterte Lennart kurz, dann schloss er die Tür.

Lennart marschierte zum Schreibtisch und nahm unaufgefordert gegenüber Fidelio Platz. Dann holte er aus seiner Aktentasche einen großen Umschlag hervor.

„Ist es das, was der Baron versprochen hat?"

Lennart nickte. Seine schlechte Laune stand ihm ins Gesicht geschrieben.

Fidelio griff nach dem Umschlag. „Und das ist definitiv das Original?"

„Überprüfen Sie es doch!" Lennart lehnte sich zurück und legte seine Beine auf dem Schreibtisch ab.

Fidelio ignorierte die Frechheit, öffnete den großen Umschlag und griff hinein.

„Haben Sie nicht vorgesorgt – ich meine, keine Schutzhandschuhe? Sie wissen doch, dass der Brief antik ist, oder?!" Lennart blickte ihn missbilligend an.

Fidelio schien einen Moment ratlos.

Lennart griff in die Innentasche seiner Jacke, holte weiße Flanellhandschuhe heraus und warf sie über den Schreibtisch. „Hab's mir schon gedacht – alter Mann!"

Fidelio musterte Lennart, während er sich die Handschuhe anzog. „Warum bist du eigentlich immer so aggressiv – so feindselig? Ist es nicht an der Zeit, die Zwistigkeiten beizulegen?" Er schob seine Brille zurecht und überflog den Brief.

Lennart musterte ihn kalt. „Niemals – nicht in hundert Jahren!"

„Was genau wirfst du mir denn vor?"

„Sie wissen es!" Er nahm seine Füße vom Schreibtisch und stützte seine Ellbogen auf dem Möbelstück ab. „‚Ein halb leeres Glas Wein ist zwar zugleich ein halb volles, aber eine halbe Lüge mitnichten eine halbe Wahrheit!' Jean Cocteau."

Der Pater wollte etwas erwidern, doch in dem Moment wurde an die Tür geklopft, und Theresa trat ein.

Lennart warf Fidelio einen ärgerlichen Blick zu. „Dann will ich nicht länger stören!" Er deutete auf den Brief in Fidelios Hand. „Wenn ich bitten darf!"

Fidelio faltete das Dokument vorsichtig zusammen, steckte es wieder in den Umschlag und gab Lennart die Flanellhandschuhe zurück. „Ich habe mit dem Baron vereinbart, dass ich den Brief vorerst in Gewahrsam nehme!"

„Gewahrsam? Sie erhalten ihn nur zur Überprüfung, wurde mir gesagt. Also!" Lennart wiederholte seine Geste, dass Fidelio den Brief herausrücken sollte.

„Du kannst bei deinem Arbeitgeber anrufen und dich vergewissern, wenn du willst! Draußen, wenn ich bitten darf!" Er machte eine eindeutige Geste.

Lennart verstand und marschierte zur Tür. „Was für ein Spiel treiben Sie eigentlich – Hochwürden?" Die Art, wie er das letzte Wort betonte, ließ keinen Zweifel darüber aufkommen, was Lennart von Fidelio hielt.

„Diese Frage solltest du dir selbst stellen – Lennart!" Fidelio wandte sich Theresa zu. „Verzeih, dass du gerade Zeugin dieser kleinen, unschönen Auseinandersetzung wirst!"

Lennart lachte böse und öffnete die Tür. „Wie scheinheilig Sie sind! ‚Wer Lügen frech redet', wird nicht entkommen!" Er ging und knallte die Tür hinter sich zu.

„Warum verhält er sich Ihnen gegenüber so?"

„So respektlos, meinst du?"

Theresa nickte.

Fidelio zuckte mit den Schultern. „Keine Ahnung – das muss dich aber nicht belasten."

Es war das erste Mal, dass Theresa das Gefühl hatte, dass der Pater nicht die Wahrheit sagte.

Er musterte sie besorgt. „Du siehst schlecht aus, Theresa!"

Sie lächelte müde. „Sie sehen auch nicht gerade wohl aus, Hochwürden!"

„Möchtest du ein Glas Wasser?"

Sie schüttelte den Kopf und wollte nach dem Umschlag greifen.

Fidelio kam ihr zuvor. „Ich muss dich bitten, dich wegen des Briefes noch etwas zu gedulden, Theresa. Der Baron hat mich gebeten, dir vorerst nicht das Original auszuhändigen – bis die Eigentumsverhältnisse geklärt sind und der Inhalt des Briefes überprüft ist." Theresa wollte protestieren, doch der Pater kam ihr zuvor. „Ich werde dir selbstverständlich eine Kopie anfertigen und das Original im Tresor aufbewahren, sodass außer mir niemand darankommt. Ich verstehe, dass dich die ganzen Umstände ärgern, doch ich musste es dem Baron versprechen, sonst hätte er mir den Brief überhaupt nicht ausgehändigt!"

Theresa nickte.

Der Pater griff zum Telefon. „Ich habe so viel mit dir zu besprechen, müsste aber noch ein kurzes Telefonat führen. Ist es möglich, dass du einen Moment im Nebenzimmer wartest? Danach bin ich ganz für dich da."

„Kein Problem!" Sie stand auf und ging nach nebenan.

Der Pater überflog den Brief, wählte eine Nummer und nannte seinen Namen. „Ich soll mich mit Ihnen in Verbindung setzen. Man hat mir gesagt, dass Sie jetzt zuständig sind – nach dem schrecklichen Vorfall, ist das richtig?" Er hörte eine Weile zu. „Schlimme Sache, dann müssen auch Sie jetzt vorsichtig sein ... Ja, Sie haben natürlich recht – wir alle. Ich würde gern mit der jungen Frau zu Ihnen kommen! Es gibt da etwas Neues – es geht um einen Brief!" Er nickte. „Freitag Abend wäre okay. Wenn Sie nichts mehr von mir hören, steht der Termin!" Er wiederholte die Adresse, während er sie notierte, dann legte er auf. Eine Weile trommelte er mit seinen Fingern rhythmisch auf den Schreibtisch. Dann stand er auf und bat Theresa wieder zu sich herein. „Kannst du dich bitte noch zwei Tage gedulden? Frag mich bitte jetzt nichts und vertrau mir! Was machst du am Freitagabend?"

„Übermorgen?" Sie überlegte. „Am Vormittag bin ich verabredet."

„Okay, wir zwei sind es am Abend. Hol mich um sechs ab – ich möchte dir jemanden vorstellen. Ich verspreche dir, dass es sehr aufschlussreich für dich sein wird!"

Theresa blickte von Fidelio zu dem Brief und wieder zurück – dann nickte sie langsam.

Fidelio musterte sie. „Wann ist es so weit?"

„In etwa zwei Wochen!"

„Wie geht es denn euch beiden?"

Theresa lächelte und legte ihre Hand auf den Bauch. „Ich war gerade bei meiner Ärztin – alles bestens!"

Der Pater brachte sie zur Tür und öffnete sie. „Ich bete für deine Versöhnung mit deinem Mann, Theresa!"

„Ich glaube, da kann auch der liebe Gott nichts mehr machen! Die ganze Situation hat Hagen viel abverlangt – und mir auch."

Hinter der Telefonanlage tauchte plötzlich Gideons Kopf auf. Als sie ihn bemerkten, schien es ihm peinlich zu sein.

Fidelio stutzte. „Herr Krause!"

„Verzeihung, Hochwürden – ich verstecke mich nicht, aber der Computer hängt sich heute andauernd auf." Wie zum Beweis hielt er einen Stecker hoch und stöpselte ihn unter seinem Schreibtisch ein.

„Aber was machen Sie denn noch hier, Sie haben doch heute eigentlich frei!"

„Das stimmt, ich habe nur schnell ein paar liegengebliebene Sachen nachgearbeitet." Er schien noch etwas sagen zu wollen, doch er räusperte sich lediglich.

Fidelio blickte ihn fragend an. „Was ist??"

Gideon machte ein vielsagendes Gesicht. „Herr Neubert ... dachte wohl auch, dass ich weg bin. Da hat er sich geirrt. Ich war vorhin so frei und habe ihm nachdrücklich dabei geholfen, seine Lauscher von Ihrer Tür zu entfernen." Theresa warf Fidelio einen alarmierten Blick zu, doch der lächelte und zuckte bloß mit den Schultern. „Die Tür ist aus stabiler Eiche!"

Als Theresa fort war, wandte sich Fidelio an Gideon. „Herr Krause, ich schließe später ab. Sie gehen jetzt und genießen Ihren freien Tag." Nachdem Fidelio die Tür zu seinem Zimmer geschlossen hatte, marschierte er zum Schreibtisch, griff nach dem Telefonhörer und tippte eine Nummer ein – hielt aber plötzlich inne und legte wieder auf. Dann zog er aus der Hosentasche ein Uralt-Handy und tippte dort die Nummer erneut ein. „Hallo, Franz, ich bin's, Fidelio. Kann ich bei dir vorbeikommen? Ich möchte dir ein paar Dokumente übergeben ... Morgen ist schlecht! Geht es ausnahmsweise heute, genau genommen jetzt? Es ist sehr dringend – wenn ich's dir erkläre, verstehst du's." Eine Pause entstand, dann nickte der Pater. „Danke, bin gleich bei dir!"

Am Parkplatz lungerte Lennart herum. Zuerst befürchtete Theresa, dass er womöglich auf sie wartete, doch er machte keine Anstalten, sie anzusprechen. Stattdessen musterte er sie auf eine Weise, die etwas Lauerndes, Dunkles und deshalb Beunruhigendes hatte – etwas Böses, das sie an ihm noch nie zuvor wahrgenommen hatte. Die Prophezeiung der alten Blinden auf Island fiel ihr ein. Sie hatte vor vermeintlichen Freunden gewarnt, die Böses im Sinn hatten! Auch wenn das absurd war – in Kombination mit Lennarts feindlichem Auftreten ihr gegenüber bekam es ein „Geschmäckle".

Als sie losfuhr, sah sie im Rückspiegel, dass er ihr so lange hinterherblickte, bis sie aus seinem Sichtfeld entschwunden war.

Ihre Eltern saßen draußen am Mittagstisch, und Theresa beobachtete, während sie ausstieg, dass ihre Mutter offensichtlich über eine Bemerkung ihres Vaters lachte. Ihre letzten Besuche bei den Eltern waren erstaunlich entspannt gewesen, und die sexuelle Neigung ihres Vaters hatte, zumindest verbal, keine Rolle mehr gespielt. Sie war froh darüber – letztendlich ging es sie ja auch gar nichts an.

Elisabeth rückte ihr einen Stuhl zurecht, und Ferdinand brachte noch ein Gedeck.

Dann verabschiedete er sich. „Wenn ihr nichts dagegen habt, würde ich gern in meine Werkstatt gehen."

„Wann ist denn der Termin deiner Ausstellung?"

„Nicht meine Ausstellung! Es ist eine Gemeinschaftsausstellung vieler Künstler zum Thema ‚Gesichter des Christentums'."

„Was auch immer man darunter verstehen mag."

Ferdinand stutzte, ging aber nicht auf ihre Bemerkung ein und fuhr fort: „Ende November findet die Vernissage statt!"

„Nur Skulpturen?“

„Nein, wieso nur Skulpturen? Ich denke, dass alles, was man unter bildender Kunst versteht, seinen Raum finden wird. Allerdings wird meine Arbeit vermutlich eine der aufwendigsten sein!“

Theresa schmunzelte. Warum wunderte sie das nicht? „Ist sicher auch ziemlich gut bezahlt, oder?!“ Sie zwinkerte ihrer Mutter zu. Beide kannten Ferdinand – nur, wenn sich etwas finanziell lohnte, legte er sich ins Zeug, ansonsten ließ er die Finger zumindest von solch aufwendigen Projekten.

„Hör mir bloß auf! Neubert hat mich angerufen, er wollte die abgemachte Summe für die Skulpturen neu verhandeln – natürlich deutlich nach unten. Was denkt der sich eigentlich? Dabei hat er mit den Sponsoren, die er angeblich gewonnen hat, richtig geprahlt. Aber abgemacht ist abgemacht!“

„Außerdem hast du es doch schriftlich, oder?“

Das sauertöpfische Gesicht ihres Vaters sprach Bände. „Zur Not liefere ich nicht!“, brummte er und verschwand in Richtung Werkstatt.

Theresa wühlte in ihrer Tasche, holte den Granat, den sie gefunden hatte, hervor und zog aus einem Briefumschlag die halb verbrannte Seite hervor, die zu dem Briefstapel aus dem Ofen gehörte.

Elisabeth blickte sie fragend an.

„Kommt dir dieser Anhänger vielleicht bekannt vor, Mama?“ Elisabeth nahm ihn in die Hand und betrachtete ihn. „Die Fassung sieht antik aus. Das ist Gold!“

„Das denke ich auch. Hast du ihn vielleicht mal an Oma oder sonst wem gesehen?“

„Nicht, dass ich wüsste." Elisabeth stand auf, verließ die Terrasse und kam mit einer Lupe in der Hand zurück. Theresa packte das Foto aus, auf dem sie den Granatanhänger am Hals ihrer Urgroßmutter wiedererkannt zu haben glaubte.

„Was denkst du, ist es derselbe?"

Beide verglichen den Stein, den ihre Urgroßmutter um den Hals trug, mit dem Granat, den Theresa gefunden hatte. Die Schmuckstücke ähnelten einander – doch die Fassung des Steins auf dem Foto war selbst mit der Lupe kaum zu erkennen.

Wieder stand Elisabeth auf und kam mit einer Art gläsernem Klotz zurück – tatsächlich ebenfalls eine Lupe.

Theresa lachte. „Wen willst du denn damit ermorden?"

Sie legte das Foto unter die Lupe und schaute durchs Glas. Sie zog die Augenbrauen hoch und ließ dann ihre Mutter durchblicken.

Elisabeth stutzte. „Sieht identisch aus!"

Theresa grübelte und betrachtete den Stein in ihrer Hand. „Selbst wenn dieser Stein kein Unikat ist – was glaubst du, wie wahrscheinlich es ist, dass ich das gleiche und nicht dasselbe Schmuckstück ausgerechnet an der Stelle der Kirchenmauer finde, wo ich das Grab meiner Urgroßmutter vermute?"

Elisabeth verstand nicht sofort.

„Ich will damit sagen, dass ich den richtigen Riecher hatte und die sterblichen Überreste von Marie-Therese dort zumindest irgendwann mal gelegen haben müssen!" Dann schob sie Elisabeth die halb verbrannte Briefseite zu, die sie zusammen mit den anderen Briefen im Eisenofen, oben auf dem Speicher, entdeckt hatte. „Und was ist damit?“

Ihre Mutter blickte erstaunt auf und begann zu lesen:

„Es ist bedauerlich, dass du nach all den Jahren erst jetzt die Wahrheit erfährst. Hättest du dich mir bloß früher anvertraut! All die Jahre hast du deinen Kummer allein mit dir herumgetragen. Du wirst sehen – alles wird gut. Deinem Wunsch entsprechend, habe ich mich bereits mit Luci und Co. in Verbindung gesetzt. Zögere nicht, wenn du noch Hil…“

Theresa beobachtete ihre Mutter aufmerksam. „Sagt dir das etwas?“

Elisabeth zuckte mit den Schultern. „Eigentlich nicht.“

„Mama, ich habe die Briefe oben in dem alten Eisenofen auf dem Speicher gefunden. Jemand wollte sie verbrennen – entweder du oder Oma. Von welcher Wahrheit, von welchem Kummer spricht der Verfasser da? Ich dachte, es könnte ein Brief an dich sein und sich vielleicht irgendwie auf Papa beziehen!?“

Elisabeth blickte sie fragend an. „Auf deinen Vater? Wie kommst du denn darauf?“

Theresa machte ein vielsagendes Gesicht und eierte herum. „Na ja, du weißt schon – wegen seines sexuellen Interesses an Männern.“

„Aber wer sollte denn den Brief an mich geschrieben haben?“

„Ja, eben! Das frage ich dich doch!“

„Ich habe wirklich keine Ahnung. Mit mir und deinem Vater hat der Brief nichts zu tun! Außerdem habe ich, außer zu dir, mit niemand anderem über diese Geschichte gesprochen!"

„Okay. Gesetzt den Fall, der Brief war an Oma gerichtet, was könnte der Inhalt dann bedeuten? Was sollte in die Wege geleitet werden? Wer sind Luci und Co.? Ist das eine Firma oder so was? Kling jedenfalls danach."

Elisabeth zog die Stirn kraus, ging zum Bücherschrank, kramte aus dem unteren Fach eine Kiste hervor und stellte sie vor Theresa ab. Sie war voller Postkarten und Briefe! „Das ist die restliche Korrespondenz deiner Großmutter, die ich noch nicht gesichtet habe!" Sie nahm die verkohlte Seite zur Hand und blickte nachdenklich darauf. „Wenn dieser Brief an meine Mutter gerichtet war, was anzunehmen ist, dann hat ihr der Absender vielleicht mehr als einmal geschrieben."

Theresa verstand. „Gute Idee, dann lass uns die Handschriften vergleichen." Sie fischte eine Postkarte heraus – und hatte den ersten Urlaubsgruß in der Hand, den sie selbst der Großmutter von einem Schüleraustausch aus der Provence gesendet hatte. Sie konnte sich noch gut daran erinnern, wie sie das Motiv mit den tiefvioletten Lavendelfeldern ausgesucht hatte.

Stunden vergingen, und immer wieder wurden Theresa und Elisabeth von gemeinsamen Erinnerungen eingeholt.

Plötzlich griff Elisabeth nach dem verkohlten Brief. Theresa beobachtete sie erwartungsvoll.

„Hier, sieh mal!"

Ihre Mutter schob ihr eine Postkarte mit Bergmotiv samt verkohltem Brief über den Tisch. Eindeutig dieselbe Schrift! Theresa las. Der Absender grüßte ihre Großmutter aus Südtirol und ließ sich kurz über den wundervollen botanischen Garten, das gute Essen, Wein, Apfelplantagen und die herzlichen Menschen aus. Unterschrieben war die Karte mit „Herrmann Friedrich“.

„Bingo! Wir sind einen Schritt weiter. Der Poststempel datiert vom 13. Juli 1995. Leider kein Nachname und natürlich auch keine Adresse.“

Elisabeth grinste. „Nicht nötig – ich glaube, ich weiß, wer Herrmann Friedrich ist.

Theresa warf ihrer Mutter einen erstaunten Blick zu. „Echt?“

„Echt! Es handelt sich um den verstorbenen Vater des jetzigen Schlossbesitzers von Corvey.“

Theresa erinnerte sich, dass ihre Mutter schon mal erwähnt hatte, dass ihre Großmutter mit dem alten Baron von Söllingsgrund von Kindesbeinen an befreundet gewesen war.

„Ist es möglich, dass Oma die ganze Korrespondenz loswerden wollte, weil sie sich vielleicht über Herrmann Friedrich geärgert hat? Vielleicht hat er nicht in ihrem Interesse gehandelt – zumindest nicht so, wie er es ihr hier, in diesem Brief, verspricht.“ Sie tippte auf die halb verkohlte Seite.

Ihre Mutter schüttelte den Kopf. „Ich wüsste nicht, dass es zum Schluss Zwistigkeiten zwischen deiner Großmutter und dem Baron gegeben hätte. Allerdings glaube ich, dass es zu diesem Zeitpunkt mit der Krankheit deiner Großmutter allmählich losging!“

„Und du meinst, dass das ein Grund sein könnte, warum die Briefe im Ofen gelandet sind?“

Elisabeth nickte. „Vielleicht wusste sie da schon nicht mehr so genau, was sie tat!“ Ein Schatten legte sich plötzlich auf ihr Gesicht.

Theresa bemerkte es. „Was ist, Mama?“

Elisabeth zögerte. „Es gab schon vor der Alzheimererkrankung deiner Großmutter immer wieder Momente, wo ich mir nicht sicher war, ob sie bei Verstand ist.“

„Was meinst du?“

Elisabeth räusperte sich. „Als ich klein war, habe ich ein paarmal erlebt, wie sich meine Mutter urplötzlich verändert hat. Sie führte Selbstgespräche, manchmal sprach sie auch zu jemandem, der gar nicht da war. Meistens musste sie anschließend das Bett hüten. Einmal habe ich an der Tür gelauscht, als der Arzt da war.“

„Und?“

„Na ja, sie sprach über – Dinge!“ Elisabeth schwieg abrupt.

„Dinge? Was denn für Dinge, Mama?“

„Na ja – eben Dinge.“

Theresa verstand nicht und schüttelte ungeduldig den Kopf. Elisabeth gab sich einen Ruck. „Sie sprach von Erscheinungen, fühlte sich beobachtet, manchmal wohl auch bedroht! Wenn sie so war, musste sie Medikamente einnehmen – doch die Zustände kamen immer wieder. Meine Mutter war dann für mich wie eine Fremde. Das hat mir Angst gemacht, wie du dir sicher vorstellen kannst. Mir blieb nichts anderes übrig, als darauf zu warten und zu vertrauen, dass ihre Zustände irgendwann vorbei waren und sie wieder ‚meine Mutter‘ wurde.“ Sie schwieg eine Weile und schien nachzudenken, dann blickte sie Theresa durchdringend an. „Verstehst du das?"

Theresa nickte. „Und ob!" Auch sie hatte die Großmutter einmal so erlebt – da war sie vielleicht neun Jahre alt gewesen. Doch im Gegensatz zu Elisabeth hatte sie überhaupt keine Furcht verspürt, sondern das Ganze für ein spannendes Spiel, für eine Art Schauspiel, seitens ihrer Großmutter gehalten, in dem auch sie, Theresa, ihren Part gehabt hatte. Plötzlich durchfuhr sie ein Gedanke. „Mama, als ich dir von Island erzählt und darüber gesprochen habe, dass ich mich in jener Nacht, kurz vor meiner Ohnmacht, auf merkwürdige Weise beobachtet gefühlt habe, hast du da etwa an Oma gedacht? Hast du gedacht, dass ich wie sie bin?"

Elisabeth nickte zögernd. „Und wie deine Urgroßmutter – sie war ja auch ... psychisch labil!" Dann schwieg sie lange, bevor sie sehr leise weitersprach: „Und ich bin es ja auch!" Sie griff nach Theresas Händen. „Ich will dich nicht verlieren, verstehst du?"

„Tust du auch nicht, Mama!"

„Und ich will dir keine Angst einflößen", sie legte ihre Hand auf Theresas Bauch, „gerade jetzt in deinem Zustand." „Ich passe schon auf mich auf, das verspreche ich dir!" Doch diese Selbstsicherheit täuschte sie nur vor.

„Du machst eine schwere Zeit durch, Theresa. Es tut mir leid, dass ich dir bisher keine Hilfe war, doch ich würde mich freuen, wenn du wieder bei uns wohnen würdest – zumindest so lange, bis das Kind geboren ist. Ich mache mir wirklich Sorgen, wenn du so allein bist!"

Theresa schüttelte den Kopf und drückte kurz Elisabeths Hand. „Danke, ich überlege es mir."

Später hatte sie noch kurz bei ihrem Vater vorbeigeschaut und seine Skulpturen bewundert. Sie waren inzwischen fast fertig und erstaunlich schlicht – was ihr gut gefiel! Unterhalb jeder einzelnen Figur hatte Ferdinand das, was sie darstellen sollten, in Latein eingeritzt. Dadurch wirkte alles weniger schwülstig, fand Theresa, doch sie hütete sich, es ihrem Vater zu sagen. Handwerklich waren die Figuren echte Kunstwerke. Besonders gut war jene Figur gelungen, die eine kleine Miniausgabe von sich selbst im Arm hielt.

„Was willst du damit eigentlich genau zum Ausdruck bringen? Ich meine, du glaubst doch nicht an Wiedergeburt oder so was."

„Wenn schon, dann an Auferstehung!", brummte Ferdinand. „Aber hier geht es um eine Art Katharsis – um den Schnittpunkt, wo das Alte für etwas Neues stirbt – wie bei der Läuterung und Erneuerung der Seele."

Theresa dachte plötzlich an ihre Jugend, wo sie immer wieder zur Beichte hatte gehen müssen, um sich zu läutern und frei von Sünden zu werden – Sünden, die sie eigentlich nicht begangen hatte.

Ferdinand fuhr fort: „Das Neue, also die Miniatur hier, entsteht aus dem Alten, also aus der großen Figur. Die beschützt das Neue so lange, bis es für sich selbst stehen kann!"

„Du meinst Vervollkommnung?"

„Ich meine die Seele, Theresa. Jeden Tag wird in uns etwas geboren, und gleichzeitig beginnt etwas zu sterben – doch der Prozess ist uns zunächst gar nicht bewusst."

„Sag ich doch: je mehr Bewusstwerdung desto mehr Vervollkommnung. Irgendwann wird man dann nicht mehr wiedergeboren."

Ferdinands spöttischer Ton war nicht zu überhören. „Netter Versuch – ich gehe dir nicht auf den Leim! Ich bleibe christlich und orientiere mich nicht an buddhistischen Lehren oder so!“ Er betrachtete zufrieden seine Skulpturen, sah dann aber abrupt wieder zu Theresa. „Als würdest du an Buddhismus, Wiedergeburt und all den Kram plötzlich glauben, Theresa!“

„Und deine eigene Katharsis, Papa? Wo befindest du dich gerade in deiner Geschichte?“ Sie hatte ganz leise gefragt.

Im Gegensatz zu sonst schwieg Ferdinand lange und schien nachzudenken, bevor er antwortete: „Vielleicht kurz vor dem Schnittpunkt. Ich spüre noch das Alte, das, was mich bremst – meine schlechten Verhaltensweisen, doch sie werden mir immer mehr bewusst. So gesehen befinde ich mich vielleicht auf der Vorstufe zur wirklichen Veränderung. Es ist – schwer!“

Sie zeichnete die Miniatur nach, die in den Armen ihres großen Abbildes lag. Dann legte sie ihrem Vater die Hand auf die Schulter: „Glaub mir, ich verstehe dich besser als du denkst!“

Zurück in Soest, musste sie feststellen, dass vor ihrem Zuhause kurioserweise sämtliche Parkplätze belegt waren. Gezwungenermaßen hatte sie ihr Auto ein Stück weiter weg – nah an der City – geparkt. Doch der kleine Abendspaziergang würde ihr guttun.

Wieder hörte sie das Grummeln. Bereits auf der Heimfahrt waren die heftigen und sekündlichen Blitze in der

Ferne zu sehen gewesen, und sie hatte zunächst Wetterleuchten angenommen, doch offensichtlich zog jetzt ein heftiges Gewitter auf.

Sie atmete tief ein – sie mochte den Geruch der aufkommenden Feuchte, den der Wind gerade hertrug. Die Glocke vom St.-Patrokli-Dom schlug gerade die Stunde an – sie zählte mit: elf.

Plötzlich hatte sie das dringende Bedürfnis, sich umzudrehen – waren das Schritte hinter ihr? Sie lauschte – nein, da war niemand.

Normalerweise waren in der Soester City immer noch Nachtschwärmer unterwegs! Doch im Moment wirkte die Stadt wie ausgestorben.

Da, wieder – Schritte! Jetzt hatte sie sie ganz deutlich gehört! Es war keine Einbildung. Erneut drehte sie sich um. Unterhalb des Cafés Röstaroma machte die Rathausstraße einen kleinen Bogen – genau dort tauchte plötzlich eine kräftige Gestalt auf.

Nur langsam beschleunigte Theresa ihre Schritte und sah sich vorsichtig um, in der Hoffnung, dass vielleicht noch andere Leute auf der Straße waren. Doch außer ihr und der Gestalt war da niemand.

Sie hasste das orangefarbene Licht der Straßenlaternen, die mit Sparbirnen ausgestattet waren und kaum für Helligkeit sorgten! Warum konnte sich die Stadtverwaltung nicht für eine LED-Beleuchtung entscheiden? Die Anschaffung der Leuchtmittel mochte teurer sein, doch im Stromverbrauch waren diese wesentlich günstiger und sorgten zudem für entscheidend bessere Lichtverhältnisse und somit für Sicherheit.

Kam es ihr nur so vor, oder hatte die Person hinter ihr das Tempo angezogen? Vielleicht war derjenige, der hinter ihr herging, bloß in Eile und musste zufällig in dieselbe Richtung. Doch was, wenn nicht? Ihr Bauchumfang machte sie behäbig und gab ihr im Moment das unangenehme Gefühl, ausgeliefert zu sein.

Noch spürte sie keine Panik, wohl aber ein Gefühl von Unbehagen, das etwas von einem lauernden Raubtier hatte, das sich jeden Moment auf sie zu stürzen drohte und nicht mehr kontrollierbar war.

Wer auch immer hinter ihr ging, holte jetzt deutlich auf!

Die Rathausstraße machte gerade einen kleinen Bogen. Sie sprintete los, doch nach kurzer Zeit war sie außer Atem, und das Kind begann heftig gegen die Bauchdecke zu treten. Für einen Moment schienen die Schritte innezuhalten! Die Sparbirne der gegenüberstehenden Laterne schuf diffuses Licht. Doch im Moment war die schlechte Beleuchtung ein Vorteil für sie. Im Schatten einer kleinen Tiefgarage, die zu einem Mehrfamilienhaus gehörte, blieb sie einen Moment stehen und verschnaufte. Jetzt hörte sie die Schritte wieder – sie waren schnell und wurden immer lauter. Theresa rechnete damit, dass ihr Verfolger in wenigen Sekunden um die Ecke bog.

Was sollte sie tun? Bis nach Hause konnte sie das Tempo keinesfalls durchhalten. Die Tiefgarage! War das eine Option? Sie wusste, dass sie zu zwei Seiten offen war und eine Art Durchfahrt zu den Hinterhöfen der anliegenden Häuser bildete und häufig von den dortigen Anwohnern als Abkürzung benutzt wurde, obwohl es natürlich verboten war. Wenn sie es dorthin schaffte, musste sie nur noch über eine Mauer klettern – konnte sie das überhaupt noch?

Jetzt hörte sie schweres Atmen – ganz nah! Es gab keine andere Alternative. Sie zog sich die Schuhe aus und hastete in die Tiefgarage. Die Dunkelheit verschluckte sie – nicht zu früh!

Sie beobachtete, wie ihr Verfolger genau dort ankam, wo sie gerade noch gestanden hatte. Einen Moment verschnaufte er und blickte sich um – offensichtlich unschlüssig, welche Richtung er einschlagen sollte.

Lieber Gott, wenn es dich gibt, dann mach, dass er vorbeiläuft, flehte sie stumm.

In diesem Moment gab sich ihr Verfolger einen Ruck und marschierte zielgenau auf das Auto zu, hinter dem sie sich gerade versteckte.

Das Licht einer Taschenlampe huschte an der Betonwand entlang und über das Auto hinweg. Sie duckte sich weiter runter – soweit es ihr Bauch überhaupt noch zuließ – und hörte das pulsierende Rauschen in ihren Ohren.

Was sollte sie tun? Ein paar Meter weiter machte die Tiefgarage einen längeren Bogen, dann war man am Ausgang. Panisch dachte sie an die Mauer, die sie dann noch zu überwinden hatte, wenn sie über den Hinterhof ihre Wohnung erreichen wollte. In Anbetracht der Situation war es aber mehr als fraglich, ob sie den Ausgang überhaupt noch erreichen konnte! Egal – sie musste den Vorsprung nutzen – jetzt! Sie rannte los, die Biegung entlang und sah bereits den Ausgang. Der Lichtschein der Taschenlampe verfolgte sie sofort und kam immer näher.

Nur noch die Mauer, dachte sie, dann hast du's geschafft! Während sie lief, zog sie ihren Rock über die Hüfte, um mehr Beinfreiheit beim Klettern zu haben. Sie krallte ihre Hände ins Mauerwerk und zog sich mit allerletzter Kraft hoch und wäre dabei fast nach hinten abgerutscht und gestürzt. Wahrscheinlich war sie noch nie so schnell über eine Mauer geklettert. Und sie war sich sicher – unter normalen Umständen wäre ihr das nie gelungen.

Sie suchte, während sie zur Hoftür des Hauses rannte, nach dem Schlüssel und erschrak vor der Korkenzieherhaselnuss, als sie aufblickte.

Plötzlich war es totenstill. Nur kurz stoppte sie und lauschte in die Dunkelheit! Hatte ihr Verfolger etwa aufgegeben? Nein! Plötzlich sah sie seinen Schatten oberhalb der Mauer, und eine Sekunde später landete er auf dem Rasen. Sie wetzte los! Nur noch ein paar Meter. Entgegen ihrer Gewohnheit, betete Theresa, dass sie gerade den richtigen Schlüssel ins Schloss steckte – für einen zweiten Versuch reichte die Zeit sicher nicht mehr!

Gleichzeitig lief eine Filmszene vor ihrem inneren Auge ab, in der der Motor eines Wagens erst nach mehreren zermürbenden Fehlstarts ansprang und die Flucht des Protagonisten erst im allerletzten Moment gelang.

Sie hatte Glück – der Schlüssel passte prompt. Sie sah den heraneilenden Schatten, knallte die Tür zu und verschloss sie mit zwei Umdrehungen. Ihr Herz raste! Ohne Licht zu machen, hastete sie zu ihrer Eingangstür. Auch in der Wohnung schaltete sie kein Licht ein.

Dann spähte sie durch die Vorhänge nach draußen und suchte die Umgebung ab – nichts. Sie vergewisserte sich, dass in allen Räumen die Fenster verschlossen waren. Plötzlich erhellte ein Blitz den Hinterhof. Jemand stand auf der Mauer und schaute direkt in ihre Richtung, während er die Melodie eines Schlagers pfiff, dessen Titel ihr nicht einfiel. Die Gestalt trug eine Kapuze und es war unmöglich, deren Gesicht zu erkennen. Was für ein krankes Arschloch! Die Polizei! Sie fischte ihr Handy aus der Tasche und tippte die Nummer ein. Ein Blitz erhellte den Hinterhof, und als sie wieder nach draußen spähte, war die Gestalt verschwunden. Die Stimme einer Polizeibeamtin meldete sich. Doch sie drückte die Aus-Taste. Was genau sollte sie melden!? Es war nichts passiert, auch konnte sie ihren Verfolger so gut wie gar nicht beschreiben.

Wer war er gewesen?! Ein sehr merkwürdiger Gedanke kam ihr – Lennart? Konnte es sein, dass er sich an ihr rächen, ihr einen derartigen Schrecken einjagen wollte? Aber warum? Etwa wegen des Briefes? Das wäre makaber! Andererseits: So wie er vor Fidelios Haus gelauert und sie angestarrt hatte, konnte sie es sich auch wiederum gut vorstellen. Doch würde er tatsächlich so weit gehen? Ihr kamen Zweifel. Nein, es war unmöglich. Aber wer war es dann gewesen? Nur ein krankes Arschloch, das die Gelegenheit hatte nutzen wollen? Sie ließ die Rollläden herunter und fühlte sich etwas besser.

Doch als sie im Bett lag, dachte sie an Hagen und weinte. Sie fühlte sich so verlassen.

Plötzlich bewegte sich ihr Kind. Es war, als wollte es sie trösten. Sie legte beide Hände auf den Bauch. Sie war nicht allein!

37

Am übernächsten Morgen saß Theresa im Wartezimmer einer Reinkarnationspraxis, die von einer Bekannten von Emma in der Holzmindener Altstadt betrieben wurde. Ihre Freundin – die diese Schnapsidee gehabt hatte – lümmelte sich im Stuhl neben ihr und gähnte zum gefühlt hundertsten Mal, während sie lustlos durch die Tageszeitung blätterte.

„Gideon und ich sind früh zu Bett gegangen. Ich verstehe gar nicht, warum ich so müde bin."

Theresa grinste. „Zu Bett gehen und schlafen sind eben zweierlei!" Sie dachte daran, dass Gideon auch mehrmals hintereinander gegähnt hatte, bevor er sich eben von ihnen beiden verabschiedet und nach Soest zur Arbeit gefahren war.

Emma ging auf die Anzüglichkeit ihrer Freundin nicht ein.

Theresa blickte aus dem Fenster. Von hier hatte man einen sehr schönen Blick auf den Holzmindener Marktplatz. Alles wirkte picobello gepflegt. Unter den gleichmäßig beschnittenen Platanen hatte Theresa schon oft, gemeinsam mit Emma, an vollbesetzten Tischen vor den Lokalen und Cafés gesessen und die Atmosphäre des Wochenmarkts genossen. Theresa konnte stundenlang Leute beobachten – es hatte etwas sehr Entspanntes und Gemütliches.

In Holzminden würde sie sich auch wohlfühlen. Jetzt war der Marktplatz allerdings wie leergefegt. Dank Emma hatte sie dieses Jahr zum ersten Mal das Straßentheaterfestival hier besucht und war von der Atmosphäre in der Stadt und der Kreativität der Künstler hingerissen gewesen. Am letzten Festivalabend hatte sie die spektakuläre Performance einer riesigen, fast sieben Meter hohen Marionette miterlebt. Unter dadaistisch anmutenden Klängen war die Figur zum Leben erwacht und mit ausladenden Schritten von der Altstadt bis zum Festplatz hinter einer Kugel hermarschiert. Dabei hatte die Figur – eine Konstruktion aus Draht und Holz – abwechselnd in den verschiedenen Spektralfarben geleuchtet und getanzt. Immer wieder hatte sie die schweren Arme zum Gruß gehoben, dabei den riesigen Kopf hin- und hergeschwenkt und im Vorbeigehen in die Wohnzimmer der Anwohner geschaut.

Für Theresa war die Illusion perfekt gewesen. Sie hatte in der Marionette eine mythische Figur aus nordischer oder griechischer Mythologie gesehen. Es war ein Spektakel aus Licht und Schatten gewesen und mit einem Feuerwerk zu Ende gegangen.

Anschließend waren sie und Emma gemeinsam mit Freunden im Essighof, einer Kneipe mit lauschigem Innenhof, versackt – Theresa hatte den Abend in großartiger Erinnerung.

Jetzt beobachtete sie, wie ein Paar über den Marktplatz schlenderte. Die Frau schien ebenfalls schwanger zu sein. Als der Mann seinen Arm um sie legte, blickte Theresa abrupt weg.

Emma sah sie besorgt an. „Was ist?“

„Nichts! Ich denke bloß an unseren Nachtspaziergang mit dem Marionettenmann und dass ich mich hier auch wohlfühlen könnte!"

Auf dem Flur wurde eine Tür geöffnet, und Eliana, Emmas Bekannte, verabschiedete eine Klientin. Sie hatte sich auf Rückführungen spezialisiert, und die Praxis schien zu laufen. Ein Pärchen betrat den Warteraum und nahm ihnen gegenüber Platz. Offensichtlich interessierten sich nicht wenige für ihre vermeintlich vorherigen Leben.

Auch wenn Theresa das prinzipiell absurd fand, war sie doch neugierig und betrachtete das Ganze als Experiment!

Das Erlebnis der Hexenverbrennung beschäftigte sie nach wie vor. Was auch immer mit ihr passiert war oder noch passierte – es war wichtig, herauszufinden, was dahintersteckte.

Emma sog plötzlich erschrocken die Luft ein, und Theresa blickte sie alarmiert an.

„Es ist eine Frauenleiche aufgefunden worden – in Negenborn, das ist hier ganz in der Nähe! Mit einer Axt erschlagen – wie schrecklich! Die Nachbarin hat die Polizei alarmiert. Sie konnte nicht schlafen, dabei ist ihr aufgefallen, dass –"

„Erspar mir weitere Details!" Theresa hatte abwehrend ihre Hände erhoben. Sie mochte sich nur noch mit schönen Dingen beschäftigen! Die Welt war eh voller Hiobsbotschaften!

Aber Emma ignorierte ihren Wunsch und fuhr einfach fort: „Dieser Mord soll deutliche Parallelen zu einer Bluttat vor ein paar Wochen aufweisen – auch an einer Frau, direkt hier in Holzminden. Davon habe ich gar nichts mitbekommen."

Theresa war ärgerlich. „Emma! Hast du nicht verstanden, was ich gesagt habe? Das Kind hört mit!“

Emma schwieg und las leise weiter.

Erstaunlich, dass Emma von der anderen Sache mit der Frauenleiche nichts mitbekommen hatte. Theresa erinnerte sich noch gut daran, wie Hagen ihr den Artikel hatte vorenthalten wollen, weil der Inhalt so grausam gewesen war.

Der plötzliche Gedanke an Hagen tat weh – fünf Tage war es nun her, seit er sie verlassen hatte.

Jeden Abend, bevor sie eingeschlafen war, hatte sie sich vorgestellt, wie die Wohnungstür aufgeschlossen wurde, Hagen hereinkam und alles wieder gut wurde. Sie schluchzte innerlich auf – und offenbar nicht nur innerlich, denn Emma blickte sie verwundert an. Theresa schluckte ihre Tränen runter und zog eine Grimasse, die demonstrieren sollte, dass alles in Ordnung war. Doch auch wenn sie nach außen so tat, als gelänge es ihr, sich mit der Situation abzufinden – die Hoffnung auf ein Zeichen von Hagen blieb. Je länger er sich allerdings nicht meldete, desto unrealistischer erschien ihr eine Versöhnung.

„Die Polizei schließt einen Serientäter nicht aus!“, las Emma auf einmal wieder laut vor, und Theresa dachte plötzlich an ihren nächtlichen Verfolger! Warum ging die Polizei eigentlich von einem Mann aus? Schließlich gab es doch auch gewalttätige und zudem auch große Frauen. Doch dann erinnerte sie sich an das Aufzucken des Blitzes, in dessen Licht sie die Gestalt gesehen hatte. Sie überlegte, hatte sie etwas Feminines gehabt?

Die Glastür des Wartezimmers öffnete sich. Eliana kam auf sie zu und reichte erst Emma, dann Theresa die Hand.

„Hallo, ich bin Eliana."

Sie bat Theresa zu sich in den Behandlungsraum und schloss die Tür. Dann deutete sie auf eine Liege. „Bitte mach's dir bequem." Sie deckte Theresa zu und überreichte ihr eine Schlafmaske. „Keine Sorge, du wirst nicht schlafen, nicht willenlos und mir auf keinen Fall ausgeliefert sein. Ich versetze dich nur in einen leichten Trancezustand. Du wirst also immer bei Bewusstsein sein und dich hinterher auch an alles erinnern. Entscheidend ist, dass du mitarbeitest, Theresa. Emma hat mir gesagt, dass du mehr als skeptisch eingestellt bist. Das ist für mich völlig okay – ich finde das sogar gut, kritische Leute sind mir lieber als Klienten, die aus Sensationslust zu mir kommen und Erwartungshaltungen haben, die ich nicht erfüllen kann. Ich möchte dir hier die Chance auf eine tiefe, spirituelle Erfahrung bieten. Wenn du dich dem Ganzen allerdings verschließt, können wir es genauso gut sein lassen."

„Danke, Eliana, ich bin bereit."

„Dann fangen wir an. Konzentriere dich bitte auf die Musik und atme dabei ruhig."

Eliana gab ihr ein paar Entspannungsanweisungen, und Theresa spürte nach einer Weile, wie ihr Körper sich immer schwerer anfühlte und irgendwie taub wurde. Für einen Moment kam so etwas wie Panik auf – vielleicht die Befürchtung von Kontrollverlust –, ging dann aber vorbei.

„Jetzt möchte ich, dass du ein wunderschönes Bild visualisierst – ich nenne es den ‚Ort der Glückseligkeit'. Es kann auch ein gutes Erlebnis sein."

Es war ein heißer Tag, und Theresa stellte sich vor, wie sie in einem stillen Wald an einer kleinen, kühlen Quelle stand. Ganz deutlich hörte sie das Plätschern. Die Baumkronen über ihr berührten sich und ließen gedämpftes Sonnenlicht durchschimmern.

„Hast du deinen Ort der Glückseligkeit gefunden?", hörte sie Eliana fragen.

Theresa fühlte sich ein wenig von ihr gestört, nickte aber und wunderte sich gleichzeitig, dass die Musik verschwunden und nur das leise Plätschern der Quelle als Geräusch übrig geblieben war.

„Dieser Ort wird ab jetzt der Ort sein, an den du zurückgehst, wenn ich dich darum bitte", sagte Eliana.

Theresa nickte wieder.

„Jetzt möchte ich, dass du dir eine Treppe in deiner Lieblingsfarbe ausmalst und sie in den Himmel wachsen lässt."

Theresa stellte sich vor, wie aus dem Laubboden plötzlich eine türkisfarbene Treppe in die Höhe und durch die Baumkronen hindurchwuchs. Einen kurzen Moment fühlte sie sich von der plötzlichen Helligkeit der Sonne geblendet.

„Immer höher und höher wächst sie", hörte sie Elianas Stimme. „Jetzt geh' bitte die Stufen langsam hinauf – Schritt für Schritt – immer höher und höher steigst du!"

Als sie ein paar Stufen hinaufgestiegen war, fühlte sich Theresa schwindelig. Die Baumkronen waren bereits weit unter ihr. Sie hatte nur kurz daran gedacht, wie schön es wäre, etwas zum Festhalten zu haben, und sofort lag ihre Hand auf einem weißen Geländer. Das grelle Sonnenlicht war zunehmend unangenehm.

„Wenn du nach oben blickst, siehst du eine Tür."

Theresa blickte sich um. „Nein, hier ist keine Tür!" Gleichzeitig stellte sie sich eine Wolke vor, die das Sonnenlicht dämpfte.

„Geh noch ein paar Stufen weiter."

„Geht nicht!" Plötzlich blitzten Bilder vor ihr auf: Sie und Hagen stritten miteinander. Dann war sie in der Praxis ihrer Gynäkologin, die ihr gerade die Schwangerschaft bestätigte.

„Siehst du die Tür?"

Theresa blickte wieder nach oben – kein Zweifel, da war jetzt eine Tür.

„Welche Farbe hat die Tür, Theresa?"

„Glitzerndes Türkis, und ich sehe mein Spiegelbild darin."

Eliana zögerte. „Gut – stehst du direkt vor der Tür?"

„Ja."

„Möchtest du sie öffnen?"

Theresa überlegte – wollte sie die Tür tatsächlich öffnen? Was mochte sich dahinter verbergen? „Ja, möchte ich!"

„Dann öffne sie – jetzt."

Theresa drehte am Türknauf, doch er bewegte sich nicht. „Es geht nicht."

„Möchtest du es noch mal versuchen?"

„Natürlich!" Als sie jedoch erneute Anstalten machte, gaben die Stufen unter ihr nach. Sie fiel durch einen Strudel bunter Lichter und stand plötzlich im Krankenzimmer der Klinik in Reykjavik – direkt neben einem Bett, in dem sie selbst lag. Hagen hielt ihre Hand, und Doktor Gunarsson hörte ihre Lunge ab. Ihr Ebenbild wandte sich ab und blickte zum Fenster. Auf der Scheibe erschienen plötzlich Buchstaben und formierten sich zu zwei Worten. Es war Latein. Sie konnte sie ohne Probleme übersetzen. Doch was wollten sie ihr sagen? Sie konnte sich keinen Reim darauf machen.

„Theresa, kannst du die Tür öffnen?"

Die Stimme von Eliana war plötzlich merkwürdig nah – und störte sie wieder. Sie passte irgendwie nicht hierher. Das Gesicht ihres Ebenbildes wandte sich ihr gerade wieder zu, und Theresa erschrak, als es zu dem der alten Nonne wurde.

„Theresa?"

Klang Elianas Stimme besorgt?

„Theresa, ich möchte, dass du den Ort der Glückseligkeit aufsuchst – jetzt!"

Nur kurz hatte sie an Bäume und gedämpftes Sonnenlicht gedacht. Jetzt stand sie wieder an der Quelle und hörte das leise Plätschern. Ihr war plötzlich kalt, und sie spürte, wie Eliana immer wieder mit den Händen an ihrem Körper entlangstrich. Dann wurde ihr vorsichtig die Schlafmaske abgenommen.

„Öffne bitte deine Augen!"

Obwohl die Vorhänge geschlossen waren, musste sich Theresa erst an die Helligkeit gewöhnen.

Eliana musterte sie und schien besorgt.

„Wie geht es dir?"

„Danke, gut! Wieso?"

„Du hast überhaupt nicht mehr auf mich reagiert, warst wie weggetreten!"

„Das habe ich nicht so empfunden – ich habe dich die ganze Zeit gehört und konnte eigentlich auch alles visualisieren – nur mit der Tür, da hat's etwas gehapert."

„Hast du irgendwas gesehen?“

Theresa wich aus. „Nichts, was ich nicht schon kenne!“ Sie mochte mit Eliana nicht darüber sprechen. Gesprächen mit Esoterikern ging sie lieber aus dem Weg – außerdem wollte sie vermeiden, dass ihre Erlebnisse den Stempel „übernatürlich“ bekamen. In dieser Hinsicht vertraute sie den Argumenten ihres Neurologen. Andererseits ließ sich nicht leugnen, dass etwas Unerklärliches mit ihr geschah. Doch das Unerklärliche musste nicht zwangsläufig mit Übernatürlichem beantwortet werden, und es musste auch nicht unerklärlich bleiben. Was aber, wenn sie keine Antwort darauf fand? Wie gut ließ es sich langfristig mit solchen Zuständen leben? Sie wusste, dass es Menschen gab, die zum Beispiel Stimmen hörten und mit psychischen und neurologischen Erkrankungen klarkommen mussten. Gab es in ihrer Familie womöglich eine genetische Disposition für Geisteskrankheiten? Ihre Mutter hatte sich deshalb besorgt gezeigt. Und hatte ihre Urgroßmutter es deswegen vorgezogen, ihrem Leben ein Ende zu setzen?

Theresa und Emma hatten noch ihre Einkäufe erledigt, jetzt fuhren sie gemeinsam zurück nach Soest. Emma und Gideon wechselten sich immer ab – während der Woche kam er nach Holzminden, dann verbrachte sie das Wochenende bei ihm in Soest.

Theresa musterte Emma. Sie schien glücklich zu sein.

„Sagst du Gideon eigentlich, wo wir heute waren?“ Sie musste grinsen.

Emma lachte. „Auf gar keinen Fall – ist doch unchristlich! Weißt du, auch wenn er sehr aufgeschlossen wirkt, er hat seine Prinzipien. Du wirst es nicht glauben, aber wir schlafen nicht miteinander."

Theresa machte große Augen. Gideon hatte den Ruf, dass er nichts anbrennen ließ. Wie passte das zu dem, was Emma da sagte? „Und das geht? Ihr übernachtet doch beieinander ..."

Emma antwortete einen winzigen Moment zu spät. „Na ja, alles ist erlaubt, bloß das Letzte, das will er sich für die Ehe aufbewahren."

Theresa lachte überrascht auf. „Hat er dich etwa gefragt?"

Emma nickte.

„Was hast du geantwortet?" Doch die Frage war eigentlich überflüssig. Emma hatte bisher Pech mit Männern gehabt – das mit Gideon schien endlich etwas Ernstes zu sein.

Sie hielt Theresa die Hand entgegen. Ein zarter, Diamantring schmückte ihre Linke.

Theresa pfiff anerkennend. „Nicht schlecht! Ich wünsche dir Glück – ist ein attraktiver Mann, dein Gideon!" Gleichzeitig musste Theresa an all die Frauen denken, denen Gideon das Herz gebrochen haben sollte und die Emma wahrscheinlich zutiefst beneiden würden. Dann fiel ihr etwas ein. „Wenn es so ernst zwischen euch ist – du bewahrst aber schon unsere Geheimnisse, oder?"

Emma musterte sie plötzlich spöttisch. „Und wie ist es mit dir? Hast du bisher alles, was ich dir anvertraut habe, für dich behalten – ich meine, ist dir nie gegenüber Hagen mal was rausgerutscht?"

„Noch nie!" Theresa wusste, dass sie log – und Emma wusste es auch! Sie blickten sich an und prusteten los.

Dann kam Emma plötzlich auf den Termin am Morgen zu sprechen. „Also, jetzt erzähl mal, wie war deine Sitzung – wie findest du Eliana?"

Theresa zuckte mit den Schultern.

„Ich hab's nämlich auch mal versucht, Thess."

„Mit der Himmelstreppe?" Sie warf Emma einen ironischen Blick zu.

„Denk, was du willst!"

„Und – konntest du durch die Tür gehen?"

Emma nickte.

„Dann lass mich raten – du warst eine Pharaonentochter und wurdest vergiftet."

„Ich war ein Mann – und Heiler am Hof Heinrichs des Achten."

Theresa nickte anerkennend. „Auch nicht schlecht – das war sicher ganz schön gefährlich, oder?"

Emma streckte ihr die Zunge raus. „Was ist mit dir?"

„Ich war gar nichts. Ich war – einfach nur ich selbst. Allerdings habe ich meine alte Freundin wiedergetroffen!" Sie lachte und zog eine Grimasse. „Die dunkle Gestalt, weißt du."

Emma warf ihr einen alarmierten Blick zu. „Das ist nicht komisch, Thess! Für mich klingt es gruselig! Alles, was du erzählst, klingt nach Horror." Sie streckte Theresa ihren Arm entgegen. „Schau, ich habe Gänsehaut!"

„Du guckst zu viele Fernsehserien, Emma!"

„Mag sein. Ich frage mich bloß, warum du keine Engel oder so was siehst – warum ausgerechnet so düstere Szenarien wie Hexenverbrennungen, dunkle Gestalten und so?"

„Vielleicht eine Verquickung irgendwelcher Bilder und Information, die mein Gehirn nun mal auf diese Weise verarbeitet!"

Emma blickte sie skeptisch an. „Das glaubst du doch selbst nicht, Thess! Zwischen Himmel und Erde gibt es mehr, als man sich vorstellen kann. Das ist jedenfalls meine Meinung. Es gibt Gutes und Böses. Es gibt ein Paradies und eine Hölle!"

Theresa blickte Emma liebevoll an. So war ihre Freundin schon immer gewesen. Im Gegensatz zu ihr war Emma gläubig, und das auf eine merkwürdig schlichte Art. Es rührte sie irgendwie.

Emma grübelte eine Weile vor sich hin und fragte dann plötzlich: „Hast du schon mal etwas von kollektiven Visionen gehört? In einem kleinen Ort in der Nähe von London sollen Gruppen von Menschen eine dunkle Gestalt zur selben Zeit an verschiedenen Plätzen gesehen haben. Zur selben Zeit, Thessa – an verschiedenen Plätzen!"

Theresa schüttelte den Kopf und wollte etwas erwidern, doch Emma fuhr eindringlich fort:

„Niemand konnte es erklären, aber immer wieder passierte es! Danach waren Kinder verschwunden! Die Polizei konnte diese Fälle nie aufklären."

Theresa lachte. „Klingt nach Schwarzem Mann, wenn du mich fragst!"

Emma warf ihr einen verärgerten Blick zu. „Es ist mein Ernst, da gibt's nichts zu lachen!"

„Emma! Was hat das, bitte schön, mit mir zu tun?" Theresa war auf einmal richtig genervt. „Ich habe lediglich Visionen von einer alten ...!" Verdammt, jetzt hatte sie es tatsächlich benutzt – Visionen! „Also, ich meine nicht wirklich Visionen – vielmehr handelt es sich um so was wie Träume, Fantasien – na ja Ereignisse eben. Und bisher ist nichts Schlimmes passiert, oder? Ich weiß wirklich nicht, wie dich meine derzeitigen Probleme auf so absurde Gedanken bringen können – bitte verschon mich damit! Und schau nicht so viel Fernsehen!"

Doch Emma blieb stur: „Ich bleibe dabei, es gibt einen Himmel, eine Hölle und auch Dämonen – ob du es glaubst oder nicht."

Theresa sah, dass Emma beleidigt war, und seufzte. „Du bist echt eine große Hilfe, Emma!"

Plötzlich dachte sie wieder an die Worte der Seherin auf Island – sie hatte Theresa vor Freunden, eben vor denen, die ihr nahestanden, gewarnt! Emma und sie waren seit der ersten Klasse miteinander befreundet – ihr konnte sie sicher vertrauen. Doch Lennart? Ihm traute sie nicht mehr. Dieser eine Blick von ihm am Parkplatz hatte einen Abgrund offenbart, in den sie lieber nicht hineingeblickt hätte. Es ging ihr nicht mehr aus dem Kopf. Wie sich Beziehungen ändern konnten – wie sich Menschen verändern konnten.

Und was war mit ihrem Ehemann? Hagen war eigentlich der Mensch gewesen, dem sie am meisten vertraute. Doch er ließ sie im Stich – in einer Zeit, in der sie ihn am meisten brauchte.

Als sie das Ortseingangsschild von Soest sah, fiel ihr auf, dass sie und Emma seit mindestens einer halben Stunde kein Wort mehr miteinander gewechselt hatten und jede ihren eigenen Gedanken nachgehangen war.

„Kannst du vielleicht das kleine Stück bis zu Gideons Wohnung laufen? Ich bin mit dem Pater verabredet und ziemlich spät dran."

Emma reckte sich und nickte. „Klar." Dann rief sie panisch: „Pass auf, Thess!"

Theresa trat aufs Bremspedal! Beinahe hätte sie den Polizisten übersehen, der sie anhalten wollte, und über den Haufen gefahren. Sie spürte die Adrenalinausschüttung und war plötzlich hellwach. Als sie die Scheibe runterfuhr, um sich zu entschuldigen, ließ der Beamte sie gar nicht zu Wort kommen. „Bitte wenden Sie sofort Ihr Fahrzeug! Sie können hier nicht durch – Sie sehen doch, hier ist alles gesperrt."

Erst jetzt nahm sie das Aufgebot an Einsatzfahrzeugen samt Rettungswagen richtig wahr. Sie drängten sich vor dem Haus, in dem der Pater arbeitete und wohnte. Theresa riss sich zusammen und versuchte, ruhig zu sprechen. „Ich bin mit dem Pater verabredet."

„Dazu kann ich Ihnen nichts sagen."

„Wie: nichts sagen – was meinen Sie? Ich habe doch gar nichts gefragt!" Der Blick in das Gesicht des Beamten ließ sämtliche Alarmglocken bei ihr bimmeln. Sie legte den Gang ein, gab Gas und fuhr, die Absperrung ignorierend, über den Bordstein auf den Parkplatz. Dann stoppte sie, sprang aus dem Wagen und sprintete auf das Haus zu.

„Bleiben Sie sofort stehen!", rief jemand von irgendwoher. Theresa ignorierte es – ihr Blick war auf die Trage gerichtet, die den Hauseingang versperrte. Wie in Zeitlupe sah sie, wie der letzte Teil des Leichensacks zugezogen wurde. Obwohl sein Gesicht schrecklich entstellt war, erkannte sie ihn sofort ... all das Blut ... Dann gaben ihre Beine nach. Emma, die ihr nachgeeilt war, versuchte sie zu halten, ein Sanitäter kam zu Hilfe – dann war es dunkel.

Als sie erwachte, saßen Emma und Gideon an ihrem Bett. Eine Krankenschwester kam herein. „Keine Sorge – war nur eine kleine Schwäche. Wir haben Ihnen Elektrolyte gegeben. In nächster Zeit sollten Sie unbedingt auf sich achten und Aufregung meiden – ist nicht gut fürs Kind, wissen Sie? Der Arzt spricht gleich noch mit Ihnen, dann können Sie vermutlich nach Hause."

Emma und Gideon brachten sie in ihre Wohnung. Trotz Emmas Angebot, bei ihr zu bleiben, schickte Theresa sie fort! Doch als sie endlich allein war, fühlte sie sich einsam. Wie war das alles bloß möglich? Unfassbar – ihr Freund, ihr Mentor, ihr Vorbild – tot – kaltblütig ermordet! Wie konnte ausgerechnet er, die Liebenswürdigkeit in Person, einen Feind haben, der zu einer solch grausamen Tat bereit gewesen war? Oder war er zum zufälligen Opfer eines Irren geworden?

Das Telefon klingelte. Eigentlich wollte sie mit niemandem sprechen. Doch plötzlich hatte sie eine Eingebung und rannte zum Telefon. „Hallo?" Am anderen Ende hörte sie deutliches Atmen! „Hagen, bist du es?" Niemand antwortete. Das hielt sie nicht mehr aus. Ihre Tränen ließen sich nicht mehr zurückhalten, und sie begann hemmungslos ins Telefon zu schluchzen: „Es ist alles nicht so, wie du denkst. Ich vermisse dich, komm doch wieder nach Hause – bitte!" Das Klicken in der Leitung zeigte, dass der Anrufer das Gespräch beendet hatte. Sie drückte die Aus-Taste, behielt den Hörer aber in der Hand und starrte ins Leere.

Nach einer Weile klingelte es wieder. Hatte Hagen es sich überlegt? Als sie ranging, sprudelte es wieder aus ihr heraus: „Es passiert gerade so viel auf einmal – ich weiß nicht mehr weiter. Vielleicht hast du es gehört, etwas Schreckliches ist passiert, Pater Fidelio – er ist tot – er wurde ermordet!" Wieder hörte sie nur das Atmen. Doch dann meldete sich plötzlich eine Stimme: „Und der Pater, meine Liebe, hat es verdient!" Dann war die Leitung tot. Das Gefühl, dass ihr ganzer Körper gerade zu einem Eisklumpen gefror, war übermächtig.

Sie rief die Polizei an und verabredete einen Termin für den nächsten Tag, wo sie den Anruf zu Protokoll geben würde. Sie packte ein paar Sachen und fuhr zu ihren Eltern. Es war besser, wenn sie wenigstens diese eine Nacht nicht allein verbrachte.

Am nächsten Morgen kam ihr alles wie ein böser Traum vor. Ein Blick in die regionale Tagespresse zeigte jedoch, dass dem nicht so war. Der Mord war Thema Nummer eins, und man stellte Fragen nach möglichen Zusammenhängen bezüglich der zwei Frauenmorde in Negenborn und Holzminden. Die Polizei hielt sich allerdings dazu bedeckt, auch Theresa gegenüber, als sie ihre Aussage machte. Das einzige bisher bekannte Indiz, das eine Verbindung zu den anderen Frauenmorden vermuten ließ, war das Tatwerkzeug – eine Axt.

38

Als sie drei Tage später vor ihrem Haus aus dem Auto stieg, begegnete sie Gideon. Er schien sich noch nicht von dem Schock erholt zu haben und sah schlecht aus – so wie sie selbst und vermutlich alle, die den Pater gekannt hatten.

Gideon half ihr beim Ausräumen des Wagens und nahm ihr die schweren Einkäufe ab. „Wenn du irgendetwas brauchst, dann lass es mich wissen. Ich musste Emma versprechen, dass ich mich um dich kümmere."

„Danke, das ist lieb von euch. Weißt du schon, wer Fidelios Nachfolger werden soll?"

Gideon schüttelte den Kopf. „Ich glaube, das wird sich auch nicht so schnell entscheiden. Erst mal gibt es eine Vertretung. Mir ist es, ehrlich gesagt, egal – ich werde ohnehin nicht bleiben, ich habe mich auf eine Stelle in Höxter beworben."

Theresa blieb stehen. „Ach!"

„Ja! Emma und ich wollen zusammenziehen. Sie würde auch nach Soest kommen, aber ich bin ja noch gar nicht so lange hier, als dass ich mich heimisch fühlen könnte. Ich weiß aber, dass Emma sich in Holzminden sauwohl fühlt. Sie hat dort ihren Bekanntenkreis, mag ihre Arbeit, und ihre Wohnung in der Uferstraße ist groß genug für uns zwei."

Eine Weile gingen sie schweigend nebeneinanderher, dann fuhr er fort: „Und weißt du, Theresa, das mit dem Pater bindet mich auch nicht gerade an Soest!“

Das verstand sie gut. Sie sah auf und blieb abrupt stehen. Gideon folgte ihrem Blick!

Lennart stand vor ihrer Haustür!

„Können wir reden?“, rief er von Weitem.

„Worüber?“

„Soll ich's dir über diese Distanz zurufen?“

Sein Ton ärgerte sie sofort! „Ich denke, es ist alles gesagt“, rief sie zurück und rührte sich nicht vom Fleck.

Lennart blieb ebenfalls stur stehen. „Ich glaube nicht.“

Sie musterte ihn. Seine ganze Haltung verriet, wie unwohl er sich gerade fühlte. Er sah übernächtigt, wenn nicht gar ungepflegt aus. „Jetzt komm, mach's mir doch nicht so schwer!“

Sie gab sich einen Ruck, ging zögernd weiter und blieb immer noch in einigem Abstand vor ihm stehen. „Also?“

Lennart warf Gideon einen feindseligen Blick zu. „Allein!“

Gideon erwiderte seinen Blick auf die gleiche Weise und wandte sich dann an Theresa. „Ich kann bleiben?!“

Sie zögerte einen Moment, schüttelte aber den Kopf. „Danke – schon gut.“

Gideon drückte Lennart die Einkaufstüten in den Arm und ging. „Also melde dich, wenn du irgendetwas brauchst!“

Theresa nickte. „Mach ich!“

Lennart blickte ihm hinterher. „Was hast du denn mit dem zu schaffen?“

„Und wen geht das überhaupt nichts an? Also, sprich jetzt!"

„Ich möchte mich bei dir entschuldigen. Ich weiß wirklich nicht, was neulich in mich gefahren ist. Ich verspreche dir, dass so was nicht mehr vorkommt! Frieden?"

Sie versuchte, sich schlüssig zu werden. Machte er es sich nicht gerade etwas zu einfach, und war ihm seine Entschuldigung nicht erstaunlich leicht über die Lippen gekommen? Sein Blick wirkte allerdings aufrichtig.

Lennart entging ihre Skepsis nicht. „Ich möchte die Unstimmigkeiten zwischen uns wirklich aus der Welt schaffen, Thess!"

Sie nickte zögernd. „Okay!" Dann schloss sie die Tür auf, und Lennart stellte die Einkaufstüten an ihrer Wohnungstür ab.

„Kommst du zu Fidelios Beerdigung?"

Lennart zögerte. „Ist 'ne wirklich schlimme Sache, das mit dem Pater – aber ich mag nun mal keine Beerdigungen – versuche sie zu vermeiden – insbesondere meine eigene." Er lachte über seinen Scherz und begegnete Theresas eiskaltem Blick. „Okay, ich mag mich nicht verstellen, Thess! Ist kein Geheimnis, dass der Pater und ich uns nie besonders mochten."

Theresa nickte. Das stimmte allerdings!

Er wechselte abrupt das Thema. „Was ist mit dem Brief – weißt du, wer ihn verfasst hat?"

Bildete sie es sich bloß ein, oder hatte Lennarts Blick plötzlich wieder etwas Verschlagenes. Sein ganzes Verhalten erinnerte sie an die Hauptfigur in einer Novelle des schottischen Autors Louis Stevenson – Dr. Jekyll and Mr.

Hyde. Musste sie vor Lennart auf der Hut sein? Warum fragte er nach dem Brief? Sicher hatte er ihn doch gelesen! „Nein!“, antwortete sie. „Fidelio hatte mich vertröstet. Wir waren eigentlich verabredet gewesen – an dem Tag seiner Ermordung – da wollte er mir eine Kopie aushändigen.“ Bissig fügte sie hinzu: „Weil mir das Original des Briefes ja nicht zusteht!“

„Dafür kann ich aber nichts, Theresa!“

„Ach, nein? Kannst du mir denn sagen, was drinsteht?!“

Lennart verschränkte seine Arme. „Nein.“

„Du hast ihn nicht gelesen?“

„Nein!“

Theresa sah, dass er log. „Du hast ihn wirklich nicht gelesen?!“

„Nein! Warum glaubst du mir denn nicht?!!“

Sie lachte bitter auf und fixierte ihn eine Weile. Lennarts Gesicht blieb reglos. „Tja, ich kann dir jedenfalls nicht helfen! Wer wird sich wohl um seinen Nachlass kümmern? Soweit ich weiß, hat er keine Familienangehörigen.“

Lennart zuckte mit den Schultern. „Keine Ahnung! Die Polizei hat Fidelios Räumlichkeiten noch nicht freigegeben.“

Theresa wurde hellhörig. „Woher weißt du das?“

Lennart eierte rum. „Sagen wir – ich kenne jemanden, der wieder jemanden bei der Polizei kennt.“

„Aha!“ Theresa musterte ihn.

Lennart schien sich unwohl zu fühlen und mogelte sich langsam die Treppe runter.

Theresa folgte ihm bis zur Haustür. „Kann es sein, dass du gar nicht hier bist, um dich zu entschuldigen, sondern weil du vielmehr wissen wolltest, ob ich im Besitz des Briefes bin?!“

Lennart wand sich. „Beides! Der Brief ist Eigentum des Barons, und ich bin nun mal dafür verantwortlich, dass er nicht beschädigt wird.“

Wie scheinheilig das war! Lennart sah, dass Theresa ihm nicht glaubte, und öffnete die Haustür. „Ich werde mich darum bemühen, dass du den Brief bekommst, Thess – versprochen!“ Er umarmte sie, noch bevor Theresa protestieren konnte – dann war er fort.

Als sie die Tür hinter ihm schloss, sah sie ihn – Hagen! Er stand auf dem Bürgersteig, direkt ihr gegenüber. Er blickte Lennart hinterher, dann zu ihr rüber. Sein Blick und seine ganze Haltung waren eine einzige Anklage! Sie öffnete die Tür und wollte etwas sagen, doch er kam ihr zuvor:

„Du hast gesagt, dass ich nach Hause kommen soll – wie habe ich nur so dumm sein können.“ Er öffnete die Tür seines Wagens, stieg ein und fuhr davon, ohne sie eines weiteren Blickes zu würdigen.

39

Der Raum war stickig, und sie war zu müde zum Schlafen gewesen. Immer wieder war sie hochgeschreckt. Dann war sie aufgestanden und hatte das Fenster gekippt. Wieder im Bett, war sie eine ganze Weile den Schattenspielen der Korkenzieherhaselnuss auf der Gardine gefolgt.

Eine zarte Brise hatte das Bäumchen immer wieder in Bewegung gebracht und ständig neue Gestalten auf die Gardine gezaubert. Darüber war sie endlich eingeschlafen – hatte allerdings merkwürdig durcheinandergeträumt.

Emma in einem schwarzen Hochzeitskleid hatte mit Lennart vor einem Altar gestanden – Gideon als Priester dahinter. Auf die Frage, ob Emma den „Fürsten der Luft" zu ihrem rechtmäßigen Ehemann nehmen wollte, hatte Theresa geantwortet und Einwände geltend machen wollen, doch eine Gestalt, die rechts neben Lennart gestanden hatte und von ihm verdeckt worden war, hatte sich plötzlich vorgebeugt und den Zeigefinger an die Lippen gelegt – Hagen! Er hatte ihr bedeutet, zu schweigen. Dann war ein riesiger Blutstropfen schwer und wie in einer Slow-Motion-Einstellung in ein goldenes Gefäß getropft, das Gideon plötzlich in den Händen gehalten hatte. Das Blut war in alle Richtungen gespritzt – ihr weißes Kleid war von Spritzern übersät gewesen. Erschrocken hatte sie umhergeblickt und plötzlich Fidelio am Altarkreuz entdeckt

– mit dem Kopf nach unten gekreuzigt! Als er seinen Kopf mühsam angehoben und ihr einen flehenden Blick zugeworfen hatte, war sie durch ihren eigenen Schrei aufgewacht.

Jetzt saß sie schon eine ganze Weile aufrecht im Bett und versuchte, den Nachklang des Traums zu verarbeiten, während sie unbewusst die Schattenspiele auf der Gardine weiterverfolgte.

Nur aus dem Augenwinkel nahm sie plötzlich eine Bewegung im Zimmer wahr. Alarmiert dachte sie sofort an ihren nächtlichen Verfolger! Doch die dunklen Augen, die sie anstarrten, gehörten zu jenem alten und blassen Gesicht, das sie inzwischen nur zu gut kannte. Theresa hatte keine Angst – im Gegenteil, sie spürte plötzlich eine erstaunliche Gelassenheit und noch etwas anderes: Neugierde! In was auch immer für einem Bewusstseinszustand sie sich gerade befinden mochte – die Situation schien real, und sie selbst fühlte sich erstaunlich klar!

Sie dachte an Fidelio. Er war ihr Vorbild gewesen, weil er sich der Wahrheit verpflichtet gefühlt hatte. Und galt das nicht auch für sie? Hatte Fidelio sie nicht immer wieder daran erinnert? „Was willst du von mir?“

Die Alte drehte sich um und ging zum Flurspiegel. Als sie direkt davorstand, verwandelte sich seine Oberfläche in eine feine Nebelwand. Sie schritt hindurch und schien zu erwarten, dass Theresa ihr folgte. Sie stand auf, trat durch den Spiegel und befand sich plötzlich im Garten ihrer Eltern – direkt vor dem aufgereihten Triptychon ihres Vaters unter der riesigen Kastanie, die sie als Kind beklettert hatte. Ganz deutlich fühlte sie die Feuchte des Rasens unter ihren nackten Füßen und roch den aufsteigenden, würzigen Dunst. Das Weiß der Marmorfiguren zeichnete sich in der Dämmerung deutlich ab.

Etwas abseits stand die Alte und hielt plötzlich ein ungefähr dreizehnjähriges Mädchen an der Hand.

„Was willst du von mir?"

Das Aussehen der Nonne veränderte sich plötzlich, und sie wurde zum identischen Zwilling des Mädchens. Beide deuteten gleichzeitig auf die letzte der Skulpturen – die, die ihre eigene Miniatur im Arm hielt. Theresa blickte zwischen der Skulptur und den beiden Mädchen hin und her und versuchte sich schlüssig zu werden. In ihrer Familie gab es keine Zwillinge – was hatte das also zu bedeuten?

Ein sanftes Licht schimmerte plötzlich durch den Dunst und schien die Alte und das Mädchen zu umhüllen – dann waren sie fort. Als sie sich umdrehte, waren auch die Skulpturen verschwunden, und sie fand sich vor dem Flurspiegel wieder.

War sie jetzt wach, oder träumte sie noch? Eigentlich war es egal, in welcher Realität sie sich gerade befand! Sie stutzte: Hatte sie das gerade wirklich gedacht? Sie ging zum Bett, knipste das Licht an und blickte auf den Wecker – vier Uhr in der Früh.

Als sie erwachte, fiel es ihr wieder ein: „Fantasie ist wichtiger als Wissen, denn Wissen ist begrenzt." Wer hatte es noch mal gesagt? Albert Einstein – richtig! Und noch jemand – Doktor Gunarsson, der Arzt, der sie in der Klinik auf Island behandelt und von höherer Fügung hinsichtlich ihrer Rettung gesprochen hatte. Sie selbst war jedoch vom

Zufall überzeugt gewesen! Was aber hatte Gunarsson mit dem Zitat eigentlich gemeint?

Dass das meiste noch unentdeckt war, war eigentlich hinreichend bekannt! Wissenschaft generierte anhand von Denkmodellen und Experimenten Ergebnisse, die aber nur so lange Gültigkeit besaßen, bis sie revidiert, relativiert oder durch andere Resultate ersetzt wurden – so lange, bis sich auch diese als fehlerhaft erwiesen.

Und obwohl das so war, schlossen viele Repräsentanten der Naturwissenschaften metaphysische Ebenen schlichtweg aus, ohne einen Beweis für deren Nichtexistenz zu erbringen! Vermutungen wurden schlichtweg wie Tatsachen behandelt. War das nicht arrogant? Und die Kirchen verhielten sich nicht anders.

Sie behaupteten einen Gott, dessen Beweis sie schuldig blieben.

Theresa selbst hatte spirituelle Ebenen immer kategorisch ausgeschlossen. Nun stellte sie genau das infrage. Denn das Erlebnis der letzten Nacht schien etwas ihn ihr verändert zu haben. Oder hatte dieser Prozess schon früher eingesetzt und wurde ihr erst jetzt bewusst?

Fantasie ist wichtiger als Wissen – was hatte Einstein zu diesem Ausspruch wohl veranlasst – eine Erkenntnis oder doch nur sein Ärger über Kollegen, die alles zu wissen glaubten? Aber war nicht gerade die Fantasie, also das Vorstellungsvermögen, von ganz entscheidender Bedeutung in der Wissenschaft? Machte es nicht Denkansätze und entsprechende Modellversuche erst möglich? Theresa dachte an Science-Fiction-Filme von vor über dreißig Jahren, deren technische Innovationen zunächst nur der Fantasie ihrer Macher entsprungen waren und heute tatsächlich existierten. Und was war mit Jules Vernes „Reise zum Mond“? Von den Menschen seiner Zeit war er dafür belächelt worden. So gesehen erschuf Fantasie doch Realität und Fakten!

Und wie würden die Menschen der Zukunft, wenn sie ihre Hirnkapazitäten eines Tages voll nutzen konnten, auf heutige Wissensansätze blicken? War es vorstellbar, dass ihnen gelang, was bisher noch niemand vermochte? Wie würden sie wohl die drei existenziellen Fragen der Menschheit beantworten?

Derzeit lebten die meisten Menschen im Spannungsfeld von Wissenschaft und Kirche. Theresa musste an ihre gläubigen Eltern denken. Doch sie selbst lehnte Kirchen zutiefst ab, denn aus ihrer Sicht behinderten sie ihre Gläubigen auf der Suche nach Spiritualität *und* Wahrheit. Eigene Vorstellungen von etwas Göttlichem waren nicht erwünscht! Oder wie ließ es sich sonst erklären, dass man sich als guter Christ kein Bildnis von Gott machen sollte und dass spirituelle Erlebnisse außerhalb des Kirchenkodexes als Teufelswerk galten? Wie verstand sich aber dies wiederum damit, dass die Kirchen gegen Aberglauben predigten?

Wieder dachte Theresa an Gunarsson. Er war Schulmediziner, und doch hatte er von unerklärlichen Erlebnissen bei Patienten gesprochen, die ihn über die Zeit verändert hatten. Er schien keinen Zweifel zu hegen, dass man nach dem Tod in einem anderen Bewusstseinszustand, in anderen Ebenen oder wie auch immer man es nennen wollte, weiterexistierte.

Und was war mit ihren eigenen Erlebnissen – sie konnte sie nicht beweisen. Doch welchen Einfluss würden sie auf ihre Doktorarbeit haben? Sie beschäftigte sich mit den katholischen Mystikerinnen längst vergangener Jahrhunderte. Während ihrer Forschung war sie zu dem Schluss gekommen, dass diese Mystikerinnen – diese Kirchenfrauen, ihre vermeintlich spirituellen Erlebnisse – ihre Visionen, abgesehen von medizinischen Problemen –, lediglich als gut funktionierendes Instrument für politische Einflussnahme genutzt hatten.

Doch in Anbetracht ihrer Erlebnisse stand sie nun den eigenen Ansätzen mehr als skeptisch gegenüber. Bedeutete das alles, dass sie ihr Promotionsthema aufgeben musste? Ihre Beweisführung hatte von vornherein mehr oder weniger festgestanden und war nun nichtig.

War es nicht eine Ironie des Schicksals, dass ausgerechnet sie, die überzeugte Atheistin, spirituelle Erlebnisse hatte?

Plötzlich fielen ihr die Skulpturen ihres Vaters ein. Sie sprang aus dem Bett und lief ins Bad – sie musste sich beeilen!

„Guten Morgen!"

„Entschuldige, Mama, guten Morgen!"

Theresa war, ohne zu klingeln, schnurstracks in den Garten marschiert und stand nun konsterniert unter der Kastanie – keine Skulpturen! Ihre Mutter stand auf der Terrasse und schien ziemlich verblüfft. Im Schlepptau von Elisabeth marschierte Theresa weiter in die Werkstatt ihres Vaters – ebenfalls keine Spur von den Skulpturen und auch keine Spur von ihrem Vater.

„Was suchst du denn?“

Theresa wandte sich ihrer Mutter zu, während sie ihren Rücken abstützte. Seit der Autofahrt hatte sie Rückenschmerzen – wahrscheinlich wieder ihre Bandscheiben, die durch die Schwangerschaft auch nicht gerade besser wurden. „Wo sind die Skulpturen, Mama?“

„Die transportiert dein Vater gerade nach Höxter. Er ist erst vor kurzem losgefahren.“

Theresa tippte eine Nummer ins Handy. Unzufrieden steckte sie es wieder weg. „Ist nicht zu erreichen.“

„Du kennst doch deinen Vater – im Auto schaltet er sein Handy immer aus!“

„Okay, dann musst du mir helfen, Mama! Kannst du dich an die letzte der drei Skulpturen erinnern?“

„Natürlich – das ist die mit der Miniatur im Arm!“

„Welche Bedeutung hat sie noch mal?“

„Das weiß ich nicht mehr so genau – irgendwas mit ‚sich erkennen‘ oder so?“

„‚Oder so‘ reicht nicht, Mama! Ich muss es wissen, denk nach!“

Elisabeth zuckte mit den Schultern. „Tut mir leid – warum ist das so dringend?“

„Ich weiß nicht – vielleicht eine Ahnung. Wann ist Papa zurück?“

„Hat er nicht gesagt. Ich schätze, heute Abend.“

„Das dauert mir zu lang – ich fahre nach Höxter!“

Sie ließ ihre Mutter stehen und stieg in den Wagen.

Als sie in Corvey ankam, ließ sie – wie jedes Mal, wenn sie auf den Parkplatz fuhr – für einen Moment die wunderschöne, klare Architektur des Schlosses auf sich wirken – und traute ihren Augen nicht: Am Portal der Anlage standen Lennart und – Hagen! Wieso klopfte ihr Ex ihrem Ehemann auf die Schulter?! Dann folgte eine freundschaftliche Umarmung, und Hagen stieg lachend in seinen Wagen und startete ihn.

Als er losfuhr und in ihre Richtung blickte, ging sie in Deckung. Was hatte das alles zu bedeuten? Warum verkehrten die beiden miteinander? Wieso schienen sie plötzlich beste Freunde zu sein? Was wurde hier gespielt?!!

Sie würde Lennart zur Rede stellen – auf der Stelle! Sie stieg aus und rannte ihm hinterher. Kurz vor dem Haupteingang holte sie ihn ein.

„Lennart?“

Er drehte sich um und blieb stehen.

„Hallo, Thess, was verschafft mir die Ehre?“

Diesmal war der Stich, der durch ihren Rücken fuhr, mörderisch. Sie stützte mit beiden Händen ihren Rücken ab, während sie Lennart schlecht gelaunt musterte. „Was wollte Hagen von dir?!“ Sie bemühte sich erst gar nicht um einen freundlichen Ton.

Lennart verzog sein Gesicht zu einem spöttischen Grinsen. „Höflich, wie immer!“ Dann hakte er sie unter, brachte sie ins Schloss und platzierte sie auf einem Stuhl direkt neben seinem provisorischen Schreibtisch.

Theresa blickte sich um. In der Eingangshalle standen vereinzelte Kunstexponate.

Lennart machte eine ausladende Geste und bemühte sich um einen harmlosen Ton. „Du siehst, ich bin in Vorbereitungen – die Ausstellung Ende November. Es fehlen noch jede Menge Ausstellungsstücke, aber es wird." Theresa hatte genug. „Du hast meine Frage nicht beantwortet!"

Er blickte sie fragend an.

„Was hat Hagen hier gewollt?!" Ihr Blick fiel auf Lennarts Laptop. Das Display zeigte eine Fotografie mit Blick über Reykjavik, so, wie sie ihn von der Hallgrimskirkja gehabt und fotografiert hatte. Sie beugte sich vor und betrachtete die Aufnahme genauer. Tatsächlich, es musste sich um ein Foto von ihr handeln, zweifelsfrei erkennbar an der Frau mit dem irischen Wolfshund, die – offensichtlich im Gespräch mit Touristen – unten auf dem Platz stand. Sie erinnerte sich, dass bei Hagens und ihrer Ankunft auf dem Kirchplatz die Frau mit ihrem Hund bereits dort gewartet hatte.

Lennart wollte gerade antworten, sah aber jetzt ihren paralysierten Blick, der immer noch auf den Bildschirm gerichtet war.

Sie klopfte mit dem Zeigefinger heftig gegen die Oberfläche und blickte ihn alarmiert an! „Was hat das hier zu bedeuten?! Was habt ihr beide miteinander zu tun – du und Hagen?" Ihr kam ein furchtbarer Verdacht. „Warst du auf Island – womöglich am selben Ort, zur selben Zeit? Warst du es, der mir nachts aufgelauert hat?!" Sie hörte selbst, wie merkwürdig das klang, doch als Lennart einen Schritt auf sie zu machte, fühlte sie sich in ihrer Annahme bestätigt – und plötzlich wieder bedroht! Sie sprang von ihrem Stuhl auf und wich vor ihm zurück! „Stopp, bleib sofort stehen!"

Lennart blickte sie fassungslos an. „Sag mal, spinnst du jetzt? Herr Gott, Thess, beruhige dich! Du kommst hierher, stellst mir wie ein Großinquisitor Fragen und machst völlig wirre Andeutungen! Wovon redest du! Was zum Henker meinst du mit ‚nachts aufgelauert'?"

„Na hier – Island! Und komm mir jetzt nicht mit Zufall!"

Wieder klopfte sie, jetzt mit dem Zeigefingerknöchel, gegen den Bildschirm. „Also?"

„Was ‚also'?" Er schnappte sich den Laptop und stellte ihn außer Reichweite von ihr. „Und lass gefälligst deine Finger von meinem Rechner! Es reicht! Ich lass mir das von dir nicht gefallen, hörst du! Und hör auf, in Rätseln zu sprechen!" Sie sah, wie er mit seiner Beherrschung kämpfte. Er fasste sie bei den Schultern und platzierte sie wieder auf den Stuhl, dann lehnte er sich an den Schreibtisch und verschränkte die Arme. „Also, was meinst du mit Island – ich versteh nur Bahnhof!"

„Na, das Bild da!" Sie deutete in Richtung Laptop. „Das ist eine Fotografie, die ich gemacht habe!"

„Ach, das meinst du!" Er musterte sie eine Weile, während sein Gesicht jenen spöttischen Ausdruck annahm, den sie so sehr an ihm hasste. „Denk doch mal scharf nach – Mädchen! Wem schickst du Ansichtskarten? Richtig – nicht mir, aber vielleicht meiner Mutter?"

Sie stutzte und begriff sofort. Natürlich, sie hatten allen Hochzeitsgratulanten eine Fotografie mit ebenjenem Motiv als Dankeskarte und mit einem Gruß aus den Flitterwochen gesendet – auch an Lennarts Mutter, die ihr und Hagen zur Vermählung gratuliert und sogar einen Geldbetrag in den Umschlag gesteckt hatte.

„Sie hat's mir gezeigt, und mir gefiel das Motiv", erklärte Lennart lapidar. „Na ja, nenn es eine sentimentale Geste, ein kleines masochistisches Vergnügen – ein bisschen Salz in meine Wunde ..."

Er blickte sie vielsagend an, und sie verstand. Lennart zog seinen Schreibtischstuhl heran und nahm ihr gegenüber Platz – dann beugte er sich vor. „Vielleicht hatte ich ja einfach nur den Wunsch, denselben Blick mit dir zu teilen, Thess!"

Theresa hob abwehrend ihre Hände. „Okay! Das reicht – Schluss damit! Sag mir einfach nur, was Hagen hier gewollt hat?"

Lennart machte eine ausholende Geste. Doch als er antworten wollte, kam ihm eine andere Stimme zuvor:

„Das kann ich dir erklären, Theresa!"

Sie drehte sich um. Hagen stand hinter ihr.

„Hab dich im Rückspiegel gesehen, als du zum Schloss gelaufen bist. Ich habe Lennart aufgesucht, weil ich ihn zur Rede stellen wollte."

„Das stimmt nicht – du wolltest mich verprügeln!"

Hagen blickte ihn an. „Das auch! Aber zuerst wollte ich dich zur Rede stellen!"

Lennart machte ein ironisches Gesicht. „Und ich habe die Wahrheit gesagt, nichts als die reine Wahrheit, so wahr mir Gott helfe. Amen!"

Theresa stand auf und ging zu Hagen. „Da ist nichts zwischen Lennart und mir!"

Hagen lächelte. „Das weiß ich inzwischen auch! Ich war eifersüchtig und – ein Idiot, bitte verzeih!"

Theresa schüttelte den Kopf. „Diesmal bin ich die Idiotin – ich habe mich nicht an unsere Vereinbarung gehalten und Heimlichkeiten vor dir gehabt. Das war falsch – es tut *mir* leid!"

Sie umarmten sich, und Lennart machte ein angewidertes Gesicht. „Würdet ihr jetzt bitte gehen? Ich muss mich sonst noch übergeben, bei so viel ...", – er spuckte es regelrecht aus –, „Liebe!"

„Und würdest du dich bitte auf deinen Geisteszustand untersuchen lassen?" Sie hielt plötzlich inne – weiter hinten in der Halle standen die Skulpturen ihres Vaters. Als sie darauf zu marschierte, summte ihr Handy – Thorsten Hölmström!

„Hallo, Thorsten – hast du etwas herausfinden können?"

„Hallo, Theresa! Prima, du kommst gleich zur Sache – und ob ich etwas herausgefunden habe! Nachdem die Jungs wussten, worum es geht, haben alle mitgemacht und ihr Foto- und Filmmaterial ganz genau gesichtet – ziemlich zeitaufwändige Angelegenheit! Aber es kam was zusammen. Ich habe dir die Vergrößerungen der Bilder gerade gemailt."

Theresa spitzte die Ohren. „Und?"

„Tatsächlich wurdest du zufällig und sogar ziemlich häufig fotografiert – auch schon vor deiner Ohnmacht und dann in unregelmäßigen Abständen immer wieder, bis du gerettet und abtransportiert wurdest. Und da sind wir beim Punkt!"

„Nämlich?!"

„Weit und breit ist bis zu deiner Bewusstlosigkeit niemand, außer dir, zu sehen – du bist die ganze Zeit allein, bis dieser Ballonfahrer aufkreuzt. Er scheint, bis auf die Rettungskräfte später, der Einzige zu sein, der dir überhaupt nahe gekommen ist."

„Hab ich's mir doch gedacht!"

„Ja, Theresa! Er ist dir aber nicht auf diese Weise nahe gekommen, wie du und die Polizei es befürchten – oder vermuten!"

„Sondern?" Theresa presste ihr Ohr ans Handy.

„Du wirst dich bei diesem Kerl wahrscheinlich entschuldigen müssen!"

„Warum?"

„Sowohl die Landung mit seinem Ballon als auch seine Rettungsmaßnahmen sind lückenlos auf dem Film von meinem Freund dokumentiert – da ist nichts mit Vergewaltigung!"

Das musste sie sacken lassen. Sie bedankte sich bei Thorsten. Beinahe wäre ihr das Handy aus der Hand gefallen – wieder dieser ziehende Schmerz – wieder ignorierte sie ihn. Ging jetzt die ganze Sache wieder von vorne los? Wie in drei Teufels Namen sollte sie denn sonst schwanger geworden sein? Sie setzte sich mitten auf den Boden und fühlte erst jetzt, wie erschöpft sie war. Was auch immer passiert sein mochte, sie musste sich wohl damit abfinden, niemals die Wahrheit zu erfahren – das war bitter!

Sie blickte auf und stellte fest, dass die Skulpturen ihres Vaters direkt vor ihrer Nase standen. Letzte Nacht, in ihrer Vision, hatten die Nonne und das junge Mädchen auf die letzte der drei Figuren gedeutet, die mit der Miniatur im Arm. Sie las deren Inschrift: *In ipso novit et se exsequentemque dicta redintegrato.* „Die sich selbst

Erkennende, sich selbst Erneuernde". Sie überlegte, las noch mal und – noch mal!

Auch wenn ihr Vater wahrscheinlich einen völlig anderen Kontext im Sinn gehabt hatte – jetzt war es für sie wie eine Offenbarung! „Erkennen" wurde biblisch auch im sexuellen Zusammenhang benutzt! Das gab der Skulptur eine völlig neue Bedeutung – eine Frau, die „sich selbst erkannte" und daraufhin „sich selbst erneuerte", und diese Erneuerung demonstrierte die kleine identische Miniatur, die sie im Arm hielt!

Von einer Gabe oder einem Fluch hatte die Seherin auf Island gesprochen! Theresas Gedanken überschlugen sich. Hatte vielleicht der gleiche Umstand ihre Urgroßmutter in den Selbstmord getrieben – weil sie sich keinen Reim auf ihren Zustand hatte machen können und sich keiner „Schuld" bewusst gewesen war und weil ihr das niemand geglaubt hätte?!

Hagen war ihr gefolgt und musterte sie besorgt. Theresa merkte, dass sie die ganze Zeit die Luft angehalten hatte, und atmete aus. „Keine Vergewaltigung – ich bin nicht vergewaltigt worden!"

Hagens Gesicht war ein einziges Fragezeichen. Als er etwas erwidern wollte, kam Unruhe auf. Ein Polizeiauto war vorgefahren. Theresa konnte es durch die gläserne Eingangstür beobachten. Jetzt stiegen zwei Beamte aus und betraten die Eingangshalle. „Wer von Ihnen ist Lennart Neubert?"

Lennart hob die Hand. „Ich! Wieso?"

„Sie werden verdächtigt, Ihren Vater Willi Lippert, der als Pater in Soest gewirkt hat, ermordet zu haben – in der Nacht vom letzten Donnerstag auf Freitag!"

Theresa blickte Lennart fassungslos an. „Fidelio ist – dein Vater?!?“

Lennart antwortete nicht. Theresa sah, wie er die Zähne zusammenbiss und sein Gesicht plötzlich die Farbe der weißgekalkten Hallenwände annahm. Ohne sie oder Hagen eines weiteren Blickes zu würdigen und ohne Gegenwehr ließ er sich Handschellen anlegen. Nur, als er abgeführt wurde, drehte er sich nochmals um und warf ihnen einen merkwürdigen Blick zu.

Theresa hielt sich an Hagen fest. Es war unfassbar. Wie konnte das sein – wie lange kannte sie Lennart! Er war Fidelios Sohn, und sie hatte es nicht einmal geahnt. Sie zitterte vor Aufregung, und ihr Rücken schmerzte dermaßen, dass sie sich am liebsten hätte tragen lassen. Sie lehnte ihren Kopf an Hagens Brust. „Lass uns nach Hause fahren – ich kann nicht mehr!“

Zu Hause hatten sie sich lange im Arm gehalten, während Theresa die Ereignisse vor ihrem inneren Auge immer und immer wieder abgespult hatte. Dann kam ihr ein anderer Gedanke.

„Schatz, du hast dich mal zum Thema ‚Wunder in der Natur‘ ausgelassen.“

Hagen merkte auf und nickte langsam. „Worauf willst du hinaus?“

„Du hast von Parthenogenese gesprochen – zum Beispiel bei Echsen!“

Hagen nickte. „Ja, das kommt vor, zum Beispiel beim Waran oder der Blumentopfschlange. Aber auch Insekten, Fische und Pflanzen können sich ohne Partner fortpflanzen – sich quasi selbst reproduzieren. Wieso fragst du?“

Theresa blickte ihn vielsagend an.

Hagen lachte und schüttelte den Kopf, als der Groschen fiel. „Nein! Schatz, du willst doch jetzt nicht sagen, dass du auf solche Weise schwanger geworden bist – verlang nicht, dass ich das glaube!“

„Das sollst du auch nicht, denn Glaube wäre in diesem Kontext völlig fehl am Platz. Hier geht es um Biologie, Evolution – Wissenschaft! Lass uns doch mal Fakten sammeln.“ Sie setzte sich auf. „Du bist nicht der leibliche Vater des Kindes, richtig? Und ich wurde auch nicht vergewaltigt, noch habe ich dich mit Lennart oder einem anderen Mann betrogen.“ Sie machte eine Pause und blickte Hagen abwartend an, dann verzog sie plötzlich das Gesicht. Eine ganze Weile waren die Schmerzen fort gewesen, doch jetzt waren sie wieder da. Hagen begann sie zu massieren, während sie fortfuhr: „Beim Vaterschaftstest haben sich Auffälligkeiten in der DNA des Kindes gezeigt, richtig?“

Hagen stutzte. „Was? Davon weiß ich ja gar nichts!“

„Wir hatten Streit, dann warst du fort!“ Den vorwurfsvollen Ton hatte sie nicht ganz unterdrücken können.

Hagen blickte sie immer noch alarmiert an.

„Keine Sorge, das Kind ist gesund.“

„Gott sei Dank!“ Er musterte sie und schien sich nicht schlüssig zu sein. Dann schüttelte er entschieden den Kopf. „Nein, Thessa! Unmöglich! Es muss eine andere Erklärung geben!“

„Dann nenn sie mir doch endlich!“

Ganz plötzlich spürte sie wieder diesen wellenförmigen Schmerz, der sich bis in die Bauchgegend ausbreitete. Hagen stutzte, doch sie winkte ab. „Erinnerst du dich an den ersten Ultraschall bei meiner Gynäkologin?"

„Was meinst du?"

„Meine Ärztin – sie hat sich doch gewundert, weil mein Kortisonspiegel von Anfang an auffällig niedrig war."

Hagen nickte nachdenklich. „Du willst sagen, dass normalerweise der Embryo zur Hälfte aus fremder DNA besteht, doch bei Parthenogenese verarbeitet der Körper sein eigenes identisches Genmaterial. Aus diesem Grund besteht nicht die Gefahr einer Abstoßreaktion, und der Körper benötigt deshalb auch keine größere Menge Kortison."

„So ungefähr – ich meine, es wäre doch eine Möglichkeit. Aber du bist hier der Biologe!"

„Aber kein Genetiker – das ist ein völlig anderes Gebiet, das weißt du doch, und alles, was du sagst – auch das mit dem Kortison –, ist überhaupt noch nicht so richtig wissenschaftlich verifiziert!"

„Trotzdem, es gibt Indizien! Die Frage ist: Ist Parthenogenese beim Menschen möglich?"

Es war offensichtlich, dass Hagen mehr als skeptisch war. „Glaubst du ernsthaft, dass du wie die Heilige Jungfrau Maria zu einem Kind gekommen bist – und eine Art Jesus zur Welt bringen wirst? Thessa, wirklich, das glaubst du doch nicht, oder?"

„Mit Glauben hat das nichts zu tun. Was, wenn die ‚Jungfrau Maria' eine der ersten Frauen gewesen ist, die auf solche Weise schwanger wurde – in einer sich sehr langsam verändernden Evolutionskette, also ohne diesen ganzen ‚Heiligen-Geist-Kram' der Kirchen und so."

Hagen dachte nach. „Nehmen wir mal an, das Kind von Maria, oder wem auch immer, wäre durch eine sprunghafte Erbänderung in der Fortpflanzung zustande gekommen, und danach wäre das Gleiche immer wieder auch bei anderen Frauen vorgekommen – wo sind dann Hinweise oder Berichte darüber?"

Theresa dachte nach – das war ein Argument. „Vielleicht die Angst vor den Kirchen! Vielleicht hat die eine entscheidende Rolle gespielt, dass man solche Schwangerschaften verheimlicht hat." Sie musste plötzlich an jene arme Frau denken, die sie in ihrer Vision gesehen hatte und die gemeinsam mit ihrer Tochter verbrannt worden war.

„Schließlich hat nur eine Anspruch auf das Wunder der ‚unbefleckten Empfängnis' – auf die Exklusivität, mit Gottes Sohn gesegnet zu sein: die Heilige Jungfrau Maria! Und so gesehen hat es vielleicht tatsächlich Sinn gemacht, solch eine Schwangerschaft geheim zu halten, um nicht in den Verdacht zu geraten, von Gottes Gegenspieler geschwängert worden zu sein!"

Hagen räusperte sich. „Mir fällt etwas ein. Ich hatte eine Professorin, die zu diesem Thema forschen wollte – Annegret Preuss. Doch sie wurde von den Kollegen und auch von uns Studenten belächelt. Sie hat nie behauptet, dass Parthenogenese beim Menschen funktioniert, sie hat es aber auch nicht ausgeschlossen. Schon allein damit hatte sie sich diskreditiert – zumindest in den Augen der Kollegen."

„Kann ich sie kennenlernen?"

Hagen zuckte mit den Schultern. „Weiß nicht, ob sie noch lebt – sie war damals schon weit über sechzig, glaube ich." Theresa gab ihm einen Kuss. „Einen Versuch wäre es doch wert!"

Wieder breitete sich eine Schmerzwelle vom Rücken über ihren gesamten Bauch aus. Die ganze letzte Stunde hatte sie heimlich die Abstände gezählt. Ähnliche Schmerzen hatte sie in der letzten Woche immer mal wieder gehabt, allerdings nicht anhaltend und nicht so stark. Ihre Ärztin hatte da noch Entwarnung gegeben. Jetzt fühlte sich das anders an! „Schatz, ich glaube, wir sollten uns auf den Weg machen!"

Er musterte sie besorgt, dann veränderte sich sein Gesicht zu einem einzigen riesigen Fragezeichen. Als er dann die gepackte Tasche für die Klinik nicht sofort finden konnte und ziemlich kopflos in der Wohnung herumlief, musste Theresa plötzlich lachen – der ganze Tag hatte etwas Groteskes gehabt, das schien sich entsprechend fortzusetzen! Als die nächste Wehe kam, biss sie die Zähne zusammen. Wenn das erst Eröffnungswehen waren – na dann – GUTE NACHT!

40

Doch im Rückblick war alles erstaunlich schnell gegangen. Dass Hagen die gepackte Reisetasche nicht sofort gefunden hatte, war offensichtlich auch dem sogenannten Kühlschranksyndrom geschuldet. Wie oft rief er nach Theresa, weil er etwas suchte, das direkt vor seiner Nase stand! Die Aufregung mochte auch eine Rolle gespielt haben. Letztendlich waren sie aber noch rechtzeitig in der Klinik angekommen. Die Hebamme hatte nach kurzer Untersuchung festgestellt, dass das Kind richtig lag und sehr bald kommen würde.

„Haben Sie keine Schmerzen gespürt?“, hatte sie wissen wollen und Theresa ungläubig gemustert, als diese verneint hatte.

„Ich hatte nur Rückenschmerzen!“

„Nur Rückenschmerzen, sagt sie – okay!“ Die Hebamme hatte gegrinst und einer ihrer Kolleginnen einen vielsagenden Blick zugeworfen.

Hagen war zunehmend blass geworden, doch er hatte andauernd auf sie hinuntergelächelt – darum bemüht, Optimismus zu verbreiten, doch es war ihr nicht entgangen, dass ihm ganz anders zumute gewesen war – Hagen konnte kein Blut sehen. Einen Moment hatte sie sich deshalb um ihn gesorgt. Doch als die Wehen in immer kürzeren Abständen gekommen und immer heftiger geworden waren, hatte sie sich nur noch auf sich selbst konzentrieren können.

Eigentlich war zunächst alles den Umständen entsprechend glattgelaufen – bis sich Hagen zum Echo der Hebamme gemacht und immer wieder etwas von „Tief ein- und ausatmen!“ gesagt und plötzlich gemeinsam mit ihr zu hecheln angefangen hatte. Da war Schluss gewesen! Am liebsten hätte sie ihn aus dem Kreißsaal werfen lassen. „Sei endlich still!“, hatte sie während einer heftigen und sehr langen Wehe gebrüllt, „sonst erschlage ich dich – achte gefälligst auf deine eigene Atmung!“

Das war ungerecht gewesen, doch die Schmerzen hatten kein Ende nehmen wollen und sie zermürbt. Dass man es bis zum Schluss aushalten musste und nicht einfach aufstehen und fortlaufen konnte, hatte auch nicht zur Besserung ihres Befindens beigetragen. Als es schließlich unerträglich geworden war, hatte sie sich matt an die Hebamme gewandt: „Sie haben mir gesagt, dass das Kind bald kommen würde! Wie lange dauert denn ‚bald‘? Ich halte es nämlich nicht mehr aus!“

Die Hebamme hatte beruhigend genickt. „Ist gleich da!“

„Was meinen Sie genau?“, hatte sie gewimmert. „Meinen Sie mit gleich wirklich gleich oder nur bald?!“

„Ich meine damit – jetzt“, hatte die Hebamme gerufen, „pressen Sie mal!“ Genau das hatte Theresa dann auch aus Leibeskräften getan! Und als ihr das kleine Bündel Minuten später auf den Bauch gelegt worden war, waren die Schmerzen augenblicklich vergessen gewesen.

Wie sehr sie Hagen während der Geburt tatsächlich gebraucht hatte, war ihr erst am nächsten Tag so richtig bewusst geworden, als sie seine mit Hämatomen überzogenen Hände gesehen hatte. Später waren ihre Eltern zu Besuch gekommen.

„Sie sieht aus wie du damals, Theresa!“ Elisabeth hatte das kleine schlafende Mädchen in ihren Armen gewiegt und schien völlig vergessen zu haben, dass es sich dabei um dasselbe Kind handelte, dessen Mutter sie noch vor wenigen Monaten zu einer Abtreibung hatte überreden wollen.

41

Es war ein Donnerstag um die Mittagszeit. Theresa hatte die kleine Lotte gestillt, in den Stubenwagen gelegt und die alte Spieluhr aufgezogen. Die Melodie von „Der Mond ist aufgegangen“ lullte nicht nur die Kleine ein, auch Theresa fühlte sich schläfrig. Lotte wurde alle vier Stunden wach und wollte gestillt werden.

Theresa ging rüber ins Wohnzimmer, wo Hagen auf der Tastatur der Fernbedienung rumdrückte. Es war schön, dass er zu Hause war – die Herbstferien waren allerdings in drei Tagen vorbei!

„Was hältst du von einem Krimi aus der Mediathek?“, wollte er wissen. Sie nickte, ihr war alles recht. Doch noch bevor die Handlung richtig angefangen hatte, war sie in Hagens Armen eingeschlafen.

Es war wundervoll, sich dieser Art von Erschöpfung hinzugeben und zufrieden einfach das zu tun, was man wollte! Stillen, wickeln, schlafen – oder wickeln, schlafen, stillen? Egal, sie war glücklich und kümmerte sich nur um die wichtigen Dinge – Lotte! Von niemandem wurde sie derzeit behelligt oder gegängelt! Keiner verlangte von ihr irgendwelche nervigen Dinge, die womöglich sogar auch noch dringend zu erledigen waren. Wie einfach das Leben sein konnte.

Seit einer Woche war sie wieder zu Hause, und Hagen nahm ihr all die unliebsamen Arbeiten ab, wie Hausarbeit,

Telefonate oder Papierkram. Auch nachts hatte er die Kleine bereits gewickelt, damit Theresa weiterschlafen konnte.

Jetzt schreckte sie hoch. Hatte es gerade geklingelt? Hagen war aufgestanden und kam mit einem Brief zurück.

„Ein Einschreiben für dich, Schatz!"

„Für mich?"

Er gab ihr den Umschlag. Das Schreiben kam von der „Anwaltssozietät Metzner und Kienzle", die ihren Sitz in Soest hatte. Ein formelles Anschreiben informierte sie darüber, dass ein gewisser Willi Lippert, alias Pater Fidelio, Dokumente in der Kanzlei hinterlegt hatte, die ihr im Fall seines Todes unverzüglich ausgehändigt werden sollten. Anwalt Metzner bat um zeitnahe Terminabstimmung.

Theresa war wie vor den Kopf geschlagen. Fidelio hatte für den „Fall seines Todes" vorgesorgt – hatte er bei ihrem letzten Treffen bereits irgendetwas Schlimmes geahnt, sich nicht mehr sicher gefühlt? Aber warum? Und hatte tatsächlich Lennart den Mord an ihm – seinem Vater – begangen? Sie konnte es noch immer nicht glauben. Doch sie hatte seine zwei Gesichter in letzter Zeit oft genug erlebt.

Sie erinnerte sich an den Streit zwischen den beiden in Fidelios Büro und an ihr mulmiges Gefühl, als Lennart später auf dem Parkplatz vor Fidelios Haus immer noch rumgelungert war. Das allein machte ihn aber nicht zum Verdächtigen in einem Mordfall. Doch wieso saß er immer noch in Untersuchungshaft? Was hatte die Polizei gegen ihn in der Hand?

Sie schnappte sich ihr Handy. Die Anwaltsgehilfin stellte sie sofort durch, als sie ihr Anliegen vorgebracht hatte.

42

Gleich am nächsten Morgen war sie, von Hagen mit Lotte im Tragetuch begleitet, in der Kanzlei vorstellig geworden. Die Kleine war unruhig gewesen, und Hagen hatte es vorgezogen, im Wartezimmer mit ihr auf und ab zu gehen.

Nun saß Theresa in einem bequemen Ledersessel Fidelios Anwalt gegenüber. Auf dem Schreibtisch lag ein großer, brauner DIN-A4-Umschlag.

Christian Metzner war ein zurückhaltender, verbindlicher Typ. „Der Pater war mein Freund", erklärte er, „es ist ein Schock! Vor zehn Tagen saß er noch quietschlebendig hier vor mir, und heute Nachmittag werde ich zu seiner Beerdigung gehen und ihm die letzte Ehre erweisen – so schnell kann es gehen." Er schwieg einen Moment, bevor er weitersprach: „Nur zwei Tage vor seinem Tod hat er hier angerufen und mich gebeten, sofort vorbeikommen zu dürfen, um mir diese Unterlagen in Verwahrung zu geben." Der Anwalt schluckte, legte seine Hand auf den braunen Umschlag und schob ihn zu ihr rüber.

„Danke! Darf ich den Umschlag gleich hier öffnen?"

Metzner nickte. „Natürlich! Bloß – ich erwarte gleich meinen nächsten Mandanten. Ich bringe Sie in ein anderes Zimmer, in dem Sie in Ruhe lesen können. Ist das okay für Sie?"

Theresa nickte. Auf der Schwelle zum Wartezimmer blieb sie einen Moment stehen und beobachtete Hagen und Lotte – ein Bild der Zufriedenheit. Hagen war zusammen mit der Kleinen eingeschlafen, und es schien ansteckend zu sein, denn sie selbst fühlte sich plötzlich auch schläfrig.

Hagen zuckte zusammen, als sie ihn leicht antippte. „Ich möchte gern, dass du dabei bist, wenn ich das öffne."

Er legte Lotte in die Babywippe, wo sie gemütlich weiterschlummerte, dann gingen sie in den Raum, den Herr Metzner ihr gezeigt hatte.

Sie setzten sich, und Theresa blickte einen Moment nachdenklich auf den Umschlag. Auf was musste sie jetzt womöglich gefasst sein?

Hagen konnte seine Neugier kaum bändigen. „Worauf wartest du noch – öffne den Umschlag."

In dem Kuvert befand sich die Kopie des antiken Briefes. Theresa zog ihn heraus und begann zu lesen. Den Anfang kannte sie schon.

Im Mai 1654

Mein geliebtes, mein einziges Kind – Sophia Gertrudis, meine Tochter!

Du wirst Dich über diesen Brief wahrscheinlich wundern, doch es ist mein letzter Gruß an das Kind, das ich vor ziemlich genau 40 Jahren geboren habe und das, zu unser aller Sicherheit, in einer fremden Familie aufwachsen musste. Doch Du sollst nicht in Ungewissheit über Deine wahre Herkunft bleiben.

Ich kam im Jahr des Herrn 1601 als viertes Kind des Kurfürsten Sigismund von Brandenburg zur Welt und erhielt den Namen Relindis. Als ich dreizehn Jahre alt war, spürte ich, dass mit mir etwas nicht stimmte – ich war gesegnet mit einem Kind – mit Dir.

Wie konnte das sein? Bis heute habe ich keine Erklärung dafür. Ich hatte immer keusch gelebt und war noch unberührt. Mein Vater jedoch schenkte mir keinen Glauben und brachte mich am 12. Tag des 11. Monats im Jahr des Herrn 1614 zu den Zisterzienserinnen nach Welver. Die Schwestern dort hatten Mitleid und nahmen mich auf – obwohl ihre Mitwisserschaft eine große Gefahr für sie selbst darstellte! Ich bekam einen neuen Namen: Dorothea!

Mechtildis von Marienborn, die Äbtissin, kümmerte sich um meine Bildung, und nach ihrem Tod wurde ich als ihre Nachfolgerin bestimmt.

Nie mehr habe ich etwas von meinen Eltern, geschweige denn von den lieben Geschwistern, gehört. Ich war verstoßen und sogar aus den Familienchroniken getilgt. Mein Schicksal war besiegelt – ich existierte für meine Familie nicht mehr.

Mein Kind, immer wieder habe ich Dich heimlich beobachtet und sah, wie Du zu einer schönen, gesunden und gebildeten Frau heranwuchsest.

Das war nur möglich, weil nicht nur mir, sondern auch Mechtildis Dein Wohlergehen am Herzen lag, und so war sie es, die dafür sorgte, dass Du in einer guten Familie aufwachsen konntest. Dein Wohl war unser aller Wohl. Auch die Heirat mit Deinem Gatten – dem Freiherrn von Welvenstein – wurde von Mechtildis arrangiert und scheint eine gute Entscheidung gewesen zu sein. Wann immer ich Dich sah, konnte ich mich von Deinem Glück mit den vielen Kindern überzeugen.

Man sagt, dass Du genauso aussiehst wie ich. Also, wenn Du Dein Spiegelbild betrachtest, dann schaust Du gleichzeitig in das Antlitz Deiner leiblichen Mutter.

Es hat mich immer geschmerzt, dass ich mich Dir nicht zu erkennen geben durfte und Abstand halten musste – und so sind die vielen Jahre dahingegangen. Wie gerne würde ich Dich einmal umarmen, mein Kind! Dich, deren Kinder inzwischen fast alle verheiratet und wiederum mit einer großen Anzahl Kindern gesegnet sind – auch diese werde ich leider niemals kennenlernen.

Doch dieses Prozedere dient unser und Euer aller Sicherheit! Nur deshalb konnte ich den Schmerz, von Dir getrennt zu sein, ertragen und mit ansehen, wie Du eine andere – Mutter – nanntest!

Dieser Brief muss unbedingt verborgen bleiben! Es steht Dir frei, ob Du das Geheimnis Deiner Herkunft für Dich behältst oder ob Du es innerhalb der Familie an eine Person Deines absoluten Vertrauens weitergibst – wenn eines Tages Deine Zeit des Abschieds gekommen ist.

Die Krankheit wird mich bald dahinraffen. Mein letztes Gebet gilt Dir und all Deinen Nachkommen, deren Urmutter ich doch bin.

Gott segne Dich mein Kind – in inniger Liebe –
Deine Mutter

Theresa ließ den Brief sinken und reichte ihn Hagen.

Nachdem er ihn gelesen hatte, faltete er ihn zusammen und gab ihn ihr zurück. „Sagen dir die Namen von Mutter oder Tochter etwas?“

Theresa zuckte mit den Schultern. „Noch nie gehört. Mich beschäftigt etwas anderes. Relindis ist eine Ordensfrau, eine Nonne – vielleicht ist *sie* es?"

„Was meinst du?" Hagen blickte sie fragend an.

Theresa räusperte sich. „Na ja, du weißt schon – die Frau, die ich sehe ..."

Hagen griff nach ihrer Hand. „Schatz, wir beide glauben nicht an so was, darin herrschte immer Konsens. Du hast keine – Visionen, glaub mir."

„Und was, wenn doch?" Sie räusperte sich. „Ich bin mir nicht mehr sicher, dass es ‚so was' nicht gibt. Himmel, ich weiß es einfach nicht!"

Sie griff noch einmal in den braunen Umschlag und zog Fidelios Brief heraus. Die vertraute Handschrift des Paters jagte ihr einen Stich durchs Herz.

Meine liebe Theresa,

wenn Du diesen Brief liest, gibt es mich nicht mehr. Möglicherweise bin ich dann nicht friedlich entschlummert, sondern Opfer eines Verbrechens geworden. Ich fühle mich seit Tagen verfolgt! Doch fürchte ich den Tod nicht. Die Schmerzen sind in letzter Zeit unerträglich geworden. Doch ich will nicht jammern.

Zu Dir: Wenn das stimmt, was ich vermute, dann bist Du – so wie alle Frauen, mit denen Du diese Besonderheit teilst – in Gefahr, denn der Mythos der Heiligen Jungfrau Maria soll unter allen Umständen erhalten bleiben!

Doch es gibt eine geheime Schwesternschaft, die sich bereits vor Jahrhunderten gegründet hat. Die Mitglieder sind inzwischen weltweit vernetzt. Ich selbst gehöre nicht zum engen Zirkel der Eingeweihten, habe aber die Großmeisterin kontaktiert und unser Kommen angekündigt. Wenn wir, wie ich befürchte, nicht mehr gemeinsam zu dem Treffen gehen können, denke ich, dass sie sich mit Dir in Verbindung setzen wird. Für den Fall, dass das nicht passiert, lege ich diesem Brief Namen und Adresse von ihr bei. Präge sie Dir ein und vernichte sie anschließend – man weiß nie! Dort wirst Du alles Weitere erfahren. Sprich zu niemandem! Wie gern hätte ich Dich begleitet.

Es grüßt und segnet dich von Herzen
Dein alter, treuer Freund –Fidelio.

PS: Die Kopie von Dorotheas Brief an ihre Tochter wird Dir mein Anwalt ebenfalls aushändigen, und wenn Du ihn gelesen hast, wirst Du Dir, falls nicht eh schon geschehen, selbst Deinen Reim auf alles machen.

Theresa ließ den Brief sinken. Wie umsichtig Fidelio gehandelt hatte. Doch warum hatte ein katholischer Pater etwas mit einer geheimen Schwesternschaft zu tun, die den Urglauben der Kirche infrage stellte? Siedend heiß fiel Theresa etwas ein: Es gab in der Schlossbibliothek von Corvey Tagebuchaufzeichnungen des Klosters Welver – das Buch, das Lennart ihr gezeigt hatte! Vielleicht handelte es sich ja auch da um Aufzeichnungen von Mechtildis von Marienborn.

Plötzlich bewegte sich die Kleine in der Babywippe und wurde wach. Theresa steckte die Briefe zurück in den Umschlag. Dann nahm sie die Kleine auf den Arm und stillte sie.

Später, auf dem Weg zum Parkplatz, fiel ihr ein, dass sie noch etwas aus der Apotheke besorgen musste. Hagen ging mit Lotte schon mal zum Wagen vor.

Unterwegs traf sie an einer Bushaltestelle Annette Brenner, ihre Doktormutter. Sie begrüßten sich, und Annette wollte wissen, wie Theresa vorankam.

„Eigentlich ganz gut", log sie und nannte einen völlig unrealistischen Abgabetermin, zu dem sie niemals fertig werden konnte.

Annette schien nicht überzeugt, und als sie ihren Röntgenblick aufsetzte, entschied Theresa sich für die Wahrheit. „Ehrlich gesagt, ich weiß gerade nicht, wie meine Haltung zum Thema ist."

Annette sah sie erstaunt an. „Wie meinst du das?"

Theresa zuckte mit den Schultern und überlegte angestrengt, was sie sagen sollte. Wie sollte sie den Widerspruch erklären, der sich gerade hinsichtlich ihres Promotionsthemas in ihr auftat? „Visionen" – schon allein das Wort hätte einen befremdeten Ausdruck auf Annettes Gesicht gezaubert. Annette war, so wie sie selbst, überzeugte Atheistin – nicht umsonst hatte Theresa sie sich als Doktormutter ausgesucht.

Doch es war nun mal so – wenn ihre Erlebnisse echt waren, dann sprach das auch für die Existenz metaphysischer Ebenen! Und genau diese hatte sie ja widerlegen wollen.

Annettes bohrender Blick forderte eine klare Antwort! Als Doktormutter hatte sie auch ein Recht darauf, außerdem mochte es sich Theresa keinesfalls mit ihr verscherzen! Sie verschränkte die Arme und eierte rum: „Ich kann es nicht erklären, ich bin noch dabei, mir schlüssig zu werden!"

Genau, wie sie befürchtet hatte, fiel Annettes Gesicht herunter. Eine derartige Antwort mochte für sie fast eine Respektlosigkeit darstellen. Doch noch bevor Annette etwas erwidern konnte, kam der Bus, und ein Gedränge und Geschiebe ging los. Theresa war erleichtert. Aber Annette ließ die anderen vor, stieg als Letzte ein – und blieb demonstrativ in der offenen Bustür stehen. Der Fahrer bedeutete ihr, dass er abfahren wollte, doch Annette ignorierte ihn und drehte sich zu Theresa um.

„Ich will dich nicht puschen, aber nimm dir nicht allzu viel Zeit – mit dem ‚Schlüssig-Werden'."

Theresa nickte. Der Busfahrer sagte wieder etwas zu Annette, das Theresa nicht genau verstand – doch es war offensichtlich, dass er inzwischen ziemlich sauer war, und auch andere Fahrgäste schienen sich zu beschweren. Doch Annette hob herrisch ihre Hand, die dem Fahrer bedeuten sollte, dass er still sein solle. Theresa schämte sich.

„Andererseits", fuhr Annette fort, „verlier nicht den Mut, Theresa! Manchmal entsteht aus der Krise ein völlig neuer Denkansatz – das war bei mir nicht anders! Bei Problemen kannst du mich immer anrufen. Ich wünsche mir nicht, dass du hinschmeißt, hörst du?!"

Theresa nickte wieder – das war nett! Als Annette noch etwas sagen wollte, schloss sich plötzlich die Tür, und Theresa beobachtete, wie Annette sich sofort beschwerte und erst schwieg, als der Busfahrer sie offensichtlich heftig anranzte. Zu Recht – wie Theresa fand.

Wieder ging ein Gedränge los – der nächste Bus bog um die Ecke.

Theresa blickte auf die Uhr – bestimmt wartete Hagen bereits ungeduldig im Auto auf sie. Sie wollte zügig zur Apotheke weiterlaufen, als ein heftiger Stoß ihr fast den Atem nahm. Sie ging zu Boden und fiel vom Bürgersteig. Ein Aufschrei – Bremsen quietschten – jemand zog sie von der Straße – gerade noch rechtzeitig, bevor der Bus sie überfuhr! Ein Passant eilte herbei und begleitete sie zu einer Sitzbank. „Brauchen Sie Hilfe?"

„Nein danke, es geht, glaube ich, schon wieder – alles in Ordnung!" Während sie sich vom Schreck zu erholen versuchte, blickte sie sich suchend nach dem Verursacher ihres Sturzes um. War er vielleicht einfach in den Bus eingestiegen, der gerade losfuhr? Egal, sie hatte keine Lust, sich darüber zu ärgern. Langsam beruhigte sich ihr Puls – um im nächsten Moment wieder loszurasen. Nicht weit entfernt pfiff jemand eine Melodie, die ihr Gänsehaut verursachte! Sie sprang auf und blickte sich hektisch um. Abrupt stoppte das Pfeifen – und sosehr sie die Umgebung auch absuchte, sie konnte niemand Verdächtigen entdecken.

Stattdessen kam Hagen ihr entgegen und erschrak, als er ihr Gesicht sah. „Was ist los?!"

„Ich wäre beinahe überfahren worden – jemand hat mich geschubst! Ich glaube, es war derselbe Typ, der mich neulich nachts verfolgt hat!"

„Wieso glaubst du das?"

Nur schwer konnte sie die aufkommende Hysterie unterdrücken. „Die Melodie – er hat dieselbe Melodie gepfiffen!"

Hagen wurde blass. „Wir gehen sofort zur Polizei!"

„Und was erzählen wir denen dann? Dass ich nicht weiß, wie er aussieht und einen Schlager pfeift, dessen Titel ich nicht mal kenne? Sie wollte weitersprechen, doch sie hielt inne und blickte Hagen alarmiert an.

„Was?!"

„Lennart! Steckt Lennart vielleicht dahinter?"

Hagen stutzte. „Lennart? Wieso das denn?"

„In jener Nacht, als ich verfolgt wurde, hatte ich kurz den gleichen Gedanken. Er ist sauer und will mir vielleicht ein bisschen Angst einjagen – weil ich wegen des Briefs Fidelio eingeschaltet und seine Kontakte nach Corvey genutzt habe – na ja, eben Rache!"

Sie stiegen ein, und Hagen startete den Motor.

Sie warf ihm einen Seitenblick zu. Sein Gesichtsausdruck blieb skeptisch. „Das wäre aber ganz schön makaber!"

„Ich gebe zu, das klingt vielleicht für dich merkwürdig, aber er hat sich irgendwie verändert – ich würde ihm inzwischen ein derartiges Verhalten zutrauen!" Sie zögerte, bevor sie fortfuhr: „Ich erkenne ihn nicht mehr wieder. Ich habe den Eindruck, dass er trinkt, vielleicht sogar irgendwelche Drogen nimmt – Aufputschmittel oder so was, ich weiß es nicht. Sein Verhalten erinnert mich manchmal an das meiner Mutter, als sie noch getrunken hat. Lennart ist nicht mehr derselbe – er kommt mir fremd vor ...."

„Aber würde er in Kauf nehmen, dass du überfahren wirst? Würde er tatsächlich so weit gehen, nur, um dir

Angst zu machen!? Dann wäre er nicht mehr zurechnungsfähig – und wirklich gefährlich!"

Sie nickte heftig. „Er ist Hauptverdächtiger in einem Mordfall – schon vergessen?!"

„Eben!" Hagen warf ihr einen vielsagenden Blick zu.

Theresa stand auf dem Schlauch. „Was meinst du?"

„Er ist Verdächtiger in einem Mordfall und sitzt in Untersuchungshaft, Schatz!"

Das stimmte allerdings!

„Er kann dich also nicht geschubst haben", fügte Hagen überflüssigerweise hinzu.

„Ja, hab's kapiert – so schlau bin ich dann auch!" Sie sah, wie Hagen sein Gesicht verzog, und sofort meldete sich ihr schlechtes Gewissen. Er hatte es am allerwenigsten verdient, unter ihren Launen leiden zu müssen. Doch sie hasste es, Angst zu haben – noch dazu vor etwas, das sie weder kannte noch einschätzen konnte. Wer auch immer ihr nachstellte, hatte billigend in Kauf genommen, dass sie von einem Bus überfahren wurde und zu Tode kam!

Sie griff nach Hagens Hand und drückte sie. „Das Biest entschuldigt sich beim Schönen für seine furchtbar schlechte Laune!"

Hagens Gesicht entspannte sich, und er küsste flüchtig ihre Hand. „Akzeptiert! Und jetzt nach Hause – ich glaube, das Biest braucht Futter!"

Wie zur Bestätigung knurrte ihr Magen, und beide lachten auf. Trotzdem konnte dieser kurze unbeschwerte Moment nicht die Angst verscheuchen, die weiterhin wie ein Ungeheuer in ihrem Inneren lauerte. Wer hatte es auf sie abgesehen?

Wie nicht anders zu erwarten, hatte sich eine große Anzahl Trauergäste eingefunden. Nach der Grabrede, die von einem Kollegen Fidelios gehalten worden war, hatten einige der Anwesenden am Grab sehr persönliche Abschiedsworte gefunden.

Gideons jedoch waren am ehrlichsten gewesen. Ohne Pathos war es ihm gelungen, ein authentisches Bild des Paters zu zeichnen. Er hatte mit einer kleinen Anekdote geendet – von einem sehr kranken Pater, der, seiner Pflicht gehorchend und von seinen Kräften zunehmend verlassen, einfach im Beichtstuhl eingeschlafen war. Während die anderen Gäste gerührt geschmunzelt hatten, waren ihr die Tränen gekommen, obwohl sie sich fest vorgenommen hatte, nicht zu weinen.

Wo waren denn bloß ihre Taschentücher? Hagen reichte ihr eins. Sie putzte sich die Nase – und fühlte sich plötzlich beobachtet. Als sie sich umblickte, entdeckte sie Lennart! Er starrte sie unentwegt an und wandte sein Gesicht erst ab, als sie ihm zunickte. Neben ihm stand seine Frau. Im Gegensatz zu Lennart hielt sie Theresas Blick stand.

„Neubert hat 'ne Fußfessel!", raunte Ferdinand.

Theresa drehte sich zu ihrem Vater um, der hinter ihr stand. „Nur, falls du dich wunderst", fuhr er leise fort.

„Allerdings, das tue ich", flüsterte sie zurück, „und nicht nur das. Ich bin geschockt, denn das bedeutet, dass er nicht mehr in Untersuchungshaft ist!" Sie warf Hagen einen vielsagenden Blick zu.

„Nicht im herkömmlichen Sinn", erwiderte ihr Vater. „Elektronische Aufenthaltsüberwachung, nennt man das – hab's gegoogelt!"

„Mir ist egal, wie man es nennt – er ist frei!“

„Beruhige dich, er kann sich nur in einem bestimmten Radius bewegen – sodass er Dinge des alltäglichen Lebens erledigen kann!“, erklärte Hagen leise.

„Und warum beruhigt mich das jetzt nicht?“, zischte sie zurück.

Hagen legte ihr den Arm um die Schulter. „Hör auf, in seine Richtung zu starren. Er merkt, dass wir über ihn sprechen!“

Als die Trauerfeier zu Ende war, wurden sie auf dem Weg zum Wagen von Gideon eingeholt. Er legte Theresa den Arm um die Schulter. „Kommt ihr mit zum Leichenschmaus?“

Theresa hasste dieses Wort, denn es suggerierte irgendwie, dass man zum Kannibalen wurde. „Leider nein! Die Kleine ist bei unserer Nachbarin und muss gleich gestillt werden.“

Gideon nickte. „Ach, übrigens, irgendwann im November wollen Emma und ich so ’ne Art Einzugsfete in Holzminden machen – seid ihr dabei?“ Theresa blickte fragend zu Hagen – er nickte zustimmend. „Klar!“

Auf dem Nachhauseweg mussten sie an einer roten Ampel halten. Direkt neben ihnen hielt ebenfalls ein Wagen, in dem zwei Personen saßen. Der Beifahrer ließ die Fensterscheibe runter – Lennart!

Doch seine Frau Isabella war es, die an ihm vorbei sofort mit dem Keifen loslegte: „Wie kannst du Lennart bloß dermaßen bei der Kripo belasten – du verlogenes Miststück, du!“

Lennart grinste böse. „Hat nichts gebracht. Ihr seht, ich bin auf freiem Fuß!"

„Wir sehen es! Und sofort schubst du meine Frau auf die Straße, du armes, krankes Arschloch! Willst du beenden, was dir neulich nachts nicht gelungen ist?"

Theresa sah, wie Hagens Schlagader pochte, so wütend war er.

Als Isabella Anstalten machte, zurückzukeifen, ließ Hagen einfach die Fensterscheibe der Fahrerseite hoch und drückte kräftig aufs Gaspedal, als die Ampel auf Grün umschaltete. „So viel zum Umgang gebildeter Menschen miteinander!" Sein Gesicht wurde streng. „Ab jetzt gehst du ohne Begleitung nirgendwo mehr hin, Thessa – hörst du?"

Theresa nickte.

„Versprich es!"

„Ich verspreche es." Dann stutzte sie. „Woher weiß Lennart das?"

„Was?"

„Dass ich bei der Befragung der Kripo unseren Streit angegeben habe!" Sie blickte Hagen alarmiert an. „*Wenn* Lennart der Täter ist – bin ich vielleicht schuld an Fidelios Tod!"

Hagen blickte sie verständnislos an.

„Na, weil ich den Pater in Lennarts und meinen Konflikt mit hineingezogen habe", erklärte Theresa und fuhr nach kurzem Schweigen leise fort: „Und das alles nur wegen eines alten Briefes! Das hat das Fass vielleicht zum Überlaufen gebracht. Lennart hat seinen Vater gehasst!"

„Warum eigentlich?“

Theresa zuckte mit den Schultern. „Keine Ahnung!“ Sie knabberte eine ganze Weile nachdenklich an ihrer Unterlippe.

„Du hast keine Schuld!“ Hagen drückte ihre Hand. „Rede dir das nicht ein!“

Theresa lehnte sich zurück und schloss die Augen.

„Ist vielleicht nicht einfach, einen Pater als Vater zu haben“, meldete sich Hagen plötzlich.

Sie nickte, doch sie mochte nichts mehr dazu sagen.

„Hast du eigentlich davon gewusst?“

Sie öffnete die Augen und blickte Hagen fragend an. „Wovon?“

„Na, dass Lennart Fidelios Sohn ist!“

Sie schüttelte den Kopf. „Nein!“

Hagen nickte nachsinnend. „Wer wünscht sich schon einen Vater, der nicht zu einem steht? Vielleicht ist das der Grund!“

Theresa wurde hellhörig. „Für was?!“

Hagen druckste rum. „Na ja, wann hat Lennart erfahren, dass er Fidelios heimlicher Sohn ist?“

„Wieso heimlich?“

„Niemand scheint davon gewusst zu haben – nicht mal du, wo du doch beiden nahegestanden hast. Der Pater hätte ja auch seinen Job verloren – von wegen Zölibat und so.“ Er warf ihr einen vielsagenden Blick zu. „Ganz schön verlogen, was?“

Theresa versetzte es plötzlich einen Stich. Der Pater war alles andere als verlogen gewesen – vielleicht nur mit sich selbst im Zwiespalt. Doch sie war im Moment zu müde, um ihn zu verteidigen – sie spürte, wie ihre Augen immer schwerer wurden.

Hagen fuhr unbeirrt fort: „Wahrscheinlich haben sich Hagens Mutter und der Pater irgendwie arrangiert. Wir wissen nicht, wie viel Frust und Wut sich über die Jahre bei Lennart angestaut haben."

Theresa schlug die Augen auf und war hellwach. „Willst du damit einen Mord rechtfertigen?"

„Natürlich nicht – aber es macht ihn vielleicht erklärbar!"

Theresa schloss wieder die Augen. Sie war fix und fertig von diesem Tag. Ab sofort würde sie nur noch an Schönes denken – Lotte!

„Ich fing fast an, ihn zu mögen?", meldete sich Hagen noch einmal, und Theresa stellte sich tot. „Tja, ist schon ein verkorkster Typ, dieser Lennart."

Dem hatte sie nichts hinzuzufügen!

43

„Es muss hier sein! *Mergel, Fuchsgasse 11* – ich hab's mir eingeprägt."

Theresa klingelte noch mal.

„Bist du dir wirklich sicher, dass es die richtige Adresse ist?" „Ja, bin ich!"

Hagen zündete seine Elektrozigarette an und begann mit Lotte im Brust-Tragetuch hin und her zu spazieren. Die Kleine war wach und schien es zu genießen. „Wie kann man sich in einem so kleinen Kaff nur wohlfühlen – kann mir das überhaupt nicht vorstellen. Was machen denn die Leute, wenn es ihnen oder ihren Kindern mal nicht gutgeht – sieht nicht so aus, als würde es hier irgendwo eine Klinik geben, wahrscheinlich nicht mal 'nen niedergelassenen Arzt. Ums Verrecken könnt ich hier nicht leben, Thessa. Hast du etwa ein Lebensmittelgeschäft gesehen? Nee, hier ist echt der Hund verfroren."

„Okay, ich hab's jetzt verstanden, Schatz! Wir gehen gleich, scheint eh niemand zu Hause zu sein."

Hagen lächelte Lotte zu. „Nicht mal tot überm Zaun wollte dein Papa hier hängen!"

„Musst du auch nicht! Ich bin in so einem kleinen Kaff aufgewachsen, war sehr schön – zumindest, bis ich in die Pubertät kam." Theresa drückte ihren Finger noch einmal lange auf die Klingel.

Hagen spazierte ein Stück die Hauseinfahrt hoch und blickte sich um. „Wie heißt der Ort hier noch mal?"

„Negenborn!"

„Dagegen ist Welver ja 'ne Großstadt." Er schäkerte weiter mit Lotte und gab ihr einen Kuss. „Schau mal, hier sagen sich Fuchs und Hase gute Nacht, ja das tun sie hier."

Theresa warf ihm einen genervten Blick zu. „Schluss jetzt, das reicht! Nicht jeder muss ein überzeugter Großstädter sein. Und sprich leiser, sonst hört dich noch jemand."

„Zu wem wollen Sie denn?"

Theresa und Hagen drehten sich gleichzeitig um. Eine alte Frau stand im Garten des Nachbargrundstückes und beäugte sie misstrauisch.

Theresa warf Hagen einen vielsagenden Blick zu. „Guten Tag, wir möchten zu Frau Mergel, doch sie scheint nicht da zu sein." Sie setzte ihr verbindlichstes Lächeln auf.

Doch das Gesicht der Alten blieb streng. „So kann man es auch ausdrücken, Frau ...?"

„Zimmermann-Einarsson", stellte sich Theresa schnell vor, „und das sind mein Mann und unsere Tochter."

Die Alte nickte gnädig und kam näher. „Das war eine schlimme Sache, sag ich Ihnen – das mit Gisela, also mit Frau Mergel!" Sie hatte nur zu Theresa gesprochen und Hagen völlig ignoriert.

Theresa stutzte. „Wieso?"

Die Frau musterte Theresa, als wäre sie ein Alien. „Sie wurde doch vor Kurzem ermordet, ganz schreckliche Sache, sage ich Ihnen!"

„Ermordet?“ Theresa wurde es kalt.

„Ja!“ Wieder setzte die Frau diesen erstaunten Blick auf. „Lesen Sie denn keine Zeitung? Es wurde doch überall berichtet, sogar im Fernsehen. Was meinen Sie, was hier los war! Ach herrje, all die vielen Presseleute!“

Theresa sagte nichts und ließ die Alte reden, die zunehmend gesprächig wurde. „Also, die Frau in Holzminden war das erste Opfer, und dann folgte ihr nur wenige Wochen später die arme Gisela.“ Sie fing an zu schluchzen. „Mit einer Axt hat er sie regelrecht zerlegt, der Täter – wie kann man so grausam sein?“

Sie blickte Theresa erwartungsvoll an, so als erwarte sie darauf tatsächlich eine Antwort.

Theresa warf Hagen einen fassungslosen Blick zu. Gisela Mergel war das Mordopfer aus Negenborn!? Das war ein Schock!

Hagen reichte der alten Frau ein Taschentuch. „Was haben Sie denn der Presse gesagt?“

Die Alte ignorierte ihn weiter und blickte nur zu Theresa, als sie antwortete: „Nur das, was auch später in der Zeitung gestanden hat.“ Sie trat noch näher an den Zaun. „Wissen Sie, ich schlafe nachts sehr schlecht und habe mich gewundert, dass Giselas Haustür immer noch offen stand.“

Theresa merkte auf. „Wieso ‚immer noch‘ offen stand?“

Die Alte blickte sie verdutzt an. „Na, sie hatte am Nachmittag doch noch Besuch gehabt, von einem Geistlichen, und danach habe ich gesehen, dass Gisela die Haustür offensichtlich nicht ganz geschlossen hatte.“

„War es ein alter, dünner Mann?“, fragte Theresa.

„Wer?“

„Der Geistliche, der Gisela besucht hat!“

„Das kann ich Ihnen nicht sagen – ich habe ihn mir nicht so genau angesehen, und selbst wenn – meine Augen sind nicht mehr die besten! Ich trage eine Brille, bloß, ich verlege sie immer.“

Sie bückte sich, hob ein paar Äpfel auf und reichte sie Theresa über den Zaun. Theresa bedankte sich.

„Jetzt haben mein Mann und ich natürlich Angst, dass auch wir ins Visier von diesem Killer geraten – vielleicht sind wir die Nächsten?“ Sie beugte sich vor und berührte vertraulich Theresas Arm, während sie ihre Stimme dämpfte. „Aber wissen Sie, mein Mann ist im Schützenverein!“ Sie wandte sich zum ersten Mal Hagen zu. „Stellen Sie sich vor, so etwas gibt es hier, obwohl doch in Negenborn der Hund verfroren ist und sich Fuchs und Hase Gute Nacht sagen.“ Dann setzte sie eine triumphierende Miene auf. „Wir haben Waffen im Haus, er soll nur kommen – dieser Psycho!“

Auch wenn die Situation ernst war – der entschlossene Gesichtsausdruck der Alten, wie sie kampfbereit mit ihrer Mistgabel dastand, ließ Theresa kurz schmunzeln.

Die Alte sah sie verschwörerisch an. „Die Polizei geht nämlich von einem Serientäter aus!“ Sie stutzte und ließ ihren Blick alarmiert zwischen Hagen und Theresa hin- und herschweifen, während sie fortfuhr: „Es wird ja wohl nicht der Priester gewesen sein?!“

Und auf die Zwölf! Aber Theresa verspürte keinerlei Lust, die Frau aufzuklären. „Gibt es einen Herrn Mergel?“, fragte sie stattdessen.

Die Frau schüttelte den Kopf. „Gisela war nicht verheiratet, hat die letzten Jahre ziemlich zurückgezogen gelebt. Sie war ein freundlicher, hilfsbereiter Mensch. Sie hat eine Tochter, von der sie ab und zu besucht wird." Jetzt schluchzte sie heftig auf und wischte sich über die Augen. „Ich meine wurde – besucht wurde. Ach, wie schrecklich das alles ist – und ausgerechnet in so einem kleinen idyllischen Ort wie dem unsrigen hier." Letzteres war wieder an Hagens Adresse gegangen.

Ein alter Mann kam in den Garten und stellte sich als ihr Ehemann vor. Es war offensichtlich, dass er den Fremden misstraute und gekommen war, um seine Frau loszueisen. Nach einem kurzen Smalltalk verabschiedeten sie sich floskelhaft.

Auf der Rückfahrt nach Soest war es Hagen, der das angespannte Schweigen schließlich brach. „Hat er sie umgebracht?"

Theresa stutzte. „Wer er?!"

„Na, Fidelio diese Gisela!"

„Was? Bist du verrückt – nein! Wie kommst du denn darauf?"

Hagen zuckte mit den Schultern. „Pater zu Besuch – Frau tot!"

„Frau tot – Pater auch tot!"

„Und Lennart steht unter Verdacht, seinen Vater umgebracht zu haben."

Theresa blickte ihn alarmiert an. „Und dass der Pater und Gisela Mergel sich kannten und zur selben Zeit auf dieselbe Weise ermordet wurden, ist auch kein Zufall. Das spricht für denselben Täter."

Hagen schüttelte den Kopf. „Nicht zwangsläufig – aber du hast recht, es ist naheliegend. Und warum vertröstet dich Fidelio wegen des Briefes und fährt, obwohl ihr zwei Tage später mit Gisela Mergel sowieso verabredet seid, dann doch allein zu ihr hin? Das ergibt überhaupt keinen Sinn."

Theresa überlegte. „Andererseits – in seinem Brief an mich spricht er davon, dass er sich bedroht fühlt – könnte das vielleicht der Grund für seinen vorgezogenen Besuch gewesen sein? Warum hat er mir dann aber nicht Bescheid gegeben – den Termin abgesagt?"

„Wir wissen ja nicht, ob es sich bei dem Besucher tatsächlich um Fidelio gehandelt hat.

„Wir müssen mit der Kriminalpolizei sprechen – jetzt gleich." Hagen nickte und gab Gas. „Dann kannst du die auch gleich mal danach fragen, wie Lennart Kenntnis über deine Aussage bekommen konnte, die du bei ihnen gemacht hast."

Er stutzte und nahm seinen Fuß vom Gaspedal. Sein Gesicht war aschfahl, als er es ihr zuwandte. „Wenn die Morde alle irgendwie zusammenhängen, dann ..."

Sie fiel ihm ins Wort: „... wird mich der Täter so lange verfolgen, bis er sein Ziel erreicht und mich auch getötet hat!"

44

Die Frau, die ihnen die Tür öffnete, war eine erstaunlich sportliche Erscheinung. „Schauen Sie sich bitte nicht um, alles ist noch unordentlich – ich bin erst gestern von einer Reise zurückgekommen." Das sah man. Annegret Preuss' Haut war frisch gebräunt und glich gegerbtem Leder. Ihre graublonden Haare hatte sie zu einem schlichten Zopf geflochten – was ihre hohe Stirn betonte. Theresa schätzte sie auf Anfang siebzig. Offensichtlich lebte sie nicht allein – an der Garderobe hing ein Männersakko.

Die ehemalige Professorin musterte Hagen aus lebendigen Augen. „Ich glaube, ich habe fast zu der Zeit aufgehört, als Sie mit dem Studium angefangen haben, richtig? Ich glaube, ich hatte Sie nur noch für ein Semester."

Hagen lachte. „Zwei."

„Jetzt, wo ich Ihr Gesicht sehe, kann ich mich auch wieder an Sie erinnern." Annegret streckte Theresa ihre Hand entgegen.

„Das sind meine Frau Theresa und unsere Tochter Lotte", stellte Hagen vor.

Lotte schlief tief und fest im Tragetuch, das sich diesmal Theresa umgebunden hatte.

Annegret bedeutete ihnen, Platz zu nehmen, und setzte sich dann selbst. Sie musterte neugierig Theresa, dann beugte sie sich vor und begutachtete das schlafende Mädchen. „Ein hübsches Kind." Sie blickte zu Hagen. „Sie haben mir ja schon am Telefon gesagt, worum es geht – ich bin mir nur nicht sicher, ob ich Ihnen weiterhelfen kann, denn ich habe Biologie studiert, so wie Sie, Hagen, ich bin also keine Genetikerin."

„Sie haben sich aber doch zu meiner Zeit mit Genetik beschäftigt, oder?"

„Ein bisschen, so wie Sie wahrscheinlich auch. Aber es stimmt – ich wollte damals zum Thema Parthenogenese beim Säuger forschen. Doch abgesehen davon, dass allein schon die Idee mir einen schlechten Ruf eingebracht hat, habe ich weder Kollegen noch Financiers für das Projekt gewinnen können, und so ist es gestorben. Das war bitter."

„Wie sind Sie auf das Thema gekommen – was hat Sie vermuten lassen, dass Parthenogenese auch beim Menschen möglich ist?"

Annegret räusperte sich. „Ich habe es nicht vermutet, sondern ich habe es nicht gänzlich ausgeschlossen. Ich kam mit diesem Thema das erste Mal in Kontakt, als ich kurz vor dem Abitur stand. Ich las zufällig einen Artikel, der sich mit dieser Thematik auseinandersetzte. Demnach sollten einige Forscher zu dem Ergebnis gekommen sein, dass Jungfernzeugung tatsächlich auch beim Menschen funktionieren könnte! Auf eine entsprechende Umfrage sollen sich gleich drei Frauen gemeldet und behauptet haben, ohne Partner schwanger geworden zu sein. Alle drei Frauen waren Mütter von Mädchen!"

„Und das hat Sie auf die Idee gebracht, Parthenogenese beim Menschen zu erforschen!" Hagen blickte seine ehemalige Professorin ungläubig an, und sie unterdrückte ein Grinsen.

„Nicht so voreilig, junger Mann! Der Artikel berichtete weiter, dass ein Forscher auf die Idee kam, Experimente an Säugetieren, an Kaninchen, durchzuführen. Da bekannt war, dass, wenn man die unbefruchteten weiblichen Keimzellen des Kaninchens in einer Speziallösung im Kühlschrank aufbewahrt, diese sich anders entwickeln als bei Normaltemperatur, schnitt man einige weibliche Tiere auf und legte ihnen eine hohle Messingjacke um den Eileiter. Durch den Hohlraum wurde eine Zeit lang Eiswasser gepumpt. Dann wurden die Schnitte wieder zugenäht, und bingo – tatsächlich soll nach der Prozedur eins der Kaninchen, ohne männliche Keimzelle, tragend geworden sein."

Theresa stutzte. „Sie meinen, dass Kälte eine Art Auslöser für Parthenogenese ist?"

„Es könnte sein, Theresa!" Annegret Preuss nickte.

Theresa wandte sich an Hagen. „Wie lange habe ich eigentlich während meiner Ohnmacht in der Kälte gelegen?"

„Mehr als fünf Stunden, denke ich!" Er warf Annegret Preuss einen unsicheren Blick zu und sah dann wieder zu Theresa. „Stopp! Du denkst doch nicht etwa, dass Kälte auch bei dir eine Art Initialzündung – eine Schwangerschaft – ausgelöst hat?"

Theresa machte eine vage Geste. „Ich weiß nicht, aber ich war schwer unterkühlt." Sie wandte sich Annegret zu. „Wissen Sie, ich war auf Island nachts unterwegs und habe Nordlichter fotografiert. Die Atmosphäre war merkwürdig, und ich meine wirklich die Atmosphäre, irgendwie war sie aufgeladen – ich konnte das Knistern hören, oder besser fühlen, dann wurde ich ohnmächtig."

Hagen schien plötzlich peinlich berührt und wollte das alles offensichtlich relativieren, doch Annegret kam ihm zuvor. „Wenn wir heute hier zusammengekommen sind, um gemeinsam über das Thema Parthenogenese nachzudenken, Hagen, dann sollten wir nichts von vornherein ausschließen. Denken Sie daran – nichts ist peinlicher als Ignoranz."

Hagen schluckte. „Okay!"

„Lassen Sie uns zunächst nur sammeln – später können wir ausschließen und verwerfen."

Theresa nickte. „Gut! Wie könnte man denn Ihrer Meinung nach Parthenogenese beim Menschen nachweisen?"

Annegret dachte einen Moment nach, bevor sie antwortete: „Ich denke, sowohl eine DNA-Analyse von dem Blut Ihres Kindes als auch ein Vaterschaftstest bezüglich ihres Vaters, Theresa, könnten sehr aufschlussreich sein!"

Theresa sah sie irritiert an. „Verzeihung, aber wieso ein Vaterschaftstest bezüglich meines Vaters?"

„Weil das Kind quasi eine Kopie von Ihnen wäre!"

Theresa nickte ganz langsam. „Ich verstehe – das klingt logisch. Also ist mein Vater automatisch auch der genetische Vater meiner Tochter. Natürlich!"

„Das Blut von Lotte wurde bereits vor ihrer Geburt untersucht – die DNA-Stränge sind verkürzt", erklärte Hagen. „Ich habe dazu Literatur gewälzt – das kommt zum Beispiel bei geklonten Tieren häufig vor!"

Annegret nickte zustimmend. „Genau! Die DNA-Stränge werden immer kürzer, je öfter ein Tier geklont wird. Es ist ja quasi eine Kopie von einer Kopie – das Genmaterial wird zunehmend anfällig für Fehler. Wahrscheinlich ein Grund, warum die Natur andere Fortpflanzungsmodelle bevorzugt. Ein großer Pool unterschiedlicher DNA generiert eine höhere Wahrscheinlichkeit gesunder Nachkommen."

„Okay, aber halten wir fest – verkürzte DNA-Stränge könnten ein Indiz für das parthenogenetische Zustandekommen unserer Tochter sein."

„Ja, das würde ich denken, Theresa! Aber das alles ist nicht wissenschaftlich belegt, dazu braucht es Forschung, das wissen Sie selbst. So bleibt es leider nur – Spekulation!"

Theresa dachte nach. „Ein weiteres Indiz, dass ich parthenogenetisch schwanger wurde, könnte mein niedriger Kortisonspiegel sein – er ist nicht einmal angestiegen!"

„Und unsere Tochter sieht exakt wie meine Frau aus, als sie im gleichen Alter war – wir können dies anhand von Fotos nachweisen", ergänzte Hagen.

Annegret nickte. „Ist zwar auch kein Beweis – aber vielleicht schon mal der gute Anfang für eine Indizienkette. Lassen Sie sich etwas einfallen, Kreativität ist in der Wissenschaft gefragt." Ihr Blick fiel auf die schlafende Lotte. „Es wird Ihnen beiden nichts anderes übrig bleiben, als Hinweise zu sammeln. Vielleicht gelingt es Ihnen, einen Genetiker zu gewinnen, der sich für ein derart spezielles Thema begeistern kann! Und, nicht zu vergessen – finden Sie einen Sponsor, der bereit ist, das Ganze zu finanzieren."

Theresa dachte plötzlich an den Brief der Äbtissin Dorothea – ihre direkte Vorfahrin –, gleichzeitig fiel ihr ihre

Urgroßmutter ein. Beide hatten sich ihre Schwangerschaften nicht erklären können. Ihr kam eine Idee. „Wenn man den Gedanken einer Schwangerschaft ohne männliche Keimzelle weiterspinnt – wäre es vorstellbar, dass es eine erbliche Disposition für Parthenogenese gibt? Ich meine, wäre es denkbar, dass sich in bestimmten Familien solche Schwangerschaften häufen – vielleicht sogar über mehrere Generationen hinweg?“

Annegret räusperte sich. „Alles ist möglich, das Problem, Theresa, ist der Beweis. Ich würde als Erstes das Blut Ihres Vaters mit dem Blut Ihres Kindes vergleichen. Wenn dieser Test positiv ist, könnte das, aus meiner Sicht, am ehesten einen Beweis für Parthenogenese darstellen. Darüber hinaus sollten Sie weiter jede Menge Fotos von sich und dem Kind machen – zur Dokumentation.“ Sie räusperte sich und musterte eine Weile Hagen und Theresa abwechselnd, dann gab sie sich einen Ruck. „Ich feiere nächstes Jahr meinen achtzigsten Geburtstag, mir bleibt vielleicht nicht mehr viel Zeit – aber wenn Sie Unterstützung von so einer alten Schachtel wie mir annehmen möchten, ich wäre dabei!“

45

„Annuntiatio Domini! Wieso bin ich nicht gleich darauf gekommen? Wieso hat es so lange gedauert, bis ich es kapiert habe?“

Hagen blickte Theresa fragend an. „Was meinst du?“

„Erinnerst du dich noch daran, als ich das erste Mal schlafgewandelt bin?“

„Und?“

„Was hatte ich der Hand?“

„Eine Bibel – und?“

„Genau! Später habe ich sie, Fidelios Rat folgend, beim Lesezeichen aufgeschlagen, richtig?!“

Hagen zuckte die Schultern. „Und?“

Theresa blickte ihn vielsagend an. „Und, und, und! Es war die Stelle, wo der Erzengel Gabriel Maria verkündet, dass sie mit Gottes Sohn gesegnet sein wird!“

Hagen warf ihr einen spöttischen Seitenblick zu. „Aha.“

Theresa ignorierte ihn und fuhr fort: „Annuntiatio Domini – die ‚Ankündigung des Herrn‘ oder ‚Maria Verkündigung‘ wird in der katholischen Kirche gefeiert und –“

Hagen unterbrach sie. „Stopp, stopp, stopp – jetzt!“ Er setzte den Blinker, parkte den Wagen und stellte den Motor ab. Dann atmete er tief ein und stieß die Luft geräuschvoll aus. „Thessa, ich bekomme langsam Angst – ehrlich! Wo bleibt bloß dein analytischer Verstand? Du bist Doktorandin – du schreibst eine wissenschaftliche Arbeit!“

„Für die ich bisher nicht mal eine gute Einleitung gefunden habe! Schatz, ich bin bis jetzt über Seite zwei nicht hinaus – so viel zum Thema Promotion!“

Hagen sah, wie niedergeschlagen sie war. Ruhig fuhr er fort: „Okay, wir haben in letzter Zeit jede Menge durchgemacht – du viel mehr als ich! Und ich mache mir wirklich Sorgen, weil –“

„Stopp!“ Sie hatte beide Hände erhoben. „Ich knalle weder durch, noch behaupte ich, dass ich mit dem Sohn eines Gottes gesegnet bin! Was ich erlebe, hat mit den Vorstellungen der Kirche herzlich wenig zu tun! ‚Annuntiatio Domini‘ ist für mich eine Metapher! Schau, wenn auch andere Frauen genau auf dieselbe Weise wie Maria schwanger werden können, dann hat es noch lange nichts mit den Lehren der Kirche zu tun – überhaupt nichts! Darüber waren wir uns doch längst einig. Also lass uns das Thema nicht mehr in diesem Kontext diskutieren!“

Sie stieg aus, und Hagen folgte ihr zur Haustür.

„Aber ich finde immer mehr Anhaltspunkte, dass meine Zustände tatsächlich echte, spirituelle Erlebnisse sind. Und bei meiner Rückführung“, sie boxte ihn, als sie sein spöttisches Grinsen sah, „habe ich mich selbst in der Klinik in Reykjavik gesehen.“ Sie holte die Post aus dem Briefkasten, sortierte sie, blickte kurz auf und fuhr fort: „Was glaubst du, was an der Fensterscheibe stand?“

„Keine Ahnung.“ Hagen schloss die Wohnungstür auf. „Du wirst es mir sicher gleich sagen!“

„Annuntiatio Domini!“ Sie warf ihm einen triumphierenden Blick zu und folgte ihm in die Wohnung. „Rückwirkend macht alles Sinn. Es ist so klar, ich hätte es vielleicht schon früher verstehen können. Sie klatschte sich mit der flachen Hand gegen die Stirn – wenn ich bloß nicht so engstirnig gewesen wäre. Die Nonne in meinen Visionen – all die Bilder – es sind Metaphern! Sie hat mich von Anfang an auf die Besonderheit meiner Schwangerschaft aufmerksam machen wollen! Von wegen neurologisches Problem!“ Sie öffnete eins der Kuverts und überflog eine DIN-A4-Seite, während sie weitersprach: „Meine Visionen beantworten meine Fragen nach Spiritualität und Wissenschaft.“

„Wissenschaft, aha – jetzt bin ich gespannt.“

„Schatz, ich kann's nicht genau erklären – niemand kann es! Noch nicht! Aber es gibt Wissenschaftler – Molekularbiologen, Quantenphysiker und so weiter –, die vermuten, dass das Bewusstsein neben Raum, Zeit, Materie und Energie eines der Grundelemente der Welt sein könnte. Manche denken sogar, dass unser Bewusstsein grundlegender sein könnte als Raum und Zeit!“

„Aua, aua, Thessa! Es gibt auch das naturwissenschaftliche Genie Stephen Hawking, der ein Leben nach dem Tod völlig ausschließt!“

Sie fuhr sich mit der Hand durch ihre Mähne und sah sofort ungekämmt aus. „Ich kann aber meine Erlebnisse nicht negieren, nur damit du zufrieden bist oder Stephen Hawking recht hat. Meine Visionen sind so real, so wie du hier neben mir stehst! Sie verbinden mich mit Menschen aller Kulturen, die ebenfalls derartig mentale Erlebnisse haben oder hatten – deshalb sollten solche Erlebnisse weder negiert noch einer religiösen Institution zugeordnet oder reglementiert werden!" Sie schwieg lange. „Dass sich mein Weltbild so gravierend ändern würde, hätte ich nie für möglich gehalten – aber so ist es nun mal. Eines Tages wird man Metaebenen beweisen können, da bin ich mir sicher!"

„Soso!" Hagen hatte sich eine Zigarette angezündet und öffnete das Fenster, als er Theresas vorwurfsvollen Blick sah.

„Ja! Vielleicht bietet die Quantenphysik eines Tages Ansätze, findet eine Gottformel oder so etwas – keine Ahnung. Es wird geschehen – wenn die Menschheit irgendwann ihr intellektuelles Potenzial voll nutzen und völlig andere Denkmodelle entwickeln kann."

Hagen atmete tief ein. „Die arme Quantenphysik muss aber auch wirklich für alles herhalten. Schatz, du schaffst mich! Ich bin schockiert, dass wir solche Gespräche führen – ehrlich! Dass Menschen ihre Hirnkapazitäten noch nicht voll ausschöpfen, ist ein uralter Hut! Ich jedoch bin felsenfest davon überzeugt, dass es für deine mentalen Zustände ganz natürliche Erklärungen gibt. Verlang nicht, dass ich, nur weil du gerade deine Meinung änderst, an Metaebenen glaube!"

Theresa blickte ihn irritiert an. „Glauben? Ich sagte es doch – meine spirituellen Erlebnisse stellen für mich eine Realität dar. Sie sind Wahrheit – Wissen, wenn du so willst."

„Das klingt nach Predigt, Thessa!"

„Ich kann nichts dafür – nenn es, wie du willst! Du bist nicht Teil meiner Erlebnisse. Wir sind uns einig, dass wir in einer aufgeklärten, säkularen Gesellschaft leben – die Zeit des Glaubens sollte vorbei sein. Doch wenn meine veränderten Bewusstseinszustände eine direkte Wirkung auf unsere gemeinsame Realität hätten und so gesehen überprüfbar wären – dann würdest du vielleicht anders darüber nachdenken und dich anders damit auseinandersetzen. Und stell mich bitte nicht in die Ecke von Esoterikern, die Halbwahrheiten verbreiten!"

„Unwahrheiten!" Hagen wollte etwas einwenden, doch Theresa kam ihm zuvor. „Annegret Preuss hat es gesagt: Nicht sofort alles ausschließen, sondern Indizien sammeln! Nichts anderes tue ich – in allen Bereichen!"

„Schatz, da bin ich bei dir. Ich halte es sogar inzwischen für möglich, dass Lotte tatsächlich parthenogenetisch gezeugt wurde – oder zumindest schließe ich es nicht mehr gänzlich aus!"

„Und wenn in meinem Fall Parthenogenese stimmt", Theresa warf ihm einen listigen Blick zu, „dann wäre es ein Beweis, dass ich recht habe und meine mentalen Erlebnisse real sind und dass Bewusstseinsebenen nebeneinander existieren!"

„Wieso das?"

„Na ja, sie haben mich doch erst auf die Besonderheit meiner Schwangerschaft aufmerksam gemacht! Wunder führen zu Wissenschaft, wenn du so willst!"

Hagen verzog sein Gesicht. „Also: Der Beweisführung kann ich nicht folgen!"

Ein breites Lächeln überzog ihr Gesicht. „Okay, aber ich habe einen anderen Beweis." Sie reichte ihm den DIN-A4-Bogen.

Hagen las, riss seine Augen auf und las noch mal. Eine ganze Weile schwieg er und dachte nach. „Dein Vater ist tatsächlich auch genetischer Vater unserer Tochter?" Er überflog das Papier ein weiteres Mal. „Da könnte man tatsächlich auf Gedanken kommen – wenn ich es nicht besser wüsste!" Die Ironie in seiner Stimme war nicht zu überhören.

Theresa lachte und gab ihm einen Kuss. „Ein wichtiges Indiz in einer wahrscheinlich langen Beweiskette."

46

Es würde der letzte warme Nachmittag mitten im November sein. Das hatte Elisabeth behauptet, als Theresa Lotte nach Welver gebracht hatte.

Ihre Eltern rissen sich darum, die Kleine bei sich zu haben! In ihrer Rolle als Großeltern gingen sie auf, und es hatte den Anschein, als ob es den beiden auch miteinander wieder besser ging.

Die Party, zu der Emma und Gideon eingeladen hatten, war wegen des guten Wetters nach draußen verlegt worden.

Die Frage, wer von ihnen beiden fuhr und wer trinken durfte, hatte sich nicht gestellt, da Theresa immer noch stillte und in absehbarer Zeit auch nicht vorhatte, damit aufzuhören.

Sie saß gemütlich in einer Ecke der Terrasse und blickte sich neugierig um. Hauptsächlich waren Gäste gekommen, die Emma von Holzminden kannte. Gideon machte eine gute Figur als Grillmeister, und Theresa beobachtete, wie eine Freundin Emmas, die offensichtlich allein gekommen war, ihn gerade anflirtete.

Auch Hagen blieb nicht unbemerkt. Eliana, die Reinkarnationstherapeutin, lief zielsicher auf den freien Platz neben ihm zu und setzte sich. Hagen fühlte sich offensichtlich geschmeichelt – Eliana schien ihm zu gefallen.

Als sie jedoch anfing, ohne Punkt und Komma zu reden – von ihrer Arbeit, wie Theresa vermutete –, nahm sein Gesicht zunehmend einen angestrengten und zum Schluss ziemlich ratlosen Ausdruck an. Dieses Gesicht kannte Theresa nur zu gut. Als sich ihre Blicke trafen, mussten sie beide lachen – und jetzt war es Elianas Gesicht, das ratlos wirkte.

Zu vorgerückter Stunde hatte irgendjemand einen Schlagermix aufgelegt, und man hatte zu Andrea Berg, Jürgen Marcus und Marianne Rosenberg das Tanzbein geschwungen und später, unter zunehmendem Alkoholeinfluss, die Lieder auch lauthals mitgegrölt.

Als dann irgendwann Helene Fischers „Atemlos" lief, hatte es kein Halten mehr gegeben. Besonders die Fußballaffinen hatten mitgejault und ekstatisch gezappelt, Gideon hatte Hagen umarmt, und zusammen waren sie zum Rhythmus der Musik herumgehopst. Theresa war es allerdings kalt den Rücken hinuntergelaufen – diese Melodie hatte plötzlich Erinnerungen heraufbeschworen – an jemanden, der gepfiffen und bisher zweimal versucht hatte, sie zu töten!

Einen Augenblick lang hatte sie sich wie die Zuschauerin eines Films gefühlt, in dem die lachenden Gesichter sich plötzlich zu grotesken Fratzen verwandelten – dann war der Moment vorbei gewesen, und sie hatte sich auf einen positiven Gedanken konzentriert – immerhin kannte sie jetzt den Titel! Doch das half ihr auch nicht weiter.

Hagen setzte sich zu ihr. Viele der Gäste waren inzwischen gegangen. „Du bist ja ganz kalt, Schatz. Ich hole dir eine Decke."

Gideon tanzte mit Emma an ihnen vorbei. „Wir machen gleich Feuer."

Hagen und ein paar der anderen Männer begannen, Holzscheite aufzuschichten, und kurze Zeit später prasselte ein gemütliches Lagerfeuer.

Theresa legte ihren Arm um Emma, die jetzt neben ihr saß. „Na, bist du glücklich?" Was für eine Frage – ein Blick in das Gesicht ihrer Freundin zeigte, dass sie sich die Frage gut hätte sparen können!

Emma grinste und nickte. „Nur an die Kirchgänge werde ich mich wohl wieder gewöhnen müssen. Bei Gideon herrscht Ordnung, er macht nicht nur einfach einen Job in der Kirche – er ist wirklich fromm, weißt du!"

„Prima! Dann passt ihr beide doch gut zusammen!"

Beide schmunzelten konspirativ und blickten zu Hagen und Gideon rüber. Die Männer standen am Grill und luden sich gerade noch mal eine Runde Steaks auf.

Hagen blickte zu ihr und sah, dass sie sich immer noch fest in die Decke gehüllt hatte. Er kam und legte die letzten Holzscheite ins Feuer. Puh – jetzt wurde es ihr sogar zu warm, und sie entledigte sich der Decke.

„Wie gefällt es dir hier in Holzminden?", wollte sie von Gideon wissen."

Der griff nach Emmas Hand und lächelte. „Gut. Die Arbeit in Höxter macht mir Spaß – ab und zu habe ich sogar in der Abteikirche von Corvey zu tun! Eine sehr schöne Anlage. Du kennst sie ja."

Er sprang auf und nahm Hagen, der noch ein paar Holzscheite hatte hacken wollen, die Axt aus der Hand. „Stopp, mein Lieber, das ist Aufgabe des Hausherrn – wäre ja noch schöner, wenn unsere Lieblingsgäste hier arbeiten müssten."

Hagen lachte. „Die normalen Gäste dürfen also schon bei euch arbeiten, oder?"

Gideon lachte ebenfalls und nickte.

Hagen setzte sich zu Theresa und Emma. „Ist nicht das Schlechteste, jemandem bei der Arbeit zuzuschauen."

Er leerte sein Glas Rotwein und zog Theresa zu sich in den Arm. Sie lehnte ihren Kopf an seine Brust und genoss das vor sich hin knisternde Feuer.

Das Leben konnte so schön sein.

47

„Nein, Lennart Neubert ist immer noch beurlaubt!", hatte ihr die Schlossmitarbeiterin erklärt, als Theresa sich – auf Anraten Hagens – vergewissern wollte, dass Lennart derzeit nicht auf Schloss Corvey weilte und sie somit nicht Gefahr lief, ihm zu begegnen.

„Ich kann Sie aber mit der Vertretung von Herrn Neubert verbinden, wenn Sie es wünschen", hatte die Angestellte ihr angeboten. Theresa hatte es gewünscht und nach kurzem Gespräch die Zusicherung erhalten, dass sie auch zukünftig die Bibliothek nutzen durfte.

„Ich würde gern ein Buch zur Durchsicht gleich für morgen bestellen – ist das möglich?"

Es war möglich gewesen.

Und jetzt, wie sooft in der Vergangenheit, schaute sie aus einem der riesigen Fenster auf die gepflegte und spätherbstliche Schlossanlage.

Unten ging Hagen mit Lotte im Kinderwagen spazieren.

Der Jahreszeit entsprechend, war es ein kalter, diesiger Tag.

Theresa fröstelte und verzog sich in ihre vertraute Arbeitsecke. Dort musste sie feststellen, dass der Sekretär ihrer Großmutter verschwunden war und stattdessen eine Baumarkt-Konstruktion aus Spanplatte und zwei Holzböcken seinen Platz eingenommen hatte.

Wie mochte er wohl dahin gekommen sein?

Sie schlug das Buch auf, das sie sich ausgeliehen hatte – das Klostertagebuch aus Welver. Es handelte sich um ein gebundenes Exemplar chronologisch gesammelter und kopierter Dokumente. Nur kurz folgte sie dem Gedanken, wie fantastisch es wäre, einen Blick auf die Originale werfen zu dürfen.

Erst jetzt, beim flüchtigen Durchblättern, fiel ihr auf, wie dünn das Buch und wie unvollständig die Aufzeichnungen waren – was mochte der Grund für den Verlust der restlichen Texte sein? Existierten sie womöglich noch irgendwo – längst vergessen in irgendwelchen Archiven oder in den Händen privater Sammler?

Das Buch las sich wie eine Dokumentation klösterlichen Wirtschaftens zu Beginn des 16. Jahrhunderts und erstreckte sich lückenhaft bis zu Eintragungen Mitte des 18. Jahrhunderts. Theresa war enttäuscht, dass geschichtliche Ereignisse dieser Zeit anscheinend keinen Eingang in diese Klosterannalen gefunden hatten.

Doch als sie im letzten Drittel des Buches angekommen war, hielt sie abrupt inne und spürte, wie ihr Adrenalinpegel in die Höhe schnellte.

Der Eintrag auf der Seite, die sie gerade aufgeschlagen hatte, war auf den 12. November 1614 datiert und unterschied sich entscheidend von allen vorherigen Notizen, die eher in sachlichem Ton gehalten worden waren. Das Datum stimmte zudem mit der Zeit überein, zu der ihre Vorfahrin Dorothea von deren Vater Johann Sigismund von Brandenburg ins Kloster Welver geschafft worden war – wenn man Dorotheas Brief an ihre Tochter Glauben schenken konnte, was Theresa ohne jeden Zweifel tat!

In klarer Kurrentschrift wurde ein Ereignis geschildert. Aufgrund des Datums ließ sich klar auf die Verfasserin schließen – Mechtildis von Marienborn, die zu diesem Zeitpunkt Äbtissin des Klosters gewesen war.

Dem Eintrag zufolge hatte sich ein Adeliger sehr hohen Ranges ungebührlich und anmaßend ihr gegenüber aufgeführt: Nicht um einen Gefallen habe er „gebeten", sondern seine Macht missbraucht und etwas „gefordert", das nicht nur sein kaltes Herz offenbart, sondern gleichzeitig alle im Kloster Lebenden in allerhöchste Gefahr gebracht habe. Doch man habe von Klosterseite keine Wahl gehabt – von den Auswirkungen des vorangegangenen Krieges sei auch Welver nicht verschont geblieben und mehr als geschwächt gewesen, dermaßen, dass man den Winter zuvor nicht ausreichend habe heizen können und sogar Hungers gelitten habe. Widerstrebend und eben aus höchster Not habe man also eingewilligt und dessen finanzielle Zuwendung angenommen.

Dafür habe man anschließend zum Allmächtigen um Vergebung gebetet – weil die Goldtaler aus den Händen eines Calvinisten und damit Häretikers gestammt hätten, der wie alle seine Glaubensbrüder ein Wolf im Schafspelz sei – wie sein unverschämtes Auftreten ja auch wieder einmal gezeigt habe.

Wie ein schlechtes Omen habe es angemutet, als der abscheuliche Mensch unter plötzlichem Geheul eines Wolfsrudels seinem Rappen die Sporen gegeben und in die Dunkelheit des frühen Morgens entschwunden sei –

ohne sich um die schwere „Last", die er zurückgelassen habe, weiter zu kümmern.

Hier endete der Text.

Theresa stand auf und ging zum Kopierer. Es gab überhaupt keinen Zweifel, welches Ereignis Mechtildis hier schilderte und von welcher Last sie sprach. Die Erinnerung an eine Vision, die sie erlebt hatte, lief plötzlich noch mal wie ein Film vor ihrem inneren Auge ab: Ein Reiter kämpfte gegen einen Sturm an – vor ihm im Sattel ein zusammengekauertes Bündel. Überdeutlich sah sie die Stickerei auf der Rückseite seines Umhangs: ein geometrisches Muster mit Motiven katzenartiger Tiere und jeder Menge Raubvögel!

Theresa grübelte, während sie die Seiten kopierte: Warum befand sich eine dermaßen detaillierte und sehr persönliche Schilderung ausgerechnet zwischen den Wirtschaftsaufzeichnungen eines Klosters? Konnte es sein, dass sie zu ganz anderen, eben sehr persönlichen Aufzeichnungen Mechtildis gehörten? Wenn ja – wo war der Rest von ihnen hingekommen? Waren auch sie endgültig vernichtet, in den Wirren der Zeit verlorengegangen?

Theresa brachte das Buch zurück, doch bevor sie ging, gab sie noch eine Frage über die Tastatur ihres Notebooks in die Suchmaschine ein und wurde fündig – gleichzeitig bekam sie einen Riesenschreck, als sie es so deutlich vor sich sah: das Wappen des Kurfürsten Sigismund von Brandenburg, der Dorotheas Vater – und damit auch ihr direkter Vorfahre – war. Das Wappen glich exakt dem aus ihrer Vision.

Sie dachte darüber nach, wie merkwürdig es sich jedes Mal anfühlte, wenn eine Vermutung oder Erwartung von ihr sich tatsächlich bestätigte! Alles fügte sich immer mehr zusammen!

Sie schreckte plötzlich hoch. Oh Gott, sie musste sich beeilen! Hagen hatte schon vor einer halben Stunde angerufen und wissen wollen, wie lange es noch dauerte. Sie hatten sich in der „Corveyer Weinhandlung", gleich rechter Hand des Westwerks, verabredet, und Theresa hatte Hagen gebeten, unbedingt ein Glas des köstlichen Weingelees, der dort angeboten wurde, zu kaufen. Sie packte ihre Sachen zusammen, eilte los – und lief ihm direkt in die Arme: Lennart!

Er griff sie sofort bei den Schultern. „Da staunst du, was – bin nicht nur auf freiem Fuß, sondern sogar ohne Fußfessel!" Nur kurz zog er demonstrativ eines seiner Hosenbeine hoch. „Tja, und das, obwohl du mich nicht nur belastet, sondern dabei auch noch unverschämt gelogen hast! Hat nichts genützt, die mussten mich freilassen. Sie haben zu wenig in der Hand, um mich weiter festzuhalten – die Bullen!"

„Ist ja schön für dich!" Theresa versuchte sich frei zumachen, doch er hielt sie fest. Sein Verhalten war merkwürdig aufgedreht und irgendwie fahrig. Es war nicht das erste Mal, dass er so war – was für Pillen schluckte er? Waren sie der Grund für seine Stimmungsschwankungen? Waren sie es, die ihn unzurechnungsfähig – gar gefährlich – machten!?

„Lass mich los!" Sie schüttelte ihn ab. „Ich habe nicht gelogen! Ich habe lediglich von unserem Streit wegen des Briefes berichtet und dass du dich über den Pater geärgert hast, weil er mir durch seine Verbindungen zum Schloss behilflich war!" Sie wurde laut. „Und dass er dafür gesorgt hat, dass ich einen Brief, der mir rechtmäßig zusteht, zurückbekommen werde! Mehr habe ich nicht gesagt! Und jetzt verpiss dich!" Damit wollte sie sich an ihm vorbeidrücken, doch er versperrte ihr den Weg.

„Nicht so schnell! Du hast außerdem ausgesagt, dass ich den Pater während des Streits massiv bedroht haben soll! Wieso, Theresa? Das habe ich nicht!"

„Wer behauptet das?" Sie überlegte fieberhaft, ob sie eine derartige Aussage bei der Polizei gemacht hatte – hatte sie nicht! „Ich habe nichts dergleichen gesagt – aber ich kann es nachholen, wenn du willst, denn jetzt gerade fühle *ich* mich von dir massiv bedroht! Ich fordere dich zum letzten Mal auf – lass mich durch! Oder muss ich die Polizei rufen?"

„Wie gemein du sein kannst!"

„Sagt der Meister der Gemeinheit!"

Lennart gab den Eingang frei.

Innerlich schlotterte Theresa, doch nach außen war sie kalt wie Eis. „Komm mir nie mehr zu nahe, hörst du!"

„Thess, ich habe mich an jenem Mittwochabend mit meinem Vater ausgesprochen – ich habe ihn nicht umgebracht."

Es war nicht zu fassen – er ließ nichts unversucht! Wollte er sie auf diese Weise von seiner Unschuld überzeugen? Wieso sollte er sich ausgerechnet an dem besagten Abend mit Fidelio ausgesöhnt haben? Natürlich war es möglich – alles war möglich – doch nein! Seine Art, sein ganzes Verhalten der letzten Monate – sie war sich sicher: Er log, dass sich die Balken bogen.

„Aber ausgerechnet für den besagten Donnerstag hatte ich kein Alibi – ich war zu Hause, meine Frau war mit den Kindern bei meinen Schwiegereltern.“

„Was für ein Pech aber auch!“ Sie marschierte in den Schlosshof und dachte an Lennarts Frau Isabella. Sie konnte sie sich weder als liebende Mutter noch als zärtliche Ehepartnerin vorstellen. Eher als Furie – so, wie Hagen und sie von ihr beschimpft worden waren!! Doch wenn sie es genau analysierte und das Ganze Revue passieren ließ, war Lennarts Frau nicht nur wütend gewesen. Theresa hatte während des Intermezzos an der Ampel noch etwas anderes gespürt – Hass! Doch warum? War es etwa ... verdächtigte Lennarts Frau sie womöglich eines Verhältnisses mit ihrem Mann? Erklärte das ihre Feindschaft? Sie dachte an jene Nacht, als sie verfolgt worden war. Konnte es sich dabei auch um eine Frau gehandelt haben? Sie drehte sich nach ihm um: „Pfeif deine Frau zurück – noch einmal solche Beleidigungen, und ich zeige sie an!“

„Wo hast du bloß so lange gesteckt, Schatz?!“, grummelte Hagen, wurde aber sofort freundlicher, als er ihr Gesicht sah, und kam besorgt auf sie zu.

Theresa sah mit einem Blick, dass Hagen die Regale des „Corveyer Weinhauses“ scheinbar halb leer gekauft hatte. Kein Wunder – nicht umsonst war diese Lokalität, die viel mehr als eine Weinhandlung war, bundesweit durch das deutsche Weininstitut prämiert. Auf der Verkaufstheke stapelten sich jede Menge Weinkisten und prallgefüllte Papiertüten.

„Was ist los?“, wollte er wissen.

„Später!“ Lotte weinte, und Theresa ahnte das Dilemma, als sie die Kleine auf den Arm nahm.

Der Inhaber schuf Platz auf einem der Holztische, und nachdem Theresa die Kleine gewickelt und gestillt hatte, beruhigte sich das Mädchen und ließ sich in den Kinderwagen legen.

Theresa setzte sich zu Hagen und begegnete seinem fragenden Blick. „Lennart!“

Hagen stand auf der Leitung.

„Er ist aus der Untersuchungshaft raus, und ich meine, ganz raus – keine Fußfesseln und so!“

„Woher ...?“ Hagen unterbrach sich selbst. „Er ist hier!“

Theresa nickte.

Hagen sprang auf und wollte zur Tür, doch sie hielt ihn zurück. „Lass gut sein – es bringt nichts. Ich habe ihm gesagt, dass er und seine Frau uns in Ruhe lassen sollen, und mit einer Anzeige gedroht!“

Hagen machte sich los. „Nein, es reicht! Dieser narzisstische Kerl ist völlig distanzlos. Er belästigt, er bedroht dich – das Maß ist voll!“ Dann stürmte er nach draußen, und Theresa warf dem Inhaber des Weinhandels einen entschuldigenden Blick zu. Er lächelte. „Ich habe einen wunderbaren, alkoholfreien Wein – darf ich Ihnen, während Sie warten, zur Verkostung vielleicht ein Gläschen einschenken?“

Auf der Heimfahrt beobachtete Theresa Hagen von der Seite. Gerade legte er die Kältekompresse, die er bisher ans Auge gehalten hatte, auf seine geschwollene Wange. Lennart hatte es schlimmer erwischt, das hatte sie gesehen.

Die große Platzwunde an der Stirn musste sicher genäht werden.

Als, nachdem Hagen aus dem Café gestürmt war, etwas später zwei Polizeiwagen vor dem Schloss vorgefahren waren, hatte sie sofort geahnt, was passiert war, hatte ihre Sachen geschnappt und war mit Lotte im Kinderwagen zum Haupteingang gerannt.

Jeweils im Schwitzkasten eines Polizeibeamten hatten Hagen und Lennart sich noch eine ganze Weile gegenseitig angeschrien und dabei immer wieder versucht, aufeinander einzuschlagen und zu -treten, bis sie sich endlich einigermaßen beruhigten. Nach einer Verwarnung durch die Polizei und der Aufnahme der Personalien hatte Theresa Hagen dann mitnehmen dürfen. Auf einen Arzt hatten sie verzichtet, da nichts gebrochen zu sein schien, und stattdessen nur in der Apotheke Salbe und Pflaster für seine Prellungen und Abschürfungen besorgt.

Theresa fühlte sich elend – das alles nur ihretwegen! Sie zählte die Arnika-Globuli ab und ließ sie in Hagens geöffnete Hand fallen. Beim Öffnen des Mundes verzog Hagen sein Gesicht, musste plötzlich heftig loslachen – und stöhnte gleichzeitig wegen der Schmerzen. „Maulsperre!" Er musste wieder lachen, während er kurz zu Theresa blickte. „Hat Spaß gemacht!" Er streichelte ihre Wange. „Schatz, es ist nicht deine Schuld. Wollte ihm schon lange 'ne Ohrfeige verpassen, ehrlich!"

„Ohrfeige – du bist gut!"

„Hättest mal sehen sollen, wie er geschaut hat, als ich plötzlich vor ihm stand – der fasst dich nicht mehr an! Hab ihm sogar noch 'ne Gelegenheit gegeben, sich zu äußern, doch er hat mir sofort gedroht – da ist mir die Hand ausgerutscht!"

„Ja, das Ergebnis habe ich gesehen!" Sie lächelte plötzlich. „Gut gemacht! Hoffentlich kommt er wieder in Untersuchungshaft."

Hagen blickte sie kurz an. „Er sagt, er habe mit dem Mord nichts zu tun."

„Das hat er mir auch gesagt." Plötzlich glitt etwas, das offensichtlich schon eine ganze Weile in ihrem Unterbewusstsein gearbeitet hatte, wie ein großes Fragezeichen durch ihren Geist. „Wenn die Morde zusammenhängen und von ein und demselben Täter verübt worden sind – welches Motiv sollte Lennart denn dann für den Mord an Gisela Mergel gehabt haben? Ich meine, bei Fidelio wäre es vielleicht nachvollziehbar, aber bei Gisela Mergel?"

„Keine Ahnung. Aber wir wissen ja gar nicht, ob es einen Zusammenhang gibt. Wir vermuten es nur!"

Theresa schüttelte nachdenklich den Kopf. „Warum hat die Polizei ihn wieder aus der Untersuchungshaft entlassen?"

Sie sah, wie es in Hagen arbeitete. „Vielleicht aus Mangel an Beweisen! Nur mal angenommen, Lennart hätte mit alldem nichts zu tun – dann läuft irgendwo immer noch ein unbekannter Irrer herum!"

„Oder eine Irre!" Theresa warf ihm einen vielsagenden Blick zu. „Warum geht man bei derartigen Gewaltverbrechen eigentlich immer von einem männlichen Täter aus?"

Im Radio lief Helene Fischer: „Atemlos durch die Nacht ...", und in Theresas Kopf tauchte das Bild eines Athleten auf, der zum Rhythmus der Musik immer und immer wieder mit einem Beil kräftig ausholte und auf etwas einhackte ... „Schatz, was hältst du davon, wenn wir morgen dem Kommissar, der in Fidelios Sache ermittelt, noch mal einen Besuch abstatten?“

48

Alles war so ruhig – die Besitzer befanden sich auf Reisen und würden erst übermorgen zurück sein, und die meisten Schlossmitarbeiter hatten bereits Feierabend.

Sonntag würde die Kunstausstellung hier auf Schloss Corvey eröffnet werden.

Theresa marschierte durch die große Eingangshalle und bewunderte die vielen Exponate. Das Triptychon ihres Vaters hatte man nah am Eingang positioniert. An einer Wand lehnten einige großformatige Gemälde, die offensichtlich noch aufgehängt werden mussten.

Der Haupteingang vom Schloss war bereits geschlossen, und die Abteikirche war jetzt nur noch über den Kreuzgang zu erreichen. Bald würde man das Licht einschalten müssen, es wurde bereits dämmrig. Einen Moment lang fühlte Theresa sich um Jahrhunderte in der Zeit zurückversetzt.

Sie betrat die Kirche über das Westwerk – wie zu erwarten, war auch hier niemand. Sie setzte sich in die vorderste Reihe der Kirchenbänke und schloss die Augen. Ein guter Moment, um fast ein ganzes Jahr Revue passieren zu lassen. Wie sehr sich alles verändert hatte. Ein Gandhi-Zitat kam ihr in den Sinn: „Sei du selbst die Veränderung, die du dir wünschst für diese Welt." Eigentlich hatte sie sich keine Veränderung gewünscht, jedenfalls nicht bewusst.

Im Gegenteil! Sie war mit ihrem Leben zufrieden gewesen – sehr! Auch mit den Dingen, mit denen sie nicht zufrieden gewesen war.

Doch jetzt war sie froh über den Wandel, zu dem sie genau genommen gezwungen worden war. Nach der Krise zeigte sich langsam so etwas wie Licht!

Sie horchte auf – hatte sie es sich eingebildet, oder war da gerade ein Geräusch gewesen? Sie lauschte angestrengt in die zunehmende Dunkelheit. Nein, da war nichts. Sie lehnte sich entspannt zurück.

Sicher würde es nicht das letzte Mal sein, dass sie hier war – ob sie dann noch Doktorandin bei Annette war? Nächste Woche würde es sich entscheiden. Sie waren verabredet, und Theresa würde ihrer Doktormutter ein neues Thema vorschlagen – eins, über das sie sich eigentlich noch gar nicht schlüssig war.

Da war es wieder – keine Einbildung diesmal, sie hatte es deutlich gehört. Schritte – sehr leise! Dann schien jemand stehen zu bleiben, einen Schlüssel im Schloss umzudrehen und langsam in ihre Richtung zu schreiten – offensichtlich darum bemüht, wenige Geräusche zu machen. Doch sie hörte den Atem. Egal, wer es war – er hatte gerade definitiv den Ausgang versperrt.

Nur nicht hysterisch werden – doch sie war es bereits.

Das Knarren einer der hinteren Bänke zeigte an, dass jemand dort Platz genommen hatte. Theresas Nackenhaare stellten sich auf. Sie erahnte das Augenpaar, das sie von hinten anstarrte, und als sie sich umdrehte, fand sie ihre Ahnung bestätigt.

„Da wären wir also!“

Diese wunderbare und sanfte Stimme jagte ihr jetzt eine Heidenangst ein, und ihr Puls raste. Automatisch legte sie ihre kalte Hand an ihre Halsschlagader, doch im Gegensatz zu sonst nützte es nichts!

„Weißt du, ich hatte hier zu tun. Dann sah ich dich über den Kreuzgang in Richtung Abteikirche gehen – Glück muss der Mensch haben, Thess – wir sind ungestört!"

Dieses Glück wollte sie nicht teilen und versuchte, sich ihre Panik bloß nicht anmerken zu lassen. Er saß vielleicht zwanzig Meter von ihr entfernt. Obwohl er lächelte, hatte sein Gesicht etwas abgrundtief Böses. Wieder der Gedanke, den sie die letzten Monate ständig gehabt hatte: Wie konnte ein Mensch sich so verändern. Wie konnte jemand zwei so unterschiedliche Gesichter haben!?

„Was willst du von mir?"

„Du weißt es!"

Ganz langsam hob er seinen Arm – eine Axt! Theresa konnte nichts dagegen tun – augenblicklich gab ihre Blase nach!

„Wir haben eine Verabredung!" Er schien sich extrem sicher zu fühlen und lehnte sich entspannt zurück, während er eine Melodie zu pfeifen begann: „Atemlos durch die Nacht".

Theresa versuchte ihre Schnappatmung in den Griff zu bekommen, doch es funktionierte nicht – ihre Hände kribbelten, gleichzeitig breiteten sich Taubheit und eine extreme Schwere über ihren ganzen Körper aus. Sie musste ihn ablenken und versuchen, Zeit zu gewinnen! „Okay – nennst du mir den Grund!?"

Er schien ehrlich erstaunt. „Weißt du das wirklich nicht, Theresa?“ Er dachte einen Moment nach und schien ratlos. „Wie soll ich's dir bloß erklären? Also, ich habe die Gespräche mitbekommen – nur zufällig anfangs! Der Inhalt hat mich sehr irritiert“, er lachte, „und – ich bekenne mich schuldig – sehr neugierig gemacht! Dann habe ich gezielt gelauscht, was soll ich sagen, der Zweck heiligt eben manchmal doch die Mittel!“

„Welche Gespräche und welcher Zweck?!“

Sein Gesicht wurde plötzlich wütend. „Die Gespräche zwischen einem drogenabhängigen, Buddhismus praktizierenden, pseudokatholischen Hurensohn und dir, Theresa!! Wie konnte der Pater nur behaupten, dass du gesegnet bist, du, ein Geschöpf wider Gott samt deiner Brut!“

Plötzlich war ihr eiskalt. Mit welcher Wut und gleichzeitig Selbstgerechtigkeit er über all das, über sie und Lotte, sprach, war erschreckend! Doch sie durfte sich davon nicht beeindrucken lassen – sonst hatte sie verloren! „Wie hast du's angestellt? Hast du hinter Ecken gestanden?“

„Auch das, meine Liebe!“ Er lachte spöttisch. „Doch was glaubst du, wie nützlich eine Telefonanlage sein kann?!“

Sofort erinnerte sie sich daran, wie der fleißige Gideon Krause plötzlich hinter seinem Schreibtisch aufgetaucht war, als sie sich nach ihrem Besuch von Fidelio verabschiedet hatte. Die Erinnerung verpasste ihr einen heftigen Stich – es war das letzte Mal gewesen, dass sie den Pater lebend gesehen hatte.

„Was glaubst du“, sprach er weiter, „wie geschockt ich war, als ich erfahren habe, dass es noch mehr Frauen gibt, die so abartig sind wie du! Der Pater hat deinetwegen mehrmals mit dieser Schwesternschaft telefoniert, mit diesen wahrhaftigen Töchtern Luzifers! ‚Luciferius et filiae' – ha, ich frage dich, wie kann ein Kirchenmann Kreaturen unterstützen, die sich zu Satan, zu Luzifer bekennen? Wie kann er sein Gelübde brechen, einen Sohn zeugen und weiter in seinem Amt bleiben? Ich frage dich, was stellt ein solcher Priester denn noch dar, welchen Nutzen hat er für eine Gemeinde? Soll so einer etwa Vorbild des Christentums sein?"

„Und deshalb hast du entschieden, dass er sterben muss!"

Gideon schien fassungslos und schüttelte vehement den Kopf. „Spinnst du?! Nicht ich entscheide so etwas – Gott war es, er allein hat es entschieden!"

„Du bist ein Mörder!"

„Nein, das bin ich nicht! Ich bin Gottes Schwert!" Er hob vielsagend sein Beil und lächelte sie an. „Oder sagen wir – sein Beil!" Er blickte nach oben und atmete inbrünstig ein und aus. „Ich stelle die heilige Ordnung in der katholischen Kirche wieder her! Und dazu gehört, dass ich Auswüchse vernichte – auch solche wie dich! Dazu bin ich berufen", er deutete nach oben und machte eine wichtige Miene, „vom Allerhöchsten persönlich! Ich höre seine Stimme deutlich in mir!" Er deutete auf Theresa. „Ihr sollt euch nicht wenden zu den Wahrsagern, und forscht nicht von den Zeichendeutern, dass ihr nicht an ihnen verunreinigt werdet! Es steht alles in der Bibel, Theresa! Man muss es nur lesen!" Er stand auf und schlenderte langsam in ihre Richtung, das Beil lässig über die Schulter gelegt.

Alarmiert stand Theresa ebenfalls auf – bereit loszulaufen. Er lächelte spöttisch und blieb stehen. „Und weißt du, die kleinen Informationslücken hat Emma gefüllt. Durch sie habe ich alles andere erfahren, das mit der vermeintlichen Seherin auf Island – er machte mit den Fingern Anführungszeichen – „und auch das mit der Sache deiner Zustände. Oder soll ich Besessenheit dazu sagen?" Er machte ein nachdenkliches Gesicht. „Ja, es ist Teufelszeug – nichts anderes!"

„Es ist mir scheißegal, wie du es nennst – du bist irre!"

Das schien an ihm abzuprallen, stattdessen nahm sein Gesicht einen spöttischen Ausdruck an. „Weißt du, Emma ist so dankbar – man muss sie nur richtig behandeln, dann wird sie zu einem richtigen Plappermäulchen! Wie gut, dass sie nie erfahren wird, dass sie zum Tod ihrer besten Freundin erheblich beigetragen hat."

„Wie hast du es angestellt?"

Gideon stutzte. „Was? Emma zum Reden zu bringen?"

„Die Morde!"

Er schien ernsthaft überrascht und musterte sie einen Moment ungläubig. „Willst du tatsächlich wissen, wie ich sie gerichtet habe? Wie ich diesen Hurensohn von Pater umgehackt habe?"

„Die Alibis!"

Er lachte. „Ach so! Dafür habe ich natürlich gesorgt. Ich wusste, dass auch ich von der Polizei befragt und überprüft werden würde! Es war einfach – besonders bei den zwei Weibern. Hab mir eine von Fidelios Soutanen ausgeborgt und behauptet, dass er mich schickt."

„Wieso zwei Weiber?"

Gideon blickte sie erstaunt an. „Na, Gepa Seifert in Holzminden und Giesela Mergel in Negenborn."

Theresa musste schlucken. „Okay, aber den Pater, den hast du von Donnerstag auf Freitag ..." Sie schwieg abrupt.

Er grinste und beendete den Satz: „... zerhackt! Ja, hab ich!"

Sie wich langsam zurück, als er Anstalten machte, näher zu kommen. Wie war es möglich, dass ein Mensch, den man zu kennen glaubte, sich plötzlich so verändern konnte? Die Person, die ihr jetzt mit einer Axt gegenüberstand, hatte mit dem hilfsbereiten und humorvollen Menschen, den sie bisher in ihm gesehen hatte, überhaupt nichts mehr gemein! Vor ihr stand ein völlig Fremder – eine abgrundtief böse Monstrosität!

„Aber ich habe dich doch am Morgen in der Küche bei Emma gesehen, als ich sie abgeholt habe – du warst doch die ganze Nacht bei ihr gewesen!"

„Glaubst du das?" Gideon lächelte überheblich. „Nicht die ganze Nacht, Theresa!" Offensichtlich genoss er es, sie mit Details seines ausgeklügelten Vorgehens zu versorgen.

„Wir haben ein Gläschen Wein zusammen getrunken, weißt du?" Er lachte. „Mensch, Theresa, sei nicht so naiv – wozu gibt's denn Schlafmittel – muss ich dir wirklich alles erklären? Schaust du keine Krimis?"

Während sie versuchte, den Abstand zwischen sich und Gideon unbemerkt zu vergrößern, erinnerte sie sich daran, dass Emma an jenem Tag auffällig müde gewesen und im Auto ein paarmal eingenickt war. „Und dann hast du den Verdacht gegen Lennart bestärkt, indem du behauptet hast, er habe Fidelio massiv bedroht."

„Hat er etwa nicht?“ Gideon machte ein übertrieben harmloses Gesicht. „Wie sonst sollte man seine Abschiedsworte verstehen, als er Fidelios Büro verlassen hat?“

„Wer Lügen frech redet, wird nicht entkommen“, hatte Lennart zum Abschied zu Fidelio gesagt, und Emma hatte es gegenüber der Polizei bestätigt, und die hatte den Köder geschluckt und es offensichtlich als Morddrohung interpretiert.

„Eigentlich solltest du längst tot sein, Theresa – ich habe mir wirklich redlich Mühe gegeben!“ Urplötzlich rannte er auf sie zu und holte mit seiner Axt weit aus.

Sie sprintete los.

„Die Zauberinnen sollst du nicht am Leben lassen!“, keuchte er, während er sie verfolgte, „steht alles in der Bibel!“ Gleichzeitig begann er, laut das apostolische Glaubensbekenntnis zu rezitieren, das in der jetzigen Situation an einen Schlachtruf erinnerte und gleichzeitig so absurd war, dass Theresa plötzlich loslachen musste und einen Moment keine Angst, sondern heißen Zorn spürte! Sie griff sich ein paar Gesangbücher und warf sie nach ihm, doch es schien ihm nichts auszumachen – selbst wenn er getroffen wurde, was selten war. Er duckte sich geschickt weg!

In der Kirche war es inzwischen dunkel – vor zehn Minuten war es noch dämmrig gewesen – nur der Mond spendete etwas Licht.

Irgendetwas hatte die ganze Zeit in ihr gearbeitet – jetzt fiel es ihr ein – der Geheimgang. Doch zuerst musste sie dorthin gelangen, den Teppich beiseitezerren und den Mechanismus betätigen, der den Gang freigab.

Nun wurde kräftig gegen die Eingangstür der Kirche gehämmert, und Theresa hörte Stimmen, die Gideon dazu aufforderten, aufzugeben. Nur kurz hielt er irritiert inne, doch es reichte, dass Theresa zum Altar rennen, mit einem Ruck den Teppich beiseitezerren und den Mechanismus betätigen konnte, der den Geheimgang öffnen sollte. Dann rannte sie erneut los. Sie musste Gideon ablenken. Keinesfalls durfte er in die Nähe des Altars gelangen – das war ihr Notanker!

Jemand machte sich an der Kirchentür zu schaffen. Es klang, als versuche man sie aufzubrechen und als würde es nicht lange dauern. Gideon hatte sie fast wieder eingeholt, verlangsamte einen Moment sein Tempo und holte kräftig mit seiner Axt aus. Theresa schlug einen Haken und entkam nur knapp dem tödlichen Hieb. Sie rannte zwischen den Stuhlreihen entlang. Plötzlich flog etwas Schweres durch die Luft und an ihrem rechten Ohr vorbei – so knapp, dass sie den Luftzug spürte. Dann vernahm sie ein lautes Krachen. Es kam definitiv nicht von der Tür. Sie blickte auf und erkannte, trotz Dunkelheit, dass das Beil in einer Skulptur steckte, die die Gottesmutter darstellte.

Gideon schrie verärgert auf, hastete zu der Marienstatue und versuchte, das verklemmte Beil herauszuziehen.

Das war die Gelegenheit! Theresa spurtete los und betete, dass der Gang sich tatsächlich geöffnet hatte.

Er hatte! Ohne zu zögern, stieg sie durch die Öffnung, zog den Teppich glatt und betätigte den Metallmechanismus auf der rechten Seite im Inneren des Geheimgangs. Als sich die Öffnung zu schließen begann, hörte sie das näher kommende Keuchen Gideons, gleichzeitig das

Splittern von Holz und Stimmen – dann verschloss sich die Öffnung, und es herrschte Stille. Und Dunkelheit.

Etwas raschelte, dann ertönte ein leises Fiepen – Ratten! Dass sie sich das letzte Mal vor ihnen gefürchtet hatte, kam Theresa, in Anbetracht der jetzigen Situation, geradezu lächerlich vor.

Die Schwärze um sie herum legte sich wie eine schwere Decke über sie, doch der Luftzug, den sie spürte, hatte etwas Tröstliches – wenigstens war sie nicht ganz von der Außenwelt abgeschnitten. Sie lauschte angespannt – von oben war kein Geräusch mehr zu hören. Was mochte wohl gerade über ihr passieren? Und wohin mochte dieser Gang letztendlich führen? Hoffentlich nicht in eine Sackgasse!

Sie zog ihr Handy aus der Tasche, betätigte die Taschenlampenfunktion und sah gleichzeitig, dass sie keinen Empfang hatte. Dann ging sie den Gang entlang bis zur Krypta und ließ sich auf einem der Steinsärge nieder. Was sollte sie als Nächstes tun – warten, bis man sie holte?

Sie griff wütend unter ihre Bluse und tastete nach dem Mikrofon. „Wenn ihr das hört, verdammte Scheiße, wieso seid ihr so spät gekommen, wieso hat es so lange gedauert?!" Sie untersuchte die Verkabelung und den Sender, den sie in der Hosentasche hatte. Er war nass – eine Folge davon, dass sie vor Angst in die Hose gepinkelt hatte, ansonsten schien alles in Ordnung zu sein.

Sie spürte, wie erschöpft sie war. Ihr Handy klingelte – Hagen! „Schatz, bist du okay?" Die Verbindung war sehr schlecht, sie hörte ihn nur ganz leise.

„Ja!"

„Gott sei Dank! Ich bin stocksauer – die haben nicht damit gerechnet, dass er die Tür der Kirche verschließen könnte, diese Stümper. Ich hab Blut und Wasser geschwitzt!"

„Und ich erst mal!"

„Oh Gott, Thessa, ich mache mir solche Vorwürfe, dass ich mich nicht durchgesetzt und dich von diesem irren Plan abgehalten habe!"

„Habt ihr Gideon?"

„Nein, noch nicht! Wo bist du?"

„Ich komme zurück – ihr seid doch noch in der Abteikirche, oder?"

Am anderen Ende herrschte Schweigen. „Schatz?" Niemand antwortete. Sie blickte aufs Handy – wieder kein Empfang mehr, verflucht!

Wieso hatten sie Gideon noch nicht, wo mochte er sich verstecken? War sie in Sicherheit?

„Ich möchte mich endlich wieder sicher fühlen", hatte sie Hagen erklärt, als sie eingewilligt hatte, Gideons Lockvogel für die Polizei zu spielen. „Kannst du das nicht verstehen! Was soll denn passieren – die Polizei ist in der Nähe!"

Tja, was das betraf, hatte sie sich geirrt.

Sie sprang vom Sarg auf. Sie würde nicht länger warten – sie würde zurückgehen. Doch plötzlich hörte sie ein Geräusch, als ob etwas entfernt ein mechanischer Impuls ausgelöst worden wäre. Dann sah sie ein tanzendes Licht, das sich aus der entgegengesetzten Richtung des Ganges in ihre Richtung bewegte, und hörte leise näher kommende Schritte. War es Hagen? Oder einer der Polizeibeamten? Nein, niemand rief ihren Namen. Alarmiert ging sie hinter einem der Särge in Deckung.

Nicht zu früh – der Schatten, der sich näherte, trug definitiv etwas über der Schulter, das große Ähnlichkeit mit einem vertrauten Gegenstand hatte – mit einem Beil.

Dann stand Gideon im Eingang der Gruft. Der Lichtstrahl tanzte über die Steinquader. Sie saß in der Falle!

Was sollte sie tun – abwarten, bis er sie entdeckte? Das war nur eine Frage der Zeit! Doch er wandte sich ab und begann die entgegengesetzte Seite der Krypta abzuleuchten, als ihr Handy klingelte. Warum zum Teufel hatte sie ausgerechnet jetzt Empfang?

Instinktiv sprang sie aus ihrem Versteck heraus direkt auf ihn zu und stieß ihn mit voller Wucht zur Seite. Doch er rappelte sich schnell wieder auf. Er griff nach ihr, doch sie rammte ihm ihren Ellbogen heftig in die Seite, dann wetzte sie los – in Richtung Gang, den er gerade gekommen war und ahnte gleichzeitig die Axt, die hinterrücks auf sie herniederfuhr, doch sie war bereits außer Reichweite.

Gideon fluchte und setzte ihr nach. Theresa nahm einige Biegungen und freute sich jetzt fast, dass alles so eng war hier unten – ein Vorteil für sie. Doch hinter sich hörte sie das immer näher kommende Keuchen Gideons – er holte schnell auf, und sie fühlte sich an die nächtliche Verfolgungsjagd durchs Parkhaus erinnert. Hoffentlich entpuppte sich der Gang nicht als Sackgasse. Andererseits – Gideon musste von irgendwoher gekommen sein. Nach ein paar Kurven wurde eine seitliche Öffnung sichtbar, durch die er offensichtlich eingestiegen war.

Als sie sich bückte und hindurchkletterte, spürte sie Gideon dicht hinter sich. Die Vorstellung, wie er sich bereit machte, um zum tödlichen Schlag auszuholen, war wie ein Zwang, der sie fast zu lähmen schien. Doch plötzlich hörte sie ein blechernes Geräusch, dann Gideon fluchen. War ihm die Axt aus der Hand gefallen? Es verschaffte ihr vielleicht einen minimalen Zeitsprung – doch wo sollte sie hin? Wo war sie? Sie blickte sich hektisch um und wusste augenblicklich, wo sie war. Noch eine Kurve, und sie würde direkt am Ende der Eingangshalle herauskommen – genau dort, wo in zwei Tagen die Kunstausstellung starten würde.

Sie sprintete los und versuchte gleichzeitig, mit dem Handy Hagen zu erreichen. Verflixt! Was war mit dem Mikrofon unter ihrer Bluse? Funktionierte die Verkabelung noch? Sie musste es versuchen. „Wo bleibt ihr denn? Er ist dicht hinter mir – beeilt euch – ich laufe gerade in Richtung Eingangshalle!"

Sie ließ ihren Blick durch den Raum gleiten – ein Versteck gab es hier nirgends, und der Ausgang zum Schlosshof war abgeschlossen! Sie hatte sich selbst in eine Sackgasse manövriert!

Einen Moment war es erstaunlich still, und sie wunderte sich, dass sie diesen Umstand registrierte. Der plötzliche Gedanke an Lotte und Hagen schmerzte. Während die Ereignisse der letzten Monate wie ein beschleunigter Film vor ihrem inneren Auge abliefen, durchflutete sie plötzlich eine tröstliche Ahnung, oder war es mehr – Gewissheit?, dass, sollte sie hier ihr Leben verlieren – es nicht das Ende, sondern der Anfang von etwas Neuem war! Da – sie hatte die Schritte ganz deutlich gehört, auch wenn der, zu dem sie gehörten, sich vielleicht gerade bemühte, keine Geräusche zu machen. Gideon! – Nur noch wenige Sekunden, bis er um die Ecke biegen würde.

Wo sollte sie hin? Es gab keine andere Möglichkeit – sie duckte sich hinter die Ölgemälde, die an der Wand lehnten, und hielt die Luft an.

Es war mucksmäuschenstill. Keine Schritte – nichts! Wo steckte Gideon? Hatte er sich für eine andere Richtung entschieden? Und wo zum Henker blieben die Polizeibeamten!? Plötzlich schob sich Gideons Schädel ganz langsam um die Rahmenkante des Gemäldes, hinter dem sie sich versteckte. Nur einen Moment starrten sie sich auf Augenhöhe an. Gleichzeitig hörte man hastige Schritte, offensichtlich rollte endlich das Einsatzkommando an. Zu spät! Gideon zögerte nur kurz. Sein Gesicht spiegelte Triumph wider, als er mit der Axt kräftig ausholte.

Theresa kippte zur Seite und wieder verfehlte das Beil sie nur um Haaresbreite. Doch sie konnte sich nicht schnell genug aufrappeln. Diesmal war es zu spät! Aus dem Augenwinkel sah sie, wie er zum tödlichen Schlag ausholte. Ein Licht blendete sie, dann fielen Schüsse, während sie sich zusammenkrümmte. Jemand stürzte neben ihr schwer zu Boden – Gideon. Ein paar der Gemälde kippten zur Seite.

Alles, was danach passierte, erlebte sie merkwürdig verlangsamt, gedämpft und unwirklich. Hagen kam zu ihr und nahm sie in die Arme, er war blass, und als sie sein entsetztes Gesicht sah, fing sie an zu weinen. Merkwürdigerweise fingen jetzt ihre Beine an zu schlackern, und sie spürte unangenehm ihre nasse Hose.

Sanitäter eilten herbei und versorgten Gideon. Er begann Flüche und Verwünschungen gegen Theresa auszustoßen. Doch es entging ihr nicht, wie sich die Sanitäter plötzlich Blicke zuwarfen, die eine Art Übereinstimmung auszudrücken schienen. Als sie Gideon abtransportierten, stießen sie immer wieder „aus Versehen" gegen irgendwelche Hindernisse, und jedes Mal jaulte Gideon vor Schmerzen auf und beschwerte sich. Doch die Sanitäter schienen taub zu sein!

Ein Mitarbeiter des Schlosses kam angerannt und kümmerte sich um die umgekippten Bilder. Theresa stutzte plötzlich und deutete auf eins der noch am Boden liegenden Gemälde. Es zeigte eine alte Frau in einem Ordensgewand. Der Mitarbeiter stellte es auf, sodass Theresa es besser betrachten konnte. Kein Zweifel – sie kannte die Frau!

Er deutete zunächst auf ein anderes Gemälde, das eine ziemlich hagere Ordensschwester abbildete. „Dies hier ist Mechtildis von Marienborn, die seinerzeit Äbtissin des Klosters Welver war. Und das hier –"

Theresa unterbrach ihn: „... ist ihre Nachfolgerin, Dorothea, von der kein weiterer Name existiert – richtig?"

Er nickte. „Woher wissen Sie das?"

Theresa zuckte mit den Schultern und blickte Hagen vielsagend an. „Mit der Dame habe ich mich eine Zeit lang beschäftigt."

49

„Wie könnt ich dein vergessen“ – wie wahr. Kein Tag verging, an dem sie nicht an Pater Fidelio, ihren alten Freund und langjährigen Mentor, dachte, diesen zutiefst spirituellen, aber auch ambivalenten, vielleicht sogar widersprüchlichen und keinesfalls fehlerlosen Menschen, der auf seiner ganz persönlichen Suche nach Wahrheit gewesen war.

Seine Hilfsbereitschaft war ihm zum Verhängnis geworden. Immer noch fühlte Theresa sich mitschuldig, auch wenn sie wusste, dass dem nicht so war.

Im Nachhinein war all das Schreckliche, das passiert war, wenig verwunderlich und keinesfalls die Tat eines Irren gewesen. Ein psychiatrisches Gutachten hatte Gideon volle Zurechnungsfähigkeit attestiert! Er war im Vollbesitz seiner geistigen Kräfte gewesen, als er sich als Richter aufgespielt und gemordet hatte – ein Fanatiker eben.

Das Ganze erinnerte sie erschreckend an die derzeit religiös motivierten Terroranschläge und machte deutlich, dass Fundamentalismen und Dogmen aller etablierten Weltkirchen den Prozess, die Suche nach Wahrheit und Spiritualität, nicht nur behinderten, sondern im Gegenteil Unruhe und Hass stifteten und somit Friedensprozesse empfindlich behinderten.

Doch auch sie war bis vor Kurzem einem wissenschaftlichen Dogmatismus gefolgt. Erst als sie intellektuell und mental an ihre Grenzen gestoßen war, hatte sie einsehen müssen, dass es eine Wahrheit, ein Wissen jenseits ihrer bisherigen Vorstellungen, gab. Jetzt war sie überzeugt, dass Spiritualität und Naturwissenschaften einander nicht ausschlossen, sondern im Gegenteil miteinander korrelierten, und dass bloß die Beschränktheit der Sprache und der menschlichen Vorstellungskraft etwas trennte, das eigentlich zusammengehörte. Sie war sich sicher, dass ihre Erlebnisse real waren, und so hatte sie es auch Hagen erklärt. Doch er hatte die für ihn typisch nachsichtige Miene aufgesetzt und geduldig genickt.

Aber sie blieb dabei. Ihre Erlebnisse stellten für sie einen Beweis dar!

„Wie könnt ich dein vergessen" – sie betrachtete das in Stein gehauene Antlitz des Dichters Hoffmann von Fallersleben, unter dem jene Grabinschrift stand, und setzte sich auf die Bank, die direkt gegenüber der Grabstelle stand. Die ersten Frühlingsblumen schmückten bereits das Grab des Germanistikprofessors, der auf Schloss Corvey seine letzten Lebensjahre als Bibliothekar verbracht und die Bücherei aufgebaut hatte.

Es würde ein schöner Nachmittag werden. Irgendwo in ihrer Nähe zankten sich ein paar Meisen. Theresa gähnte und lehnte sich zurück, während sie ihr Gesicht der Sonne entgegenhielt – nach den dunklen Monaten konnte man nicht genug davon bekommen!

Vor ungefähr einem Monat hatte sie einen Anruf erhalten: „Hallo, hier ist Rebecca Mergel, ich kümmere mich gerade um den Nachlass meiner Mutter und habe mehrere Notizen gefunden. Können wir uns treffen?"

Nun saß Theresa hier und wartete auf eine Frau, die sie noch nie zuvor gesehen und die behauptet hatte, dass sie, wie Lotte, parthenogenetisch gezeugt worden sei. Und ihre Mutter Gisela war angeblich Großmeisterin der geheimen Schwesternschaft *Luciferius et filiae* gewesen!

Als Theresa Schritte hörte, blickte sie sich um. Eine rothaarige Frau um die vierzig kam auf sie zu.

„Theresa?"

„Ja! Hallo – dann bist du Rebecca!"

Rebecca nickte, reichte ihr die Hand und setzte sich zu ihr.

Theresa fühlte sich befangen und wusste nicht so recht, was sie sagen sollte. „Es tut mir so leid – das mit deiner Mutter, meine ich!"

„Danke!"

Beide schwiegen betreten und Rebecca war es, die zuerst wieder sprach: „Auf deinen Wunsch hin habe ich unser Archiv nach dem Original des Briefes durchsucht!"

Theresa spitzte die Ohren. „Und?"

Rebecca schüttelte bedauernd den Kopf. „Negativ! Allerdings wurde vor ein paar Wochen ins Haus meiner Mutter eingebrochen – alles war durcheinandergeschmissen. Ich kann nicht ausschließen, dass der Brief fortgekommen ist, sofern er dort überhaupt gelagert wurde."

Theresa hatte vor ein paar Wochen den Schlossbesitzer Fritz August von Söllingsgrund auf den Originalbrief Dorotheas angesprochen. Er war ehrlich verwundert gewesen. „Ich habe Lennart Neubert schon danach gefragt. Als Erbe ist er für den Nachlass seines Vaters eigentlich verantwortlich. Er behauptet, dass der Brief nirgends zu finden ist! Wenn Sie ihn auch nicht haben, Theresa – wer hat ihn dann?“

Ja, gute Frage – wer hatte ihn dann? Sie hatte in der Anwaltskanzlei Metzner und Kienzle angerufen und danach gefragt, ob Fidelio womöglich dort den Brief hinterlegt habe. Doch die Antwort war negativ gewesen. So war sie auf die Idee gekommen, dass Fidelio das Original vielleicht Gisela, also Rebeccas Mutter, hatte zukommen lassen.

Rebecca fuhr fort: „Auffällig ist, dass nach dem Einbruch die Liste der 500 fehlt – vielleicht finde ich sie aber noch.“

Theresa blickte sie fragend an. „Die Liste der 500?“

„Sie ist ein verschlüsseltes Verzeichnis aller bisherigen uns bekannten Jungfrauenzeugungen beim Menschen. Während man in früheren Zeiten nur Indizien für Parthenogenese sammeln konnte, weil man sich ja mit dem Zeugungsvorgang kaum auskannte, können wir es inzwischen durch Tests und moderne Innovationen immer genauer verifizieren. Die Schwesternschaft hat bereits vor zehn Jahren vier Genetiker für Forschungszwecke und Entwicklung gewinnen können. Es versteht sich, dass deren Identität ebenfalls geschützt bleiben muss! Das Schlimme ist, dass in der Liste ja auch die noch lebenden Mütter und deren Töchter stehen. Derzeit sind es um die 80 – jedes Jahr steigt die Zahl – und es dauert, bis wir den Abgleich haben.“

„Stehe ich auch auf der Liste?“

„Noch nicht. Dazu brauchen wir dein Einverständnis für den Test.“

„Warum ist das eigentlich alles so geheim? Wie viele Frauen mag es geben, die sich die gleichen quälenden Fragen stellen, wie ich sie mir stellen musste? Sie brauchen Unterstützung!“

„Das brauchen sie unbedingt. Um Unterstützung sind wir auch immer bemüht, aber wir gehen noch nicht an die Öffentlichkeit. Theresa, wir sind noch zu wenige! Wir müssen Geduld haben, unsere Zeit wird kommen!“

Theresa dachte einen Moment nach – vielleicht hatte Rebecca recht. Sie selbst war doch genau deswegen in Gefahr geraten. Nur kurz folgte sie dem Gedanken, dass Gideon womöglich nicht allein gehandelt hatte.

Rebecca räusperte sich. Und sagte dann: „Während ich den Brief gesucht habe, fiel mir eine Notiz meiner Mutter in die Hände.“ Sie kramte einen braunen Umschlag aus ihrer Tasche und fischte einen zusammengefalteten DIN-A4-Bogen heraus – dabei segelte ein gelber Notizzettel zu Boden. Theresa hob ihn auf. Jemand hatte darauf ihren Namen samt Telefonnummer notiert. Und noch weitere Namen. Der erste war Dorothea. Von dort deutete eine lange Pfeillinie auf Sophia Gertrudis von Welvenstein und zog sich weiter über Marie-Therese mit einer kleinen eingefügten Notiz: Mutter von Franziska von Welvenstein. Der letzte Name war Elisabeth. Dahinter stand ein dickes Fragezeichen! Dann folgte eine Notiz: „Schriftverkehr Corvey“.

Warum hatte ausgerechnet Gisela Mergel all die Namen notiert?

Rebecca lächelte. „Ich konnte zunächst auch nichts mit der Notiz anfangen. Ich hatte allerdings bis zum Zeitpunkt unseres Telefonates keine Ahnung, dass die Äbtissin Dorothea eine direkte Vorfahrin der von Welvensteins ist. Erst als du mir den Inhalt des Briefes geschildert hast, da hat es geklingelt – so wie bei meiner Mutter wahrscheinlich auch, als ihr der Pater vermutlich dasselbe berichtet hatte."

Sie schwieg einen Moment, und Theresa wartete gespannt ab.

„Du weißt, dass das Kloster in Welver 1809 aufgelöst wurde?"

Theresa nickte – worauf wollte Rebecca hinaus?

„Weißt du auch, dass die sterblichen Überreste aller bisherigen Äbtissinnen – auch die Dorotheas – nach Corvey überführt wurden?"

Theresa stutzte. „Hierher?"

Rebecca nickte.

„Aber warum? Was hatte Corvey denn mit dem Kloster in Welver zu tun?"

„Du weißt vielleicht, dass der Zisterzienserinnen-Orden in Welver sich vehement gegen die sich ausbreitenden Reformationsbestrebungen gewehrt hat – besonders in der Zeit, als Mechtildis von Marienborn im Kloster das Sagen hatte. Sie wollte das Kloster nach katholischem Benediktiner-Vorbild führen. Rate mal, von wem sie massiv Unterstützung darin bekam?"

Theresa zuckte mit den Schultern, und Rebecca fuhr fort:

„Vom damaligen Benediktinerorden hier in Corvey. Es bestand eine starke Verbindung zwischen beiden Klöstern!"

Theresa war baff. „Aber was hat Mechtildis von Marienborn mit den *Luciferius et filiae* zu tun?"

Rebecca blickte sie leicht irritiert an. „Ist das denn nicht offensichtlich? Auch wenn sich die Schwesternschaft offiziell erst 1850 gegründet und sich da erst Namen und Erkennungszeichen gegeben hat, so war Mechtildis unsere Vorläuferin – unser Vorbild!" Sie schwieg einen Moment, bevor sie fortfuhr: „Es gab Mädchen, die weniger Glück als Dorothea hatten. Glaub mir, Theresa, in den Annalen unserer Schwesternschaft gibt es wirklich grausige und sehr detaillierte Berichte, wonach der weitverbreitete Aberglaube genutzt und solche Mädchen tatsächlich der Buhlschaft mit dem Teufel bezichtigt und nach schlimmer Folter samt ihrer ‚Brut' auf dem Scheiterhaufen verbrannt worden sind – nur weil sich während der Geburt herausgestellt hatte, dass sie noch Jungfrauen waren! Und das passierte fast überall auf der Welt. Außer in der Antike! Da wurden jungfräuliche Mütter sogar verehrt. Später, mit heimlichen Unterstützern aus Klöstern und mithilfe verbindungsstarker Adeliger – wie vermutlich auch der von Welvensteins –, hat man versucht, die Mädchen vor den inquisitorischen Häschern in Sicherheit zu bringen – sie ‚unsichtbar' werden zu lassen, verstehst du? Alle, die sich für diese Mädchen eingesetzt haben, waren in höchster Gefahr!" Sie stockte kurz und sprach dann mit zittriger Stimme weiter: „Und sind es ja immer noch, wie man an meiner Mutter und unserer Mitschwester in Holzminden sieht."

„Und dem Pater!", ergänzte Theresa. Sie dachte an Dorotheas Vater, Johann Sigismund von Brandenburg. Hatte er vielleicht den Schutz seiner Familie im Sinn gehabt, als er seine Tochter Relindis bei den Zisterzienserinnen abgegeben hatte? Als fürstlicher Souverän mochte er jede Menge Feinde gehabt haben. Sie dachte an die Nürnberger Hexenprozesse, bei denen ganze Familien hingerichtet worden waren.

Rebecca räusperte sich. „Ich habe jede Menge Ordner und Dokumente gewälzt, Theresa, und stell dir vor, ich bin tatsächlich fündig geworden!"

„Fündig geworden? Mit was denn?"

Rebecca entfaltete ein Schreiben. Theresa erkannte das Wappen des Barons im Briefkopf. „Dieses Schreiben habe ich beim Durchforsten der älteren Ordner gefunden – ich weiß nur nicht, ob ich's dir geben soll oder überhaupt zeigen darf. Es ist, na ja, etwas heikel."

„Heikel?" Was hieß das? Theresa holte tief Luft. „Rebecca, wer von einem Serienkiller gejagt worden ist, lässt sich von ‚heikel' nicht abschrecken." Sie griff nach dem Schreiben, las es, las es noch mal und – noch mal.

Rebecca betrachtete sie zunehmend besorgt und entspannte sich erst, als Theresa plötzlich lächelte.

„Na, dann lass uns Blumen kaufen gehen, Rebecca!"

Und sie hatte Blumen gekauft – zwei dicke Sträuße sogar. Jetzt stand sie wieder in der Abteikirche – vor dem geöffneten Geheimgang und zitterte wie Espenlaub. Die Erinnerungen an jene Nacht, in der Gideon ihr hier aufgelauert, sie mit einer Axt bedroht und durch die Kirche gejagt hatte, ließ sich nicht so leicht verdrängen! Doch im selben Moment wurde ihr bewusst, dass eigentlich sie ihm aufgelauert und den Lockvogel gespielt – die Situation gekannt hatte. Dass die Aneinanderreihung von Fehlern seitens der Polizei sie in Gefahr gebracht hatte, ließ sich nicht mehr ändern – die schreckliche Erinnerung blieb.

Rebecca stieg als Erste durch die Öffnung, Theresa folgte ihr. Es war das dritte Mal, dass sie hier unten war, wieder betrat sie die Krypta mit klopfendem Herzen und bewunderte die schlichten Steinsärge mit den reliefartigen, faustgroßen Blüten, die den einzigen Grabschmuck darstellten.

Rebecca leuchtete die Wände der Krypta ab und schien von den Darstellungen der Tierkreiszeichen beeindruckt zu sein, in deren Zentrum die Venus gerückt worden war. Theresas Blick fiel sofort auf das Sonnenrad, das gleichzeitig die vier Jahreszeiten erzählte.

In ihrer rechten Hand hielt sie die Blumen, in ihrer Linken immer noch das Schreiben, das der Baron seinerzeit an Rebeccas Mutter geschickt hatte. Darin hatte er die *Luciferius et filiae* gebeten, dem Wunsch seiner alten Freundin Freifrau Franziska von Welvenstein zu entsprechen. Deren Mutter habe man einstmals wegen Suizids die Beisetzung auf dem heimischen Friedhof im Familiengrab verweigert. Frau von Welvenstein sei da noch ein Kleinkind gewesen und habe Jahrzehnte später unentwegt nach dem Grab der Mutter gesucht. Außerhalb des Friedhofs – an einer alten Kirchenmauer – sei sie endlich fündig geworden. Er wisse, dass unterhalb der Abteikirche auf Schloss Corvey Ordensfrauen beigesetzt seien – er fühle sich aber nicht nur dem jahrhundertelangen Bündnis mit der Schwesternschaft verpflichtet, sondern sehe sich in gleicher Weise auch in einer Verantwortung gegenüber den Menschen, mit denen er persönlich befreundet sei. Gleichzeitig habe Franziska von Welvenstein den Wunsch geäußert, dass nach Überführung der sterblichen Überreste ihrer Mutter in die Krypta der Abteikirche von Corvey sie selbst, wenn ihre Zeit gekommen sei, im Steinsarg der Mutter beigesetzt werden wolle. Entsprechende Vorbereitungen seien getroffen und beim Notar hinterlegt worden. Franziska wünsche absolutes Stillschweigen gegenüber ihren Familienangehörigen in Welver.

Der Brief hatte mit einem vorauseilenden Dank geendet.

Theresa konnte es immer noch nicht ganz glauben. In dem Sarg, vor dem sie jetzt stand, ruhten also die sterblichen Überreste ihrer Großmutter und ihrer Urgroßmutter. Ein Gedanke durchzuckte sie plötzlich: War es nicht Ironie des Schicksals, dass sie sich damals, als sie von Gideon verfolgt worden war, ausgerechnet auf diesem Steinsarg niedergelassen und einen Moment ausgeruht hatte – in vermeintlicher Sicherheit vor Gideon?

Sie wandte sich Rebecca zu. „Ich werde dem Wunsch meiner Großmutter entsprechen und meinen Eltern nichts erzählen! All die Jahre haben sie bloß eine Grabinschrift besucht!"

Rebecca sah sie an. „Was ist so schlimm daran?"

„Gar nichts! Aber ich glaube, meinen Eltern könnte man das nur schwer vermitteln."

Sie betrachtete den Steinquader. Lediglich das kleine Relief einer gefüllten Dahlie und die Vornamen Marie-Therese und Franziska gaben einen Hinweis darauf, wessen Gebeine hier lagen. Die Gravur einer gekippten Acht symbolisierte den ewigen Kreislauf. „Ich bin eine Pflanze ohne Wurzel“, hatte die Großmutter immer wieder gemeint. Nun war sie mit ihrer Mutter im Tod vereint. Einem Einfall folgend, öffnete Theresa ihre Handtasche und fischte die beiden Fotos, die Franziska und Marie-Therese abbildeten, heraus, betrachtete sie einen Moment und legte sie zusammen mit den Blumen auf der Steinplatte ab.

Rebecca blickte sich im Raum um. „Es ist komisch – wenn all diese Frauen nicht so mutig gewesen wären, würden wir vielleicht, oder vielmehr ganz sicher, jetzt gar nicht hier stehen.“ Theresa nickte und tastete sanft nach der Blüte auf dem Stein.

Rebecca lächelte. „Eine Dahlie – das Erkennungszeichen unserer Schwesternschaft.“

Später hatte Theresa noch kurz an den Steingräbern von Dorothea und Mechtildis verweilt. Dabei hatte sie sich plötzlich gefragt, was sie hier eigentlich noch zu suchen hatte? Nichts! Sie fühlte sich zwar mit den Frauen verbunden, doch das, was sie ausgemacht hatte, war nicht mehr hier. Aber ihre Spuren wirkten in anderen Bewusstseinsebenen weiter. Sie selbst hatte es erlebt. Dorotheas und ihre Spuren hatten sich an einer Schnittstelle von Raum und Zeit gekreuzt und würden es vielleicht immer wieder tun.

Sie betrachtete ein letztes Mal die gekippte Acht auf der Steinplatte ihrer Großmutter und Urgroßmutter – hier endete alles und startete neu!

Als sie draußen vor der Abteikirche standen, klingelte ihr Handy – Elisabeth!

„Der Geburtstag deiner Großmutter jährt sich nächste Woche wieder – dein Vater und ich möchten wissen, ob du uns wieder zum Friedhof begleitest?"

Theresa hätte beinahe laut losgelacht, doch sie beherrschte sich. „Na klar, Mama!" Als sie aufgelegt hatte, wandte sie sich Rebecca zu. „Ich brauche jetzt jede Menge Schnaps – wie sieht's bei dir aus?"

Tatsächlich hatten sie sich im Schloss-Café dann für Sekt entschieden und bereits die zweite Flasche geordert. Plötzlich stutzte Theresa. „Was ist das?" Sie deutete auf den Silberring, den Rebecca um den Hals trug und der aus ihrer Bluse heraushing. Darauf saß eine gefüllte Blüte, aus Elfenbein geschnitzt und dunkelrosa gefärbt, mit winzigen Amethysten eingefasst.

„Ein Erbstück meiner Mutter!"

„Ich habe den gleichen Ring! Ein Erbstück meiner Großmutter. Im Inneren befindet sich eine Gravur: ein Datum, *1809*, und die Initialen *Lef*!"

Rebecca lachte und hielt ihr den Ring entgegen – er trug die gleiche Gravur.

„Mit Vollendung des achtzehnten Lebensjahrs wird der Tochter von der jungfräulichen Mutter dieser Ring vererbt. Die Blüte ist – eine Dahlie!"

„Die Dahlie, jetzt weiß ich's wieder, sie pflanzt sich eingeschlechtlich fort!" Theresa stutzte. „Moment, stopp! Die jungfräuliche Mutter vererbt den Ring ihrer Tochter, sagst du?"

Rebecca nickte.

Theresa dachte einen Moment nach.

„Ich frage mich, von wem meine Großmutter den Ring bekam?“ Ließ sich darauf eine Antwort finden? Vielleicht! Sie würde es auf jeden Fall versuchen. „Was *Lef* bedeutet, weiß ich natürlich inzwischen – *Luciferius et filiae*. Aber was bedeutet die Zahl?“

Rebecca leerte ihr Glas. „Charles Darwin!“

Theresa blickte sie fragend an.

„Es ist das Geburtsdatum Charles Darwins. Ich glaube, ich muss dir nicht erklären, warum.“

Theresa schüttelte den Kopf und grinste. „Nee!“

Rebecca holte ihr Portemonnaie aus der Tasche und legte mehrere Fotos von sich und ihrer Mutter Gisela auf den Tisch – ein scheinbares Zwillingspaar, tatsächlich aber Mutter und Tochter in etwa demselben Alter.

Theresa tat es ihr mit Fotos von Lotte und sich gleich und spürte, dass sie betrunken und ihre Zunge schwer wurde. Sie musste sich beim Sprechen konzentrieren. „Sag mir nur eins, warum habt ihr euch ausgerechnet einen solch provokanten Namen gegeben: *Luciferius et filiae* – Luzifer und seine Töchter? Oder Töchter Luzifers?“ Sie musste an Gideon denken, der der Schwesternschaft Satanismus vorgeworfen hatte.

Es war offensichtlich, dass auch Rebecca langsam betrunken wurde. „Willst du mich veräppeln? Das weißt du doch! Luzifer, der Abend- oder Morgenstern, wurde in der Antike als Lichtbringer verehrt“, sie hob ihr Glas, „und sind wir etwa keine Lichtbringer?“

Theresa stieß mit ihr an. „Und was, wenn sich diese Art

der Fortpflanzung durchsetzt – dann gibt es doch irgendwann keine Männer mehr!?“

Auf Rebeccas Gesicht legte sich ein deutlich ironischer Zug. „Wen würde das stören, Theresa – wen würde das dann noch stören?!“

Beide lachten frech und stießen an.

„Und so gesehen war Jesus wohl ein Mädchen, Rebecca, oder?!“

Epilog

Theresa tippte den finalen Satz ihrer Doktorarbeit – „Spiritualität und Evolution im Spannungsfeld von religiösem und wissenschaftlichem Dogmatismus" – ein und setzte einen Punkt. Fertig!

Eine Weile saß sie reglos da und konnte es kaum glauben. Sie hatte es getan, sie war fertig – sie würde tatsächlich abgeben!! Wie lange hatte es gedauert, und wie viele Anläufe waren nötig gewesen. Immer wieder hatte sie sich dabei ertappt, wie sie irgendwie herumgeschrieben und dabei nur sich selbst die Welt erklärt hatte.

Sie klappte den Deckel ihres Laptops zu und fuhr über die Oberfläche des Sekretärs mit den kostbaren Intarsien. Vor siebzehn Jahren hatte es an ihrer Haustür geklingelt, und zwei Arbeiter hatten ihr mit einem schönen Gruß aus Corvey den picobello sanierten Sekretär ihrer Großmutter in die Wohnung getragen.

Theresa stand auf, bückte sich und tastete nach dem Geheimfach. Es sprang auf, und sie zog die winzige Schublade bis zum Anschlag auf. Dann griff sie nach einem kleinen Gegenstand und drückte das Fach wieder zu. Sie musste an Dorotheas Brief an ihre Tochter denken, den sie seinerzeit geschrieben hatte und der genau in diesem kleinen Fach versteckt gewesen war. Bis jetzt war er unauffindbar.

Nebenan wurde übermütig gelacht. Lotte hatte eine Horde Freunde eingeladen. Gleich wollten sie losziehen und irgendwo in der Innenstadt Lottes achtzehnten Geburtstag feiern. Plötzlich schrie jemand. Theresa hastete erschrocken in den Flur.

Eins der Mädchen hielt einen Bilderrahmen in der Hand und rief: „Hey, Lotte! Aus welchem Jahrhundert stammt denn dieses Outfit von dir und erst die Frisur – oder bist du da auf dem Weg zu einer Karnevalsveranstaltung?"

Lotte kam aus ihrem Zimmer, nahm ihrer Freundin den Bilderrahmen aus der Hand und stellte ihn zurück. „Das bin nicht ich – das ist meine Mama!" Zeitgleich setzten Theresa und Lotte ein spitzbübisches Gesicht auf und zwinkerten sich konspirativ zu.

Das Mädchen bekam einen roten Kopf und huschte zu den anderen in Lottes Zimmer.

Theresa betrachtete den Silberring mit der dunkelrosa Blüte in ihrer Hand. Dann steckte sie ihn Lotte an. „Schätzchen, alles Liebe noch mal zum Geburtstag!"

Lotte warf ihr einen erstaunten Blick zu. „Oh, wie schön! Danke, Mama!" Der Ring passte wie angegossen. „Er sieht antik aus."

Theresa nickte. „Ist er auch."

„Woher hast du ihn?"

„Von meiner Großmutter."

„Aha, und woher hatte sie ihn?"

Theresa zuckte mit den Schultern. „Das weiß ich leider nicht. Gefällt er dir wirklich?"

„Er ist wunderschön, Mama!" Sie umarmte Theresa.

Dann ging sie zur Garderobe und rief nach ihren Freunden. Sie kamen aus dem Zimmer gestürzt und zogen sich die Sachen an. Lotte griff nach ihrer neuen Jacke, und Theresa sah, wie diese gerade ihre Farbe von Rot auf Violett und dann zu Grün wechselte. Die Farbe stand Lotte gut und passte zu ihren dunkelbraunen, wuscheligen Haaren, die immer ungekämmt aussahen.

Lotte drehte sich nach ihr um. „Mama, du musst mich nicht abholen, ich nehme mir später ’nen Mietwagen."

„Was?"

„Natürlich einen mit Tesla-Autopiloten – versprochen!"

Theresa nickte beruhigt. „Okay!"

Hagen kam und umarmte Theresa von hinten. „Schatz, ich fasse es nicht – sie sieht genauso aus wie du damals!"

Er küsste ihren Hals, und gemeinsam blickten sie Lotte hinterher. Als sie sich noch einmal nach ihnen umdrehte, winkten sie ihr synchron zu.

Das „andere Handy" klingelte.

Theresa und Hagen warfen sich einen erstaunten Blick zu. Theresa berührte den Touchscreen. „Hallo?"

„Hallo! Mir wurde diese Nummer gegeben. Mein Name ist Louisa, ich bin dreizehn Jahre alt, und ich habe ein Problem!"

Danksagung

Mein Dank gilt Carsten Holzendorff, der sich sehr dafür eingesetzt hat, dass das Buch rechtzeitig zur Frankfurter Buchmesse erscheinen kann.

Des Weiteren möchte ich mich ganz herzlich bei Brigitte Pacholeck bedanken, die für Lektorat und Korrektorat verantwortlich ist.

Grafiker Carsten Riethmüller hat ein beeindruckendes Cover kreiert.

Mein Dank gilt ebenso Rebecca Frankowitz aus dem Bereich Herstellung, Sarah Fischer, die sich intensiv um Marketing und Vertrieb kümmert sowie Angelika C. Rabenalt, die mich bei Pressearbeit und Lesungen unterstützt.

Im Verlag CW Niemeyer bereits erschienen ...

Hamburg-Krimi

11. Januar 2017: Während der Eröffnungsfeierlichkeiten stürzt ein Fallschirmspringer vom Dach der Elbphilharmonie in den Tod. Die aus der Elbe geborgene Leiche einer Bauingenieurin, aber auch das plötzliche Verschwinden von vier Bauarbeitern lassen Privatdetektiv Carsten-Oliver Lutteroth in die zögerlichen Untersuchungen der Mordkommission eingreifen. Gemeinsam mit Kommissarin Sandra Holz kommt Lutteroth einem rätselhaften Hamburger Geheimbund und Vertuschungsversuchen der Hansestadt beim Bau des neuen Konzerthauses auf die Spur.

In ihrem fünften Fall ermittelt die Hamburger Kommissarin Sandra Holz unter ständigem Einsatz ihres Lebens.

Klaus E. Spieldenner. Elbtod
336 Seiten. Paperback. ISBN 978-3-8271-9469-5
E-Book 978-3-8271-8528-0 (Pdf)
978-3-8271-8328-6 (Epub)

Weitere Bücher finden Sie unter ...
www.niemeyer-buch.de

Im Verlag CW Niemeyer bereits erschienen ...

Ein blutrünstiges Wolfsrudel hetzt ihn erbarmungslos durch den Wald. Er vernimmt das schnelle, gleichmäßige Atmen der Meute, ihren scharfen Raubtiergeruch in den Sekunden, bevor die Tiere ihn zu Boden reißen. Der Alpha-Rüde setzt blitzschnell den Kehlbiss, Blut spritzt und läuft als warmer Strom an seinem Hals herunter. Als sein Kehlgangsknorpel wie ein großer Kloß in seinem Hals verrutscht, kann er endlich dem Traum entfliehen und schreckt schweißgebadet auf. Der Wolf ist da!

Gravenstedt ist in heller Aufregung. Wolfsberaterin Henrike Schnabels hat es schwer, die aufgebrachten Dorfbewohner zu beruhigen. Ihr plötzliches Verschwinden und ein Toter im Wald stellen Kommissarin Sabine Lüschen vor ihre größte Herausforderung.

Jutta Gerecke, Uwe Jark, Werner Kunst. Der Schafe Tod
416 Seiten. Klappenbroschur. ISBN 978-3-8271-9534-0
E-Book 978-3-8271-8543-3 (Pdf)
978-3-8271-8342-2 (Epub)

Weitere Bücher finden Sie unter ...
www.niemeyer-buch.de